犯罪者

하

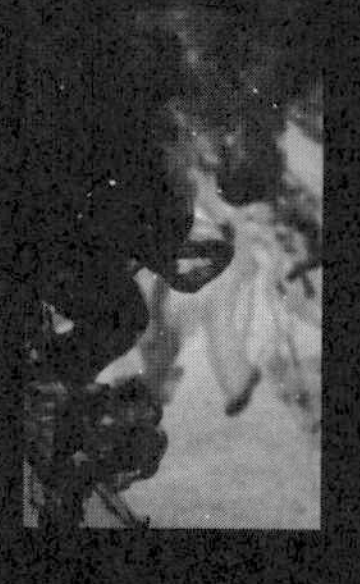

Edited by KADOKAWA SHOTEN
First published in Japan in 2012 by KADOKAWA CORPORATION, Tokyo.
Korean translation rights arranged with KADOKAWA CORPORATION, Tokyo
through Eric Yang Agency Inc, Seoul.

이 도서의 국립중앙도서관 출판예정도서목록(CIP)은 서지정보유통지원시스템 홈페이지(http://seoji.nl.go.kr)와
국가자료공동목록시스템(http://www.nl.go.kr/kolisnet)에서 이용하실 수 있습니다.
CIP제어번호 : CIP2018005919

犯罪者 범죄자

하

오타 아이 지음
김은모 옮김

엘릭시르

하권 차례

10
황록색 새 – 2005년 3월 16일 수요일~3월 18일 금요일

3월 16일 수요일.

오전 6시 45분. 페리 고치는 오사카 남항에서 시작한 아홉 시간 이십오 분의 항해를 마치고 고치 항에 입항했다. 마자키의 은색 임프레자가 차량 갑판에서 천천히 달려나와 고치 시내로 들어갔다.

이른 아침이라 그런지 노면전차 상하행선 선로가 깔린 널찍한 거리에는 차가 드문드문 지나다닐 뿐이었다. 텅 빈 교차로의 아스팔트에 물로 선을 그은 것처럼 강철 레일이 가로세로로 뻗어 있었다. 풍경은 처음으로 이곳을 찾았을 때와 조금도 달라지지 않은 것 같았다.

마자키는 방향 지시등을 켜고 검은 가죽을 씌운 운전대를 꺾어 교차로를 돌아 들어갔다. 차량에 내장된 시계를 보니 7시였다. 라디오를 틀어 내일 날씨를 확인했다. 시코쿠 지방은 맑음. 마자키는 내일 타이투스 그룹에게 삼억의 돈을 받을 계획이다.

푸드는 반드시 돈을 지불한다. 하지만 돈을 내고 샘플을 돌려주기를 가만히 기다릴 만큼 얌전하지는 않다. 샘플에 관련된 내용이 폭로되면 푸드와 이소베 미쓰타다는 파멸이다. 함께 살아남으려면 사사키 구니오를 붙잡아 샘플이 있는 곳을 알아내어 샘플을 되찾아야 한다. 사사키 구니오는 삼억을 가지러 나타난다. 돈은 틀림없이 이소베의 '용병'이 지키고 있다. 사사키 구니오가 자신이라는 사실을 푸드는 알아냈을 것이다. 분명 자신의 얼굴도 알고 있을 것이다. 붙잡히면 끝이라고 마자키는 각오했다.

마자키는 해안을 따라서 난 길에 차를 세우고 나서 조금 걷다가 눈에 띈 밥집에 들어갔다. 어둑어둑한 가게의 젓가락 통이 놓인 식탁에 앉아 벽의 메뉴를 보고 가다랑어 소금구이 정식을 시켰다. 플라스틱 찻잔을 들고 온 무뚝뚝한 주인장은 "예"라는 대답만 남기고 조리장으로 물러갔다.

마자키는 김이 피어오르는 엽차를 천천히 마셨다.

태풍이 올라오던 그날, 자신의 인생은 바뀌었다.

시월 말 후지사와 공장으로 산업폐기물을 회수하러 간 그날,

마자키는 죽은 것이나 마찬가지였다. 유타를 잃은 지 한 달, 침식을 잊고 그저 기계처럼 쉼 없이 폐기물 회수 트럭을 몰면서 머지않아 전속력으로 고속도로 벽에 충돌하게 될 것이라고 마치 다른 사람 일처럼 생각했다. 그때 폭풍우가 몰아치는 사이드미러에 자신과 마찬가지로 죽은 것이나 진배없는 남자가 비쳤다.

나카사코였다.

그날 마자키가 나카사코의 목숨을 건진 것처럼, 나카사코 또한 마자키의 목숨을 건졌다. 죽어가던 남자에게서 마음에 걸리는 짐을 맡고 나자 마자키는 어쩐지 죽을 수가 없었다.

신기하게도 '고마'에서 나카사코와 밥을 먹으며 유타 이야기를 해도 전혀 마음이 아프지 않았다. 오히려 즐거웠다. 태풍이 올라오던 날, 나카사코가 흠뻑 젖은 몸으로 조수석에 앉아서 유타는 어떠냐고 물었을 때 별생각도 않고 잘 지낸다고 대답했다. 그리고 밥을 먹을 때마다 유타와 다에 이야기를 하다 보니 어느덧 자연스러워졌다. 유타와 다에는 어디 멀리서 살고 있고, 자기만 전근 온 것처럼 혼자 지내면서 유타와 다에를 위해 일하는 기분이 들었다.

찻잔을 내려놓고 눈을 들자 반쯤 열린 젖빛 유리창 너머로 초봄 바다가 예상외로 가깝게 보였다. 마자키는 코트 호주머니에 양손을 넣고 등받이에 기댔다. 손안에 유타의 장갑이 느껴졌다.

나카사코는 그 새 그림을 기억하고 있을까…….

나카사코가 준 장갑은 옛날에 성 우르술라 소아 클리닉의 놀이방에 붙어 있던 유타의 새 그림과 똑같이 밝은 황록색이었다.

주인장이 쟁반을 들고 와서 정식을 탁자에 내려놓았다. 마자키는 나무젓가락을 들고 아무 생각 없이 따끈한 국물을 마시고 갓 지은 쌀밥을 먹었다.

바다 냄새가 나는 바람은 약간 쌀쌀했고 고치의 벚꽃은 아직 피지 않았다.

같은 날 오전 10시 45분. 타이투스 본사 전무이사실에는 네 사람이 모여 있었다. 타이투스 푸드 영업과장 나카사코 다케시, 영업부 이사 대우 부장 미야지마 모토히코, 전무이사 모리무라 다카토시, 그리고 이소베의 사설 비서 핫토리 히로유키. 네 사람 앞의 테이블에는 사사키 구니오가 요구한 삼억 엔의 돈이 놓여 있었다. 돈은 사사키 구니오의 지시가 떨어지자마자 바로 들고 갈 수 있도록 오천만 엔씩 나누어 보스턴백 여섯 개에 담아두었다.

아무리 모리무라라도 꼬리가 잡히지 않을 돈을 그렇게 많이,

그것도 하룻밤 만에 혼자 힘으로 준비하기는 불가능했다. 타이투스 그룹 회장 도미야마 고이치로가 쓰러진 지금, 그룹 각 사는 푸드를 내치려고 눈에 불을 켜고 있으므로 섣불리 움직이다 들통나면 치명적인 상황이다. 결국 모리무라는 도미야마의 측근이자 푸드 출신인 타이투스 그룹의 늙은 임원들에게 울며불며 매달려 그룹의 뒷돈을 얻어 쓰는 수밖에 없었다. 설령 식물인간 상태라고는 하나 도미야마에게 숨이 붙어 있는 한 그룹의 뒷돈은 그들이 쥐고 있다. 모리무라는 가끔씩 도미야마와 일심동체처럼 느껴지는 그들의 충성심이 무섭게 느껴졌다. 흡사 여기에 없는 도미야마가 그들의 입을 빌려 말하고 있는 기분이 드는 것이다. 늙은 임원들은 아무도 돈을 어디 쓸지 묻지 않았다. 다만 푸드의 이름에 먹칠을 하지 말라고만 했다. 그 웅얼거리는 목소리를 들었을 때 모리무라는 만약 일을 그르치면 타이투스라는 이름이 붙는 곳 어디에도 자신이 있을 곳은 없음을 깨달았다. 인생의 완성기에 발가숭이가 되어 세상에 내팽개쳐진다는 엄청난 공포가 뱀처럼 모리무라의 심장을 깨물었다.

"다키가와 씨는 뭘 하는 거야."

모리무라는 공포를 잊으려고 잔뜩 날이 선 마음의 칼끝을 모습을 나타내지 않는 다키가와에게 돌렸다.

"사사키 구니오가 돈을 어떻게 전달할지 지시했을 때 여기 없으면 곤란하잖아."

"그 사람에게는 그 사람 나름의 방식이 있겠죠."

핫토리는 그야말로 남의 일처럼 흘려 넘기고는 다기가 실려 있는 경매 목록을 조용히 훑어보았다. 나카사코는 핫토리의 시선을 관찰했지만, 그가 초조함과 긴장감을 감추기 위해 목록을 보고 있는 것이 아님을 바로 알아차렸다. 핫토리는 이러한 상황에서도 목록에 실린 작품을 꼼꼼히 음미하여 값어치를 매겼고 그러한 작업에 기쁨을 느끼고 있었다. 나카사코는 이 소베의 젊은 사설 비서가 다키가와와 똑같이 정체 모를 존재로 느껴졌다.

모리무라는 돌처럼 입을 꾹 다물었고, 미야지마는 조바심을 감추지 못하고 전화가 놓인 책상 앞을 서성였다.

기다리고만 있자니 가슴이 답답하여 나카사코는 일어서서 환풍기를 더 세게 틀었다.

다키가와는 마자키의 행방을 쫓고 있다고 한다. 나카사코는 다키가와가 여기 없다는 것이 무엇보다 기뻤다. 돈을 전달할 때 다키가와에게 붙잡히면 마자키는 죽는다. 그런 일이 일어나서는 안 된다. 나카사코는 어젯밤 내내 뜬눈으로 고심하다 어쩌면 마자키가 돈을 옮기는 역할을 자신에게 맡길 작정 아닐까 추측했다. 누군가가 돈을 옮겨야 하는 이상 마자키에게 나카사코보다 더 나은 적임자는 없기 때문이다. 나카사코라면 마자키에게 덫을 놓지 않는다. 가능한 한 안전하게 돈을 건네고 샘플이 어디 있는지 묻는다. 마자키는 나카사코를 그 정도로는 믿고 있으며 나카사코도 망설임 없이 그럴 작정이었다.

나카사코는 돈을 전달할 때 마자키를 볼 수 있을지도 모른다는 일말의 희망을 품고 있었다. 직접 만나면 마자키가 이번 계획의 의도를 이야기해주지 않을까. 돈을 받는 대신 샘플이 있는 곳을 푸드에게 가르쳐주다니 말도 안 된다. 푸드에게 샘플을 넘긴다는 것은 병에 걸린 아이들을 구제하기 위한 단 하나의 증거를 인멸한다는 뜻이기 때문이다. 마자키가 그런 짓을 할 리 없다.

"급하게 돈을 마련하라고 하더니만 우리를 하루 종일 기다리게 할 생각일까요?"

미야지마가 신경질적으로 소리쳤다.

미야지마는 나카사코에게 예상치 못한 복병이었다. 미야지마는 어디선가 발신기를 가져와서 보스턴백의 돈다발 사이에 숨겼다. 성냥갑 크기의 발신기 성능이 얼마나 뛰어날지 짐작도 가지 않았지만 가방을 들고 움직이게 되면 제일 먼저 발신기를 버려야 했다.

11시가 조금 지났을 무렵 문 밖이 소란스러워지더니 비서가 어떤 사람과 입씨름하는 소리가 들렸다. 나카사코는 당장이라도 마자키에게 연락이 올까 봐 마음이 조마조마해죽을 지경이었지만 어쩔 수 없이 상황을 살피러 나갔다.

비서 마에하라 하루나가 택배 배달원 청년과 뭐라고 말다툼을 하고 있었다. 그러고 보니 매일 11시 15분에 오전 택배가 배달된다는 사실이 떠올랐다. 청년 뒤쪽에 맥주 박스보다 훨씬 큰 종이 박스가 보였다.

"무슨 일이야?"

말을 걸자 마에하라보다 먼저 택배 배달원이 입을 열었다.

"본인의 사인을 직접 받아야 하는데 이 사람이 안 들여보내주잖아요."

"손님이 계시다고 말씀드렸습니다만."

세심하게 아이라인을 그린 마에하라의 눈이 이소베의 비서 핫토리가 와 있는데 택배를 들여놓을 수는 없지 않겠느냐고 호소하고 있었다.

"보낸 사람은?"

"그게……." 택배 배달원은 배송표에 눈길을 주었다. "MFS 기획입니다."

들어본 적 없는 회사명이었다. 모리무라에게 직접 택배를 보낼 정도인데 영업과장인 자신이 모르는 거래 상대가 있다니 이상했다. MFS 기획……. 다음 순간 나카사코의 머릿속에 'MFS'라는 글자의 뜻이 섬광처럼 새겨졌다.

멜트페이스신드롬.

나카사코는 즉시 모리무라를 불러 사인을 하게 하고 짐을 방으로 들였다. 택배는 크기에 비해 한 손으로 들 수 있을 만큼 가벼웠다.

나카사코가 커터 칼로 종이 박스를 열자 사사키 구니오가 보낸 메모지와 함께 스티로폼 박스 세 개와 알루미늄 접착테이프가 들어 있었다. 메모지에는 "돈을 박스 세 개에 넣어 테이프로 봉한 후 오전 11시 25분에 회사 맞은편 편의점에 오는 택배 집배 트럭에 실어라"라고 적혀 있었다. 모두가 동시에 벽시계를 올려다보았다. 11시 22분. 삼 분밖에 남지 않았다.

"서둘러!" 모리무라가 고함을 질렀다.

스티로폼 박스에는 받는 사람이 적힌 택배 송장이 들어 있었지만 내용을 확인할 여유는 없었다. 나카사코와 모리무라 그리고 미야지마 세 사람은 보스턴백의 돈을 황급히 스티로폼 박스에 옮겨 담기 시작했다. 작업을 시작하자마자 돈다발을 꾹꾹 누르며 채우지 않으면 다 들어가지 않을 만큼 박스 공간에 전혀 여유가 없음을 깨달았다. 땀이 줄줄 흘렀고 초조함으로 손이 떨렸다. 절반도 채 채워 넣기 전에 창문으로 달려간 미야지마가 아래쪽 길을 보고 비명 같은 소리를 질렀다.

"집배 트럭이 왔다!"

혼자 소파에 앉아 사태를 조용히 지켜보던 핫토리가 빈정거리듯이 입을 열었다.

"거기서 보고 있을 여유가 있거든 차라리 아래로 내려가서 트럭을 붙잡아두는 편이 현명한 처사일 텐데요."

미야지마가 총알처럼 방에서 뛰쳐나갔다.

삼억 엔은 스티로폼 박스 세 개에 딱 맞게 들어갔다. 성냥갑 크기의 발신기를 넣을 틈새도 없거니와 박스에 잔꾀를 부릴 시간도 없었다. 마자키는 푸드에 오전 택배가 배달되는 시간과 편의점에 집배 트럭이 오는 시간은 물론이고 박스 크기까지 계산을 해둔 것이다. 돈을 옮겨 담고 포장하기도 바빠서 무엇 하나 손쓸 틈이 없었다. 나카사코와 모리무라가 박스 세 개를 들고 집배 트럭으로 달려가자 고압적인 태도의 미야지마를 앞에 두고 운전사는 말 그대로 머리끝까지 화가 나 있었다. 모리무라가 말없이 운전사 손에 만 엔짜리 지폐를 쥐여주었지만 장발의 운전사는 무슨 뜻인지 헤아리지 못하고 험악하게 만 엔을 내던졌다.

"돈은 편의점에다 내는 거요, 아저씨."

모리무라는 굴욕에 차 새파랗게 질린 얼굴로 만 엔을 주워 편의점 계산대로 가서 급히 배송비를 지불했다. 택배 집배 트럭은 삼억 엔이 든 스티로폼 박스를 싣고 순식간에 사라졌다.

나카사코는 편의점 앞에 우두커니 선 채 마음속에서 마지막 희망이 사라졌음을 느꼈다. 지금 진행중인 마자키의 계획에 내가 끼어들 여지는 없다. 마자키에게 이미 나는 볼일 없는 인간이다. 마자키는 내게 샘플이 멜트페이스증후군의 원흉임을 듣고, 푸드에게서 돈을 우려내기 위해 샘플을 빼앗아 자취를 감추었다. 나카사코는 비로소 마자키에게 배신당했음을 깨달았다.

미야지마는 전무이사실로 돌아오자마자 배송 전표 부본을 들고 성난 목소리로 고함을 버럭 질렀다.

"뭐가 '축하 떡'이야. 사람을 무시해도 유분수지."

전표 부본의 품명 칸에는 "축하 떡"이라고 적혀 있었다. 마자키는 삼억 엔을 '축하 떡'이라는 명목으로 발송시킨 것이다.

"좀 진정하는 게 어떻습니까?"

핫토리의 냉담한 태도에 미야지마는 진정하기는커녕 한층 딱딱거리며 대들었다.

"당신이야말로 가만히 있지 말고 빨리 다키가와에게 연락해서 그 돈을 쫓으라고 하십시오. 어디로 보냈는지도 알고 있으니까.” 미야지마는 전표 부본을 핫토리 코앞에 들이댔다. “빨리 마자키를 붙잡아서 샘플과 돈을 되찾아달라고요.”

“착각하지 않으셨으면 하는데요.” 핫토리는 전표 부본에는 눈길도 주지 않고, 제멋대로 마에하라 하루나에게 부탁한 홍차에 손을 댔다. “우리는 다키가와에게 돈을 되찾아달라고 의뢰한 적 없습니다.”

“그렇지만…….”

“다키가와의 임무는 샘플을 되찾고 마자키의 입을 막는 겁니다.”

‘입을 막는다’. 피비린내 나는 말에 미야지마는 목에 차가운 면도칼이 닿은 것처럼 입을 다물었다. 핫토리는 마이센 찻잔 손잡이를 하얀 손가락으로 붙잡고 아삼차의 향기를 만끽하더니 거침없이 술술 말을 이었다.

“보내는 사람은 ‘도쿄 도 지요다 구 간다오가와마치 3가 2-6번지 사사키 상점’. 받는 사람은 가가와 현 미토요 시 다쿠마 정 오하마미나미 362번지 다카하시 히데노리. 품명에 ‘축하 떡’이라고 적힌 스티로폼 박스가 세 개. 다키가와에게는 벌써 알렸습니다. 여러분이 택배를 부치러 간 사이에요.”

나카사코는 어안이 벙벙했다. 핫토리는 나카사코와 모리무라가 스티로폼 박스에 돈을 옮기는 동안 배송 전표를 살펴보고 거기 적힌 정보를 사진처럼 기억해 곧바로 다키가와에게 알린 것이다.

핫토리가 홍차를 마시는 동안 아무도 말을 꺼내지 않았다.

나카사코는 깊은 허탈감의 바닥에 가라앉은 채 스스로에게 물었다.

넌 마자키의 죽음을 바라는가.

……아니다.

배신당하기는 했지만 마자키가 살아 있기를 바랐다. 왜 이런 짓을 했는지 직접 대답을 듣지 못하면 그를 미워할 수도 용서할 수도 없다.

미야지마가 울적한 한숨을 내쉬며 소파에 앉았다.

"……그건 그렇고 시코쿠 지방이라니 번거롭군. 거기는 주변이 바다로 둘러싸여 있으니 다리와 배로 교토, 오사카, 고베나 주고쿠 지방, 규슈로까지 달아날 수 있는데."

모리무라가 스스로를 타이르듯이 무거운 입을 열었다.

"이쪽은 요구대로 돈을 지불했어. 이제 기다리는 수밖에."

"마자키는 돈을 받아놓고 샘플을 유포할지도 모릅니다. 벌써 유포했을지도 모르죠."

미야지마의 말에 나카사코는 저도 모르게 소리를 질렀다.

"마자키는 더이상 환자를 늘릴 만한 짓은 하지 않을 겁니다."

"자네 무슨 소리야." 미야지마가 언성을 높였다. "놈은 돈을 내지 않으면 샘플을 마구 뿌리겠다고 협박했다고."

"마자키라는 사내는 범죄자지만 미친놈은 아니야."

모리무라가 어둡고 가라앉은 목소리로 미야지마를 제지했다.

"돈을 받기만 하면 쓸데없이 아이들에게 해를 끼치지는 않겠지. ……오히려 처음에 괴문서를 사방에 보낸 것처럼 사사키 구니오 이름으로 매스컴과 소비자단체, 관계 행정기관에 샘플을 보낼지도 몰라."

미야지마의 안색이 변했다.

"그렇게 되면 푸드는……."

"도리어 유리합니다."

핫토리가 시원스러운 목소리로 말했다. 핫토리는 의아해하는 세 사람의 시선에는 아랑곳없이 천천히 담배에 불을 붙였다.

"보낸 사람은 가명으로 괴문서를 쓴 사람입니다. 배달된 샘플 한두 개만 망치면 모든 샘플의 신빙성이 사라지죠."

"샘플을 망친다고……?"

모리무라가 미간을 찌푸리며 물었다.

"예를 들어 뚜껑을 연 흔적이 있다든가, 병에 손을 쓴 흔적이 있다든가. 샘플이 유포된다는 말인즉 우리도 관계 기관에서 샘플을 입수할 수 있다는 뜻입니다. 그 정도의 술수를 부리는 건

일도 아니에요."

나카사코는 권력의 중추에 서식하는 핫토리를 가만히 바라보았다.

"죄다 검게 칠할 필요는 없습니다. 회색으로 만들기만 해도 여론은 싹 바뀌어요. 요컨대 이 소동은 가명을 쓴 유쾌범의 악질적인 장난으로 마무리될 겁니다. 그때쯤이면 당사자인 유쾌범도 이 세상에서 사라졌을 테고요."

오후 6시. 마자키는 삼억 엔을 받기 위한 예행연습을 모두 마치고 홈센터◆에서 필요한 물건을 구입한 후 고치 시내에 있는 '고치 퀸스 코트 호텔' 지하 주차장에 차를 세웠다.

건물 앞쪽의 철쭉 화단을 빠져나와 로비로 들어가자 1층은 정면 안쪽이 프런트고 왼편에는 볕이 잘 드는 유리 라운지, 오른편에는 엘리베이터 두 대가 자리잡고 있었다. 비교적 널찍한 로비는 차분한 이끼색 인테리어로 통일되어 있었다. 마자키는 보스턴백을 들고 곧장 프런트로 향했다.

"다니모토라는 이름으로 예약했는데요."

프런트에 있던 젊은 여직원은 매뉴얼대로 공손하게 인사를

◆ 가정용 목공 재료나 잡화 등을 취급하는 대형 소매점.

했다. 그런데 얼굴을 들고 마자키를 보자마자 눈이 휘둥그레지더니 꽃이 피어나는 것처럼 기쁘게 미소를 지었다.

"다니모토 씨이시군요."

마자키는 여자가 누구인지 곧바로 알아보지 못했다. 여자는 그 사실을 깨닫고 "어젯밤에는 감사했습니다"라고 덧붙여 말했다.

마자키는 그제야 어젯밤에 페리에서 만난 아가씨임을 알아차렸다. 긴 머리는 도시풍으로 높이 틀어 올렸으며, 빈틈없는 화장으로 앳된 주근깨를 가리고 또렷한 이목구비와 여성다운 상냥함을 부각시켰다. 불안함 때문에 울던 어젯밤의 아가씨와는 다른 사람 같았다. 가슴에 단 이름표에는 "오가와 나쓰"라고 적혀 있었다.

"혼자였으면 어찌됐을지. 정말 감사합니다."

나쓰는 이번에는 매뉴얼에서 벗어나 꾸밈없는 모습으로 절을 했다.

몸은 괜찮은지 묻고 싶었지만 마자키는 "아닙니다"라고만 짧게 대답했다. 지금은 누구와도 아는 사이로 얽힐 수 없었다. 나쓰는 퉁명스러운 다니모토의 태도에도 표정 변화 없이, 그가 숙박자 명부에 기입하는 동안 컴퓨터 키보드를 두드려 다니모토의 체크인 정보를 입력했다.

"다니모토 히로시 님. 일박 할 예정이시군요."

나쓰는 단정하게 손을 모아 카드키를 내밀었다.

"방은 705호실입니다. 편히 쉬십시오."

방으로 안내받은 마자키는 종업원에게 팁을 주고 룸서비스 커피와 함께 제일 작은 택배용 박스를 갖다 달라고 부탁했다.

도쿄에서 오사카까지 여덟 시간 가까이 운전했고, 어젯밤 페리에서도 눈을 붙이지 않았다. 과연 뼛속까지 녹아내릴 것처럼 피곤했다. 마자키는 앞으로 해야 할 일에 집중하기 위해 일단 느긋하게 샤워를 하고 수염을 깎기로 했다.

나쓰는 종업원에게 이야기를 듣고 물품 보관소 안쪽 수납 창고를 뒤져서 최대한 깨끗한 택배용 박스를 끄집어냈다. 사람을 꺼리는 다니모토의 태도에 나쓰는 그가 남과 거리를 두려 한다는 사실을 깨달았다. 다니모토가 그러기를 바란다면 그럴 생각이었다. 그러한 형태로 나쓰는 멀리서 다니모토가 어젯밤에 베풀어준 친절에 보답하고 싶었다. 페리 갑판에 다니모토가 없었다면 나쓰는 그대로 나락처럼 어두운 바다에 빠졌을지도 모른다. 다니모토는 우연히 같은 페리에 탄 낯선 타인에 지나지 않지만 그 손이 나쓰를 이 세상에 있도록 붙들어주었다. 그 사람은 나쓰를 붙들고 등을 문질러 몸속의 괴로운 것을 토해내도록 도와주었고 나쓰가 울다 지칠 때까지 어깨를 빌려주었다. 나쓰는 어린아이처럼 아무 걱정도 없이 안심하고 잠에 빠졌다. 그날 밤은 낯선 사람이 선물한 기적과도 같은 밤이었다.

나쓰는 접힌 택배용 상자를 마른 수건으로 꼼꼼히 닦았다. 다정한 손을 가진 그 사람에게 새하얗고 깨끗한 박스를 주고 싶었다.

"705호실 남자랑 어떻게 아는 사이야?"

돌아다보자 객실 담당 스에자와 슌이 물품 보관소 선반에 기대어 휴대전화를 만지작거리고 있었다.

"어젯밤에 다니모토란 남자가 무슨 고마운 일을 해줬는데?"

프런트에서 나눈 대화를 엿들은 것이 틀림없었다. 그런 식으로밖에 물을 줄 모르는 슌에게 화가 나서 나쓰는 박스를 끌어안고 말없이 옆을 지나치려고 했다. 하지만 슌은 나쓰의 팔을 잡아당겨 뒤쪽 벽으로 밀쳤다. 나쓰는 벽에 등을 부딪혀 엉덩방아를 찧었다. 다가오는 슌을 보고 나쓰는 몸을 웅크려 배를 감쌌다. 슌은 겁먹은 것처럼 멈춰 서서 얼굴을 돌렸다.

"……오사카에서 떼고 오라고 했잖아. 오토바이까지 팔아서 돈을 마련해줬더니만."

나쓰는 묵묵히 한 손으로 바닥을 짚고 느릿느릿 일어섰다. 다행히 배는 아프지 않았다. 나쓰는 박스를 끌어안고 문간으로 향했다. 슌은 고개를 숙인 채 허수아비처럼 우두커니 서 있었다.

"……저기, 그 남자 뭐야."

슌의 마음에 깃든 순수한 불안이 언제나 나쓰의 발목을 잡는다.

슌은 눈을 살짝 들어 문간에 선 나쓰를 쳐다보았다.

나쓰는 고개를 돌리지 않았지만 상냥한 목소리로 대답했다.

"스쿠터 키를 주워줬을 뿐이야."

7층은 자신의 담당이 아니었지만 슌은 객실 담당 다노우라한테 룸서비스 수레와 택배용 박스를 빼앗아 다니모토 히로시의 방인 705호실로 향했다.

—스쿠터 키를 주워줬을 뿐이야.

나쓰의 목소리는 상냥했지만 그 상냥함은 자신과 무관하다고 슌은 직감했다. 나쓰의 목소리가 상냥했던 것은 어젯밤 그 남자가 떠올랐기 때문이다. 다니모토는 떨어뜨린 물건을 주워주기만 한 남자가 아니다. 슌은 자신이 뭘 하고 싶은지도 잘 모르면서 705호실 문을 두드렸다.

대답은 없었다. 슌은 마스터키로 문을 열고 방으로 들어갔다. 다니모토 히로시의 모습은 보이지 않고 욕실에서 샤워하는 소리가 들렸다. 슌은 맥이 탁 풀려 창가로 어슬렁어슬렁 다가갔다. 시트 머리맡에 잡힌 주름을 보고 나중에 침대 정리를 한 녀석을 혼쭐내야겠다고 다짐했다. 문득 생각이 나서 옷장을 열어보았다. 옷장에는 코트와 검은색 양복이 한 벌씩 걸려 있었다. 넥타이 걸이에 하얀 넥타이가 걸려 있는 것으로 보아 아무래도 다니모토는 결혼식 때문에 고치에 온 모양이었다. 하지만 결혼식에 참석한다면 대개 식이 치러지는 호텔에 묵는 법이고, 그렇지 않더라도 멀리서 온 참석자는 친구나 친척과 함께 호텔을 잡는다. 스스로 호텔을 예약하고 혼자 묵다니 어쩐지 이상했다.

슌은 코트 안주머니를 뒤져보았다. 지갑에서 꺼낸 면허증을 보고 슌은 놀랐다. 면허증에 붙은 남자 사진 위에는 '다니모토 히로시'가 아니라 "마자키 쇼고"라고 적혀 있었다.

이 자식, 가명으로 호텔을 잡았구나.

다른 의도 없이 결혼식에 참석할 예정이라면 가명을 쓸 필요 없다. 분명 뭔가 있다.

면허증을 되돌려놓고 서둘러 다른 호주머니를 뒤지려다 샤워기 물소리가 멈추었음을 깨달았다. 숨이 턱 막히고 심장이 쿵쿵 뛰었다.

마자키는 욕실에서 나왔을 때 문이 닫히는 소리를 들은 것 같았다. 테이블 옆에 커피포트와 컵을 얹은 수레가 있고, 접힌 택배용 박스는 의자에 기대어져 있었다. 가지고 온 객실 담당이

나간 줄 알고 아무런 의심도 품지 않았다. 새 셔츠를 입은 후 포트에서 뜨거운 커피를 따라 마시자 피로도 날아간 듯했다. 마자키는 책상에 앉아 작업을 시작했다. 백화점 문구 코너에서 산 안전봉투 스물세 장에 메모리스틱을 하나씩 넣고 봉했다. 다음으로 모든 봉투 겉면에 미리 주소를 인쇄한 택배 전표를 붙였다. 받는 사람은 텔레비전 방송국과 신문사, 대형 잡지 편집부다. 전표를 다 붙이고 나서 객실 담당이 가져온 택배용 박스를 조립하고 바닥을 접착테이프로 봉한 후 안전 봉투 스물세 장과 삼만 엔이 든 규격 봉투를 박스에 넣고 접착테이프로 봉했다. 마지막으로 박스를 보내기 위한 택배 전표를 썼다. 받는 사람은 마쓰모토에 사는 스기타 가쓰오. 보내는 사람은 '다니모토 히로시'다. 이제 이 택배를 부치고 스기타에게 전화를 하면 끝이다. 마자키는 노트북으로 필요한 사항을 몇 가지 조사한 후 택배 박스를 들고 방을 나섰다.

프런트에는 나쓰말고도 이름표에 미토베라고 적힌 초로의 남자가 있었다. 나쓰는 바로 마자키를 알아보고 조심스레 인사를 했지만 마자키는 굳이 미토베에게 택배 수속을 부탁했다. 미토베는 경력 있는 프런트 직원답게 부드러운 목소리로 물었다.

"방금 전에 오늘 택배 집하가 끝나서 내일 발송될 텐데 괜찮으시겠습니까?"

마자키는 "상관없습니다"라고 대답하고 미토베에게 전표 부본을 받은 후 프런트에서 물러났다. 라운지의 테이블 램프에 불이 켜지고 로비는 밤을 맞을 채비를 완전히 마쳤다.

마자키는 2층 레스토랑으로 가서 샌드위치와 기네스 맥주로 가볍게 저녁을 먹었다. 그리고 스기타 자동차 수리 공장에 전화를 걸기 위해 2층 구석의 공중전화로 향했다. 방의 전화를 사용해 기록을 남기기는 싫었다. 마자키는 전화카드를 넣고 공장 전화번호를 눌렀다. 이 시간이라면 스기타는 아직 '우리 애들'과 함께 일하고 있을 것이다. 일본계 브라질인이 쾌활한 목소리로 "사장님, 전하요" 하고 부르는 목소리가 들리는 것 같았다.

호출음이 아홉 번 울린 후 "여보세요" 하고 웬일로 스기타가 직접 받았다. 어쩐지 조금 졸린 듯한 목소리였다.

"가쓰오?"

"오, 쇼고냐?" 스기타의 목소리는 바로 밝고 통통 튀는 음색으로 바뀌었다. "마침 지루한 참이었는데. 지금 어디냐? 이쪽에 와 있거든 한잔하러 가자."

"볼일이 있어서 지금 고치에 있어."

"고치……. 거참 멀리도 갔네."

"'우리 애들'은?"

"아아, 밥 먹으러 갔지. 것보다 그저께 에밀리오, 무사히 저쪽으로 돌아갔어. 너한테 안부 전해달라고 신신당부하더라."

"그랬구나."

"그런데 어쩐 일이야. 고치에서 전화를 걸다니. 할말이라도 있어?"

"부탁이 있어서."

"돈과 머리를 쓰지 않는 일이라면 뭐든지 말해봐."

스기타는 제 입으로 말해놓고 큭큭 웃었다. 조금 취한 것 같았다.

"다니모토 히로시라는 이름으로 여기서 너한테 택배를 보냈거든. 박스에 든 걸 전부 4월 4일로 날짜를 지정해서 택배로 보내줘. 받는 사람은 전부 붙여놨어. 배송비는 규격 봉투에 넣어뒀고."

"알았어." 스기타는 언제나처럼 가볍게 부탁을 받아들였다. "도착하면 바로 보낼게."

"아니, 바로는 못 보내."

"무슨 소리야?"

"택배 날짜는 지정 한도가 일주일이거든. 그러니까 3월 28일이 되어야 4월 4일로 날짜를 지정할 수 있어. 미안하지만 28일 이후에 보내줘."

"오케이. 28일 이후란 말이지." 스기타는 확인하듯이 그렇게 말했다. 그리고 정말 지루했는지 어쩐 일로 아주 당연한 질문을 했다.

"그런데 왜 직접 안 보내고?"

마자키는 말문이 막혔다. 만에 하나 자신이 28일까지 살아남지 못할 상황에 대비해서라는 말은 차마 할 수 없었다.

"아하, 알았다. 마침내 가는구나." 스기타가 눈치챘다는 듯이 말했다.

"응?"

"뭘 숨기고 그러냐. 해외여행 가는 거잖아. 그래서 그날 일본에 없으니까 나한테 맡기는 거 아냐."

마자키는 스기타의 착각을 이용하기로 했다.

"그런 셈이지."

스기타는 의기양양한 목소리로 떠들어댔다.

"역시나 그럴 줄 알았어. 야, 너 연말에 우리 공장에 왔을 때 내년에는 지금까지 본 적 없는 세상을 보고 싶다고 했잖아."

스기타와 슈퍼에서 산 정월 요리를 함께 먹은 작년 마지막 날 밤이 떠올랐다. 스기타는 무슨 일이든 얼렁뚱땅 넘어가지만 언제나 남의 기분을 사소한 부분까지 잘 기억한다. 그는 옛날부터 그랬다.

"자백해. 어디냐? 하와이? 괌?"

"그건 다녀와서 말해줄게."

"빈손으로 돌아올 생각 마. 선물 사가지고 와야 해."

"이거, 어지간한 선물가지고는 안 되겠는데."

스기타는 웃으며 머리맡에 놓아둔 술이 담긴 컵에 손을 뻗었다. 스기타는 만날 깔아두는 이부자리에 앉아 아침부터 마시다가 꾸벅꾸벅 졸고, 눈을 뜨면 다시 마셨다. 옆방에 기거하던 수리공들은 일을 찾아 어제 마쓰모토를 떠났다. 초봄의 거센 바람이 이틀 전에 도산한 스기타 자동차 수리 공장의 커다란 셔터 문을 덜컹덜컹 흔들었다.

스기타는 술을 홀짝 들이켜고 자리에 벌렁 누워 천장을 올려다보았다. 어린시절부터 보아 익숙한 천장의 표주박 모양 얼룩이 눈에 들어왔다.

"선물은 내 것만 사 오면 돼. 이래 보여도 내가 사장님 아니냐."

"가쓰오."

"응?"

"만약 내가 4월 4일까지 돌아오지 않으면 그 가짜 트럭을 부수고 실어놓은 짐도 태워버려."

스기타는 표주박 모양 얼룩을 그만 보기로 하고 눈을 감았다.

술기운이 천천히 온몸에 돌았다.

"알았어. 맡겨둬."

수화기 저편에서 마자키의 차분한 목소리가 들렸다.

"선물, 외국의 향토 술이면 될까?"

"좋지. 벚꽃이 피면 그놈을 마시면서 꽃구경을 하자고."

전화를 끊자 갑자기 바람 소리가 귀에 들어왔다. 스기타는 눈을 감고 술기운에 몸을 맡긴 채 오랫동안 바람 소리를 들었다. 밤바람에 날려 온 듯이 기억 속에서 '고치'라는 지명이 되살아났다.

고치…….

마자키와 스기타가 마지막으로 팀을 이루어 달린 곳이 고치였다.

그 마지막 전국 고등학교 종합 체육대회 경주가 마자키에게 얼마나 큰 의미였는지 스기타는 몇 년이 지나고서야 알았다. 그날이 아주 조금만 달랐다면 마자키는 지금과 전혀 다른 인생을 살았을 것이다.

지금 왜 녀석은 고치에 있는 걸까…….

스기타는 사납게 날뛰는 바람 소리를 들으며 어쩌면 자신도 마자키도 지금 각각 다른 형태로 위태로운 벼랑 끝에 서 있는지도 모르겠다고 생각했다.

마자키는 엘리베이터에서 내려 발소리를 흡수하는 이끼색 융단을 밟으며 705호실로 향했다. 카드키를 꽂고 방문을 열었다. 그러자 실내에서 갑자기 도자기가 부딪히는 날카로운 소리가 나더니 호텔 제복을 입은 젊은 종업원이 뒤를 돌아보았다. 종업원은 마자키를 보자마자 몹시 당황한 모습으로 커피포트와 컵을 실은 수레를 밀며 나왔다. 한 번도 눈을 마주치려 들지 않는 종업원의 태도에 마자키는 손버릇이 나쁜 녀석이라고 딱 느꼈다. 하지만 방에 현금과 카드 종류는 놓아두지 않았다. 문 앞에서 스쳐지나갈 때 마자키는 종업원의 이름을 보았다. "스에자와 슌"이라고 적혀 있었다.

방으로 들어간 마자키는 만약을 위해 안쪽에서 후크식 자물쇠를 걸었다. 그리고 택배 전표 부본을 재떨이에다 태운 후 재를 변기에 버리고 물을 내렸다. 내일 준비를 해놓은 다음 세수를 하고 이를 닦고 잠옷으로 갈아입었다. 오후 10시 15분, 마자키는 불을 끄고 차가운 시트 속으로 미끄러져 들어갔다.

그날 밤 마자키는 짤막한 꿈을 꾸었다.

땅바닥에 두텁게 쌓인 벚꽃 꽃잎 위에 뭔가 떨어져 있었다. 다가가 보니 어린아이 손바닥 크기의 조그만 새였다. 밝은 황록색의 그 새였다. 새는 눈을 꼭 감고 부리도 다문 채 날개를 몸에 찰싹 붙인 모습이었다. 상처 하나 없는 몸뚱어리는 나무로 된 것처럼 딱딱하게 굳어 있었다. 한참 전에 죽은 것 같았다.

잠에서 깨자 실내는 아직 캄캄했다. 마자키는 일어나서 잠시 멍하니 어둠을 바라보았다. 눈 안쪽이 뻑뻑하니 아팠다.

마자키는 냉장고를 열고 물이 담긴 페트병을 꺼냈다.

에어컨이 작동되는 소리가 벌레 날갯소리처럼 울려 퍼졌다.

침대에 앉아 페트병 뚜껑을 열었다. 그리고 천천히 물을 마셨다.

목에서 뱃속으로 똑바로 떨어지는 물에 온 신경을 집중했다.

그래, 생각하지 마.

지금은 아무 생각도 하지 마.

3월 17일, 목요일.

시코쿠 지방은 일기예보대로 맑았다.

마자키는 재빨리 샤워를 한 후 양복으로 갈아입고 오전 7시 45분, 자동 정산기로 정산을 마치고 호텔을 체크아웃했다.

조수석에 보스턴백과 코트를 놓아두고 지하 주차장에서 차를 출발시켰다. 삼억 엔이 현재 어디 있는지는 노트북으로 확인해 두었다. 마자키는 고치 인터체인지에서 고치 자동차 도로로 들어가 상행선을 타고 에히메 현 가와노에 방면으로 달렸다.

고치 자동차 도로는 고치 현 스사키 시 스사키 동東 인터체인지에서 에히메 시코쿠주오 시의 가와노에 분기점까지 이어지는 전장 91.9킬로미터의 고속도로로 시코쿠 산지를 종단하는 험준한 산악 도로다. 그중에서도 고치 인터체인지로부터 약 8킬로미터 지점에 위치한 난코쿠 인터체인지에서 가와노에 분기점에 이르는 약 50킬로미터 구간에는 터널이 열아홉 개나 밀집해 있다.

마자키는 밤으로 되돌아간 듯한 긴 터널 속을 하염없이 달렸다.

가가와 현 미토요 시 다쿠마 정 오하마미나미 362번지 다카하시 히데노리

마자키가 배송 전표에 써놓은 받는 사람의 주소는 현재 빈집이고, 수령인의 이름은 가짜로 지어낸 것이다. 이소베의 용병도 마자키가 배달될 곳의 주소에서 받을 작정이라고는 생각지 않으리라. 그러면 돈과 함께 붙잡아달라고 부탁하는 것이나 마찬가지다. 돈이 도쿄를 벗어나서 배달지에 도착하기 전 어딘가에서 마자키는 돈을 가로챈다. 용병은 그렇게 예상하고 있을 것이고 실제로도 그 방법밖에 없다.

돈은 16일 밤에 도쿄에서 출발해 가가와 방면으로 향하는 장거리 트럭에 실려 도쿄 택배 물류 기지를 출발했다. 오늘 17일 이른 아침에 세토 대교를 건너 가가와 현 아야우타 군에 있는 가가와 물류 기지로 들어갔다. 현재도 돈은 가가와 물류 기지에 있으며, 행선지별로 분류 작업중이다. 이 사실은 택배를 보낸 푸드 사람과 용병 양쪽 다 인터넷 운송 추적 서비스로 확인했을 터이다.

시코쿠의 도로망은 혼슈 지방의 창구 역할을 하는 세토 대교가 개통된 이래 다리와의 접근성에 따라 재편성되었고, 가가와 물류 기지는 세토 대교를 건너자마자 나오는 광대한 매립지에 있다. 이 가가와 물류 기지에 일본 전국에서 가가와 현 전역 및 에히메 현 시코쿠주오 시, 니이하마 시로 향하는 하물이 모인다. 하물은 전부 여기서 구역별로 구분된 후 행선지별로 트럭에 적재되어 각 구역의 집배 센터로 보내진다. 그리고 집배 센터에서 마을 단위로 구분하여 그날 안에 배달될 곳의 주소로 보낸다.

물류 기지와 집배 센터에 작업원으로 섞여 들어가 스티로폼 박스 세 개를 몰래 빼돌리는 것은 불가능에 가깝다. 아마추어는 넘쳐나는 택배 박스의 바닷속에서 노리는 박스를 찾아내기도 힘들다. 그것보다 마자키의 이점은 사실상 수령인이라는 점이다. 배송 전표는 마자키 자신이 썼으므로 보내는 사람과 받는 사람, 전표 번호도 안다. 마자키는 통상의 절차를 밟아 어느 정도 자유롭게 짐을 받을 수 있다. 물론 배달될 주소말고 다른 곳에서 짐을 받으려면 수령인 '다카하시 히데노리' 본인임을 증명할 필요가 있지만.

가가와 물류 기지는 틀림없이 감시받고 있다. 수령인이랍시고 떳떳하게 받으러 가면 붙잡힐 것이 불 보듯 뻔하다. 하지만 물류 기지에서 구분 작업이 끝난 후 용병이 돈의 위치를 놓칠 수밖에 없는 시간이 있다. 오전 11시부터 삼십 분 남짓 되는 시간 안에 물류 기지에서 가가와 현 전역, 에히메 현 시코쿠주오 시, 니이하마 시에 흩어져 있는 예순 개 가까운 집배 센터로 차례차례 트럭이 출발한다. 그 트럭 중 어느 트럭에 돈이 실려 있는지 용병은 알 수 없다. 물류 기지에서 트럭이 출발하면 화물이 옮겨질 집배 센터로 향하는 수밖에 없다. '가가와 현 미토요 시 다쿠마 정 오하마미나미 362번지 다카하시 히데노리' 앞의 택배가 옮겨지는 곳은 미토요 시 미노 정에 있는 미토요 집배 센터다. 물류 기지에서 미토요 집배 센터까지는 일반 도로로 약 한 시간쯤 걸린다. 마자키는 그 시간을 노릴 작정이었다.

마자키는 고치 자동차 도로에서 가와노에 분기점을 거쳐 다카마쓰 자동차 도로로 들어섰다. 이 다카마쓰 자동차 도로에 세토 대교를 건너오는 세토 중앙 자동차 도로가 연결된다. 연결 지점은 가가와 현 사카이데 분기점이다. 마자키는 다카마쓰 자동차 도로를 제한속도 100킬로미터로 달리다가 사카이데 분기점이 나오기 바로 전 인터체인지에서 빠져나와서 국도 319호선을 잠시 북상하다가 현 도로 옆 빈터에 차를 세웠다. 미토요 집배 센터로 향하는 트럭은 이 현縣 도로를 지나간다.

주변에 논밭과 비닐하우스가 펼쳐진 한적한 전원 지대라 오가는 사람도 없다. 아지랑이가 흔들리는 노곤한 오전 한때, 가끔 종달새가 맑게 지저귀는 소리마저 들렸다. 마자키는 내비게이션의 도로 교통 정보 통신 시스템으로 간선도로에 사고로 인한 정체가 없음을 확인하고 어제 예행연습한 시간이 오기를 기다렸다.

오전 11시 10분에 마자키는 차에서 내려 고색창연한 전화 부스로 향했다. 가가와 물류 기지에 전화하자 계산한 대로 미토요 집배 센터로 향하는 트럭은 물류 기지를 떠난 뒤였다. 마자키는 오 분 정도 전화로 이야기를 나눈 후 다시 차로 돌아갔다.

11시 35분에 마자키의 손안에서 수신기가 반응했다. 거의 동시에 현 도로를 달려오는 택배 트럭 한 대가 보였다. 마자키는 스티로폼 박스 세 개 바닥에 발신기를 묻어놓았다. 돈은 틀림없이 저 트럭에 실려 있다. 미토요 집배 센터로 향하는 트럭은 마자키의 눈앞에서 서서히 속력을 줄이더니 평상시는 들를 일이 없는 장소인 전화 부스에서 20미터 정도 떨어진 곳에 있는 젠쓰지 집배 센터로 들어갔다. 트럭 뒤를 따라오던 검은색 박스 왜건과 허여멀건한 쿠페가 미토요 방면으로 달려갔다. 가령 둘 중 하나에 용병이 타고 있었다고 해도 지금 젠쓰지 집배 센터로 들어간 트럭은 가가와 물류 기지에서 젠쓰지 집배 센터로 출발한 트럭으로밖에 보이지 않는다. 하지만 진짜 젠쓰지행 트럭은 약 팔 분 후에 도착한다.

마자키의 눈앞에서 젠쓰지 집배 센터에 들른 트럭이 일 분 정도 지나 본래 목적지인 미토요 방면을 향해 출발했다. 트럭의 모습이 사라진 후에도 발신기 반응은 그대로였다. 계획한 대로 돈은 젠쓰지 집배 센터에 내려졌다. 마자키는 차에서 내려 젠쓰지 집배 센터로 향했다. 건물로 들어가자 가가와 물류 기지에서 연락을 받은 사무원이 마자키의 결혼식용 양복을 보자마자 축하 떡이라고 적힌 박스 세 개를 가져다주었다.

"누님의 피로연, 오카야마에서 하신다고요."

"예, 죄송합니다. 할아버지가 실수로 받는 사람에 자택 주소를 쓰셔서."

마자키는 고개를 숙였다. 다에의 고향에 가까운 이 지방에는 전통적인 관혼상제 풍습이 아직 남아 있다. 사무원은 친절하게 말을 붙였다.

“모두 피로연에 참석해 아무도 없는 집에 축하 떡이 배달되면 그야말로 큰일이죠. 피로연을 마친 후에 바로 사돈댁 이웃에 축하 떡을 돌리려고 하셨죠? 시집가는 입장에서는 이런 일이 중요하다니까요. 여기서 따라잡아서 다행입니다.”

“예. 다리만 건너면 금방 오카야마니까 피로연이 끝나기 전에 식장에 돌아갈 수 있어요. 정말 감사합니다.”

“조심해서 가세요.”

결혼식장에서 허둥지둥 축하 떡을 받으러 온 친척에게 아무도 신분증을 제시하라고는 하지 않았다.

오후 12시 10분. 마자키는 기름을 넣기 위해 사카이데 시내의 주유소에 멈췄다. 삼억 엔은 다이얼식 자물쇠가 달린 캐리어 가방에 담아 자동차 트렁크에 넣어두었다. 돈을 빼돌렸어도 용병이 마자키를 찾고 있다는 사실은 변함없다. 마자키가 젠쓰지에서 돈을 받은 사실은 금방 들통난다. 마자키는 다카마쓰 자동차 도로를 타고 도쿠시마로 나와서 나루토에서 고베아와지 나루토 자동차 도로를 달려 고베로 달아날 작정이었다. 4월 4일까지 몸을 숨긴다면 도시가 안전하다. 마자키는 기름값을 현금으로 내고 주유소 아르바이트 직원이 거스름돈을 가지러 간 사이에 차에서 내려 다리를 풀었다. 운전석에 앉아 있기만 해서 몸이 굳었다.

알고 보니 주유소로 차를 몰고 들어온 손님이 마자키를 빤히 쳐다보고 있었다. 마자키는 결혼식용 양복이 눈에 띈다는 것을 깨닫고 조수석에서 코트를 꺼내 걸쳤다. 어디서 갈아입는 편이 낫겠다고 마음먹고 호주머니에 손을 집어넣었을 때 마자키는 주머니에 있어야 할 물건이 없다는 것을 알아차렸다.

유타의 장갑이 없었다.

마자키는 깜짝 놀라서 조수석 주변을 샅샅이 뒤졌다. 어디에도 없었다. 오늘 아침 차에 탄 후로 지금까지 코트는 조수석에 놓아두고 꺼내지 않았다. 어디 떨어뜨렸을 리 없다. 어제 호텔에서 체크인했을 때만 해도 장갑은 분명 코트 호주머니에 들어 있었다. 그리고 코트는 내내 방 옷장에 걸어두었다. 옷장에서 장갑이 멋대로 사라질 리가…….

그제야 호텔 종업원 얼굴이 떠올라서 아차 싶었다. 레스토랑에서 돌아온 마자키를 보고 황급히 방을 빠져나간 젊은 남자. 마자키는 이름표를 봤었다.

스에자와 슌.

현금이라면 모를까 왜 어린아이 장갑 같은 걸…….

주유소 아르바이트 직원이 달려와서 마자키에게 잔돈을 건넸다. 마자키는 운전석에 올라타 문을 닫은 순간 나루토에서 고베로 건너가기를 단념했다. 마자키는 핸들을 획 꺾어 고치로 되돌아갔다.

고치 자동차 도로의 긴 터널을 빠져나가면서 마자키는 재빨리 도주 계획을 다시 세웠다. 장갑을 되찾으면 그길로 고치 스쿠모 항으로 가서 페리를 타고 오이타 현 사이키 시로 건너간다. 스쿠모 항에서 사이키 시까지는 페리로 약 세 시간이 걸린다. 사이키에서 히가시큐슈 자동차 도로를 타고 오이타 자동차 도로, 규슈 자동차 도로로 세 시간쯤 북상하면 규슈에서 손꼽히는 대도시 하카타가 나온다.

오후 2시 5분, 마자키는 고치 퀸스 코트 호텔 지하 주차장에 차를 세웠다. 차에서 내리자 호텔 제복을 입은 젊은 남자 종업원이 주차장 청소를 하고 있었다. 종업원은 차를 좋아하는지 청소하는 손을 멈추고 마자키의 임프레자를 쳐다보았다. 마자키는 그 종업원에게 객실 담당 스에자와 슌을 주차장으로 불러주지 않겠느냐고 부탁했다. 가능하면 다른 사람이 모르도록. 이름표에 "다노우라"라고 적힌 종업원은 선뜻 "알겠습니다" 하고 대답하더니 지하에 있는 관계자 전용 문을 열고 호텔로 들어갔다.

마자키는 일을 크게 만들지 않고 스에자와 슌과 둘이서 매듭지을 생각이었다. 유타의 장갑을 되찾으면 그것으로 족했다.

오 분쯤 후에 스에자와 슌이 관계자용 문을 열고 나왔다. 슌은 마자키를 보고 한순간 굳어버린 듯이 걸음을 멈췄지만 바로 입가에 웃음을 띠고 슬렁슬렁 다가왔다.

"이야기라니 뭔데?"

슌은 근처 기둥에 기대어 호주머니에서 담배를 꺼내 불을 붙였다.

"나 지금 바쁘거든."

"장갑을 돌려주지 않겠나."

슌은 주눅드는 기색도 없이 담배 연기를 천천히 내뿜었다.

"그깟 장갑, 또 사면 될걸 가지고."

"소중한 물건이야."

"정말로 그것 때문에 일부러 돌아왔어?"

"……이봐, 상습 절도범이냐?"

"아니. 댁이라면 어지간한 일로는 시끄럽게 떠들어대지 않을 것 같아서 그랬지, 마자키 쇼고 씨."

슌은 기대고 있던 기둥에서 등을 떼더니 마자키의 코앞까지 다가와서 재미있다는 듯이 눈을 들여다보았다.

"다 알아. 당신 이름이랑 주소 둘 다 엉터리잖아. 진짜 이름을 밝히지 못할 만큼 구린 일을 하고 있는 거겠지. 아무렴, 돌려달라는 장갑도 당신 게 아니야. 그런 조그만 장갑은 당신 손에 안 맞아."

"내 아들 거야."

"구라 치고 있네. 아들 걸 왜 당신이 가지고 다녀."

"죽였으니까."

마자키의 조용한 목소리에 슌은 영문을 몰라 미간을 찡그렸다.

마자키는 똑같은 억양으로 되풀이해 말했다.

"아들을 죽였으니까."

슌은 무슨 말이라도 하려고 입을 벌렸지만 할말이 떠오르지 않았다.

마자키는 느닷없이 슌의 머리카락과 팔을 움켜쥐고 콘크리트 기둥에 얼굴을 처박았다. 둔중한 소리와 함께 슌의 코에서 피가 쏟아졌다.

슌은 뭐가 어떻게 된 건지 어리둥절했다. 무서운 힘으로 얼굴이 콘크리트 기둥에 짓눌려, 부서질 것처럼 턱에서 딱딱 소리가 났다. 비명을 지르려고 하자 입안에서 부러진 송곳니가 굴러다녔다.

귓가에서 변함없이 조용한 마자키의 목소리가 들렸다.

"장갑, 돌려주지 않겠나?"

고통보다는 공포 때문에 슌의 목소리에는 울음이 섞였다.

"……지금 안 가지고 있…… 정말이……."

마자키가 손을 떼자 슌은 기둥 옆에 쓰러졌다. 코피가 기도로 들어가 슌이 콜록거리는 동안 마자키는 말없이 우두커니 서 있었다. 슌은 제복 조끼를 벗어 얼굴에 묻은 피를 닦았다.

"……장갑, 집에 있어. 일이 끝나면 가지고 올게. 일찍 돌아가면 잘리니까…… 방에서 기다리고 있어……."

마자키는 어제 묵은 705호실 침대에 앉았다. 몹시 피곤했다. 눈 안쪽이 아프고 마치 공기가 무거워진 것처럼 숨쉬기가 괴로웠다.

그날 밤 내가 집에 있었다면 유타는 지금도 살아 있을 텐데.

내가 없었던 탓에 유타는 죽었다.

차갑게 식은 유타를 품에 안았을 때부터 알고 있었다.

내가 유타를 죽였다는 것을 알고 있었다.

눈 안쪽이 찌르는 것처럼 아팠다.

생각하지 마. 지금은 아무 생각도 하지 마.

마자키는 숨을 내쉬고 일어서서 세면대에서 얼굴을 씻고 아스피린을 먹었다.

슌은 6시에는 장갑을 가지고 오겠다고 했다. 그때까지 가만히 기다리고 있기는 힘들었다. 마자키는 양복을 청바지와 스웨터로 갈아입고 보스턴백을 들고 방을 나섰다. 시간이 될 때까지 차를 몰고 돌아다닐 생각이었다.

마자키라는 남자는 머리가 이상하다.

객실을 돌아다니며 청소할 때도, 물품 보관소에서 짐을 태그 숫자순으로 정리할 때도 슌의 머리에서는 마자키가 떠나지 않았다. 마자키는 자기가 죽인 아들의 장갑이라며 슌이 훔친 장갑을 돌려달라고 했다. 마자키의 목소리에서는 분노하는 마음은 물론이거니와 혐오감조차 느껴지지 않았다. 별안간 머리카락을 잡고 콘크리트 기둥에 얼굴을 처박을 때도 마자키는 귓가에 대고 조용하게 애원했다. 그대로 슌의 턱이 석류처럼 파삭 쪼개졌더라도 마자키는 모르지 않았을까 싶어 진심으로 무서웠다.

놈은 망가졌어.

슌은 마자키라는 인간이 너무나 으스스하고 기분이 나빠서 견딜 수가 없었다.

"어머, 꽃가루 알레르기야?"

프런트에서 짐을 가져온 종업원이 슌의 얼굴을 덮은 커다란 마스크를 보고 무람없이 말을 걸며 다가왔다. 기둥에 처박혀서 난 얼굴의 상처를 마스크로 가린 것이었지만 일일이 대꾸하고 싶지 않았다. 걸핏하면 슌에게 점수를 따려고 하는 연상의 종업원은 "코도 잘 덮어야지" 하고 아양을 떨며 슌의 마스크에 손을 뻗었다.

"손대지 마!"

슌은 여자의 손을 험악하게 뿌리쳤다.

"무슨 짓이야!"

여자의 표정이 바로 변했다.

슌은 태그를 내팽개치고 문으로 향했다.

"어디 가!"

여자의 쨍쨍거리는 목소리가 귀에 거슬려 슌은 문을 쾅 닫고 물품 보관소를 나섰다. 주간 근무가 끝날 때까지 아직 반시간 남짓 남았지만 더이상 견딜 수 없었다. 슌은 그길로 종업원 자전거 주차장으로 가서 자신의 녹슨 자전거에 올라탔다. 삼십 분이면 집에 가서 장갑을 가지고 돌아올 수 있다. 물품 보관소 작업은 아직 끝나지 않았지만 돌아와서 계속하면 된다. 슌은 냉큼 장갑을 돌려주어 마자키가 어디로든 사라졌으면 했다. 조금이라도 빨리 그와 연을 끊고 싶었다. 슌은 죽어라 페달을 밟아 상점가를 가로질렀다.

마자키는 교차로가 나올 때마다 아무 생각 없이 적당한 길을 골랐다. 목적지는 없었다. 약이 전혀 듣지 않아 눈 안쪽의 통증은 점점 심해졌다.

다에와 유타의 행복한 삶말고는 아무것도 바라지 않았다. 다에가 임신했음을 알았을 때 언제 경찰에 끌려갈지 모르는 일에서 손을 씻기로 결심했다. 트럭을 손에 넣어 회사를 세웠다. 불면 날아갈 것처럼 작은 회사였지만 유타에게 밝히지 못할 만한 일은 절대 하지 말자는 각오로 일해왔다. 그런데 다에는 싸다만 도시락을 남기고 죽었고, 유타는 내가 죽였다.

차갑게 식은 유타를 끌어안았을 때의 감각이 온몸에 되살아나자 마자키는 괴로워서 숨이 콱 막혔다. 복도에서 발작이 일어났지만 유타는 쓰러진 후에도 거실 전화기로 도움을 청하려고 안간힘을 다해 기어갔다. 닦아놓은 거실 바닥에 유타의 손바닥 자국이 수없이 많이 남아 있었다. 유타는 죽음의 고통과 싸우며 현관문이 열리는 소리를, 내 발소리가 들려오기를 얼마나 바랐을까. 거역할 수 없이 깊은 어둠에 삼켜지며 유타는 나오지 않는 목소리로 몇 번이나 나를 불렀을까. 유타는 아무도 없는 집에서 홀로 죽어갔다. 희미하게 뜬 눈가에 눈물이 맺힌 채. 내가 라디오를 들으며 트럭을 모는 사이에.

머리가 이상해질 것만 같았다.

갓길에 차를 대고 마자키는 운전대 위에 푹 엎드렸다.

미안해…….

마자키는 신음했다.

이 괴로움이 사라지기만 한다면 스스로 머리를 깨부수고 싶을 정도였다.

그때 멀리서 어린아이의 밝은 목소리가 들렸다.

유타……?

마자키는 고개를 들었다.

앞 유리창 너머로 눈에 익은 풍경이 보였다. 길 한쪽에 나지막한 녹색 울타리가 죽 쳐져 있는 외길이었다. 마자키는 끌려가듯이 임프레자에서 내려 녹색 울타리로 다가갔다.

울타리 너머에 초등학교 운동장이 있었다. 축구 골대도 철봉도 기억 속 그 자리에 있었다. 마자키는 잠시 동안 멍하니 아무도 없는 운동장을 바라보았다.

그래, 여기다.

이 운동장은 마자키가 고등학교 3학년 때 전국 고등학교 종합 체육대회에 출전했을 당시 단체 타임트라이얼 레이스의 출발 지점이었다.

그 여름날 아침, 울타리 옆 벚나무들에는 푸른 잎이 무성했고 줄기 여기저기에 아직 부드러운 매미 허물이 매달려 있었다. 마자키는 이제 시작될 레이스가 단 한 번뿐이라 되돌릴 수 없음을 알고 있었다. 그리고 결과가 자신에게 줄 것과 자신에게서 빼앗아 갈 것 양쪽의 무게를 알고 있었다. 그 사실은 마자키가 일찍이 몰랐던 전율과도 같은 기대와 두려움으로 다가왔다.

열여덟 살 여름. 자전거 경기 마지막날, 로드레이스 팀 주장은 마자키였다.

날이 새기 전에 잠에서 깨자마자 마자키는 티셔츠와 트렁크스 차림으로 숙소 창문을 열고 하늘을 올려다보았다. 밤눈에도 별이 없는 하늘에 낮게 낀 비구름이 보였다. 바람은 없지만 대기는 무겁고 습했다.

"내릴지도 모르겠네요."

등뒤에서 목소리가 들렸다. 오노 신이 마자키와 똑같이 납빛 하늘을 올려다보고 있었다. 언제 일어났는지 신은 벌써 유니폼을 입고 있었다.

"잠은 제대로 잤어?"

준비가 너무 철저해서 마자키는 걱정이 되어 물었다.

"쿨쿨 잤죠." 신은 기운차게 웃음을 지었다. "그것보다 스기타 선배는 아직도 쿨쿨 자는데요."

바로 옆에 스기타가 큰대자로 누워 입을 벌리고 잠들어 있었다.

스기타는 잠에 빠졌다 하면 누가 업어 가도 모를 정도다. 마자키는 신에게 먼저 아침을 먹으라고 말하고 스기타의 요를 뒤집었다. 꿍얼꿍얼하는 스기타를 깨워 세면소로 끌고 가서 얼굴을 씻게 하고 식당으로 데려갔다. 식당에 가보니 날이 새기 전인데도 고맙게도 숙소 아주머니가 따뜻한 밥에 된장국, 낫토를 아침밥으로 차려놓고 기다리고 있었다. 여느 때와 다름없이 스기타는 음식 냄새를 맡자마자 잠이 달아난 얼굴로 밥을 먹기 시작했고, 마자키도 안심하고 자기 밥을 먹었다. 경기 시작 세 시간 전에는 밥을 든든히 먹어두는 것이 로드레이스의 철칙이다. 신은 벌써 다 먹었는지 그릇을 정리하고 레이스에 휴대할 자기 물통에 게토레이를 채우고 있었다. 평소 성가실 만큼 떠들썩한 신도 오늘 아침은 말수가 적었다. 신은 작년 가을 교내 타임트라이얼 경기에서 로드레이스 정규 선수 자리를 획득했으니 이번이 첫 전국 고등학교 종합 체육대회 출전이었다.

오전 4시. 준비를 마친 마자키는 자전거를 넣은 경기용 가방을 짊어지고 나흘간 묵은 방을 나섰다. 숙소 현관에서 셋이서 나란히 신발을 신으며 마자키는 다음에 여기로 돌아올 때는 어느 쪽이든 결과가 나와 있을 거라고 생각했다. 이 경기에서 시상대에 서면 마자키는 로드레이스 팀이 있는 실업단에 입단하기로 되어 있었다.

마자키는 로드레이스를 계속하고 싶었다. 대학에 진학하여 자전거 경기부에서 로드레이스를 계속하는 사람도 있지만, 마자키는 그럴 돈도 없고 성적도 좋지 않았다. 마자키가 로드레이스를 계속하려면 이 경기에서 이기는 수밖에 없었다. 스기타와 신에게는 그런 이야기를 하지 않았다. 경기 전에 쓸데없는 걱정을 끼치고 싶지 않았다. 마자키는 삼 년간 써온 경기용 가방 이름표에 눈길을 주었다. 펠트펜으로 적은 이름.

마자키 쇼고.

앞으로 몇 시간 안에 이 녀석의 미래가 결정된다. 마자키는 경기용 가방을 어깨에 메고 현관 옆 미닫이를 열었다. 침침한 어둠 속에서 매미가 희미하게 울고 있었다.

동이 틀 무렵, 세 사람은 출발 지점인 초등학교 운동장에 도착했다. 참가하는 48개 학교의 선수들도 속속 모여들었다. 선수들 중에 안면이 있는 사람도 몇 명 있었지만 눈만 마주쳤을 뿐 서로 말은 걸지 않았다. 세 사람은 접수를 마치고 벚나무 아래에서 경기용 가방을 열고 각자 자전거를 조립하기 시작했다. 공기압과 브레이크를 조정하고 체인을 꼼꼼하게 살폈다. 그리고 번호표를 단 유니폼 차림으로 워밍업을 시작해 출발 시간에 맞추어 서서히 심박수를 올려갔다.

레이스 코스는 초등학교 운동장에서 출발해 국도 55호선을 동쪽으로 달려 나하리까지 갔다가 되돌아오는 97킬로미터 코스다. 당시 전국 고등학교 종합 체육대회의 로드레이스는 지금 처럼 개인 기록을 겨루는 경기가 아니라 3인 1조의 팀으로 함께 달려 각 팀에서 두 번째로 골인한 주자의 기록을 겨루는 단체전이었다. 각각의 팀은 이십 초 간격으로 출발하고, 팀원 세 명이 풍압으로 인한 체력 소모를 최소한으로 억제하기 위해 선두를 교대해가면서 전원이 최고 속력으로 완주하는 것이 목표다. 물론 두 번째로 결승점에 들어온 주자의 시간이 기록이므로 최소 두 명 이상 완주하지 않으면 그 팀의 기록은 인정되지 않는다.

그해 경기는 전반과 후반 두 그룹으로 나누어 치러졌으며, 참가한 48팀 중 전반 그룹 24팀이 출발한 후 이십 분의 간격을 두고 후반 그룹이 출발하기로 했다. 경찰의 요청으로 도로에 일반 차량을 통과시키기 위해서였다. 로드레이스는 일반 도로를 봉쇄하고 치르므로 전체 경기 시간을 단축하기 위해 경기 순서도 약팀이 먼저 출발하고 강팀이 나중에 출발하도록 짜여 있었다. 현 대회에서 좋은 기록을 낸 마자키 팀은 43번째로 출발했다. 스기타는 이틀 전 1000미터 타임트라이얼에서 우승을 거머쥐어 한창 물이 오른 상태였고, 신은 로드레이스 코스 시험주행 때도 잘 달렸다. 마자키는 자신이 팀의 페이스를 평소대로 정확하게 통제하면 셋이서 완주하여 시상대에 설 수 있으리라고 확신했다.

오전 6시, 첫 팀이 출발했다. 이십 초 간격으로 차례차례 전반 그룹이 출발했다. 마자키 팀은 워밍업을 마치고 호흡을 가다듬고 있었다. 전반 그룹이 모두 출발하고 얼마 지나지 않아 비가 흩뿌리기 시작했다. 주변에서 모래 냄새가 풍겼고, 빗방울이 늘어나자 운동장 모래 색깔이 점차 짙어졌다. 신이 불안한 듯이 하늘을 올려다보았다. 비가 내리면 도로가 젖어서 쉽게 미끄러진다.

"괜찮아." 마자키는 신에게 말을 걸었다. "나하리의 커브만 조심하면 아무 걱정 없어."

신은 고개를 살짝 끄덕이고 헬멧 가장자리에 맺힌 빗물을 닦았다.

비에 대비한 로드레이스 연습은 지겨울 만큼 많이 했다.

"시원해서 딱 좋겠네."

스기타가 그렇게 말하고 입안의 포도 맛 사탕을 아작아작 씹어 먹었다. 포도 맛 사탕을 씹어 먹는 것은 스기타가 출발하기 전에 필승을 기원하며 치르는 의식이다.

집합 신호가 떨어지자 마자키 팀은 출발선에 늘어섰다. 후반 그룹이 출발하기 시작했다. 앞에 늘어선 팀들이 한 팀씩 줄어들었다. 마자키는 마지막으로 다시 한번 머릿속으로 코스의 흐름을 그렸다. 길의 미묘한 높낮이부터 언덕, 커브가 있는 곳, 각도, 전부 머릿속에 들어 있었다.

마자키 팀은 오전 6시 34분 정각에 출발했다. 언제나처럼 마자키가 선두에 서고 신이 두 번째, 스기타가 세 번째로 뒤따르며 종대를 이루었다.

자전거 레이스는 풍압과의 싸움이다. 앞에 바람을 막아주는 주자가 한 명 있으면 뒤따라오는 주자는 달리기가 훨씬 편하다. 앞쪽 주자의 뒷바퀴와 40센티미터 간격을 두면 앞쪽 주자의 70퍼센트의 힘으로 달릴 수 있고, 30센티미터 간격을 두면 60퍼센트의 힘으로 달릴 수 있다. 당연히 풍압을 정통으로 받는 선두 주자는 체력 소모가 가장 크다. 그러므로 로드레이스에서는 선두 주자를 로테이션으로 교대하면서 결승점으로 향한다. 선두 주자는 십 초에서 삼십 초 정도 선두를 달리다가 페달을 밟으며 제일 뒤쪽으로 처지고 2번 주자가 선두로 나선다. 2번 주자에서 3번 주자로 교대할 때도 똑같은 형식이며, 이렇게 교대하는 동안에도 달리는 속도는 늦추지 않는다.

선두를 달리는 마자키는 국도 55호선의 직선 주로를 시속 45킬로미터 페이스로 밟은 후 선두를 신에게 넘겼다. 커브와 언덕을 포함해도 마자키는 전 구간을 평균 시속 42킬로미터 페이스로 유지하며 달릴 작전이었다. 빗발은 서서히 강해졌지만 신은 기세 좋게 페달을 밟았다. 교대한 스기타도 힘차게 선두를 달렸다. 해낼 수 있을 것 같았다.

신모노베가와바시 다리를 건너 노이치로 들어설 때 앞서 달리는 팀을 따라잡았다. 마자키가 그대로 추월했고, 뒤이어 신이 거리를 벌렸다.

레이스가 잘 풀릴 때의 버릇이 나왔는지 선두를 달리는 신의 페이스가 조금씩 빨라지기 시작했다. 마자키가 여유를 가지고 속도를 줄이라고 말하려 했을 때 갑자기 바람 냄새가 변하더니 빗소리가 거대한 막처럼 펼쳐졌다. 눈을 돌리지 않아도 오른편에 태평양이 나타났음을 알 수 있었다. 마자키 팀은 빗속에서는 수없이 많은 연습을 했지만 비가 내리는 해안선을 달리기는 처음이었다. 수평선까지 이어지는 광활한 바다가 바닷물 냄새가 나는 거센 빗소리로 변해 몸을 짓누르는 것 같았다. 이러면 뒤쪽에서 말을 걸어도 선두를 달리는 사람은 못 알아듣는다. 마자키는 자신이 선두에 섰을 때 가능한 한 오래 달려 신을 쉬게끔 했다.

아키 시내에 들어서서 바다에서 멀어지자 마자키는 로테이션을 되풀이하며 휴식을 취했다. 스기타가 조금 오래 선두를 달려주어 편했다. 신은 페이스를 지키며 빠르게 달렸다. 이오키에 도착할 즈음에 두 번째 팀을 따라잡았다. 이번에는 페이스를 올리지 않고 천천히 앞질러 나갔다.

이오키를 나서면 완만한 기복이 있는 오야마 갑에서 44킬로미터 지점인 야스다를 지나칠 때까지 약 22킬로미터 구간은 거의 바다를 따라 달리게 된다. 아까 해안선을 달리며 감각은 익혔다. 빗발은 거세지기만 했으나 바다에서 바람은 불어오지 않았다. 마자키는 갑의 오르막을 넘으면 바다를 따라 달리며 페이스를 올릴 작정이었다. 똑바로 이어지는 해안선에서 시간을 벌어두고 싶었다.

하지만 오야마미사키 곶의 오르막을 오르자 마자키의 눈앞에 생각지도 못한 광경이 펼쳐졌다. 후반에 출발한 팀이 거의 한 덩어리로 뭉쳐서 달리고 있었다.

시간 간격을 두고 출발하는 타임트라이얼 레이스에서는 보통 커다란 집단을 이루어 달릴 일은 없다. 하지만 이번에는 경기 시간을 단축하기 위해 약팀부터 순서대로 출발한 결과 한 팀과 그 전후에 출발하는 팀의 기록 차가 근소했다. 그래서 추월당한 팀이 차례차례 앞 팀을 뒤쫓는 현상이 일어나 눈덩이가 불어나듯이 한덩어리로 뭉친 것이다. 누구도 예상하지 못한 일이었다.

마자키는 일단 집단의 뒤에 붙었지만 이대로 따라만 가서는 페이스를 올릴 수 없었다. 순위는 도착 순서가 아니라 도착 시간에서 출발 시간을 뺀 기록으로 결정된다. 마자키 팀은 자신들 바로 뒤에 출발한 팀을 이기려고만 해도 이십 초 이상 차이를 두고 골인해야 한다.

아무래도 집단 앞으로 나설 수밖에 없을 것 같았다. 바깥으로 크게 돌아 단숨에 집단 앞으로 튀어나간다. 마자키는 뒤쪽 두 사람에게 신호를 보내고 힘차게 페달을 밟았다. 그 직후 스기타가 뭐라고 소리를 질렀다. 놀라서 돌아다보자 뒤를 따라오던 신이 전혀 따라오지 못해 팀의 진열이 흐트러질 위기였다. 마자키는 즉시 속력을 줄여 신의 앞에 자리잡았다. 하지만 마자키가 앞에 버티고 있어도 신은 괴로운 듯 헐떡였다. 아까까지 쌩쌩하다가 갑자기 몸에 힘이 쭉 빠진 것 같았다.

설마, 하고 마자키는 불안감에 휩싸였다. 하지만 신의 증상은 바로 헝거 노크였다.

헝거 노크hunger knock는 혈중 당질 · 에너지원 농도가 저하하여 일어나는 저혈당 상태다. 마자키는 신에게 빨리 가지고 온 보급식을 먹으라고 신호했다. 하지만 보급한 당분이 혈중에 퍼져 회복되려면 적어도 삼십 분은 걸린다. 마자키는 이해할 수 없었다. 신은 마자키와 스기타 두 사람과 같이 아침을 먹었을 터이다. 바로 그때 오늘 아침 신이 아침을 먹는 모습을 보지 못했다는 생각이 났다. 마자키가 식당에 갔을 때 신은 그릇을 정리하고 있었다. 너무 긴장한 탓에 밥이 제대로 넘어가지 않아 거의 먹지 못한 것이다. 자신이 곁에 붙어 있었다면. 너무나 후회스러워 입술을 깨물었을 때 마자키 팀 뒤편으로 비를 가르는 바퀴 소리가 다가왔다. 마자키 팀이 앞지른 팀이었다. 순식간에 두 팀이 뒤에 따라붙었고, 마자키 팀보다 나중에 출발한 팀이 그 뒤편에 위치했다. 아차, 싶었지만 마자키 팀은 이미 커다란 집단의 후반부에 갇혀 오도 가도 못하게 되고 말았다.

한덩어리로 뭉친 팀들은 그대로 해안선을 지나쳐 다노 정 중심부로 들어섰다. 마자키는 현재 위치한 집단 뒤쪽의 중앙 부분은 위험하다고 느꼈다. 앞으로 치고 나갈 수 없다면 하다못해 팀을 집단의 오른쪽이나 왼쪽 가장자리로 빼내고 싶었지만 몇 번 시도해보아도 빠져나갈 만한 공간이 없었다.

비는 내리꽂는 것처럼 주룩주룩 쏟아졌고, 1.5킬로미터 앞에 반환점인 나하리가 다가왔다. 마자키는 초조해죽을 지경이었지만 어떻게 할 방도가 없었다. 나하리에 가면 짧은 다리를 건너자마자 유턴 지점 직전에 급커브를 낀 내리막길이 나온다. 속력이 나서 까딱 잘못하면 미끄러지는 곳이다. 이렇게 뭉쳐서 가고 있으니 만약 한 대라도 균형을 잃으면 그 자전거만 넘어지고 만다는 보장이 없다. 게다가 이렇게 한데 뭉쳐서 달려본 경험이 있는 선수는 아무도 없다. 무슨 일이 일어날지 모른다.

마자키는 거센 빗발로 부옇게 흐려진 길을 바라보며 온몸의 신경을 집중했다. 순식간에 나하리의 다리가 가까워졌다. 내리막길에서 속력이 붙은 집단은 차례차례 자전거를 기울이며 커브로 진입했다. 마자키는 앞쪽의 움직임에 시선을 고정한 채 커브로 들어섰다.

어느 자전거가 처음이었는지는 모른다. 시야 바깥에서 충돌하는 소리가 들리는가 싶더니 마자키의 대각선 앞쪽 자전거들이 풀을 베어 넘기는 것처럼 쓰러졌다. 반사적으로 손잡이를 꺾은 순간 엄청난 충격과 함께 한순간 몸이 붕 뜨더니 말도 안 되는 방향에서 빗방울이 뺨을 때렸다. 아스팔트에 내동댕이쳐진 마자키의 눈 가장자리로 망가진 신의 자전거가 옆으로 쓰러진 채 도로를 미끄러져 가는 모습이 들어왔다. 고개를 들자 물보라를 일으키며 달려가는 선수들의 뒷모습 사이에 스기타의 번호표가 보였다. 마자키는 신에게 별 탈이 없음을 눈으로 확인한 후 자기 자전거로 달려갔다. 스기타를 쫓아가야 한다. 스기타 혼자 가서는 팀의 기록을 인정받지 못한다. 하지만 마자키는 자전거를 일으킬 수 없었다. 쇄골이 부러진 것이다. 잠시 후에 스기타가 자전거를 밀며 쏟아지는 빗속을 걸어서 되돌아왔다. 말없이 헬멧을 벗은 스기타의 얼굴을 보고 나서야 마자키는 자기 옆에서 신이 소리 내어 울고 있음을 알아차렸다. 세 사람의 레이스는 여기서 끝났음을 실감했다.

이듬해 졸업과 동시에 마자키는 도쿄의 작은 정밀 기계 공장에 취직했다.

봄날 해거름, 나하리의 다리에 서자 강가 둑에 핀 노란색 유채꽃이 보였다.

마자키가 나하리를 찾은 것은 그해 여름 이후 처음이었다.

다리와 나란히 뻗은 도사쿠로시오 철도 회사의 철교를 파란 열차가 지나갔다. 마자키는 천천히 내리막길을 걸어갔다. 커브 앞쪽에 그날 비가 억수같이 퍼붓는 가운데 쓰러진 자전거를 일으키려고 했던 차도가 그대로 남아 있었다.

마자키는 아무도 없는 인도에 멈춰 서서 그곳을 바라보았다. 소형 자동차와 트럭이 차례차례 지나갔다. 아스팔트 차도 한 모퉁이, 저곳을 출발점 삼아 자신은 인생을 다시 시작했다.

상경해서 일하다가 다에를 만났다. 유타를 얻어 생각지도 못했던 기쁨을 수없이 많이 알았다. 다에를 잃고 유타가 죽자 머릿속에 남은 것은 죽음뿐이었다.

하지만 그날 밤, 나카사코에게 유타의 장갑을 받은 날 밤 마자키는 다시 한번 살아봐야겠다고 마음먹었다. 유타도 다에도 더이상 이 세상에 없다. 그렇지만 그런 꼴로라도 다시 한번 살아봐야겠다고 다짐했다.

마자키는 이 세상에서 보고 싶은 것이 있었다.

지금 자신은 거기에 다다르기 위한 레이스를 하고 있다. 얼마나 터무니없고 바보 같은 계획인지는 잘 안다. 하지만 마자키는 골인 지점에 있을 풍경을 꼭 보고 싶었다. 그것이 다에를 잃고 유타를 죽인 자신이 아직도 살아 있는 유일한 이유다.

한 소녀가 시바 개를 끌고 곁을 지나쳐갔다.

마자키는 그리운 풍경을 바라보듯 골목으로 사라지는 낯선 소녀의 뒷모습을 지켜보았다. 그리고 발걸음을 돌려 자기 차를 향해 걸음을 옮겼다.

슌은 허름한 연립주택 계단을 뛰어올라 문을 열자마자 신발을 벗어던지고 안쪽 두 평짜리 방으로 향했다. 장갑은 거기 있을 것이다. 커튼을 친 안쪽 방에서는 나쓰가 바닥에 누워 자고 있었다. 좁은 부엌 안쪽에 세 평과 두 평짜리 방이 이어지는, 석양이 드는 집에서 슌은 요 이 년간 나쓰와 함께 살고 있었다.

입덧이 심해 일을 쉰 나쓰는 풀어 헤친 긴 머리를 베개에 대고 누워 새근거리며 잠들어 있었다. 나쓰의 창백하고 수척한 얼굴을 보자 슌은 가슴이 아팠다.

사귀기 시작했을 무렵 나쓰는 장미처럼 볼이 발갛고 건강한 아가씨였다. 고등학교 3학년 가을, 친구와 학교 축제를 보러 온 나쓰에게 처음 말을 걸었을 때 슌은 평소와 다름없이 잠깐 놀다가 그만둘 작정이었다. 오토바이와 아르바이트에 푹 빠져 살던 슌은 여자에게 인기가 있어 한 여자와 오래 사귀는 것을 지루하게 여겼다. 하지만 나쓰와 사귀다 보니 세상사에 닳은 구석 없이 순진한 나쓰가 진심으로 좋아졌다. 다음해 초 슌이 희망하던 의류계 회사에 취직하자 나쓰는 아르바이트비를 모아서 가죽 명함집을 선물해주었다. 일도 사생활도 전부 잘 풀릴 것 같은 기분이 들었다.

하지만 일을 시작하자 할당된 업무량이 너무 많을뿐더러 집세와 광열비를 빼고 나면 남는 돈이 거의 없을 만큼 급료는 적었고, 잔업수당이고 휴일이고 없이 매일 뼈빠지게 일해야 했다. 슌은 꾹 참고 일 년 반을 일했지만 한 번 지각했다고 온갖 욕을 다 먹고 나자 너무 어이가 없어서 그만두었다. 그때는 한 살 어린 나쓰도 친척의 원예 가게에서 사무 일을 하고 있었다.

슌은 술집 아르바이트로 생계를 꾸려나갔지만 나쓰가 곁에 있으니 마음만은 편했다. 결혼하고 싶었지만 번듯한 직업이 없는 탓에 슌은 나쓰의 부모에게 꾸지람을 듣고 교제를 금지당했다. 나쓰는 집을 나왔다. 동시에 친척의 원예 가게에서 잘렸다. 나쓰 부모님의 눈이 무서워 더는 써줄 수 없다고 했다. 둘이서 고용 센터를 드나들며 어떻게든 안정된 직업을 구하려 했으나 돌아오는 것은 단기 계약으로 일하는 파견 업무뿐이라 직장을 전전하는 수밖에 없었다.

그 무렵부터 슌은 나쓰에게 손을 댔다. 그런 자신이 못 견디게 싫었지만 스스로는 어떻게 할 방도가 없었다. 지쳐 잠든 나쓰를 보고 있자니 너무나 가여웠다. 사소한 일로 얻어맞고 동거남이 술김에 괴롭히듯이 몸을 원해 아이를 밴 것도 모자라 장래도 없이 먹고사는 것이 고작인 삶이 한없이 계속된다. 나를 만나지 않았다면 나쓰는 더 행복해졌을 텐데. 만약 또 다른 내가 있어서 이런 상황에 처한 나쓰를 만난다면 무슨 수를 써서든 함께 사는 쓰레기 같은 놈에게서 나쓰를 구해줄 텐데. 그럴 수만 있다면 얼마나 좋을까. 슌은 그렇듯 꿈처럼 부질없는 소망이 이루어지기를 간절히 바랐다.

슌은 나쓰의 머리맡에 편의점에서 사 온 빵을 내려놓고 나쓰가 깨지 않도록 조심스레 장갑을 찾기 시작했다.

어젯밤에 마자키의 방을 뒤지다가 코트 호주머니에서 장갑을 발견했을 때 바로 나쓰의 얼굴이 떠올랐다. 그 장갑은 여자 손에 맞는 크기인데다 이 부근에서는 보기 힘든 세련된 느낌이 들었다. 슌은 장갑을 새 종이봉투에 넣어 화해의 표시라며 나쓰에게 주었다. 밝은 황록색 장갑은 나쓰의 빨간 스쿠터에 잘 어울렸다. 함께 산 이래로 생일도 크리스마스도 제대로 챙겨준 적이 없었기에 나쓰는 놀랄 만큼 기뻐했다. 몇 번이고 꼈다 벗었다 하며 몇 번이나 "예쁘다, 예쁘다" 하고 좋아했다.

장갑을 마자키에게 돌려주고 나면 나쓰에게는 비슷한 걸 사 줄 작정이었다.

지금은 서둘러 장갑을 찾아 호텔로 돌아가야 한다. 하지만 자질구레한 물건을 넣어두는 나쓰의 수납함에도, 반짇고리에도 장갑은 없었다. 애가 타서 서랍 속을 휘젓고 있자니 "뭐해?"라는 나쓰의 작은 목소리가 들렸다.

나쓰는 시계를 쳐다보더니 멍하니 물었다.

"슌, 일은……?"

장갑이나 제대로 챙겨두지 왜 잠에서 깨서 쓸데없는 소리야. 슌은 순간 열이 뻗쳤다.

"장갑 어쨌어?"

나쓰는 이상하다는 듯이 눈을 깜빡였다. 슌은 화가 났다.

"장갑 빨리 내놔!"

슌이 화난 목소리로 고함을 지르자 나쓰는 어깨를 움찔 떨더니 겁에 질려 눈을 크게 떴다.

장갑은 나쓰가 덮은 이불 가슴께에 있었다. 마음이 허전하여 장갑을 안고 잠들었을 나쓰를 생각하자 가슴이 아팠지만 난폭하게 장갑을 빼앗았다. 나쓰는 불에 덴 것처럼 잽싸게 슌의 팔에 달라붙었다.

"잠깐만, 이건 화해의 증거잖아, 화해의……."

"시끄러워!"

슌은 나쓰를 힘껏 뿌리쳤다. 나쓰는 정리 선반에 부딪혀 이불 위에 나동그라졌다. 싸구려 화장품과 슌의 드라이어가 선반에서 와르르 떨어졌다.

나쓰는 눈물이 가득 고인 커다란 눈으로 슌을 올려다보았다. 가슴이 크게 오르락내리락하고 핏기 없는 입술이 떨렸다.

"……왜 그래……?"

슌은 고개를 돌렸다. 훔친 장갑이라는 말은 할 수 없었다.

다다미 위에 나쓰에게 주려고 사 온 빵이 찌그러진 채 널브러져 있었다.

"애, 지워."

"싫어."

나쓰는 처음으로 분명하게 거부 의사를 밝혔다. 어제 이른 아침 페리 2등 선실에서 잠에서 깼을 때 나쓰는 살아 있기를 잘했다고 진심으로 안도했다. 그때 아이를 낳기로 결심했다.

"둘이서 열심히 살면 키울 수 있어."

나쓰는 달래듯이 다정하게 말했다.

슌의 가슴에 바람을 맞고 살아난 잉걸불처럼 말로는 다 할 길 없는 분노가 번졌다. 슌은 나쓰의 뺨을 올려붙인 후 장갑을 들고 아무 말도 없이 집을 나섰다. 문을 닫을 때 몸을 찢는 듯한 나쓰의 울음소리가 들렸다.

슌은 녹슨 자전거를 모는 데만 정신을 집중했다. 나보고 더 이상 어쩌란 말인가. 슌의 친구의 친구는 낙태 비용을 마련하지 못해 여자친구의 배를 걷어차서 유산시켰다고 들었다. 거기에 비해 자신은 오토바이를 팔아서까지 돈을 마련해줬는데. 나쓰는 고마운 줄도 모르고 이제 와서 낳겠다고 한다. 정말 제멋대로다.

무엇보다 이런 상태에서 아이를 낳아 어떻게 키우겠다는 말인가. 아이를 낳으면 나쓰는 당분간 일을 못 한다. 슌 혼자서 나쓰와 아이를 부양하기는 도저히 불가능하다. 지금 하고 있는 호텔 일도 올해 삼월로 계약이 끝난다. 계약이 갱신되지 않으면 다음달부터는 또 일을 찾아야 한다. 슌은 아이를 싫어하지는 않지만, 지금 아이를 낳아봤자 분윳값을 대기조차 어려운 생활이 기다리고 있을 뿐이다. 가끔 쉬는 날에 친구와 술도 못 마시고, 노래방에 가자는 말에 응하지도 못한다. 오토바이를 판 것만으로도 괴로운데 아이에게 얽매여 숨 돌릴 틈도 없이 살아야 한다니 말도 안 된다. 못 견딘다.

봄방학을 맞이하여 상점가를 한가로이 거니는 학생들과 관광객의 모습이 이유 모를 눈물 때문에 흐릿해 보였다. 슌은 자전거 페달을 마구 밟았다. 모든 것에 부아가 치밀었다.

야자나무가 늘어선 고치 시내 중심부는 아름다운 귤빛 저녁놀로 물들어 있었다. 마자키는 큰 도로를 빠져나오자 운전대를 꺾어 콘크리트 경사로를 타고 호텔 지하 주차장으로 들어갔다. 숙박객들이 대부분 체크인을 마쳤는지 낮에는 텅 비어 있던 주차장도 차로 가득했다. 낮에 마자키가 세워두었던 곳에도 이미 가족형 원박스 왜건이 서 있었다. 마자키는 장갑을 받으면 바로 출발할 예정이었으므로 너무 안쪽에 세우고 싶지는 않았지만 입구 쪽은 벌써 가득찼다. 마자키는 비어 있는 공간을 찾으며 어두운 주차장 안쪽으로 나아갔다.

헤드라이트 불빛이 천천히 어둠을 어루만졌다. 청바지 차림의 남자가 배터리라도 나갔는지 파란색 세단의 보닛을 열고 손전등을 든 채 뭔가를 만지작거리고 있었다.

마자키는 안쪽 화재경보기 옆의 빈 공간에 차를 세웠다. 스쿠모에서 오이타 현의 사이키로 건너가는 마지막 페리는 오후 11시 30분에 출발한다. 6시가 넘어서 호텔을 나서도 시간은 넉넉하다. 마자키는 자동차 문을 잠그고 호텔 입구로 향했다.

"실례합니다."

청바지 차림의 남자가 보닛을 연 세단 옆에서 말을 걸었다.

"손전등을 잠깐만 들어주시지 않겠습니까?"

여행지에서 자동차가 고장나서 난감한 모양이다. 마자키는 방향을 바꾸어 파란색 세단으로 다가갔다.

"배터리가 나갔으면 제 케이블을……."

그렇게 말하며 보닛 안쪽을 들여다보았을 때 느닷없이 옆구리에 둔한 충격이 느껴졌다. 쳐다보니 스웨터 옆구리에 사냥칼의 굵다란 자루가 튀어나와 있었다.

마자키는 눈을 들어 청바지 차림의 남자를 쳐다보았다.

"쉽게 죽을 생각은 마라."

남자의 눈에는 붙잡은 사냥감을 바라보는 독특한 친밀함이 깃들어 있었다.

이놈이 용병인가, 하고 생각한 순간 옆구리에서 미지근한 피가 주르르 흘러내리는 것이 느껴졌다. 남자는 마자키를 자기 차 뒷좌석에 밀어넣고 운전석에 올라탔다. 마자키는 남자 몰래 호주머니에서 작은 열쇠를 꺼내 입에 넣고 삼켰다. 결국 사용할 일이 없었던 열쇠는 몸속 깊숙한 곳으로 가라앉았다. 남은 열쇠 하나는 스기타가 가짜 트럭의 짐과 함께 처분해줄 것이다.

차는 바로 출발했다. 마자키는 승부에 졌을 때 어떻게 해야 하는지 알고 있었다. 패배를 받아들인 후 가능한 한 최선의 방책을 세우고 실행한다. 열여덟 살 여름이나 지금이나 그 사실에 변함은 없다.

마자키는 눈을 들어 백미러로 살인자의 얼굴을 똑바로 쳐다보았다.

네놈이 무슨 짓을 하든지 나는 입을 열지 않는다. 네놈들은 샘플이 있는 곳을 절대 못 알아낸다.

호텔에 도착하자 슌은 부글부글 끓는 기분을 가라앉히지도 않고 즉시 705호실로 향했다. 장갑을 되돌려주고 한시라도 빨리 마자키를 자기 직장에서 내쫓고 싶었다.

문을 두드렸지만 대답이 없었다. 잠들었나 싶어 마스터키로 문을 열고 들어갔지만 방에는 아무도 없었다. 세면대가 젖어 있고 침대에 앉은 흔적이 남아 있을 뿐이었다.

일을 빼먹고 장갑을 가지러 집에 갔다 왔는데 그 남자는 기다리고 있지도 않았다. 슌은 침대에 장갑을 내팽개치고 방에서 나왔다.

물품 보관소로 돌아가자 5시 반이 조금 지난 시간이었다. 연상의 종업원은 자기 줄만 딱 정리해놓고 사라졌다. 또 휴게실에서 잡담을 하고 있을 것이 뻔했다. 슌이 일을 시작하자마자

매니저 도쿠다가 다가왔다.

"일하다 말고 어디 갔었어?"

그 할망구가 고자질했구나. 오늘은 화가 나는 일 천지다.

"어디 갔었느냐고 묻잖아."

슌은 면접 때부터 고등학교 교감 선생님처럼 고지식하고 위압적으로 나오는 도쿠다의 태도가 마음에 들지 않았다.

"일은 남아서 마무리하겠습니다."

슌은 일하는 손을 멈추지 않고 대답했다. 지금까지 잔업수당 따위는 받은 적이 없으니 일만 마무리하면 되는 것 아닌가.

"마침 좋은 기회이니 말하는데, 우리 호텔 같은 곳에서는 규율이 제일 중요해. 무단으로 땡땡이를 치면 다른 종업원들에게도 악영향을 준다고. 이봐, 재계약은 없으니까 그렇게 알아."

슌은 깜짝 놀라서 손을 멈추었다.

지금까지 아무 불평도 없이 무급으로 잔업을 했다. 밥 먹을 시간조차 주지 않아도 묵묵히 참아왔다. 그런데 딱 한 번, 삼십 분 정도 일을 빼먹었다고 이런 처사라니 너무 부당하다.

"잠깐만요!"

슌은 냉큼 나가려고 하는 도쿠다를 허둥지둥 쫓아갔다.

"저기, 도쿠다 씨. 갑자기 그런 말씀을 하시면……."

도쿠다는 걸음을 멈추고 슌을 돌아다보았다. 도쿠다의 얼굴은 고지식하고 위압적인 교감 같은 얼굴도 아니거니와 호텔 매니저의 얼굴도 아니었다. 단지 성미가 괄괄한 사내의 얼굴이었다.

"너 이 자식, 전부터 눈에 거슬렸어."

슌은 얼떨떨한 눈으로 도쿠다의 뒷모습을 바라보았다.

녀석은 처음부터 재계약을 하지 않을 작정으로 내가 잘못을 저지르기만 기다리고 있었던 거다.

슌은 비로소 그 사실을 깨달았다.

왜 일이 죄다 꼬이는 거지. 왜 나만 이런 꼴을 당하는 거냐고.

뱃속에서 걸쭉한 마그마 같은 분노가 솟아올랐다. 어떻게든 하지 않으면 분노로 몸안이 불타서 짓무를 것 같았다.

그놈 탓이다.

놈이 장갑을 돌려달라고 한 탓이야.

슌은 마자키라는 남자에게 태어나서 지금까지 한 번도 느껴본 적이 없을 만큼 강한 증오를 느꼈다.

얼마나 오랫동안 그렇게 우두커니 서 있었을까. 슌은 사람이 일하는 기척이 나서 제정신을 차렸다. 쳐다보니 택배 회사 유니폼을 입은 젊은 남자가 호텔에서 접수한 택배를 옮기기 위해 짐수레에 싣고 있었다. 그 수많은 박스 가운데 나쓰가 깨끗하게 닦고, 슌이 마자키 방에 가져다준 가장 작은 크기의 하얀 택배용 박스가 있었다.

"도와줄게요."

슌은 달려가서 짐수레에 박스를 싣는 시늉을 하며 마자키의 택배용 박스를 빼내 선반 뒤편에 숨겼다.

택배 회사 남자는 한 번에 짐을 다 못 나르겠다고 여겼는지 "이거 차에 실어놓고 올게요" 하고 짐수레를 밀며 전용 복도 쪽으로 나갔다. 슌은 택배 회사 남자가 사라지자마자 가위를 꺼내 마자키의 박스를 열었다. 안에는 안전 봉투가 잔뜩 들어 있었다. 받는 사람을 보자 전부 도쿄의 유명한 방송국과 신문사, 잡지사였다. 보내는 사람은 죄다 '다니모토'도 '마자키'도 아니라 '사사키 구니오'였다.

슌은 뭔가 심상치 않은 느낌을 받았다.

슌은 복도로 뛰쳐나가 침구류 보관실에서 자루와 욕실 매트를 가지고 돌아와서 박스 안의 안전 봉투를 모조리 자루에 쓸어 담았다. 그리고 마자키의 택배가 배달될 '스기타 가쓰오'의 이름과 주소를 메모한 후, 원래 무게와 비슷하도록 택배용 박스에 욕실 매트를 넣고 테이프로 다시 깔끔하게 봉했다.

택배 회사의 젊은 남자가 돌아왔을 때 물품 보관소에 슌은 이미 없었다.

포크와 나이프가 접시에 닿는 소리가 났다. 남자가 테이블에 앉아 스테이크를 먹고 있었다. 지하실은 어두울 텐데도 시야 한가운데가 거울이 반사되는 것처럼 반짝반짝 빛나 보였다. 이 지하실에 끌려오고 나서 시간이 꽤 많이 흐른 듯했다.

남자는 말을 알아듣기 힘드니까 얼굴은 때리지 않겠다고 했다. 얼굴을 때리면 죽을 때쯤 되어 모두 하나같이 부어올라서 얼굴이 기억나지 않는 까닭도 있다고 했다. 그리고 자신은 번거로운 도구는 사용하지 않는다, 칼과 주먹만 쓴다고 했다. 마지막으로 마무리하기 전에 식사를 한다고도.

이제 곧 이 고통도 끝나는구나 싶었다. 마자키는 피를 너무 많이 흘려 광시◆ 증상이 나타난 상태였다.

남자가 식사를 마치고 물이 담긴 잔을 비웠다. 냅킨을 치우고 일어서서 천천히 이쪽으로 다가왔다.

남자는 지치는 법 없이 똑같은 억양으로 똑같은 질문을 했다.

"샘플은 어디 있지?"

마자키는 그때마다 침묵으로 답했다.

남자는 말없이 마자키의 몸에다 똑같은 질문을 했다.

마자키는 그때마다 목청껏 절규하여 질문에 답했다.

고통 어린 절규는 메아리치다가 지하실에 빨려들었고, 이윽

◆ 光視. 빛이 없는 곳에서 빛을 느껴 눈앞에 번쩍거리는 것이 보이는 증상.

고 얕고 띄엄띄엄한 숨소리만 남았다.

"샘플은 어디 있지?"

다키가와는 다시 똑같은 억양으로 똑같은 질문을 했다.

몇백 번이나 기계적으로 되풀이한 작업이었다. 하지만 마지막에 와서 다키가와는 문득 기묘한 감각에 사로잡혔다. 다키가와는 마자키의 육체를 일방적으로 망가뜨리는 파괴자인데도 불구하고 마치 마자키와 한 가지 공동 작업을 수행하는 듯한 착각에 사로잡혔다.

다키가와는 지금까지 같은 수법으로 수많은 사람에게서 알고 싶은 것을 알아냈다. 어떤 인간이든 자신의 앞에서는 말이 많아졌다. 자기는 아무것도 모른다고 하소연하는 자, 계속 욕을 퍼붓는 자, 필사적으로 사정을 설명하는 자, 가지각색이었지만 모두 새로운 고통이 가해지는 순간을 일 초라도 미루고 싶은 본능에서 비롯된 행위였다. 그리고 본능에 따라 마지막에는 누구나 죽여달라고 애원했다. 다키가와는 알고 싶은 것을 듣고 그 대가로 그들의 소원을 이루어주었다.

그런데 눈앞의 산업폐기물 수거업자는 다키가와의 단조로운 작업에 묵묵히 협력하듯이 오로지 침묵과 절규로만 대답했다. 기껏해야 샘플이 어디 있는지를 숨기기 위해서. 마음속에서 이 바위처럼 완강한 남자에 대한 호기심이 털끝만큼 생겨났다. 다키가와 입장에서는 그야말로 마가 끼었다고밖에 할 수 없는 일이었다.

다키가와는 물었다.

"이봐, 푸드에 원한이라도 있나?"

마자키의 입술이 희미하게 떨렸다.

다키가와는 약간의 연민을 품고 마자키의 입가에 귀를 갖다 댔다.

말더듬이가 쥐어짜낸 것처럼 쉰 목소리가 띄엄띄엄 새어 나왔다.

다키가와는 귀를 기울여 마자키가 마지막으로 뱉어낸 말을 알아들으려고 애썼다.

띄엄띄엄 새어 나온 목소리를 이어 붙여 의미를 헤아리려 했다.

몇 초간 노력한 후, 다키가와는 그 목소리가 말이 아님을 깨달았다.

그것은 웃음소리였다.

마자키는 웃고 있었다.

마치 예상치 못한 농담을 들은 것처럼 마자키는 우습다는 듯이 웃고 있었다.

다키가와는 피가 거꾸로 솟는 듯한 노여움에 몸을 뒤로 물렸다.

손이 반사적으로 움직였다.

그 순간 웃음소리는 사라지고 지하실은 완벽한 정적으로 가득찼다.

어느덧 마자키는 숨이 끊어진 뒤였다.

3월 18일 금요일.

오전 2시. 고치 퀸스 코트 호텔 705호실 문이 열렸다. 다키가와는 마자키의 카드키를 들고 방으로 숨어들었다. 이제 마자키에게 샘플이 어디 있는지를 알아낼 수는 없다. 다키가와는 어떻게든 샘플의 위치와 연관된 단서를 찾아야 했다. 하지만 마자키의 짐과 차에는 실마리가 전혀 없었다. 다키가와는 마자키의 차 트렁크에서 삼억 엔을 되찾고 나서 차를 바다에 가라앉힌 후, 마지막으로 마자키가 묵은 곳에 뭔가 남기지 않았을까 조사하러 왔다.

방 안쪽으로 들어가자 침대 위에 밝은 황록색 장갑 한 켤레가 놓여 있었다. 다키가와는 장갑을 집어 들었다. 크기로 보아 마자키의 것이 아니었지만 일단 호주머니에 넣었다. 그리고 옷장을 살펴본 후 협탁 서랍을 열었다. 그때 노크도 없이 문이 열리더니 객실 담당 종업원이 들어왔다. 한쪽 뺨에 찰과상을 입은 흔적이 생생한 종업원은 비척비척 다가와서 침대에 앉았다.

"당신이 찾는 물건, 내가 가지고 있을지도 몰라요."

슌은 한밤중에 마자키의 방을 뒤지는 눈앞의 남자가 누구든 상관없었다. 어쨌거나 슌은 마자키가 하려던 일을 망쳐서 그가 울상을 짓는 꼴을 보고 싶었다.

다키가와는 슌이 마자키를 증오하고 있다는 낌새를 알아채고 흥미를 느꼈다.

"그래? 뭘 가지고 있지?"

슌이 호주머니에서 메모리스틱 하나를 꺼내 던지자 다키가와는 검정색 장갑을 낀 손으로 받아들었다.

"거기에 여기 묵었던 마자키라는 남자가 어떤 물건을 어떤 곳에 버리는 장면이 찍혀 있어요. 상당히 잘 찍혔던데요. 마자키는 사사키 구니오라는 이름으로 도쿄의 방송국이랑 신문사 등 여러 곳에 그걸 보낼 계획이었죠. 전부 합쳐 23개. 내가 가로채서 보관하고 있어요."

다키가와는 메모리스틱에 샘플을 숨긴 곳이 찍혀 있다고 확신했다.

"그래서?" 다키가와는 슌의 곁에 앉았다.

슌은 당혹스러웠다. 이 남자에게 주려고 했지만 생각해보니 공짜로 주기는 아까웠다. 슌은 이번 달을 끝으로 실업자 신세다.

"당신이 원하면 팔 용의도 있는데요."

"얼마지?"

이런 일은 너무 싸게 부르거나 턱없이 비싸게 부르면 안 될 것 같았다.

조금 고민하다가 슌은 과감하게 말했다.

"……하나에 십만 엔. 전부 합쳐서 이백삼십만 엔에 어때요?"

다키가와는 느긋하게 담배에 불을 붙였다.

슌은 마른침을 삼키며 다키가와의 대답을 기다렸다.

"네 입을 막을 돈도 필요하겠지?"

다키가와의 제안에 슌은 바로 숨김없이 웃음을 지었다.

"당신, 이야기가 잘 통하는 사람이네요. 입막음 비용은……백만 엔."

"알았어."

다키가와는 친절한 얼굴로 즉시 물었다.

"이 메모리스틱을 본 사람은 너 하나뿐인가?"

"아니요, 한 명 더 있어요." 슌은 대답했다. "나랑 둘이 합쳐 입막음 비용은 이백만 엔. 전부 합쳐서 사백삼십만 엔이에요."

슌은 다음날 아침 일어나자마자 매니저 도쿠다에게 전화를 해 오가와 나쓰와 함께 일을 그만두겠다고 선언했다. 그리고 도쿠다에게 욕을 실컷 퍼부으며 지금까지 쌓인 울분을 한꺼번에 토해냈다. 도쿠다는 도중에 전화를 끊었지만 그래도 슌은 요 몇 년간 느껴본 적이 없을 만큼 기분이 상쾌했다. 곁에서 놀란 나머지 안색이 창백해진 나쓰에게 슌은 자잘한 일 하나만 마치면 오늘밤 큰돈이 들어올 것이라고만 일러두었다.

그리고 나쓰를 끌다시피 하여 시내로 나가 처음으로 눈에 띈 소비자금융에서 이십만 엔을 빌렸다. 이대로 둘이서 어딘가로 여행이라도 떠나면 최고겠지만, 밤에 그 남자를 만나 메모리스틱과 돈을 교환하기로 약속했다. 그래서 슌은 미리 축하할 요량으로 두툼한 스테이크를 먹고 나서 빌린 오토바이 뒷좌석에 나쓰를 태우고 오랜만에 신나게 달렸다.

폭음을 일으키며 온몸으로 바람을 받았다. 고여 있던 피가 단숨에 내달리는 것 같자 이것이야말로 살아 있다는 실감이 절실하게 가슴에 와닿았다. 도중에 다다른 백화점에서 나쓰에게 제일 비싼 임부복을 사주었다. 무슨 일인지 몰라 아침부터 내내 불안한 듯이 입을 꾹 다물고 있던 나쓰도 이 선물에는 기쁨을 감추지 못했다. 임부복을 몸에 대고 가게 거울 앞에서 눈물짓고 있는 나쓰를 보고 슌은 지금까지 고생을 시킨 만큼 앞으로는 평생 아껴주기로 결심했다.

둘이서 백화점 케이크 뷔페에 들러 케이크를 먹은 후, 너무 돌아다니면 몸에 안 좋을 것 같아 일단 나쓰를 집에 내려주었다. 그리고 약속 시간이 될 때까지 슌은 오토바이로 해안선을 달렸다. 내일부터는 모든 것이 바뀔 것이다.

오후 9시가 되기 전, 슌은 메모리스틱이 든 종이봉투를 겨드랑이에 끼고 나쓰와 함께 연안에 위치한 창고 거리로 향했다. 입막음 비용은 메모리스틱의 영상을 본 본인에게만 지불하겠다는 것이 다키가와의 조건이었다. 생각해보니 당연한 주장이었기에 슌은 조건을 받아들여 나쓰를 데리고 가기로 약속했다.

사실 슌은 메모리스틱의 영상을 아무에게도 보여주지 않았다. 하지만 다키가와가 본 사람은 너 하나뿐이냐고 물었을 때, 말 한마디로 입막음 비용 백만 엔이 들어온다 싶어 두 사람이라고 대답했다. 머릿속에 나쓰의 얼굴이 떠올랐던 것이다. 나쓰는 자신이 부탁하면 어떤 일이든지 이야기를 맞춰준다. 실제로 나쓰는 슌의 이야기를 듣고 함께 와주었다.

"넌 묻는 말에 고개만 끄덕이면 돼."

슌은 나쓰의 손을 잡고 걸으면서 들뜬 기분으로 말했다.

나쓰는 오늘 슌이 옛날처럼 생기가 넘쳐서 기뻤고, 느닷없이 임부복을 선물받았을 때는 아이 아빠가 뱃속의 아이가 태어나기를 바란다는 사실이 기뻐서 눈물을 흘렸다. 하지만 오후에 집의 윗미닫이틀에 걸어둔 임부복을 홀로 바라보고 있자니 불안으로 가슴이 먹먹해졌다. 너무 호화로워 방에 어울리지 않는 임부복이 무슨 흉조처럼 느껴져 견딜 수가 없었다. 큰돈이 들어온다는 자잘한 일이란 뭘까. 슌은 뭔가 엄청나게 위험한 일에 말려든 것은 아닐까…….

인기척이 없는 창고 거리에 슌과 나쓰의 발소리만이 커다랗게 울려 퍼졌고, 두 사람의 기다란 그림자가 기괴한 생물처럼 창고 벽을 스쳤다. 나쓰는 저도 모르게 다리가 얼어붙어 그 자리에 멈춰 섰다.

"나쓰."

"……저기, 이 일 꼭 해야 해?"

"인생을 다시 시작하는 거야."

슌은 처음 만났을 때처럼 나쓰의 부드러운 머리카락을 쓰다듬었다.

"넌 뱃속의 아이만 생각하면 돼. 아무 걱정 할 필요 없어."

슌의 말에 나쓰는 불안을 떨쳐내듯이 살짝 미소 지었다.

슌은 나쓰의 손을 잡고 다시 걸음을 옮겼다. 돈이 손에 들어오면 그 돈을 밑천으로 염원하던 헌옷 가게를 시작할 생각이었다. 옷을 보는 센스에는 자신이 있었고, 낮에 혼자 해안 길을 돌며 점포로 쓸 만한 세련된 차고도 찾아놓았다. 거기서 장사를 하면서 나쓰와 아이를 키운다. 돈을 모아 오토바이가 아니라 차를 사고, 쉬는 날에는 가족이 함께 차로 멀리 놀러간다. 슌은 좋은 아빠가 될 수 있을 것 같은 기분이 들었다.

약속한 구획에 도착하자 길 안쪽에 서 있던 차가 헤드라이트를 깜빡거렸다. 슌은 달려가고 싶은 마음을 억누르고 나쓰와 함께 천천히 걸어갔다.

다키가와는 차에서 내려 기다리고 있었다.

"마자키의 방은?"

"시킨 대로 체크아웃 수속을 밟아뒀어요."

나쓰는 호텔 이야기인 줄은 알았지만 마자키라는 이름은 들어본 기억이 없었다.

"다른 사람은 이쪽?"

나쓰는 슌이 시킨 대로 잠자코 고개를 끄덕였다.

"돈은요?" 슌이 기다리지 못하고 물었다.

다키가와는 눈으로 옆에 있는 창고를 가리켰다. 창고 문이 열려 있었다. 슌이 안을 들여다보자 창고 한가운데 있는 테이블에 서류 가방이 놓여 있다. 달려가려 하자 다키가와가 문을 걷어차는 바람에 슌의 코앞에서 문이 닫혔다.

"왜 이래요!" 슌은 불끈 화를 내며 다키가와를 돌아다보았다.

다키가와는 호주머니에서 작은 열쇠를 꺼냈다.

"이게 없으면 저 서류 가방은 안 열려. 물건이 먼저야."
"알았어요."
슌은 종이봉투에 든 메모리스틱을 건넸다. 다키가와는 메모리스틱 스물세 개와 같은 수의 안전 봉투를 확인했다.
"주소는?"
"아아……." 슌은 퍼뜩 생각이 나서 호주머니에서 메모지를 꺼내 다키가와에게 주었다. 메모지에는 스기타 가쓰오의 이름과 주소가 적혀 있었다. 마자키의 택배를 접수하지 않은 나쓰는 그 주소가 무엇을 의미하는지 몰랐다.
"확실하군."
다키가와는 슌에게 열쇠를 던져주고 차로 돌아갔다. 슌은 나쓰의 손을 잡아끌며 창고로 뛰어 들어갔다. 다키가와의 차가 멀어지는 소리가 들렸다.
"슌, 저 사람 누구야?"
"우리에게는 행운의 신이지."
슌은 받은 열쇠를 부랴부랴 서류 가방 열쇠 구멍에 꽂고 돌렸다. 자물쇠가 찰칵 열리는 소리가 났다. 슌은 힘차게 서류 가방을 열었다.
다음 순간 눈앞 가득 하얀 섬광이 펼쳐졌다.

11
또 다른 남자-2005년 3월 19일 토요일

3월 19일 토요일.

블라인드 너머로 오전 햇살이 비치자 수많은 새 박제들에 줄무늬 모양 그림자가 드리워졌다.

수꿩의 가슴께, 그림자로 구분된 선명한 녹색 깃털을 응시한 채 나카사코는 마치 돌이 된 것처럼 보였다. 그 자리에 있는 사람 가운데 나카사코의 변화를 알아차린 사람은 다키가와 혼자였다.

나카사코는 다키가와가 사사키 구니오, 즉 마자키 쇼고를 처리했다고 말했을 때부터 두 주먹을 꽉 움켜쥐고 문 옆에 서서 미동도 하지 않았다. 무수히 많은 신경이 제각기 비명을 지르려 하는 것을 온 힘을 다해 억누르고 있었다. 다키가와에게는 그렇게 보였다. 나카사코의 반응은 소파에 앉아 있는 두 상사와는 명백히 이질적이었다.

두 상사는 어떤가 하니, 모리무라는 오뇌와 두려움이 뒤섞인 눈으로 입을 다물고 있었고 미야지마는 겨우 담배에 불을 붙이기는 했지만 담배를 끼운 손가락이 덜덜 떨렸다. 그 자리에 있는 사람 중에 다키가와의 보고를 당연하게 받아들이고 말을 꺼낸 사람은 핫토리뿐이었다.

"그런가요. 의외로 일찍 끝냈군요."

핫토리는 전통 방식으로 장정한 책을 덮고 테이블에 놓인 커피잔에 손을 뻗었다.

"돈을 가로챈 곳을 금방 알아냈거든요. N시스템으로 주변 차량의 번호를 검색했더니 생각보다 근처에 있었습니다. 먼저 이걸."

다키가와는 삼억 엔이 든 마자키의 캐리어 가방을 미야지마에게 건네고 소파에 앉았다.

"아, 예."

미야지마는 내용물을 확인하지도 않고 고개를 끄덕였다.

"샘플은 어디 있습니까?" 핫토리가 잔을 들고 물었다.

다키가와가 A4 크기의 갈색 봉투를 테이블에 툭 던졌다. 딱딱한 물건이 닿는 소리에 모리무라, 미야지마, 나카사코 세 사람은 몸을 움찔 떨었다. 핫토리는 전혀 개의치 않고 차분하게 손을 놀려 봉투를 기울였다. 그러자 메모리스틱 23개가 테이블로 미끄러져 나왔다.

"그 메모리스틱에 저장된 동영상에 마자키가 샘플을 숨긴 장소가 찍혀 있습니다."

"이건 마자키한테?"

"아니요, 놈은 마지막까지 입을 열지 않았어요. 예상외로 독종이었죠. 하지만 독종에게는 적이 생기기 마련이거든요."

"과연. 적의 적은 우리 편이라는 말이군요. 그런데 그 생각지도 못한 지원군은 어떻게 됐습니까?"

"사고로 죽었습니다."

미야지마와 모리무라 둘 다 숨이 멎기라도 한 것 같았다.

"마자키는 무슨 목적으로 이런 걸?"

핫토리는 눈살을 찌푸린 채 테이블에 쌓인 메모리스틱을 바라보았다.

"마자키는 처음부터 샘플을 여기저기 퍼뜨릴 생각은 없었던 것 같습니다. 대신에 숨긴 곳을 촬영한 메모리스틱을 4월 4일에 매스컴에 돌릴 계획이었나 봅니다."

매스컴이라는 말에 모리무라가 벼락같이 끼어들어 외쳤다.

"빨리 샘플을 되찾아주십시오!"

한 번도 들어본 적 없는 절박한 목소리에 미야지마가 놀라서 모리무라를 돌아다보았다. 모리무라는 얼굴이 새파랗게 질리고 이마에는 식은땀이 배어 있었다.

"지금 당장 샘플을 회수해주십시오!"

"그건 불가능합니다."

그때 문 옆에 꼼짝 않고 서 있던 나카사코가 별안간 무섭게 테이블로 돌진하더니 메모리스틱을 움켜잡았다. 모리무라, 미야지마, 핫토리 세 사람 모두 흠칫 놀라 엉겁결에 엉거주춤 일어섰다. 다키가와는 반사적으로 나카사코의 손목을 잡고 비틀어 올렸다. 창가 책상의 노트북으로 향하던 나카사코는 비통한 신음 소리를 지르며 메모리스틱을 놓았다.

"이야기는 끝까지 들어요, 나카사코 과장."

다키가와가 손목을 팽개치듯이 놓아주자 나카사코는 융단 위에 꼴사납게 풀썩 쓰러졌다. 미야지마는 사색이 된 얼굴로 숨을 죽였다.

"마자키는 진다이마치에 건설중인 어느 건물 토대 부분에 불법 투기하는 것으로 샘플을 숨겼습니다. 그 위로는 이미 건물이 착착 올라가고 있어요."

놀라서 고개를 든 모리무라는 안도한 나머지 몸을 흔들며 실소했다.

"바보 같은 놈이로군. 건물 아래에 묻으면 아무도 못 꺼내잖아. 그럼 처분한 거나 마찬가지지. 샘플은 그대로 잠재워두면 돼. 샘플이 어디 있는지는 이제 아무도 영원히 몰라."

"그런데 샘플을 불법 투기하는 장면을 목격한 사람이 있습니다."

모리무라의 웃음이 얼어붙었다.

"뭐라고……."

"불법 투기 현장을 촬영한 동영상에 똑똑히 찍혀 있죠. 샘플을 유심히 들여다보는 다섯 명의 모습이 말입니다."

다키가와는 코트 안주머니에서 사진을 꺼냈다.

"이게 동영상에서 찾아낸 다섯 명의 얼굴 사진입니다."

다키가와가 테이블에 사진들을 내려놓자 모리무라가 와락 달려들어 펼쳤다. 장인처럼 보이는 오십 대 남자, 품위 있는 노부인, 지친 얼굴의 중년 여자, 젊은 아가씨, 그리고 갈색 머리 소년. 전부 클로즈업된 얼굴을 캡처한 사진이었다. 테이블로 달려간 나카사코의 눈에 다섯 명의 얼굴이 새겨졌다.

"골치 아프게도 이 사람들은 타이투스 푸드의 소형 트럭이 샘플을 불법 투기하는 현장을 봤습니다."

"우리 회사 트럭이?"

미야지마가 기겁하여 소리를 질렀다.

"트럭을 어떻게 조달했는지는 모르지만 마자키는 현장 검사 전에 당신들이 문제의 샘플을 몰래 버리는 것처럼 위장했습니다."

응접실은 쥐죽은듯이 고요해졌다. 유리로 된 프랑스 시계의 초침 소리만이 박제가 된 새들 사이를 흘러갔다. 핫토리가 비로소 진지한 표정으로 생각에 잠겼다.

다키가와는 담배에 불을 붙였다.

"아무래도 마자키의 목적은 돈뿐만이 아니었나 보군요."

다섯 명의 사진을 가만히 살펴보던 모리무라가 신음했다.

"……제기랄."

미야지마가 당황한 모습으로 허둥지둥 주변 사람들을 둘러보았다.

"잠깐만요! 어떻게 된 겁니까? 마자키의 속셈은 도대체 뭡니까?"

핫토리가 복잡한 얼굴로 한숨을 쉬더니 입을 열었다.

"4월 4일이 되면 현장 검사에 맞추어 매스컴은 멜트페이스증후군과 마미 팔레트 샘플의 인과관계를 고발한 그 괴문서에 관해 대대적으로 보도하기 시작할 겁니다. 이걸 막을 수는 없어요. 아기 어머니들은 혼란에 빠질 테고, 보도는 더욱 과열되겠죠. 불법 투기를 목격한 다섯 사람은 반드시 어딘가에서 그 보도를 보고 자신들이 목격한 광경의 의미를 깨달을 겁니다."

"목격한 광경의 의미……."

"수많은 아기의 일생을 엉망으로 만들고, 전국의 젊은 어머니들을 혼란에 빠뜨린 바로 그 샘플을 타이투스 그룹이 몰래 불법으로 폐기하는 현장을 자신이 얼마 전에 보았다는 사실을 알아차릴 거란 말입니다. 그런데 텔레비전에서 푸드는 샘플을 오래전에 제대로 폐기 처분하여 없다고 주장합니다. 그렇게 주장할 수밖에 없으니까요. 미야지마 씨, 당신이 목격자라면 자신이 본 광경을 아무에게도 말하지 않고 가만히 입다물고 있겠습니까?"

미야지마는 눈을 내리깔았다. 잠자코 있을 리 없다. 전국이 떠들썩하니만큼 코흘리개도 누군가에게 상의하리라. 돈에 눈이 먼 작자라면 매스컴에 정보를 팔지도 모른다.

핫토리는 장기를 한 수씩 두듯이 이야기를 진행시켰다.

"그들로부터 정보가 퍼져나갑니다. 가족, 친구, 지인, 보건소, 시청……. 만약 이 메모리스틱이 배달되었다면 매스컴은 특종을 잡기 위해 혈안이 되어 동영상에 찍힌 목격자를 찾겠죠. 순식간에 목격자가 드러날 겁니다. 그리고 보통 시민인 그들은 동영상은 가짜가 아니며 타이투스 푸드가 문제의 샘플을 불법 투기하는 장면을 실제로 보았다고 증언하겠죠. 그 증언 때문에 건물 바닥을 파헤칠 겁니다. 거기에다 멜트페이스증후군과의 인과관계를 고발하는 괴문서가 나돈 후에 푸드의 트럭이 샘플을 불법 투기한 걸로 되어 있으니 푸드가 은폐 공작을 시도한 혐의는 명백합니다. 전국 멜트페이스증후군 연락회는 즉시 증거보전을 신청하겠죠. 보도 카메라가 우르르 몰려들어 건물 바닥은 수많은 사람들의 시선 속에서 파헤쳐지고 그 자리에서 연락회가 샘플을 넘겨받을 겁니다. 그러면 우리는 더이상 샘플에 손을 쓸 수 없어요. 그만큼 주목을 받으면 샘플 검사 데이터를 위조하기도 불가능합니다."

다키가와가 검정색 장갑을 낀 손으로 담배를 테이블에 놓인 바카라 재떨이에 비벼 껐다.

"샘플 불법 투기는 놈이 준비한 시한장치. 현장 검사와 동시에 작동되는 시한장치였던 셈입니다."

나카사코는 멍청히 주저앉아 눈구름이 낮게 낀 겨울 저녁에 강가에 세운 차 안에서 마자키가 한 말을 떠올렸다.

—나카사코 씨, 그 아기 식품 샘플은 타이투스가 손을 대지 못하도록 많은 사람들이 보는 앞에서 발견되어야 해.

마자키는 푸드가 돈을 지불해도 그날 나카사코에게 이야기한 계획을 실행할 작정이었다. 자기 혼자서.

모리무라가 넋이 나간 것처럼 중얼거렸다.

"끝장이야……."

"예." 핫토리가 고개를 끄덕였다. "마자키의 계획대로 이 메모리스틱이 매스컴에 전달되었다면 그야말로 끝이었겠죠. 현장 검사 보도를 보고 목격자가 떠들어대기 시작했을 무렵에는 이미 매스컴에 목격자의 얼굴이 알려져 우리가 손을 쓸 수 없었을 테니까요."

핫토리는 메모리스틱 하나를 들고 일어서서 천천히 창가 책상으로 다가갔다.

"다행히도 목격자의 얼굴을 아는 사람은 여기 있는 우리 다섯 명뿐입니다. 그리고 목격자들은 아직 자신들이 본 광경의 의미를 몰라요."

핫토리는 책상의 노트북을 켰다.

"지금이라면 손을 쓸 수 있습니다."

"손을 쓰다니, 도대체……."

어물어물 물어보려는 미야지마에게 핫토리는 거역할 수 없는 말투로 명령했다.

"자리를 좀 비워주십시오. 이제부터는 저와 모리무라 씨 둘이서 이야기하겠습니다."

다키가와가 다섯 명의 사진을 안주머니에 넣고 일어섰다.

"아무튼 빨리 결론을 내주십시오."

핫토리는 모리무라와 둘만 남자 노트북에 메모리스틱을 꽂고 모리무라의 표정을 살폈다. 모리무라는 변함없이 넋이 나간 것처럼 소파에 주저앉아 있었다.

핫토리는 모리무라가 타이투스 그룹의 늙은 임원들에게 삼억 엔의 뒷돈을 빌려 온 후로 완전히 겁을 먹었음을 눈치챘다. 이 일을 그르치면 샘플이 멜트페이스증후군의 원인이라는 사실이 폭로될 뿐 아니라 그 사실을 푸드가 은폐하려고 했다는 것도 백일하에 드러난다. 푸드 출신의 늙은 임원들은 모리무라를 해고하는 데 그치지 않고 그후에도 푸드의 이름에 먹칠을 한 그를 결코 용서치 않을 것이다. 타이투스 그룹 전체가 적으로 돌아서면 모리무라는 기업 사회에서 영원히 추방된다. 이름 있는 기업은 모리무라를 전화 당번으로도 고용하지 않으리라. 모리무라는 쉰이 넘은 나이에 수많은 실업자와 함께 고용 센터에 줄을 서서 재출발해야 한다. 인생의 후반기에 찾아든 이 갑작스러운 몰락은 모리무라에게 죽음의 선고나 다름없을 것이다.

하물며 모리무라는 자기 자신을 빛이 비치는 계단을 걸어가기 위해 선택받은 몇 안 되는 인물이라 믿어 의심치 않고 살아온 남자다. 좋은 집에 태어나 훌륭한 교육을 받고 사회적인 지위가 그 인간의 가치를 나타낸다고 진심으로 믿는 범용한 남

자. 핫토리는 이런 종류의 남자를 다루는 법을 잘 알고 있었다.

"모리무라 전무님, 일단 마자키가 찍은 동영상을 봅시다. 그러고 나서 어떻게 할지 생각하죠."

핫토리는 가벼운 비즈니스 이야기를 하듯이 말을 꺼냈다. 목격자를 어떻게 할 것인가, 선택지는 얼마든지 있다. 하지만 가장 확실한 방법은 한 가지다. 그리고 그 방법은 반드시 모리무라가 제 입으로 말하게 해야 한다. 모리무라가 꽁무니를 빼지 못하도록.

모리무라는 멍하니 소파에서 일어나 핫토리 곁으로 다가왔다. 노트북 화면에는 새소리가 울려 퍼지는 이른 아침의 아파트 건설 현장과 건설중인 아파트 '로열 빌라'의 이름 및 주소가 적힌 간판이 비쳤다. 이것으로 한눈에 여기가 어디인지 알아보겠다고 모리무라는 공허한 머리 한구석으로 생각했다. 촬영했을 때와 마찬가지로 이른 아침에 여기에 진을 친다면 매스컴은 간단히 목격자를 찾아낼 것이다.

이어서 뭔가의 뒤편에 삼각대 같은 것으로 고정한 듯한 카메라 프레임 속에 회색 작업복을 입은 마자키가 타이투스 푸드라고 적힌 소형 트럭 컨테이너에서 차례차례 박스를 내리는 영상이 비쳤다. 박스에 인쇄된 "마미 팔레트 샘플"이라는 글자가 똑똑히 보였다. 마자키는 한동안 박스를 내려놓더니 내려놓은 박스를 끌어안고 건설 현장으로 들어갔다. 마구잡이로 들고 가는 바람에 박스가 찌그러져 샘플이 수없이 길에 떨어졌지만 마자키는 전혀 개의치 않고 박스를 옮겼다. 이래서는 누가 보아도 푸드가 문제의 샘플을 아파트 건설 현장에 불법 투기하고 있는 것처럼 보인다.

비열한 함정을…….

모리무라는 죽은 마자키에게 처음으로 격한 증오를 느꼈다.

핫토리는 화면을 바라보는 모리무라에게 조용히 말을 걸었다.

"세상에는 두 종류의 인간이 있습니다. 유능한 인간과 무능한 인간이죠. 유능한 인간이 사회의 틀을 만들어 경제를 움직이고, 무능한 인간은 톱니바퀴로서 단순한 노동에 종사합니다. 어느 시대든지 변함없는 진리예요."

핫토리는 모리무라의 귀에 그가 믿는 범용한 세계관을 계속 불어넣었다.

모리무라는 동영상에 한 명씩 등장하는 다섯 목격자에게 시선을 집중했다. 첫 번째는 자전거를 탄 중년 여자였다. 여자는 일부러 자전거에서 내려 샘플을 둘러본 후 아둔해 보이는 얼굴에 곤혹스러운 표정을 띠고 건설 현장을 쳐다보았다. 얼굴이 크게 비치자 눈 아래의 검은 그늘과 나이에 어울리지 않게 일찌감치 자라난 흰머리가 또렷이 보였다. 어디서 어떻게 보아도 빈티가 흐르는 여자이다 싶어 모리무라는 저도 모르게 인상을 찌푸렸다.

잠시 후에 화려한 분홍색 운동복 상하의를 입은 노파가 나타났다. 노파는 소형 트럭과 샘플을 빤히 쳐다보다가 점이 난 미간에 추한 주름을 잡더니 노골적으로 책망하는 눈으로 건설 현장 쪽을 노려보았다.

그다음이 궁상맞은 개를 끌고 온 장년층 남자. 이 남자는 개와 지능이 비슷한지 샘플과 소형 트럭에 몇 번이고 눈길을 주다가 치열이 고르지 못한 입을 떡 벌리고 건설 현장을 바라보았다.

다음에는 고등학교도 제대로 나오지 못한 듯한 갈색 머리 노무자가 나타났다. 십 대에 벌써 인생의 패배자가 된 갈색 머리는 샘플과 소형 트럭을 흘끗 쳐다보더니 때마침 샘플 박스를 가지러 돌아온 마자키에게 대들었다. 목소리는 들리지 않았지만 커다랗게 비친 얼굴 표정을 보니 양아치 같은 말투로 뭐라고 불평을 하는 것이 분명했다.

마지막 젊은 아가씨는 앞선 네 명과는 반대 방향에서 카메라 앵글에 들어오더니 길에 떨어진 샘플을 발견하고 주변을 둘러보았다. 이류 대학이나 다니는 주제에 공부도 하지 않고 밤새 놀다 왔는지 화장은 완전히 지워졌으며 건설 현장을 쳐다보는 눈에도 졸음이 가득했고, 판다처럼 군청색 마스카라가 번져 있었다.

이놈이고 저년이고 간에 정말로 무가치한 인간들이다.

모리무라는 도리어 기가 탁 막혔다.

이런 쓸모없는 인간들이 자신을 파멸로 몰아넣을 비장의 카드를 쥐고 있다니……. 무능한 인간이 떼 지어 유능한 인간의 인생을 망가뜨리려 하고 있다. 그런 짓은 너무나 부당하고 터무니없이 교만한 행위다.

모리무라는 숨이 막힐 만큼 분노를 느꼈다.

핫토리는 화면을 바라보는 모리무라의 표정이 확실히 변한 것을 알아차리고 다키가와의 휴대전화 번호를 알려준 후, 메모리스틱을 하나도 남김없이 모아서 새들이 사는 방을 나섰다. 모리무라가 의사를 표명하면 방법은 다키가와가 알아서 생각할 것이다.

"그래서?"

이소베는 마자키가 나오는 동영상을 대강 보고 나서 손에 든 브랜디잔을 가볍게 흔들었다. 이소베는 자기 전에 아르마냑을 마시는 습관이 있다.

핫토리는 대학생 때부터 신세를 지고 있는 이소베의 저택의 널찍한 서재에 있었다. 서재 바로 위가 핫토리의 방이었다.

"모리무라가 다키가와에게 직접 지시를 내리게 했습니다."

이제 모리무라는 발을 뺄 수 없다. 목격자 다섯 명을 어떻게 할지 결정한 것은 다름 아닌 푸드의 전무이사 모리무라다.

핫토리는 컴퓨터에서 메모리스틱을 뽑으며 이소베를 곁눈질했다. 가운 차림의 이소베는 아무 일도 없었다는 듯이 안락의자에서 일어섰다.

"내일은?"

"10시, 관저입니다."

이소베는 고개를 끄덕이고 서재를 뒤로했다.

핫토리는 난로에 불을 지피고 메모리스틱을 전부 불속에 던져 넣었다.

다키가와가 뒷마무리를 하면 이 일은 정리된다. 하지만 검붉은 불길 속에서 녹아가는 메모리스틱을 바라보며 핫토리는 여느 때 없이 기분이 찜찜했다.

마자키가 남긴 동영상이 핫토리의 머릿속에 작은 벌레 알처럼 한 가지 불안을 슬어놓았다. '사사키 구니오'라는 인물은 정말 죽었을까…….

그 동영상에는 그러한 의심을 부추기는 장면이 찍혀 있었다. 모리무라는 제쳐두어도 이소베가 그 사실을 모를 리 없다. 핫토리는 자기 잔에 아르마냑을 따랐다.

동영상에 등장한 목격자는 전부 숨겨진 카메라에 몰래 촬영당했다. 그리고 한 명씩 나타날 때마다 카메라는 그들의 얼굴을 클로즈업했다. 중년 여자의 흰머리부터 노파의 미간에 있는 점, 개를 데리고 온 남자의 못난 치열, 젊은 아가씨의 마스카라가 번진 눈매까지 확실하게 보일 만큼 카메라는 얼굴을 크게 확대하여 영상을 촬영했다. 매스컴 관계자가 동영상을 받았을 때 목격자를 바로 찾아낼 수 있도록 말이다. 그런데 다섯 명 중 갈색 머리 작업원이 나오는 영상에는 말도 안 되는 것이 찍혀 있었다.

바로 마자키 자신의 모습이다. 갈색 머리와 마자키는 함께 찍혀 있었다.

그렇다면 그 갈색 머리의 얼굴을 클로즈업해서 찍은 사람은 도대체 누구인가.

동영상을 찍은 사람은 마자키가 아니다. 촬영자는 다른 사람이다.

핫토리는 호박색 액체를 입에 머금고 난로 옆 안락의자에 앉았다.

모리무라와 미야지마의 말처럼 마자키에게 샘플에 관해 알려준 사람은 나카사코가 틀림없다. 하지만 나카사코는 마자키가 어디에 샘플을 숨겼는지 몰랐다. 그래서 흥분하여 이성을 잃고 메모리스틱의 내용을 확인하려고 했다. 그것이 연기라면 명배우감이지만 나카사코에게 그런 깜냥은 없다. 나카사코는 마자키에게 정보를 흘리기는 했지만 푸드에게 돈을 뜯어내려고 한 마자키에게 속아 샘플을 빼앗겼다. 그렇게 된 것이리라. 나카사코는 그 동영상에는 관여하지 않았다.

메모리스틱은 난로 속에서 엿처럼 녹아내렸다.

그 동영상은 자신들이 전혀 모르는 또 다른 남자가 촬영했다.

핫토리의 머릿속에 자리한 불안이 갑자기 꿈틀대더니 어떤 의혹으로 우화했다.

마자키 쇼고는 죽었다. 하지만 '사사키 구니오'라는 인물은 아직 어딘가에 살아 있는 것 아닐까…….

다섯 목격자의 존재를 안 3월 19일부터 나카사코는 매일 진다이마치를 돌아다녔다. 하지만 진다이마치에 건설중인 건물은 연립주택, 아파트, 단독주택 등등 수없이 많아서 동영상을 보지 않은 나카사코는 마자키가 어느 건물에 샘플을 숨겼는지 찾아낼 길이 없었다. 나카사코는 머릿속에 새겨진 얼굴 사진의 기억에 의지해 다섯 목격자를 찾아다녔다.

마자키가 죽었다는 사실을 안 그날, 나카사코는 단단히 결심했다.

현장 검사와 동시에 자신의 손으로 모든 일을 결판낸다.

현장 검사 당일인 4월 4일에 푸드는 이 본사 빌딩에서 첫 기자회견을 연다. 괴문서에서 지적한 샘플은 폐기하여 존재하지 않는다고 발표하고, 마미 팔레트는 안전하므로 걱정할 필요 없다고 소비자들의 마음을 진정시키기 위해서다. 기자회견을 촬영하러 모여든 텔레비전 카메라 앞에서 자신이 괴문서를 보낸 사사키 구니오라고 밝히고 모든 사실을 폭로한다. 샘플이 있는 곳과 푸드가 사태를 무마하려고 했다는 사실뿐만이 아니다. 이소베와 푸드가 결탁하여 다키가와에게 사주해 마자키를 살해한 사실까지 포함해서다.

마지막까지 샘플이 어디 있는지 말하지 않은 마자키는 얼마나 비참하게 죽었을까. 얼마나 괴로웠을까. 마자키의 죽음을 헛되이 할 수는 없다. 나카사코는 모리무라와 미야지마와 함께 마자키의 죽음에 일조한 용의자로 체포되어도 상관없다고 각오했다.

그날까지 마자키를 대신해 다섯 목격자의 안전을 확보해야 한다. 메모리스틱에 저장된 동영상은 마자키가 목격자를 지키기 위해 찍은 것이다. 목격자의 얼굴을 널리 알려 푸드가 손을 대지 못하도록 하기 위해. 하지만 메모리스틱을 빼앗긴 지금,

그들을 지킬 방도는 전혀 없다.

다키가와는 금방 다섯 명을 찾아낼 것이다. 하지만 나카사코는 핫토리가 무슨 말을 하든지 일반인인 모리무라가 다섯 명이나 되는 무고한 사람을 죽이려 들지는 않으리라고 믿었다. 장년층 남자 한 명을 제외하고 나머지 목격자는 노인과 여자 그리고 소년이다. 다키가와에게 그들이 입을 꾹 다물고 있도록 협박하라고 시키면 그만이다.

하지만 나카사코는 모리무라라는 인간을 잘못 보았다. 124명의 환자를 필요한 희생이라고 단정한 남자의 내면에 깃들어 있던 것, 자기의 소신을 의심치 않는 졸렬한 사고방식이 얼마나 무서운 방향으로 나아갈지 당시의 나카사코는 몰랐다.

나카사코는 오히려 협박을 받은 목격자가 경찰로 달려갈까봐 두려웠다. 다키가와는 "N시스템으로 주변 차량의 번호를 검색했더니 생각보다 근처에 있었다"고 했다. N시스템은 경찰이 수상한 차량을 찾아내기 위해 사용하는 이동 감시 시스템이다. 다키가와의 말은 그가 경찰에 연줄을 두고 있음을 의미한다. 이번 일로 피해자가 경찰에 찾아가면 얼마 지나지 않아 틀림없이 다키가와에게 알려진다. 그렇게 되면 목격자는 살아남지 못한다.

나카사코는 다섯 명을 찾아내어 4월 4일까지 침묵을 지키라고 알려줄 작정이었다.

나카사코는 노부인과 주부가 들를 만한 슈퍼와 상점가, 갈색 머리 소년이 드나들 법한 게임센터와 편의점, 젊은 아가씨가 좋아할 만한 카페, 장인 같은 남자가 갈 법한 술집 등 떠오르는 장소를 이잡듯이 뒤지며 기억 속에 있는 다섯 사람의 얼굴을 찾았다.

흥신소에도 가보았지만 사진도 없고 이름도 몰라서야 도리가 없다며 거절당했다. 나카사코는 대신에 마자키의 가족이 있는 곳과 생활 사정을 알아봐달라고 부탁했다. 나카사코는 유타와 다에가 걱정이었다. 다키가와가 시신이 발견되지 않도록 처리했는지 마자키의 죽음은 뉴스고 신문이고 어디서도 보도되지 않았다. 유타와 다에가 마자키가 죽은 줄도 모르고 돌아오지 않는 그를 걱정하고 있으리라 생각하자 애가 탔다. 나카사코는 유타와 다에를 위해 할 수 있는 일은 뭐든지 할 작정이었다. 유타와 다에를 위해서가 아니면 마자키 같은 남자가 돈을 손에 넣으려 그런 짓을 할 이유가 없기 때문이다.

그런 나카사코의 생각은 흥신소의 조사 보고서를 받고 완전히 뒤집어졌다. 나카사코는 몇 번을 읽어도 자신이 보고 있는 보고서가 믿기지 않았다. 그것은 다에와 유타의 사망 진단서 사본이었다. 다에는 재작년 7월 26일에 교통사고로, 유타는 작년 9월 13일에 천식 발작으로 사망했다.

말도 안 되는 내용에 머릿속이 새하얘졌고 발아래 땅이 기울어지는 것 같았다.

'고마'에서 술을 마시면서 마자키는 그렇게도 즐거운 듯이 유타가 성장하는 모습을 이야기했는데. 마자키를 다시 만나기 전에 유타와 다에는 이미 죽었다.

그렇다면…… 마자키는 도대체 뭣 때문에 삼억이나 되는 돈을 손에 넣으려 했을까.

나카사코는 마자키라는 남자를 이해할 수 없었다. 갑자기 안개 속으로 사라진 것처럼 보이지 않았다.

하지만 얼떨떨해할 여유도 없었다. 나카사코가 다에와 유타가 죽었다는 사실을 안 다음날, 마자키가 죽은 지 여드레가 지난 바로 그날 사건은 나카사코가 전혀 예상치도 못한 형태로 발생했다.

3월 25일 금요일 오후 2시 8분.

진다이지 역 남쪽 출입구 역 앞 광장에서 무차별 살인 사건이 일어났다.

12
마자키 쇼고를 만나게 해줄게요
-2005년 4월 1일 금요일

4월 1일 금요일.

야마시나 사키코는 컴퓨터 마우스를 조작하는 도리야마 옆에 손님용 쟁반에 얹어서 내온 엽차를 내려놓았다. 도리야마는 사키코의 컴퓨터에 줄줄이 뜬 쓰바사의 사진을 차례차례 훑어보고 체크해나갔다. 대학생 시절부터 애용해온 사키코의 의자와 책상은 도리야마에게 상당히 비좁은 듯했지만, 그는 성의껏 몸을 웅크리고 작업에 몰두했다.

사키코는 도리야마가 작업하는 모습을 바라보며 얼굴과 실명을 공개하고 〈다큐멘트21〉의 취재에 응한 것이 자신과 쓰바사의 인생을 크게 바꾸었음을 절감했다.

작년 십이월, 〈다큐멘트21〉이 방송된 후 사키코는 온갖 비방과 장난질에 시달렸다. 역겹다. 아이가 무서워한다. 병이 옮는다. 아파트에 익명의 전단지가 뿌려지고, 문에 페인트로 몸이 얼어붙을 만큼 끔찍한 말을 써놓는가 하면, 장난전화가 끊이지 않았다. 병원에 가려고 집을 나선 쓰바사의 얼굴을 휴대전화로 찍고 상스러운 말풍선을 달아 인터넷에 올린 사람도 있었다. 어느 정도는 각오하고 있었지만 어둠 속에서 돌을 던질 때 인간은 이렇게나 잔혹해지는 법이구나 싶어 사키코는 몹시 낙담했다. 하지만 가장 큰 충격은 그처럼 모르는 사람들의 행위가 아니었다.

크리스마스가 가까워진 어느 날, 아파트 자치회 임원들이 사키코의 집을 찾아왔다. 전단지와 낙서 소동으로 주민들 사이에 불안감이 조성되고 있다고 했다. 사키코는 주민들을 불안하게 만들어 미안하다고 진심으로 사과했다. 그리고 쓰바사의 병이 사람에게서 사람으로 감염되지 않는다는 것, 현재 치료를 계속하고 있다는 것을 정중하게 설명했다. 사키코가 내놓은 커피를 마시면서 자치회 임원들은 몇 번이고 고개를 끄덕여가며 설명에 귀를 기울였다.

"쓰바사의 병이 어떤지는 잘 알았어요. 참 안됐군요."

나이가 지긋한 임원이 온화하게 말을 꺼냈다.

"다만 우리 아파트에는 어린아이를 키우는 어머님도 많이 계시니까요. 이런 일은 머리로는 이해해도 좀처럼 안심이 안 되는 법입니다."

만에 하나의 일을 염려하는 어머니의 기분은 같은 어머니 입장인 사키코도 잘 알고 있었다. 사키코는 자신이 직접 설명할 수 없겠느냐고 부탁했다. 불안하게 만들어서 미안하다고 사죄하고 나서 쓰바사의 병에 관해 설명할 생각이었다.

"그런 문제가 아니라……." 다른 임원이 이야기를 이어받아 말했다. "이상한 사람들이 디지털카메라를 들고 쓰바사를 보려고 어슬렁거리는 통에 아이를 밖에 놀러 내보낼 수가 없다는 불만이 나와서요. 요즘 들어 설치는 그딴 녀석들은 무슨 짓을 할지 모르니까요."

"무슨 일이 일어나고 나서는 늦을 테고 말이죠. 텔레비전에 나오면 다양한 영향을 받는 법이에요. 쓰바사를 차분하게 키우기 위해서도 이참에 환경을 바꾸는 편이 낫지 않겠어요?"

사키코는 놀라서 임원들을 쳐다보았다. 그제야 비로소 사키코는 임원들이 찾아온 목적을 이해했다. 그들은 쓰바사의 존재 자체가 거슬린다고 전하러 온 것이다.

임원들은 어디까지나 쓰바사를 위해서 제안하는 것이라고 말하고 돌아갔다.

사키코는 한 집 한 집 이야기를 하며 돌아다닐 생각도 했다.

하지만 1차 수술을 마친 지 얼마 되지 않은 쓰바사를 안고 돌아다니기는 현실적으로 불가능했다. 사키코는 이사하는 수밖에 없었다.

자동차 부품 제조 회사의 기술자로 나고야에 혼자 살며 일하는 남편은 나고야에서 셋이 함께 살자고 했지만 나고야에는 멜트페이스증후군 환자를 다루어본 의사가 없다. 쓰바사의 치료 문제로 거듭 상의한 끝에 사키코는 아파트를 팔고 쓰바사와 함께 도쿄에 있는 친정으로 돌아가기로 했다.

쓰바사는 태어난 지 얼마 되지도 않은 무렵부터 엄마의 기분에 민감하게 반응해 사키코가 울적해하면 자주 몸 상태가 안 좋아졌다. 사키코는 엄마와 아들의 신비한 유대에 놀라서, 괴로울 때는 쓰바사가 과민 반응을 보이지 않도록 아들이 좋아하는 노래를 부르는 것이 습관으로 굳어졌다. 덕분에 타고난 음치도 조금 고쳐진 것처럼 느껴졌다. 사키코는 혼자 이삿짐을 싸면서 노래를 불렀다. 사키코가 박스를 끈으로 묶으며 노래하면 쓰바사는 기뻐하며 소리가 나는 장난감을 흔들었다. 그 소리가 힘내라고 응원하는 소리처럼 들려서 자연스레 눈물도 말랐다.

이삿짐을 대충 다 쌌을 무렵, 〈다큐멘트21〉은 사키코에게 또 하나의 전환점을 만들어주었다. 그것은 오전 2시가 지나서 울린 전화 한 통으로 시작되었다.

사키코는 또 장난전화가 아닐까 의심했지만 시간이 시간인 만큼 혹시 나고야에 있는 남편이나 친정어머니에게 무슨 일이 난 게 아닐까 불안해서 서둘러 카디건을 걸치고 수화기를 들었다. 전화를 건 사람은 아무 말도 하지 않았다. 여보세요, 하고 부르자 얼마 후에 부들부들 떨리는 숨소리가 드문드문 들렸다.

"장난치는 거면 끊을게요."

사키코가 딱 잘라 말하고 수화기를 내려놓으려 했을 때 젊은 여자 목소리가 들렸다.

"……아무리 해도 죽일 수가 없어서……."

무시무시한 말에 사키코는 얼어붙었다. 하지만 그와 동시에 오열을 참느라 숨소리가 들렸다 말았다 한다는 것을 알아차렸다. 전화 너머의 낯선 여자는 뭔가 절박한 상황에 처했다. 사키코는 본능적으로 무슨 말이든 해야 한다고 생각했다.

"……어어…… 저기…… 누굴 못 죽여요?"

"……죽이고 저도 죽으려고 했는데……."

말을 마치자마자 여자는 봇물이 터진 것처럼 오열했다. 사키코와 마찬가지로 멜트페이스증후군을 앓는 아이를 키우는 젊은 어머니의 전화였다.

스물한 살의 가가와 나쓰키는 정신적으로 궁지에 몰린 나머지 아이와 함께 자살하려다가 단념하고 텔레비전에서 보고 알게 된 사키코의 집에 전화를 걸었다. 나쓰키의 이야기를 듣고 있자니 사키코는 쓰바사를 안고 건널목 앞에 섰던 날이 떠올랐다. 첫 퇴원 날 직후의 일이다. 전부 나쁜 꿈인 것만 같고, 함께 죽는 것만이 쓰바사에게 해줄 수 있는 유일한 일로 느껴졌다. 그때의 사키코와 똑같이 나쓰키도 병에 걸린 아이를 앞에 두고 자책하며 괴로워한 끝에 죽으려다가 겨우 마음을 돌린 것이다. 사키코는 날이 새서 거실에 아침 햇살이 비쳐들 때까지 난로 옆에 달라붙어 나쓰키의 이야기를 들었다. 주변 사람들이 멀어져 가는 데서 오는 고립감, 언제 끝날지 모르는 얼굴 재건 수술, 고난으로 가득할 아이의 미래에서 느껴지는 불안. 사키코는 멜트페이스증후군을 앓는 아이를 키우는 수많은 부모가 깊은 고독 속에서 불안에 짓눌려 괴로워하고 있음을 통감했다. 같은 상황에 처한 아이 엄마들을 고독에서 구하고 싶다, 혼자가 아니라는 사실을 알려주고 싶다는 바람이 사키코의 마음에 용기를 싹틔웠다.

친정으로 이사하자마자 사키코는 〈다큐멘트21〉의 제작부에 새 연락처를 알려주고 문의가 있거든 그 연락처를 알려주라고 부탁했다. 정초가 지나자 조금씩 전화가 걸려 오기 시작했다. 한편 사키코는 모든 환자를 파악하고 있는 감염증연구원에 환자가 어디 사는지 문의하여 전국 아홉 개 도시에 흩어져 있는 환자의 부모에게 연락하기 시작했다. 병원에 다니면서 작업을 해야 했지만 친정어머니와 나쓰키가 힘을 빌려주었다. 그 과정에서 사키코는 소아 병동에 책 읽어주기 자원봉사를 하러 오는 대학생과 주부들하고 친해졌다. 그리고 그들이 지원 영역을 넓혀준 덕분에 멜트페이스증후군 환자의 부모들을 위한 홈페이지를 개설할 수 있었다.

일이 진행되기 시작하자 아이 엄마들의 네트워크는 순식간에 커졌다. 회원들만 사용하는 게시판은 아이 엄마들이 고민을 털어놓고 서로를 위로하는 공간이 되었다. 지부마다 지부장을 선출했고, 홈페이지에 지역별로 전문의 정보가 차례차례 올라왔다. 일월 말에는 처음으로 각 지부의 지부장이 직접 만나 도쿄 도내의 작은 문화센터에서 '멜트페이스증후군 전국 연락회' 발족식을 거행했고, 연락회는 대표 사키코의 친정을 사무소로 삼아 활동을 시작했다.

제대로 눈을 붙일 틈도 없을 만큼 바빴지만 사키코는 하루하루가 충실하다고 느꼈다.

순조롭게 활동하던 이월 중순, 사키코네 집 우편함에 A4 크기의 갈색 봉투가 배달됐다. 받는 사람은 '멜트페이스증후군 전국 연락회 대표 야마시나 사키코 님'이었고, 보내는 사람은 '사사키 구니오'였다. 괴문서의 너무나도 무시무시한 내용을 읽고 사키코는 깜짝 놀랐다. 반신반의하던 사키코는 온몸에서 핏기가 가셨다. 동봉된 목록의 어린이집 중 하나가 기억 속에 있었기 때문이다. 쓰바사가 병에 걸리기 전에 신용금고에서 일하던 사키코는 분명 그 어린이집에 쓰바사를 맡겼다.

사키코는 즉시 각 지부장에게 연락을 취해 아이들이 병에 걸리기 전, 재작년 십이월에 목록에 있는 어린이집에 다녔는지 조사해달라고 했다. 회답은 목록과 완전히 일치했다. 한숨 돌릴 틈도 없이 사키코에게 방송국과 신문사, 소비자 단체, 행정기관 등의 문의가 쇄도했다. 3월 5일, 전국 연락회는 소비자 단체와 함께 관계 행정 기관에 타이투스 푸드 후지사와 공장의 현장 검사와 수거 검사를 요청하는 요청서를 제출했다.

사사키 구니오가 한 말은 진실일까……. 그 이후로 사키코의 머릿속에서는 그 의문이 떠나지 않았다.

요 며칠 사키코네 집 전화와 현관 초인종은 쉴 새 없이 울리고 있다. 사흘 후 4월 4일에 후지사와 공장에서 현장 검사가 실시된다는 정보를 입수하고 짤막한 견해와 환자 사진 등 기사와 방송에 쓸 소재를 얻기 위해 매스컴이 밀어닥친 것이다. 사키코는 병에 걸렸을 때의 상황 등 대답할 수 있는 질문에는 정중하게 대답했지만, 반드시 나오는 "지금 기분은?"이라는 질문에는 대답할 길이 없었다. 무엇 하나 확실하게 알 수 없는 지금은 그저 결과를 기다리겠다는 대답을 하는 것이 고작이었다.

너무나도 소란스러운 나머지 쓰바사는 2차 수술을 앞두고 몸 상태가 나빠졌고 사키코도 신경을 바짝 곤두세우고 있던 탓에 몸과 마음이 한계에 다다랐다. 주부와 대학생 자원봉사자들이 도와주지 않았다면 벌써 엄마와 아들이 함께 쓰러졌을지도 모른다.

사키코의 컴퓨터에서 사진을 고르던 도리야마는 삼백 장쯤 되는 사진에서 다섯 장을 고르고 일어섰다.

"번거롭게 해서 죄송합니다."

도리야마는 큼직한 등을 구부려 머리를 숙였다. 도리야마가 컴퓨터 앞에 앉아 있는 동안 사키코는 신문사 두 곳의 사람과 이야기를 나누었고 전화 한 통을 받았다.

〈다큐멘트21〉의 취재에 응한 후 도리야마를 직접 만나는 것은 이번이 처음이었지만, 방송이 나간 다음 후폭풍을 걱정해 몇 번 전화를 해준 적이 있는 만큼 사키코에게 도리야마는 매스컴 관계자 중에서 유일하게 흉금을 털어놓을 수 있는 상대였다. 또한 사키코는 취재할 때 쓰바사의 용태를 최우선으로 살피며 촬영한 도리야마의 인성을 신뢰하기도 했다. 태풍처럼 몰려왔다 사라지는 보도진 가운데 사키코가 자기 컴퓨터 앞으로 안내한 사람은 도리야마뿐이었다. 도리야마가 직접 보고 사진을 골라주었으면 했다.

"이거 빌려가도 될까요?"

도리야마는 골라낸 사진을 사키코에게 보여주었다. 전부 쓰바사가 병에 걸리기 전에 찍은 사진이었다. 사키코의 품에 안겨 웃고 있는 쓰바사. 호기심이 강한 두 눈을 반짝이며 집오리 장난감을 만지작거리는 쓰바사. 사키코는 당시의 쓰바사가 떠올라 가슴이 미어지는 것 같았다.

"쓰바사의 병세에 관해서는 〈다큐멘트21〉의 자료가 있습니다. 저는 시청자에게 건강했던 시절의 쓰바사와 현재의 쓰바사 양쪽의 모습을 보여주고 싶어요. 그렇게 해서 쓰바사가 원래 살아야 했을 인생…… 보통 아이와 다를 바 없이 건강한 미래가 기다리고 있었음을 전하고 싶어요."

사키코는 건강할 때 찍은 쓰바사의 사진을 외면하지 않고 가만히 바라보았다.

"……도리야마 씨, 사사키 구니오의 말은 진실일까요?"

도리야마는 틀림없이 진실이라 믿고 있었다. 하지만 현장 검사 결과 십중팔구 아무 혐의도 드러나지 않으리라고 거의 체념하고 있었다. 보건부에 영향력을 행사하는 이소베와 결탁한 타이투스 푸드에는 벌써 몇 주도 전에 현장 검사 일정이 전달되었을 것이다. 증거가 남아 있을 리 없다. 도리야마는 하다못해 멜트페이스증후군에 걸린 아이들은 감염증의 희생자이며, 겉보기가 어떠하든 보통 아이와 다를 바 없다는 사실을 뉴스 시청자에게 전하고 싶었다. 고작 그 정도로 환자에 대한 편견이 줄어들 것 같지는 않았지만 조금이라도 아이들에게 도움을 주고 싶었다.

"……진실일지 아닐지 모르겠습니다."

"……그렇죠. 아직 아무도 모를 거예요."

사키코는 부드럽게 미소 짓고서 사진 다섯 장을 도리야마에게 맡겼다. 또 전화벨이 울렸다. 사키코는 고개 숙여 인사한 후 전화로 달려갔고 도리야마는 사진을 들고 사키코의 집에서 물러났다.

전화를 받아보면 매스컴 관계자가 아닐 때도 있었다. 연락회의 어머니들도 불안을 감추지 못하고 전화를 걸었다. 각 지부의 환자 집에도 지방신문과 지방방송국 보도진이 나타나는 바람에 지금까지 조용히 살아온 환자의 가족은 동요했다. 만약 사사키 구니오의 말이 진실이라면 앞으로 어떻게 될까. 아이 엄마들은 진전되는 사태에 오히려 겁을 먹었다. 흥미 본위로 접근하는 사람들에게 놀림감이 될까 봐 두려워 연락회를 탈퇴하고 싶다는 부모들도 있었다.

아이 엄마들은 공감대를 형성해 서로를 다독이며 어떻게든 버텨왔다. 그러나 모두 정신적으로 허덕이고 있으므로 하나하나의 연결 고리는 약하다. 사키코는 전화와 메일로 아무튼 현장 검사 결과가 나오기를 기다리자고 열심히 호소했다. 행정기관이 정식으로 현장 검사를 실시한다. 분명 진실이 밝혀질 것이다. 그리고 그 진실이 사사키 구니오의 고발과 일치한다면 사키코는 타이투스 푸드를 상대로 긴 싸움을 할 각오가 되어 있었다.

그날 신주쿠에 있는 호텔의 연회장에서 타이투스 푸드의 입사식이 거행되었다. 타이투스 그룹에서도 창업 모체인 푸드의 입사식에는 그룹의 늙은 임원이 참석하고, 회장 도미야마 고이치로가 직접 단상에 올라 신입 사원에게 인사하는 것이 관례였다. 하지만 3월 28일 새벽에 도미야마 고이치로가 뇌경색으로 타계해 푸드는 1947년에 '도미야마 양식 공업'이 설립된 이래 처음으로 도미야마가 없는 입사식을 맞이했다.

나카사코는 늙은 임원을 보좌하는 역할로서 말석에 앉아 사장 소노다가 일본 국기와 사기 앞에 서서 신입 사원들에게 타이투스 푸드의 이념에 대해 열변을 토하는 모습을 보고 있었다. 소노다는 예전 입사식을 녹음한 테이프에서 도미야마의 말을 베껴서 그대로 따라 하고 있었다.

"먹거리에 관여한다는 것은 생명에 관여한다는 뜻입니다. 생명을 육성하고 그 활기찬 활동을 뒷받침하여 다음 세대로 뛰어난 지혜를 이어나간다. 이 모든 것의 근본은 먹거리입니다."

가지런히 줄지어 앉은 신입 사원들은 등을 곧게 펴고 귀담아듣고 있었다. 이십 년 남짓 푸드의 일원으로 살아온 나카사코는 마음속 깊은 곳에서 솟구쳐 오르는 씁쓸함을 억누를 수 없었다. 도미야마의 장대하면서도 공허한 말을 들으며 나카사코는 단상에 맹우처럼 나란히 걸어놓은 두 깃발을 올려다보았다. 국기와 사기. 한통속이 되어 함께 번영의 길을 걸어온 두 깃발. 두 깃발은 지금 나카사코의 눈에 이소베와 도미야마로 보였다.

앞으로 사흘이라고 나카사코는 자신을 타일렀다. 현장 검사가 시행되는 날 푸드 본사 빌딩에서 열리는 기자회견 자리에서 모든 것의 결말을 짓는다. 그 방법밖에는 없다.

입사식이 끝나자 나카사코는 소노다, 모리무라, 미야지마 등 사원들과 함께, 늙은 임원을 호텔 앞 차를 대는 곳까지 배웅하러 나갔다. 운전사가 모는 전용차가 미끄러지듯이 다가오자 소노다가 직접 임원을 위해 문을 열었다. 임원은 걸음을 멈추고 잠긴 목소리로 소노다에게 물었다.

"기자회견에는 자네가 나가나?"

"현재 상황을 검토중이라……."

소노다는 비위를 맞추듯이 웃음을 띠고 명확한 대답을 피했지만 속으로는 웃기지 말라고 투덜댔다. 현장 검사와 동시에 열불이 나는 사사키 구니오의 괴문서와 멜트페이스증후군에 걸려 괴물처럼 변한 아이들에 관한 뉴스가 일제히 보도된다. 푸드 사람이 뭐라고 달래든 유유아를 키우는 전국의 부모와 조부모, 보육 시설 관계자는 즉시 불안과 공포로 혼란에 빠진다. 불신과 의혹으로 가득한 사람들의 눈길이 푸드에 집중될 것이 뻔하다. 회견에 나서면 기자들이 뭇매질하듯이 질문을 퍼부을 테고, 질문 세례에 쩔쩔매는 자신의 모습이 마치 사건 용의자처럼 하루 종일 되풀이해 텔레비전에 나올 것이다. 소노다는 그런 역할은 딱 질색이었다. 상상만 해도 기분이 오싹했다.

나카사코는 소노다의 안색을 보고 그의 기분을 알아챘다. 기회를 잡으려면 지금이다.

"괜찮으시다면 회견에는 제가."

나카사코는 재빨리 나섰다. 자신이 회견을 담당하면 일은 훨씬 쉬워진다.

소노다는 나카사코의 제안에 쌍수를 들어 찬성하고 싶었지만, 임원 앞이라 바로 대답하지 않고 고민하는 태도를 취했다. 임원이 그제야 표정 없는 눈을 나카사코에게 돌렸다. 나카사코는 어디까지나 푸드를 위해서라는 자세를 유지했다.

"이 일의 경위는 처음부터 전부 알고 있습니다. 회견에서는 해당 제품의 유통 상황 등에 관한 구체적인 질문도 나올 테니 어느 정도 현장에 정통한 사람이……."

"아니요. 고작 과장에게 회견은 무거운 짐입니다."

모리무라가 귀에 쏙 들어오는 매끄러운 목소리로 제지했다. 모리무라의 차분한 태도는 짤막한 말 한마디로도 사람의 이목을 탁월하게 집중시킨다. 그것은 모리무라의 천부적인 재능이었다.

"적합한 책임자의 지위에 있는 사람이 회견에 나서야 시청자들도 납득할 겁니다."

쓸데없는 소리를 한다 싶어 소노다는 내심 이를 갈며 모리무라를 쳐다보았다.

"그렇지만……." 모리무라는 막힘없이 말을 이었다. "사장님은 '도미야마 회장님 추모회' 준비 때문에 바쁘시죠. 각계의 선생님들을 많이 모셔야 하니까 사장님이 아니면 감당이 안 됩니다."

모리무라는 일단 말을 끊고 소노다를 쳐다보았다.

"회견에는 사장님을 대신하여 제가 나가겠습니다."

소노다는 여우에게 홀린 듯한 기분이었다. 하지만 자신이 나가지 않아도 된다면 나카사코가 대신하든 모리무라가 대신하든 상관없다. 게다가 이번에는 추모회라는 핑계도 있다. 소노다는 이야기의 흐름이 바뀌기 전에 모리무라의 제안을 덥석 받아들였다.

"그래. 미안하지만 회견은 자네에게 부탁하겠네. 추모회는 도미야마 회장님의 존함에 부끄럽지 않도록 훌륭하게 치러야 하니까."

어떻게 된 걸까. 나카사코는 모리무라의 속셈이 궁금했다. 모리무라는 소노다 사장을 사무실의 마우스패드만큼도 쓸모가 없는 존재로 여긴다. 그런 모리무라가 소노다를 위해 고달픈 역할을 대신해줄 리 없다. 분명히 무슨 꿍꿍이가 있다.

임원이 얇은 입술에 간신히 알아볼 수 있을 만한 웃음을 지었다.

"도미야마 회장님도 기뻐하실 거야."

소노다는 "옛" 하고 공손하게 고개를 숙였지만 나카사코는 임원이 시선을 살짝 옮겨 소노다가 아니라 모리무라를 쳐다보았다는 것을 놓치지 않았다.

—도미야마 회장님도 기뻐하실 거야.

임원은 모리무라에게 말한 것이다. 그 사실을 알아차린 순간 나카사코는 모리무라의 의도를 이해했다.

임원이 차에 올라타자 소노다가 문을 닫았다. 모두가 일제히 고개를 깊이 숙였다. 나카사코는 멍하니 발치의 화강암을 노려보았다.

모리무라는 지금 힘들이지 않고 인생에서 가장 큰 기회를 손에 넣었다.

현장 검사 날에 열리는 기자회견에서 모리무라는 비난과 의혹의 표적이 된다. 이것은 피할 수 없다. 하지만 며칠만 지나면 틀림없이 후지사와 공장의 제조 라인에는 문제가 없다고 증명될 것이다. 그렇게 되면 상황이 백팔십도 변해 괴문서를 보낸 사사키 구니오는 전국을 떠들썩하게 만든 악랄한 유쾌범으로 몰릴 테고, 모리무라는 터무니없이 오명을 뒤집어쓴 푸드를 위해 앞장서서 사람들을 진정시킨 신념 있는 기업인으로 추앙받는다. 더불어 검사 결과를 통보받은 후 푸드는 대대적인 결백 기자회견을 열 것이다. 거기에서도 모리무라는 입사식에서 소노다가 한 연설은 발끝에도 미치지 못할 만큼 멋지게 회견을 할 것이다.

미디어를 통해 흘러나오는 이미지가 순식간에 사람과 물건의 가치를 결정한다. 그 점에서는 한 나라의 총리든 다이어트 식품이든 별 차이 없다. 오랜 세월 영업 분야에서 잔뼈가 굵은 나카사코는 긍정적으로든 부정적으로든 쉽사리 기울어지는 이미지의 무서움을 잘 알고 있었다. 모리무라는 두 차례의 극적인 기자회견을 통해 일본에서 손꼽히는 식품 회사 타이투스 푸드의 성실함을 상징하는 얼굴이 된다. 그리고 창립 이념인 안심과 신뢰를 견지하는 타이투스 그룹 전체를 대표하는 간판이 되어 지명도를 얻는다. 이는 도미야마의 사후에 타이투스 그룹 회장 자리로 올라가기 위한 둘도 없을 기회가 분명하다.

—도미야마 회장님도 기뻐하실 거야.

임원과 죽은 도미야마가 기뻐할 일. 그것은 푸드 출신의 우수한 인재가 도미야마의 뒤를 잇는 것이다.

모리무라는 사사키 구니오의 괴문서도 포함해 이 샘플 사건을 자신의 야심을 성취하기 위해 이용할 속셈이다. 인생이 망가진 수많은 아이들도, 고문당하다 죽은 마자키도, 역 앞 광장에서 이유도 모르고 별안간 끔찍하게 살해당한 무고한 네 사람도, 자신과는 아무 상관도 없다는 듯 외면한 채. 나카사코는 가슴속에서 커다란 바위처럼 굳어가는 분노를 느꼈다.

절대 가만둘 수 없다. 가만둘까 보냐. 기자회견에서 진실이 폭로될 것이다. 그러기 위해서는 마지막 순간까지 가능한 한 모리무라를 안심시켜두어야 한다.

나카사코는 다른 사람들과 함께 화려한 샹들리에가 드리워진 로비로 돌아왔다.

"나카사코 씨, 미안하지만 당신한테 부탁이 있습니다."

모리무라가 웬일로 말을 걸었다.

"무슨 부탁이신지요?"

나카사코는 감정을 억누르고 평소와 다름없는 태도로 물었다.

"현장 검사 때 당신이 '현장 책임자'를 맡아주십시오."

나카사코는 무슨 뜻이냐는 눈으로 바라보며 신중하게 침묵을 지켰다.

미야지마가 뒤를 이어 설명했다.

"행정기관 검사원에게 제조 라인을 설명하며 현장을 안내하는 건 공장장이 할 일이지만, 이번 일의 사정을 잘 아는 사람이 현장에 없으면 만에 하나 검사에서 무슨 불상사가 생겼을 때 바로 대처할 수 없잖나. 검사원이 공장에 와서 검사를 마치고 돌아갈 때까지 자네가 곁에 붙어 있어. 전무님과 나는 회견 때문에 본사에서 움직일 수 없고, 사장님은 추모회 준비로 바쁘셔. 대응할 수 있는 사람은 자네뿐이야."

"하지만……."

검사에서 불상사가 생길 리 없다. 나카사코뿐만 아니라 그 자리에 있는 모두가 알고 있는 사실이다. 후지사와 공장의 제조 라인 자체에는 원래 아무 문제도 없으니까. 그런데 왜 내가 후지사와 공장에 갈 필요가 있을까. 미야지마의 천연덕스러운 얼굴을 보고 나카사코는 '현장 책임자' 운운하는 이야기가 자신을 기자회견장에서 떼어놓기 위한 계략임을 알아차렸다. 회견을 하는 동안 나카사코를 후지사와 공장에 못박아놓고 멋대로 행동하지 못하도록 공장장을 곁에 붙여두려는 것이다.

모리무라는 인생에서 가장 큰 기회인 기자회견을 앞에 두고 불안 요인을 모조리 제거해둘 작정이다. 모리무라와 미야지마는 나카사코가 마자키에게 샘플에 관한 정보를 유출했다고 믿어 의심치 않는다. 이 중대한 시기에 회견장에서 나카사코가 엉뚱한 짓이라도 하면 전부 물거품이 된다고 예견하고 선수를 친 것이다.

"괜찮겠죠?"

모리무라는 굳이 나카사코의 의향을 물었다. 지금 나카사코가 푸드의 편이라면 거절할 이유는 없다. 나카사코는 모리무라가 자신을 시험대에 올려놓았음을 알았다.

대놓고 말다툼을 벌여서는 안 된다.

나카사코는 필사적으로 할말을 찾았다. 어떻게든 이 위기를 헤쳐 나가야 했다.

그때 연회장을 담당하는 호텔 직원이 총총히 다가왔다.

"나카사코 님, 프런트에 전화 왔습니다."

전화? 왜 휴대전화가 아니라 프런트에 전화가 온 거지? 너무나도 갑작스러워서 나카사코는 아무 대답도 하지 못했다.

미야지마가 의심스럽다는 듯이 곁에서 직원에게 물었다.

"누구 전화인데요?"

"가족분이 거셨습니다."

나카사코는 아쓰미에게 무슨 일이 일어났구나 직감했다. 입사식 날이라서 요리코가 휴대전화에 걸지 않고 프런트에 전화를 한 것이다.

"실례합니다."

나카사코는 자신이 어떤 상황에 처했는지도 잊고 서둘러 프런트로 향했다. 아쓰미가 심한 발작을 일으켰는지도 모른다. 요리코는 어지간한 일이 아니면 전화를 걸지 않는다. 나카사코는 프런트 직원이 내민 수화기를 받아들자마자 물었다.

"나야. 아쓰미한테 무슨 일 있어? 여보세요."

"입다물고 잠자코 들어요."

소년 목소리였다.

"시게토 슈지예요."

나카사코의 머리에 각 얼음 봉지를 끌어안고 저물녘 병원 복도에 서 있던 슈지의 모습이 선명하게 되살아났다.

설령 입을 다물라고 하지 않았어도 목소리가 나오지 않았을 것이다.

살아 있었다. 시게토 슈지는 무사히 살아남았다.

순간 기쁨과 안도가 앞서서 슈지가 어떻게 자신에 관해 알아냈는지 생각할 여유도 없었다. 하지만 다음에 들려온 슈지의 말을 듣고 나카사코는 머리털이 쭈뼛 설 만큼 놀랐다.

"이쪽으로 와요. 마자키 쇼고를 만나게 해줄게요."

나카사코는 자유석 차량 중간쯤에 앉아 창밖에 눈길을 주고 있었다. 남의 눈에는 출장을 가는 평범한 회사원처럼 보이겠지만, 접이식 테이블에 올려둔 판매 카트의 커피는 식을 때까지 손 한번 대지 않았고 차창을 흘러가는 아름다운 일본 알프스의 경관도 전혀 눈에 들어오지 않았다. 차량 뒤편에 앉은 낯선 남자가 나카사코의 머릿속을 가득채우고 있었다.

호텔 프런트에서 전화를 받은 후 나카사코는 슈지가 지시한 대로 신주쿠 역에서 12시 정각에 출발하는 아즈사 17호에 탔다. 모리무라에게는 가족이 갑자기 병이 나서 조퇴하겠다고 양해를 구했다. 슈지가 가족이라고 속이고 프런트에 전화를 한 덕분에 꼬치꼬치 캐묻지는 않았지만 그래도 호텔을 나섰을 때부터 누구에게도 미행당하지 않도록 세심한 주의를 기울였다. 모리무라 일당이 자신을 의심하는 이상 감시하고 있을 가능성이 컸다. 특히 현장 검사가 눈앞으로 다가온 요 며칠은 위험했다.

나카사코는 신주쿠에서 열차를 탈 때도 일부러 목적지의 표를 사지 않고 열차가 출발하기 직전에야 플랫폼에 나와서 열차에 올라탔다. 그런데 신주쿠를 출발한 지 약 삼십 분 후, 열차가 하치오지 역에 멈췄을 때 웬 낯선 남자가 올라탔다. 남자는 승객의 얼굴을 한 명씩 확인하듯이 천천히 걸어오다가 나카사코에게 아주 조금 더 오래 눈길을 주었다. 나카사코는 남자가 지나간 후에 귀를 기울였다. 차량 연결 문이 여닫히는 소리가 들리지 않아서 남자가 같은 차량 뒤편에 앉았음을 알았다. 만약을 위해 나카사코는 반시간쯤 후에 옆 차량으로 자리를 옮겼다. 그러자 얼마 지나지 않아 그 남자가 또 어슬렁어슬렁 나타나서 나카사코 뒤편 자리에 앉았다. 그 이후로 남자가 줄곧 감시하는 것 같아서 마음이 불편했다.

시오지리를 지난 열차는 조금만 더 있으면 종점인 마쓰모토 역에 도착할 예정이었다. 만약 그 남자가 자신을 따라왔다면……. 이대로 슈지를 만나면 위험하다.

나카사코는 마음을 단단히 먹고 자리에서 일어서서 성큼성큼 통로를 걸어 차량 뒤쪽 승강문 앞에 제일 먼저 섰다. 먼저 내려서 이번에는 자신이 남자의 움직임을 감시할 속셈이었다. 좌석에 앉은 남자 옆을 지나쳤을 때 남자는 아무 반응도 보이지 않았다.

열차가 플랫폼으로 들어서자 승객이 선반에서 짐을 내려 나카사코 뒤에 줄을 섰다. 창밖에 매점과 벤치가 나타나고, 아즈사는 도착 시간인 오후 2시 45분에 딱 맞게 마쓰모토 역에 도착했다. 문이 열리자 제일 먼저 열차에서 내린 나카사코는 남자의 시선에서 벗어났음을 확인하고 개찰구 반대 방향에 있는 자판기로 달려가 뒤편에 몸을 숨겼다. 플랫폼은 대번에 열차에서 내린 승객들로 북적였다. 문을 감시하고 있자니 이윽고 초로 여자들로 이루어진 단체 승객에 이어 그 남자가 내렸다. 남자는 그다지 서두르지도 않고 왁자지껄 웃고 떠드는 여자 단체 승객들의 뒤를 따라 개찰구로 이어지는 계단으로 향했다. 나카사코는 남자의 뒷모습이 계단으로 사라질 때까지 가만히 지켜보았지만 남자는 누군가를 찾는 기색이 전혀 없었다.

기분 탓이었나…….

승객은 썰물이 빠지듯이 사라졌고, 어느덧 한산해진 플랫폼에는 나카사코 혼자 남았다. 나카사코는 계단을 올라 개찰구를 빠져나와서 약속한 동쪽 출입구로 향했다.

마쓰모토 성에서 벚꽃 축제가 열려서 그런지 역 앞에는 관광객이 많았다. 나카사코는 늦게 나온 만큼 급히 주변을 둘러보았지만 붐비는 동쪽 출입구 주변에 슈지의 모습은 보이지 않았다. 나카사코는 그 자리에서 슈지가 나타나기를 가만히 기다리는 수밖에 없었다.

마자키를 만나게 해주겠다니 도대체 무슨 뜻일까. 슈지는 어떻게 마자키를 알고 있는 걸까. 아니, 애당초 슈지는 정말로 무사할까. 여러 가지 의문이 머릿속에서 뒤엉켰다. 나카사코는 한시라도 빨리 슈지가 무사한지 확인하고 싶었다. 하지만 십 분이 지나고 이십 분이 지나도 슈지는 나타나지 않았다. 슈지에게 무슨 일이 생겼을지도 모른다는 불안이 샘솟았다. 불현듯 하치오지에서 열차에 탄 남자의 얼굴이 머리를 스쳤다. 어쩌면 그 남자가 여기서 자신을 기다리고 있던 슈지를 데려간 것 아닐까. 나카사코는 엎어지면 코 닿을 곳에서 아이를 납치당한 부모처럼 온몸에 소름이 돋았다.

"따라오쇼."

목소리만 남기고 누군가가 옆을 지나쳐 갔다. 퍼뜩 놀라 정신을 차리자 말을 건 사람은 이미 3미터 정도 앞쪽을 걷고 있었다. 그 남자였다. 하치오지에서 열차에 올라탄 그 남자. 나카사코는 바로 남자의 뒤를 쫓았다. 역시 놈은 자신을 따라온 것이다. 슈지가 나타나지 않는 것은 놈에게 붙잡힌 탓이다. 나카사코는 어떻게든 슈지를 구해내야겠다고 결심했다.

남자는 가게 몇 곳을 지나친 후 서점으로 들어갔다. 서가 사이를 돌면서 쭉쭉 걸어갔다. 나카사코는 몇 번인가 남자를 놓칠 뻔하면서도 뒤를 쫓아 마지막에는 달리듯이 뒷문을 통해 밖으로 나갔다.

길가에 뒷좌석 문을 연 차 한 대가 서 있었다. 나카사코는 망설임 없이 올라타서 문을 닫았다. 남자는 즉시 차를 출발시켰다.

"당신 누구야?"

나카사코는 거친 말투로 닦달했다.

"시게토를 어떻게 했어!"

"저는 슈지의 친구 야리미즈라고 합니다. 슈지를 숨겨주고, 비교적 맛난 걸 먹이고, 때로는 옷도 빌려주죠."

야리미즈라고 자신을 소개한 남자는 질문에 순서대로 대답했지만 나카사코는 예상외의 대답을 듣고 아주 당황했다. 반신반의하는 마음으로 백미러를 바라보자 야리미즈는 애연가인 듯 손가락에 담배를 끼운 채 느긋하게 운전대를 잡고 있었다. 이 목구비는 단정하지만 속내를 알 수 없는, 좋게 말하면 수수께끼처럼 이해할 수 없고 나쁘게 말하면 약간 사기꾼 냄새가 나는 남자였다.

"당신은…… 하치오지에서부터 내내 같은 열차에……."

"예. 뭘 좀 조사하러 나왔다가 같은 열차에 합류했습니다. 당신이 미행당하지는 않는지도 확인하고 싶었고요."

야리미즈에게 감시당하는 것이 아닌가 싶어 열차에서 신경을 곤두세우고 있었다는 말은 하지 않기로 했다.

"기다리게 해서 죄송합니다. 장을 좀 보느라."

쳐다보니 조수석에 식료품으로 가득찬 편의점 봉투가 두 개 놓여 있었다.

나카사코가 역 앞에서 기다리는 동안 편의점에서 장을 봐 온 모양이다.

"이래저래 할 일이 많아서요. 현재 무차별 살인범이 얼굴을 모르는 사람은 저뿐이거든요."

그 한마디에 나카사코는 숨을 삼켰다. 야리미즈와 슈지도 무차별 살인 사건의 진상을 알아낸 것이다. 그렇기 때문에 슈지는 마자키의 이름을 알고 있었다.

나카사코는 앞으로 어떤 사태가 기다리고 있을지 상상도 가지 않았다. 하지만 슈지가 전화로 마자키를 만나게 해주겠다고 한 말은 단순히 나카사코를 불러내기 위한 허풍은 아닌 것 같았다. 나카사코는 다에와 유타의 죽음을 안 이후로 마자키라는 인간을 종잡을 수가 없었다. 마자키는 이 세상에 없다. 하지만 어쩌면 어떠한 형태로든 마자키를 만날 수 있지 않을까. 그런 기분이 들었다.

하늘색 쉐보레가 멈춘 곳은 산속의 작은 산장이었다. 성수기가 되기 전의 산장에는 인기척이 없었고, 겨울 내내 쌓인 현관 앞 낙엽 위에는 빈 드럼통이 놓여 있었다. 나카사코는 편의점 봉투를 든 야리미즈를 따라 추레한 산장으로 들어갔다. 어스름한 접수 카운터에는 아무도 없었고, 안쪽에서 텔레비전 소리가 희미하게 들렸다. 닳아빠진 연지색 카펫을 밟으며 자판기가 늘어선 복도를 따라 안쪽으로 나아갔다. 야리미즈가 "12"라고 적힌 문 앞에서 멈춰 섰다.

양손에 편의점 봉투를 든 야리미즈가 발끝으로 가볍게 문을 찼다. 그러자 문 바로 안쪽에서 남자 목소리가 났다.

"선쿠스."

무슨 말인가 싶어 의아해하고 있자니 옆에서 야리미즈가 대답했다.

"미니스톱."

실내에서 자물쇠가 풀리는 소리가 들리고 나서야 나카사코는 그 말이 문을 열 때의 암호임을 깨달았다.

문이 열리자 안에서 선글라스를 낀 남자가 얼굴을 내밀었다. 나카사코는 그 남자 얼굴을 본 기억이 있었다.

"당신은 그날 밤 택시의……!"

남자는 무슨 말인지 모르겠다는 듯 어리둥절한 표정을 지었지만 "아무튼 안으로"라고 말하며 나카사코와 야리미즈를 안으로 들이고 나서 문을 잠갔다. 나카사코는 허둥지둥 남자에게 물었다.

“무차별 살인 사건이 일어난 다음날, 비가 억수같이 쏟아지는 밤에 슈지를 택시에 태워 데려간 사람 아닙니까?”

“당신 거기 있었어요?”

소년의 놀란 목소리가 들렸다. 고개를 돌리자 슈지가 이층 침대가 두 개 있는 간소한 방 한가운데 우두커니 서서 놀란 얼굴로 나카사코를 쳐다보고 있었다. 머리에 붕대를 감고 손에는 편의점 봉투에서 꺼낸 주스 페트병을 쥐고 있었다. 나카사코는 살아 있는 슈지의 모습을 보자 스스로도 뜻밖일 만큼 가슴이 메었다. 진심으로 신에게 감사했다. 야리미즈가 하나뿐인 의자에 나카사코를 앉히자 슈지가 페트병에 담긴 차를 건넸다. 나카사코는 차를 한 모금 마셔 마음을 진정시킨 후 다시 슈지의 얼굴을 쳐다보았다.

“그날 밤 사정을 알리고 도망치라고 말하려고 네 집에 갔어. 그런데 그, 지금 문을 열어준 이 사람이 널 데리고 뛰쳐나와 택시에…….”

“소마 씨 덕분에 목숨을 건졌죠.”

슈지는 그날 밤 소마의 도움으로 야리미즈의 집에 몸을 숨긴 경위를 설명했다.

나카사코는 깜짝 놀라서 다키가와와 맨손으로 맞붙었다는 소마를 쳐다보았다. 형사치고 몸집이 큰 편은 아니었지만 날씬하면서도 탄탄한 몸과 눈초리가 치켜 올라간 눈, 쓸데없는 말은 하지 않겠다는 듯이 꾹 다문 입에서 굳센 기질이 드러났다.

"소마입니다."

소마는 깍듯이 인사하고 나서 이층 침대 사다리에 걸터앉았다. 그리고 서론을 빼고 서슴없이 물었다.

"나카사코 씨, 마자키는 마미 팔레트 샘플을 볼모로 삼아 타이투스 푸드에게서 돈을 뜯어내지 않았습니까?"

단도직입적인 질문에 나카사코는 저도 모르게 안색이 변했다.

세 사람은 역시나, 라고 말하는 듯이 눈짓을 교환했다.

"당신들…… 어떻게 그 사실을……."

"이봐요, 마자키한테 언제 그 샘플이 멜트페이스증후군의 원인이라고 이야기했죠?"

슈지가 쉴 틈을 주지 않고 물었다.

"작년 십이월에."

"역시 마자키는 처음부터 돈을 염두에 두고 있었군."

"그건 아니야……!"

나카사코는 저도 모르게 소리를 질렀다. 마자키는 처음에는 순수하게 진실을 폭로할 생각이었다고 마음속 한구석으로 믿고 싶었다. 하지만 미련 어린 나카사코의 말을 슈지는 딱 잘라 부정했다.

"마자키는 작년 십이월에 마자키 공업을 접을 준비를 시작했어요. 작년 마지막 날에는 일찌감치 친구의 자동차 수리 공장에서 푸드의 소형 트럭을 가짜로 만들었고요."

나카사코는 충격을 받아 말문이 막혔다.

슈지가 잔혹할 만큼 진지한 눈으로 나카사코를 쳐다보았다.

"마자키에 관해서 전부 이야기해줬으면 하는데요."

나카사코는 자신이 보아온 마자키는 아주 작은 일부에 불과하다고 느꼈다. 하지만 그 모습도 마자키였음은 분명하다. 나카사코는 모든 것을 있는 그대로 이야기했다. 아이의 소아천식이 인연이 되어 성 우르술라 소아 클리닉에서 우연히 만났다는 것. 작년 여름, 마미 팔레트 샘플이 멜트페이스증후군의 원인임을 알아차리고 상사에게 사실을 공표하자고 진언했지만 오히려 은폐 공작을 위해 샘플을 폐기하라는 명령을 받았다는 것. 그리고 시월에 태풍이 불던 날, 이 년 만에 마자키와 재회했다는 것…….

슈지 일행에게 경위를 털어놓으면서 나카사코는 마자키가 슈지 말처럼 처음부터 돈을 노렸다면 자신은 웃음이 나올 만큼 속이기 쉬운 봉이었을 것이라고 생각했다. 그렇지만 고마에서 유타와 아쓰미 이야기를 하면서 술을 마신 나날들, 십이월에 고요한 무코가오카 유원지 거리를 돌아다니며 샘플의 진실을 밝힌 밤, 묵직하게 낀 눈구름 아래 강가에 세운 차 안에서 푸드의 은폐 공작을 폭로할 계획을 들려준 해질녘, 그 순간순간 마자키의 어떤 얼굴에서도 거짓을 찾아내지 못한 자신이 다시금 어리석게 느껴졌다.

갑작스레 배신하고 고치에서 처참하게 죽은 마자키, 다키가와에게 빼앗긴 동영상, 그리고 역 앞 광장에서 벌어진 무차별 살인에 이르는 기나긴 이야기를 마쳤을 때, 나카사코의 마음에는 어디로도 향할 길 없는 바위 같은 회한만이 남았다.

실내에 산의 깊은 정적이 가득찼다.

살짝 걷어둔 커튼 틈새로 어느덧 해거름의 주홍빛 햇살이 비쳐들고 있었다.

야리미즈가 혼잣말처럼 작게 중얼거렸다.

"……줄곧 궁금했어. 스키 마스크, 아니, 그 다키가와라는 남자가 어떻게 그날 아침 샘플 불법 투기 현장을 목격한 사람들의 얼굴을 알아냈는지."

그 해답을 안 야리미즈는 무심결에 눈을 감았다.

"마자키가 목격자 다섯 명을 지키기 위해 준비한 동영상이 다섯 명을 죽이는 데 이용되었다니."

"……있죠, 나카사코 씨."

슈지는 발치에 비치는 저녁놀에 눈길을 떨어뜨린 채 말했다.

"마자키가 살아남았다면 4월 4일에 현장 검사가 실시되기를 기다렸다가 건설 현장에 샘플을 불법 투기한 산업폐기물 수거 운반업자로 나설 작정이었을 거예요. 몰래 폐기해달라는 푸드의 부탁을 받고 3월 12일 이른 아침에 여기에 불법 투기했다면서요. 물론 푸드는 부정하겠지만 불법 투기 현장을 목격한 사람도 있고, 그날 아침 현장을 찍은 동영상도 매스컴에 나돌아서 큰 소동이 벌어졌겠죠. 푸드가 어떻게 부정하든 샘플은 세상에 공개돼요. 그렇지만 푸드는 샘플을 볼모로 삼아 마자키가 돈을 뜯어냈다는 사실을 공표할 수 없죠. 샘플이 위험하다는 사실을 미리 알고 협박에 응했다고 자백하는 셈이니까요."

나카사코는 다키가와가 처음으로 푸드의 응접실에 나타났을 때, 그 자리에서 사사키 구니오가 보낸 협박장을 불태웠다는 것이 떠올랐다. 협박당했다는 사실도 협박에 응해 돈을 지불했다는 사실도 남기지 않기 위해서다.

슈지는 눈을 들지 않고 말을 이었다.

"마자키는 돈을 요구한 단계에서 자신이 죽을지도 모른다는 사실 또한 알고 있었어요. 그래서 자신이 죽었을 때를 대비해 이 계획을 세운 거죠. 가짜 소형 트럭을 준비하고, 거침없이 불법 투기를 해서 목격자를 만들고, 그 목격자를 지킬 동영상까지 준비해서……. 자기가 죽더라도 그 샘플만은 반드시 수많은 사람들이 주목하는 가운데 발견되도록."

"그래." 나카사코는 먹먹한 기분으로 고개를 끄덕였다. "마자키는 마음 한구석으로 그런 최후를 각오하고 있었을 거야. ……그래서 더욱 모르겠어. 마자키가 왜 돈 같은 걸 요구했는지. 다에 씨와 유타가 죽어서 마자키는 외톨이였어. 그런데 죽을지도 모르는 위험을 감수하면서까지 왜 돈을 손에 넣으려 했을까. 아무리 생각해도 모르겠어……."

나카사코는 이해가 가지 않는 행동을 한 마자키를 용서하지도 미워하지도 못해서 괴로웠다. 어떤 노골적인 대답을 들어도 아무것도 모르는 지금보다는 나을 것 같았다.

야리미즈가 담배를 문 채 이층 침대 아래에서 박스 하나를 끌어내더니 스크랩북 다섯 권을 꺼내 나카사코 앞에 놓았다.

슈지가 입을 열었다.

"마자키가 가짜 소형 트럭에 숨겨뒀던 거예요. 그게 마자키가 돈을 손에 넣으려 한 이유죠."

나카사코는 깜짝 놀라서 스크랩북에 눈을 돌렸다. A3 용지 크기의 새것으로 보이는 표지에는 아무 제목도 적혀 있지 않았다. 갑자기 가슴이 쿵쿵 뛰었다. 나카사코는 자신의 심장이 뛰는 소리만을 들으며 잠시 마자키와 대치하듯이 제목이 적혀 있지 않은 표지를 바라보았다. 그리고 스크랩북을 집어 들고 천천히 페이지를 넘겼다.

그것은 과거 반세기 동안 국가와 제조사를 상대로 한 소송에 관한 기사를 도서관 데이터베이스와 인터넷에서 모아 스크랩한 책이었다. 4대 공해 소송부터 식품 사고, 약품 부작용과 대기오염 소송까지, 최종적인 화해안을 포함한 재판 경과가 빼곡하게 붙어 있었다. 화해가 성립할 때까지 길게는 수십 년 짧아도 십 년 전후의 세월이 재판에 소요되었으며, 재판을 받다가 사망한 환자의 영정 사진을 끌어안고 법정에 들어서는 유족의 사진도 붙어 있었다. 이미 과거의 사건으로 잊힌 소송 중에는 최근의 약품 부작용 소송과 마찬가지로 피해자 전원의 구제와 배상 문제가 여태 해결되지 않은 사례도 있었다. 또한 화해안을 받아들인 소송 중에도 재판이 오랜 기간 계속된 탓에 재판 비용과 의료비가 누적되어 궁핍한 생활에 허덕이던 피해자들이 희망과는 동떨어진 화해안을 받아들일 수밖에 없었던 사례도 있었다.

국가와 대기업을 상대로 재판을 하면 시간이 오래 걸린다는 사실은 나카사코도 상식으로는 알고 있었다. 하지만 시간 순서대로 늘어놓은 기사를 보자 재판 기간은 예상을 훨씬 뛰어넘었다. 원인을 제공한 제조사와 국가는 환자 인정 기준과 후유증에 관한 배상 등 모든 것에 엄격한 조건을 내건다. 피해자 측은 도무지 이해가 가지 않으므로 화해안을 받아들이기를 거부한다. 그리하여 재판을 오래 끌면 끌수록 피해자 측은 힘들어진다. 마자키는 피해자인 원고 측 변호인의 담화와 피해자 자신의 수기에 빨간 펜으로 밑줄을 수없이 많이 그어놓았다.

유럽과 미국에는 소송 비용을 부담하지 못하는 사람들을 위해 국고에서 재판 비용을 급부하는 '법률부조제도'가 있어 재력에 상관없이 재판을 받을 권리가 보장되어왔다. 한편 일본에는 2000년에 드디어 '민사법률부조법'이 제정되었지만, 이 법은 급부 제도가 아니라 체당 제도이므로 승소, 패소에 관계없이 전액을 반환해야 하는, 선진국에 전례가 없는 '원칙 상환제'다. 게다가 국고 보조금도 유럽과 미국의 수십 분의 1에 지나지 않아…….

소송 대책비를 경비로 마련해둔 대형 제조사와 세금으로 소송 비용을 충당할 수 있는 행정기관은 억 단위의 돈을 쏟아부어 수십 명이나 되는 변호단을 조직해 아무런 어려움 없이 오랜 기간 재판을 계속할 수 있다. 반대로 건강을 해쳐 일도 제대로 하지 못하는 피해자는…….

압도적인 정보력과 재력 및 법무 담당 부서 등의 인적 자원과 매스컴을 움직일 힘까지 지닌 대기업이나 행정기관과 비교해 원고인 피해자는 그야말로 무력하다고 하지 않을 수 없으며…….

마지막까지 제조사의 사죄를 듣지 못하고 세상을 떠난 동료들. 저는 앞에서 끌어주는 변호사 선생님과 뒤에서 밀어주는 후원자들 덕분에 여기까지 걸어올 수 있었습니다. 앞으로도 싸움이 계속될 텐데, 부디 저희의 재판이 어찌될지 지켜봐주십시오.

스크랩북 마지막 페이지에 마자키의 글씨체로 멜트페이스증후군 전국 연락회 대표 야마시나 사키코의 주소와 전화번호가 적혀 있었다.

나카사코는 마자키가 손으로 쓴 글자에 눈길을 떨어뜨린 채 멍하니 있었다.

그 샘플과 멜트페이스증후군의 인과관계가 증명돼봤자 아무것도 해결되지 않는다. 그 사실을 근거로 멜트페이스증후군에 걸린 아이들이 제대로 된 구제 조치와 배상을 받을 때까지는 정신이 아득해질 만큼 긴 여정과 힘겨운 싸움이 기다리고 있다. 살기 위해서는 먹을 것이 필요하듯 싸우기 위해서는 돈이 필요하다.

마자키는 처음부터 돈을 염두에 두고 있었다. 그것이 무슨 뜻인지 나카사코는 비로소 이해했다. 아이를 낳은 지 얼마 되지 않은 부부 중에 저금이 충분한 사람이 있을 리 없다. 싸울 돈이 없다면 어디서 가져오는 수밖에 없다. 마자키는 돈을 지불해야 할 가장 큰 이유가 있는 곳에서 돈을 빼앗으려 한 것이다. 푸드만큼 돈을 내는 것이 당연한 곳은 없다. 푸드가 저지른 짓은 범죄다. HACCP 매뉴얼대로만 일을 처리했다면 샘플에 균이 혼입될 일은 없었다. 백보 양보해서 그것이 과실이었다고 쳐도 과실을 은폐하려고 시도한 것은 틀림없이 범죄다. 범죄를 저지른 자가 돈의 힘으로 피해자들을 굴복시키려 한 이상, 마자키는 범죄로 손에 넣은 돈을 사용해 피해자들이 동등한 조건에서 재판을 받기를 원했다. 마자키는 멜트페이스증후군에 걸린 아이들을 위해 푸드를 협박하여 싸움을 이어나가는 동안 필요한 돈을 뜯어내려고 한 것이다.

나카사코는 아무것도 몰랐던 자기 자신과 말없이 세상을 떠난 마자키에게 화가 나서 목이 메고 스크랩북을 쥔 두 손이 떨렸다.

"어째서 말해주지 않았지……. 왜 한마디도 해주지 않은 거냐고."

처음부터 아이들을 위해 돈을 빼앗을 계획이었다면 왜 말해주지 않은 걸까. 나카사코는 죽은 마자키의 어깨를 흔들며 묻고 싶었다. 나는 그렇게나 미덥지 못한 사람이었나. 믿을 만한 사람이 아니었나.

소마가 찌그러진 박스에 눈길을 떨어뜨렸다.

"……마자키는 당신의 안전을 걱정한 겁니다."

"웃기지 마!"

마자키에게 화가 난 나머지 언성이 높아졌다.

"마자키는 죽어도 되지만 난 안전해야 한다? 그런 법이 어디 있어!"

"당신한테는 가족이 있으니까요."

소마의 눈빛이 머무른 박스 속에는 유타의 스케치북과 고풍스러운 앨범이 남아 있었다. 다에와 유타가 이 세상에 없다는 현실이 물건의 형태가 되어 사정없이 나카사코의 가슴을 때렸다.

앨범을 펼치지 않아도 거기에 보관된 시간이 마자키에게 얼마나 소중한 것이었는지 나카사코는 누구보다 잘 안다. 나카사코는 똑바로 볼 수가 없어서 눈을 돌렸다.

마자키는 그 앨범과 스케치북을 곁에 두고 살면서 생각했을까. 요리코와 아쓰미가 있으니 나카사코는 살아야 한다고.

나카사코는 숨을 죽이고 고개를 숙였다.

그런 걸 멋대로 정하다니. 전부 혼자서 정하다니.

저녁놀의 빛이 사라지고 실내에는 점차 밤의 어둠이 감돌기 시작했다. 하지만 아무도 불을 켜지 않았다.

엷고 부드러운 어둠 속에서 마자키의 생각을 더듬는 것처럼 소마가 말을 꺼냈다.

"……슈지가 말했듯이 돈을 받는 데 성공하고 살아남았다면 마자키는 앞으로 나서서 샘플이 있는 곳을 공표할 생각이었을 겁니다. 그리고 샘플이 발견되는 것을 확인하고 나서 자취를 감출 작정이었겠죠. 샘플이 세상에 드러나면 멜트페이스증후군과의 인과관계는 즉시 증명될 테고, 마미 팔레트가 승인되는 데 큰 역할을 한 이소베는 실각합니다. 오랜 세월 푸드와 맺어온 유착 관계가 폭로된 결과 정치 생명이 끊겨 이소베는 모든 힘을 잃겠죠. 그렇게 되면 다키가와가 움직일 이유도 더이상 없습니다.

하지만 경찰 수사가 착실히 진행되면 샘플이 시월에 후지사와 공장에서 폐기되었다는 사실도, 가짜 트럭을 사용해 불법투기를 했다는 사실도 바로 들통나겠죠. 경찰은 그날 후지사와 공장에 갔던 당신을 반드시 조사할 겁니다. ……그때 전부 있는 그대로 털어놓으면 됩니다. 상층부가 은폐 공작을 명령했다는 것. 내부 고발을 하기 위해 산업폐기물 수거 운반업자 마자키에게 샘플을 보관해달라고 했다는 것. 그런데 마자키가 당신을 배신하고 샘플을 가로채 푸드에게서 돈을 뜯어낸 것까지 전부 다요. 그게 사실이니까요."

전부 있는 그대로 털어놓으면 된다. 마지막으로 만난 날 마자키가 한 말과 똑같았다.

—괜찮아. 언젠가 때가 오면 나카사코 씨는 전부 있는 그대로 털어놓도록 해.

그때 마자키는 쌓인 눈에 엉덩방아를 찧은 자세 그대로 앉아서 뒤쪽에 손을 짚고 기분 좋은 듯이 눈이 내리는 하늘을 올려다보았다…….

고개를 숙인 나카사코 앞에 야리미즈가 열쇠 하나를 가만히 내려놓았다.

"스크랩북에 물품 보관실 주소를 쓴 메모지와 함께 끼워져 있었습니다. 당신과 합류하기 전에 무코가오카 유원지에 있는 물품 보관실에 갔었어요. 마자키는 거기에 돈을 숨기고 달아날 생각이었겠죠. 아니나 다를까 보관실은 비어 있었습니다."

"마자키는 언제 그 보관실을 빌렸지?" 소마가 물었다.

"올해 이월. 요시이 다카시라는 가명으로 계약했어. 마자키는 거기에 돈을 숨긴 후 열쇠를 버리고 달아날 작정이었겠지. 열쇠를 가지고 있으면 경찰에 붙잡혔을 때 돈이 어디 있는지 대번에 들통날 테니까."

야리미즈는 손가락 사이에서 끝까지 탄 담배를 재떨이에 내려놓고 나카사코 앞에 쭈그리고 앉았다.

"나카사코 씨, 이 열쇠가 마자키의 여벌 열쇠라면 물품 보관실 주소를 쓴 메모지는 필요 없어요. 아무래도 모든 일이 끝나 당신의 삶이 안정되면 마자키는 친구 스기타에게 그 메모지와 열쇠를 당신에게 보내달라고 부탁할 생각 아니었을까 싶네요. 당신이 익명으로 멜트페이스증후군 전국 연락회에 돈을 조금씩 보내줄 수 있도록."

야리미즈는 마자키의 스크랩북을 내려다보았다.

"단지 추측이지만요."

"……뭔가 남아 있지 않았습니까?"

나카사코는 물었다.

"물품 보관실에 마자키가 내 앞으로 쓴 편지 같은 게 남아 있지 않았어요?"

"저도 찾아봤습니다만……." 야리미즈는 고개를 저었다. "가명으로 빌릴 수 있는 만큼 작고 지저분한 곳이라서요. 있는 것이라고는 쓰레기와 먼지 정도……."

야리미즈는 문득 생각이 나서 청바지 호주머니를 뒤졌다.

"선반 위에 이런 물건이…… 뭔가 짚이는 게 있습니까?"

야리미즈는 어느 음식점의 것인 듯한 동그란 종이 받침을 나카사코에게 건넸다. 사용한 적이 있는지 물컵을 내려놓은 자국이 있고, 한가운데에 선명한 녹색으로 가게 이름이 인쇄되어 있었다.

GREEN VALLEY

그곳은 나카사코가 평생 잊지 못할 가게였다.

그때의 마자키를 나카사코는 괴로울 만큼 또렷이 기억하고 있었다. 마자키는 이렇게 말했다.

—오늘 여기서 본 걸 잊지 마.

나카사코는 저도 모르게 눈을 감았다.

"이 GREEN VALLEY라는 가게에서 처음으로 멜트페이스증후군에 걸린 아이들과 아이 엄마들을 직접 봤습니다. 멜트페이스증후군 전국 연락회의 발족식이 있던 날에. ……이 종이 받침은 마자키가 저를 위해 물품 보관실에 남겨둔 겁니다. 저만 알아보도록. 제 손으로 아이들에게 돈을 보내달라고 전하기 위해……."

그렇게 말한 순간 뜨거운 돌로 가슴이 막힌 것처럼 나카사코는 더이상 말을 이을 수 없었다.

'GREEN VALLEY'라는 글자가 흐릿하게 보였다.

"……마자키에게는 이유가 없어……. 이런 일을 할 이유가 없는데……."

박스 옆에 주저앉아 있던 나카사코는 견디지 못하고 바닥에 양손을 짚었다.

난생처음 나카사코는 눈물을 참기를 포기했다.

밤하늘에 하얀 재가 날아올랐다가 흩어졌다. 자잘한 재는 빙글빙글 돌면서 어깨와 머리카락에 묻었다. 슈지는 주홍색 불빛을 뺨에 받으며 타오르는 스크랩북을 바라보았다.

마자키를 보내주자고 말한 사람은 소마였다. 마자키의 시신은 아마도 발견되지 않으리라. 그렇다면 마자키가 고등학교 시절에 자주 자전거를 타고 왔다는 이 산에서 그가 남긴 물건을 태워서 보내주자고 했다. 스크랩북 다섯 권과 마자키가 마지막까지 곁에 두고 싶어 한 유타의 스케치북 그리고 가족 앨범. 네 사람은 그것들을 박스에 넣어 뒤뜰로 옮겼다. 야리미즈가 역 앞 편의점에서 산 라이터 기름을 들고 왔다. 나카사코는 스케치북에 끼워져 있던 네 귀퉁이에 압정 자국이 있는 밝은 황록색 새 그림을 말없이 잠깐 쳐다보았다. 예전에 성 우르술라 소아 클리닉 놀이방에 붙어 있던 유타의 그림이다. 나카사코는 야리미즈에게 라이터를 받아서 그 그림에 불을 붙여 박스 위에 놓았다. 황록색 새가 활활 타오르자 마치 두 날개로 끌어안듯이 불길이 박스를 감쌌다.

불똥이 바람에 흔들렸고 하얀 재가 하늘로 날아올랐다가 가랑눈처럼 흩어졌다.

"……마자키와 마지막으로 만난 밤에 선로 동결 방지용 임시 열차를 봤는데."

나카사코가 불쑥 중얼거렸다.

"선로 동결 방지용 임시 열차."

슈지가 작게 되풀이해 말했다.

"응. 지난겨울 도쿄에 가장 큰 눈이 내린 밤……. 마자키랑 둘이 잔뜩 취해서 미끄러지고 자빠지면서도 눈 속을 껄껄 웃으며 걸었지. 그때 한밤중인데도 열차가 달리는 소리가 들려와서……. 마자키가 먼저 알아차리고 선로 동결 방지용 임시 열차라면서 달렸지. 나도 그걸 꼭 보고 싶어서 죽어라 달렸어. 둘 다 무슨 초등학생처럼 쏜살같이 달렸지."

나카사코는 눈을 박차고 자기 앞을 달려가는 마자키의 뒷모습이 보이는 것만 같았다.

마자키는 뒤돌아보지 않고 똑바로 달려갔다.

그 뒤를 따라 달리는 자신의 뺨에 차가운 눈이 떨어진 것도 기억났다.

"……선로 옆으로 달려갔더니 마침 임시 열차가 고가선로를 향해 올라오는 참이었어. 아무도 타고 있지 않았지만 눈부실 만큼 불이 잔뜩 켜진 열차가 눈이 내리는 언덕을 올라오는 거야. 어쩐지 꿈 같더라고. ……저건 어디로 가는 걸까, 라고 내가 말했지. 이상한 말이지만 그때는 정말로 그런 생각이 들었어. 그랬더니 마자키가 우리가 아직 본 적이 없는 곳으로 갈 거라고……."

나카사코는 말을 끊고 날아오르는 하얀 재를 올려다보았다.

소마와 야리미즈도 잠자코 하얀 재를 올려다보고 있었다.

슈지는 딱 한 번 만난 마자키, 신기하게도 눈빛이 맑았던 마자키를 머릿속에 그렸다. 그리고 별이 없는 하늘을 향해 날아오르는 하얀 재를 바라보며 마자키가 보고 싶어 한 것을 자신의 눈으로 볼 수 있기를 바랐다.

방으로 돌아오자 8시에 가까운 시각이었다. 지금 역으로 가도 도쿄행 마지막 특급열차는 못 탈 것 같았다. 나카사코는 요리코에게 전화를 걸었고 결국 네 명 모두 산장에 묵기로 했다.

나카사코가 체크인을 하고 돌아오자 소마가 커피잔 네 개에 커피 백을 넣고 뜨거운 커피를 우리고 있었다.

"나카사코 씨, 이제 어떻게 할 생각입니까?"

소마가 커피를 건네며 물었다.

나카사코는 현장 검사가 실시되는 날 기자회견에서 모든 사실을 공표할 계획이라고 말했다. 모리무라와 미야지마가 뭐라고 하든 기자회견장에 갈 생각이었다. 경비원에게 제지당하는 것도 계산에 넣어두었다. 본사 빌딩 입구에서 소란을 벌이면 내버려두어도 기자와 방송국 카메라는 몰려든다.

"제정신으로 그런 계획을 세웠어요?"

슈지가 놀란 얼굴로 나카사코를 쳐다보았다.

"그래." 나카사코는 고개를 끄덕였다. "사실을 공표하려면 이 방법밖에 없어."

"그래서는 안 됩니다."

말이 끝나기 무섭게 소마가 반대하고 나섰다.

"그러면 샘플에 관해서는 증명할 수 있겠지만, 역 앞 광장 사건과 마자키 살해 사건에 관해서는 아무것도 입증할 수 없어요."

'입증'이라는 말에 나카사코는 벽에 부딪힌 기분이었다. 샘플은 실제로 있으니까 많은 사람들이 보는 가운데 파내면 멜트페이스증후군에 걸린 아이들에게 푸드가 범죄 행위를 했다는 사실은 증명된다. 하지만 역 앞 광장의 칼부림 사건과 마자키 살해 사건은 도대체 어떻게 해야 입증할 수 있을까…….

소마가 커피잔을 들고 벽에 기대어 말했다.

"메모리스틱이 저쪽 손에 넘어갔다면 처분됐다고 봐야겠죠. 즉 역 앞 광장 사건의 동기를 보여줄 물적증거는 없다는 뜻입니다. 마자키가 살해당했다지만 시신조차 없고요. 나카사코 씨가 기자회견에서 역 앞 광장 사건에 관해 이야기해도 제정신인지 의심받을 뿐입니다. 샘플 이야기까지 신빙성이 없어져요."

확실히 그럴지도 모르겠다고 나카사코는 동감했다. 마자키의 시신이 있는 곳은 다키가와밖에 모르니 이쪽에는 물증이라고 할 만한 것이 전혀 없다.

"다키가와가 푸드에 왔다는 증거는 없습니까?" 소마가 물었다. "방범 카메라 영상 같은 거요."

나카사코는 한숨을 쉬며 고개를 저었다. 나카사코도 현장 검사 날이 오기를 그저 넋 놓고 기다린 것은 아니다. 구실을 만들어 경비원실을 찾아가 방범 카메라 영상 정도는 보았다. 하지만 푸드 본사 빌딩은 도미야마가 살아 있는 동안 그의 의향을 존중해 건물에 손을 대지 않았기 때문에 방범 카메라의 숫자가 몹시 적고, 평소에는 사용하는 사람이 없는 옛 응접실과 운반용 엘리베이터가 고스란히 남아 있다. 당연히 그런 곳에는 방범 카메라가 없다.

"다키가와의 모습은 그림자고 형체고 간에 전혀 찍혀 있지 않았습니다."

"그렇습니까. 그래서야……."

나카사코도 소마가 무슨 생각을 하는지 알았다. 나카사코는 소마의 뒤를 이어 말했다.

"핫토리와 모리무라, 미야지마 모두 제 이야기를 부정할 뿐 아니라 다키가와의 존재 자체를 인정하지 않을 겁니다."

"예. 그렇겠죠."

소마는 말을 얼버무리지 않고 대답했다.

기자회견에서 모든 사실을 공표해도 살인에 관한 이야기는 전혀 설득력이 없다. 나카사코는 쓰라린 마음으로 손안의 커피를 내려다보았다. 도대체 어떻게 하면 모든 것을 입증할 수 있을까…….

"모든 것을 입증할 방법……."

"아니요." 슈지가 끼어들었다. "모든 것을 입증하고 나서 돈을 받을 방법을 생각해야 해요."

나카사코는 흠칫 놀라 슈지를 쳐다보았다. 슈지는 마자키와 똑같이 스스로 이 일에 관여하려 하고 있었다.

"얘야, 무슨 소리니. 넌 더이상 끼어들면 안 돼. 다키가와가 얼마나 무서운 놈인지……."

"내가 그걸 모를까 봐요?"

야유가 아닌 짤막한 대답을 듣고 나카사코는 텔레비전으로 본 역 앞 광장의 처참한 광경이 떠올랐다. 이번에야말로 정말 죽을 거라고 나카사코가 고함을 지르려 했을 때 상황에 어울리지 않게 경쾌한 야리미즈의 목소리가 들렸다.

"방법이 하나 있기는 한데."

나카사코는 믿기지 않는 기분으로 야리미즈에게 고개를 돌렸다. 모든 것을 입증하고 돈까지 받을 방법이 있다고 말했기 때문이 아니다. 슈지를 말리려 하지 않다니 믿기지 않는 것이다.

야리미즈는 출창의 창턱에 걸터앉아 여유롭게 말을 계속했다.

"다만 제가 세운 계획은 여기 있는 네 명 모두가 움직여야 성립합니다. 아아, 그리고……." 야리미즈는 담배 끝으로 슈지를 가리켰다. "이 녀석을 어린애로 여기지 마세요. 그렇게 여긴 탓에 다키가와한테 불운이 붙어 다니는 거니까."

나카사코는 소마에게 눈짓을 했다. 소마는 그래도 경찰이다. 소마라면 슈지와 야리미즈의 경솔한 행동을 말릴 만큼은 사리를 분별할 것이다.

벽에 기대어 생각에 잠겨 있던 소마가 진지한 표정으로 야리미즈를 쳐다보았다.

"무슨 계획인지 말해봐."

이 세 사람은 어떻게 된 것이 분명하다. 나카사코는 버럭 소리를 질렀다.

"절대 안 돼! 앞으로는 뭘 하든지 나 혼자 하겠어. 당신들은 손을 떼. 마자키가 어떻게 됐는지 잊었어?"

"당신이야말로 잊어버린 거 아니야, 마자키가 어떻게 됐는지?"

슈지가 떠밀어내듯이 메마른 목소리로 대답했다.

"……뭐라고?"

나카사코는 슈지가 무슨 말을 하는 건지 이해가 가지 않았다.

내가 사건에 끌어들이는 바람에 무참하게 죽은 마자키를 잊었다고?

나카사코는 슈지를 가만히 노려보았다. 하지만 슈지는 나카사코를 쳐다보려고도 하지 않았다.

"당신 혼자서 할 수 있는 일은 하나밖에 없어. 기자회견장에 쳐들어가 샘플이 있는 곳을 폭로하는 것뿐이지. 다른 일에 관해서는 입을 딱 다물고 말이야. 그러면 샘플과 그 병의 관계는 증명되겠지. 하지만 거기까지야. 그걸로 끝이라고."

슈지는 칼끝처럼 날카로운 눈으로 나카사코를 응시했다.

"난 비참하게 죽은 마자키를 잊지 않겠어. 눈앞에서 칼을 맞아 죽은 네 사람도, 병에 걸린 아이들이 앞으로 지루하게 계속해야 할 재판도. 당신이 모든 일에 눈을 감고 잊어버리고 살 작정이라면 혼자서 좋을 대로 해. 하지만 그렇지 않다면 당신한테 선택의 여지는 없어. 가능성이 있는 한 당신은 어떤 일이라도 해야 할 의무가 있다고."

슈지가 돌팔매처럼 퍼부은 말이 가슴을 때리자 샘플에 관해 마자키에게 모조리 털어놓은 밤이 떠올랐다. 그날 밤 무코가오카 유원지의 육교에 앉아 나카사코가 긴 이야기를 마쳤을 때, 마자키는 나카사코가 진실을 폭로하는 데 실패하면 험한 꼴을 당하는 것은 환자들이라고 말했다. 그리고 푸드는 틀렸다, 푸드는 배상할 의무가 있다, 당신과 내가 배상하도록 만들자고도 말했다.

마자키는 유타를 잃고 어떤 형태로든 살아갈 목적이 필요했는지도 모른다. 하지만 마자키가 단지 그런 이유만으로 이번 일에 관여했을 리는 없다. 마쓰모토에 와서 마자키가 실현시키려 했던 진짜 계획을 알았을 때 나카사코는 깨달았다. 마자키는 불합리하게 짓밟히고 사회 밖으로 내버려지는 사람들의 실상을 알고 살을 에는 듯한 안쓰러움을 느껴 이번 일에 뛰어든 것이다. 그리고 그것은 나카사코가 지니지 못한 감정이었다.

나카사코는 태풍이 불던 그날, 모리무라 일당이 시키는 대로 후지사와 공장에 가서 샘플을 폐기한 사실을 잊지 않았다. 그날 트럭을 몰던 사람이 마자키가 아니었다면 나카사코는 폭풍우가 몰아치는 간선도로에서 멀어지는 트럭을 그냥 보고만 있었을 것이고, 샘플은 소각 처분되었을 것이다.

슈지는 마자키를 닮았다.

나카사코의 머릿속에 그런 생각이 스쳤다.

어쩌면 자기 때문에 마자키가 죽은 것처럼 슈지도 죽을지 모른다.

"나카사코 씨."

쳐다보자 창턱에서 야리미즈가 무사태평하게 웃음을 짓고 있었다.

"저는 승산이 없는 계획은 실행하지 않아요."

느긋한 말투와는 반대로 야리미즈는 언제나 나카사코의 마음을 읽고 있다.

"아, 먼저 한 가지 말해두겠는데 제 계획은 마자키의 계획과는 달리 처자가 있는 나카사코 씨의 안전을 보장 못 합니다. 계획이 들통나면 네 명 모두 서든데스예요."

스스로도 바보 같다고 느꼈지만 나카사코는 그 말을 듣고 마음이 조금 편해졌다. 이제 와서 혼자만 안전을 챙기다니 이쪽에서 사절이다.

"야리미즈의 말이 진심이라면 함께하자고 억지로 강요할 생각은 없습니다."

소마가 고지식한 얼굴로 말했다.

"다만 어떤 계획이든 푸드 내부와 핫토리 쪽의 움직임을 알 수 있으면 우리도 움직이기 편하죠."

"그거, 완곡한 강요인데요." 슈지가 요약해서 말했다.

왜 이 세 사람이 엄청난 위험을 감수하면서까지 모든 것을 입증하고 생판 모르는 사람들의 아이를 위해 돈을 받아내고 싶어하는지 나카사코는 묻지 않기로 했다. 그리고 자신이 참여하여 그들에게 도움이 된다면 야리미즈의 계획에 희망을 걸어보기로 했다.

나카사코가 먼저 이야기의 물꼬를 텄다.

"무슨 계획인지 들려주지 않겠습니까?"

"그럼 기본 방침부터."

야리미즈는 씩 웃더니 출창 창턱에서 내려와서 나카사코에게 어슬렁어슬렁 다가왔다. 그리고 말없이 마술사처럼 나카사코의 눈앞에 사진 한 장을 내밀었다. 흘끗 보자마자 나카사코는 숨을 삼켰다. 그것은 푸드의 옛 응접실에서 다키가와가 보여준 사진—메모리스틱의 동영상에서 캡처했다는 슈지의 사진이었다.

나카사코는 기겁하여 소리를 질렀다.

"도대체 어디서 이 사진을……!"

놀라는 나카사코에게 야리미즈는 스기타의 공장 응접실에서 슈지의 사진을 입수한 경위를 이야기했다.

슈지는 클로즈업된 자기 얼굴을 찬찬히 뜯어보았다. 사진 속의 자신은 표정이 험악했고, 무슨 말을 하는 도중인지 입을 약간 벌리고 있었다. 슈지는 당시를 떠올리고는 중얼거렸다.

"이거, 내가 마자키한테 불평하는 모습인데."

"마자키와 이야기를 했다고……!"

나카사코는 계속해서 놀라는 것이 고작이었다.

"예. 그날 아침에 불법 투기를 하는 마자키에게 불평했어요. '아저씨, 적당히 좀 해요'라고요."

"아저씨……."

나카사코는 가벼운 충격을 받았다.

야리미즈는 그 대화에는 개의치 않고 칭찬하는 눈빛으로 사진을 들여다보았다.

"잘 찍었지? 프레임에 맞춰서 클로즈업도 잘했고. 뜻밖에 영상에 재능이 있는지도 몰라, 에밀리오."

야리미즈의 마지막 말에 소마와 슈지가 의아스러운 표정으로 사진에서 고개를 들었다.

"에밀리오……?" 슈지가 영문을 모르겠다는 듯이 중얼거렸다.

나카사코는 에밀리오든 이바노비치든 이제 뭐가 나오더라도 놀라지 않을 경지에 다다랐다.

야리미즈는 나카사코를 보고 싹싹하게 설명했다.

"그날 아침, 마자키는 스기타의 공장에 있던 에밀리오라는 수리공을 불법 투기 현장에 데려갔어요."

"그러니까……." 나카사코는 열심히 사태를 파악하려 애쓰며 물었다. "마자키가 아니라 에밀리오라는 수리공이 동영상을 찍었다고요?"

"예, 맞습니다. 마자키는 샘플의 위험성을 잘 알고 있었으니까요."

"무슨 뜻이에요?" 옆에서 슈지가 물었다.

야리미즈는 이제 와서 무슨 소리냐는 듯이 어이가 없다는 표정으로 슈지를 쳐다보았다.

"네 입으로 그랬잖아. 그날 아침 마자키는 샘플이 담긴 박스를 바쁘게 건설 현장으로 옮겼다고."

"그래서?" 소마가 물었다.

"그토록 주도면밀한 마자키가 소형 트럭 곁을 떠나 있는 동안 위험한 샘플을 길바닥에 그냥 방치해둘까? 만에 하나 지나가던 사람이 재미 삼아 하나라도 가져가면 어떻게 되겠어?"

"그렇구나……!" 슈지가 소리를 질렀다. "마자키는 자신이 샘플을 옮기는 동안 에밀리오에게 동영상을 촬영하고 샘플을 감시하는 역할을 맡긴 거군요."

"그래. 그리고 이 사진." 야리미즈는 사진을 가리켰다. "네가 마자키에게 불평을 하는 장면이지? 즉 사진에는 찍혀 있지 않지만 이때 마자키는 네 곁에 있었어. 그럼 누가 네 얼굴을 클로즈업했겠냐."

"아……." 슈지는 사진에 시선을 떨어뜨렸다.

야리미즈는 다시 마술사처럼 호주머니에서 에밀리오가 보낸 국제우편을 꺼내 나카사코에게 보여주었다.

"분명 마자키는 에밀리오가 곧 브라질로 귀국한다는 걸 알고 무슨 일이 생겨도 그는 무사하리라고 생각했겠죠."

나카사코는 감탄 어린 눈으로 국제우편과 야리미즈를 번갈아 쳐다보았다.

슈지는 야리미즈가 아파트에 놓아둔 자신의 스포츠백에서 멋대로 국제우편을 꺼냈다는 것을 알았지만 불평은 하지 않기로 했다.

"잠깐만."

소마가 뭔가 떠오른 듯 얼굴을 번쩍 들었다.

"그럼 동영상을 본 놈들도 촬영한 사람이 마자키가 아닌 줄 안다는 거야?"

"그렇다는 말씀." 야리미즈는 만족스러운 듯이 고개를 끄덕였다. "이 녀석이 맹랑하게도 불법 투기중인 산업폐기물 수거 운반업자에게 불평을 한 덕분에 말이야. 마자키에게 쫑알대는 이 녀석의 얼굴이 클로즈업되면 누구든 동영상을 몰래 찍고 있는 사람이 마자키가 아니라는 걸 알겠지. 여기가 중요한데 말이야, 놈들은 누가 촬영했는지는 몰라. 동영상을 찍은 사람은 일본을 떠난 터라 다키가와조차 알아내지 못한 청년이거든. 놈들이 아는 사실은 그날 아침 웬 미지의 남자—마자키말고 또 다른 남자가 이 동영상을 찍었다는 사실뿐이야."

야리미즈는 말을 끊고 입가에 빙긋이 웃음을 지었다.

"내 계획의 기본 방침은 상대의 불안을 이용하는 것."

그날 밤 야리미즈가 들려준 대대적인 계획에는 사기 냄새가 풀풀 풍겼다. 상당히 위험하다는 사실도 부정할 수는 없었고, 상대의 심리적인 불안감을 이용한다는 점에서 도박의 요소도 강했다. 하지만 잘만 되면……. 푸드와 이소베가 연관된 샘플

은폐 공작과 무차별 살인 사건, 마자키 살인 사건 전부를 입증하고 마자키가 바랐듯이 돈을 손에 넣을 수 있다. 네 사람은 알고 있는 정보를 서로 교환하고 역할을 분담했다.

계획의 주인공은 단 한 명. 마자키가 만들어낸 남자, 사사키 구니오였다.

Ⅳ 장

기습
2005년 4월 2일 토요일

작전 개시
2005년 4월 3일 일요일

여덟 번째 희생자
2005년 4월 4일 월요일

결행
2005년 4월 5일 화요일

13
기습 – 2005년 4월 2일 토요일

4월 2일 토요일.

아침이 되자 나카사코와 슈지 일행은 신중하게 따로따로 도쿄로 향했다.

나카사코는 마쓰모토에서 7시 58분에 출발하는 슈퍼 아즈사 6호를 탔고, 슈지 일행은 하늘색 쉐보레를 타고 마쓰모토를 뒤로했다.

오전 11시 30분. 나카사코는 진보 정에 있는 타이투스 푸드 본사 빌딩으로 들어갔다. 사무실로 가자 휴일 출근한 사원들이 평상시보다 털털한 복장으로 컴퓨터 앞에 앉아 있었다. 여느 때의 토요일과 다름없는 풍경이었다. 모레 후지사와 공장에서 현장 검사가 실시된다는 사실은 극히 일부의 간부 사원밖에 모른다. 사무실에 있는 사원들은 모두 빨리 일을 마치고 휴일을 되찾으려고 모니터에 집중하고 있었다. 나카사코는 자기 책상 앞에 앉아 컴퓨터를 켜고 계획에 필요한 데이터를 디스크에 복사했다. 보는 사람이 없다는 것을 확인하고 디스크를 상의 안주머니에 넣었다. 다음으로 책상 서랍에서 휴대용 셀로판테이프를 꺼내 바지 호주머니에 넣었다. 마지막으로 어젯밤에 야리미즈에게 받은 빈 성냥갑이 호주머니에 들어 있는 것을 확인한 후 컴퓨터를 끄고 신주쿠 역으로 향했다.

토요일 낮 신주쿠 역은 가족과 학생들로 붐볐다. 나카사코는 데이터를 저장한 디스크를 신주쿠 역 코인로커에 보관하고 열쇠를 야리미즈에게 받은 빈 성냥갑에 넣은 다음 성냥갑이 열리지 않도록 셀로판테이프를 단단히 붙였다. 그리고 역 플랫폼으로 올라가서 지정된 매점을 찾았다.

양쪽 플랫폼에 쉴 새 없이 전철이 도착해 승객을 토해냈다. 나카사코는 인파 때문에 앞이 잘 보이지 않는 플랫폼을 끝에서 끝까지 걸어 겨우 지정된 매점에 도착했다. 뭘 사든지 상관없다고 했으므로 나카사코는 페트병에 든 보리차를 달라고 했다. 정말로 목이 말랐다. 잠자코 케이스에서 보리차를 꺼내는 매점 점원은 어디에든지 있는 수수한 중년 여자로밖에 보이지 않았다. 정말 여기서 하면 될까 불안했지만 해보는 수밖에 없었다. 나카사코는 점원이 주는 보리차를 받아들고 야리미즈가 시킨 대로 천 엔짜리 밑에 성냥갑을 숨겨서 점원에게 내밀었다. 점원은 눈꺼풀만 움직여 나카사코의 얼굴을 슬쩍 쳐다보았지만 아무 말도 없이 성냥갑과 함께 돈을 받았다. 물론 거스름돈은 주지 않았다.

나카사코는 자칭 매문쟁이라는 야리미즈가 어떤 기사를 쓰는지 읽어본 적은 없지만 그의 말로는 얼굴을 마주치지 않고 정보를 주고받고 싶을 때 이 방법을 사용한다고 한다. 이 매점에는 야리미즈말고도 고객이 몇 명 있는 모양이다. 나카사코는 언젠가 야리미즈가 쓴 기사를 읽어봐야겠다고 생각하며 때마침 들어온 야마노테선 열차에 올라탔다. 계획 준비에 쓸 수 있는 시간은 오늘을 포함해 하루 반밖에 없었다. 내일 밤에는 야리미즈의 말을 빌리자면 '작전'을 개시할 예정이었다. 나카사코는 할 일이 많았다. 그리고 그중에는 나카사코가 아주 거북하게 여기는 일도 포함되어 있었다.

오후 1시 5분. 나카사코는 목적지에 도착했다.

긴장으로 얼굴이 굳어졌다. 나카사코는 크게 심호흡을 하고 인터폰 버튼을 눌렀다. 잠시 후에 젊은 아가씨가 종종걸음으로 나타났다. 고풍스럽게도 파란색 스웨터 안에 옷깃이 나오도록 하얀 블라우스를 받쳐 입었다.

"안녕하세요, 과장님."

여자는 한쪽 뺨에 볼우물을 지으며 귀엽게 인사했다.

"안녕."

나카사코는 인사를 받아주며 자신을 타일렀다.

괜찮다. 이 여자는 나를 믿는다. 적어도 내가 왜 찾아왔는지 의심할 이유는 전혀 없다.

"갑자기 찾아와서 미안한데……."

나카사코는 준비한 대사를 말하기 시작했다.

오후 2시. 슈지와 소마는 지도를 들고 세타가야 구 한 모퉁이에 있는 주택가를 돌아다니고 있었다. 세타가야는 신기한 곳이라 최첨단 고층 아파트가 치솟아 있는가 하면, 사찰이 밀집해 있거나, 낡은 집들 사이로 느닷없이 포도밭이나 채소밭이 펼쳐지기도 한다. 뜻밖에도 빈터까지 있다. 슈지와 소마는 손목시계의 스톱워치로 시간을 재면서 계획에 가장 적합한 경로를 찾고 있었다.

야리미즈의 계획은 '작전'과 '낚시질' 두 단계로 나누어져 있었다. 슈지와 소마는 '낚시질'에 이용할 경로를 찾고 있었다. 가능한 한 사유지를 통과하고 싶지 않았지만 찬밥 더운밥 가릴 때가 아니었다. 이 경로에는 말 그대로 슈지의 목숨이 걸려 있기 때문이다. 정 안 되면 남의 집 마당과 밭도 가로지를 각오였다.

슈지와 소마는 밥 먹는 시간도 아까워서 식사 대용 에너지 바를 먹으며 미로 같은 주택가를 돌아다녀 가장 적합한 경로를 찾았지만 지도에는 빈터인 곳에 새집이 들어서 있거나, 생각지도 못한 곳에 울타리가 쳐져 있어 작업에 좀처럼 진전이 보이지 않았다.

"괜찮아요. 오토바이도 찾았으니까."

그렇게 말하며 슈지가 자판기에서 세 번째로 생수를 사서 소마에게 던져주었다.

"그래."

한 손으로 생수를 받은 소마는 초조함을 떨쳐내고 차가운 물을 몸속에 흘려 넣었다.

슈지와 소마는 오전에 도쿄로 돌아오자마자 계획에 사용할 오토바이를 조달하고자 오토바이 대여점을 찾아다녔다. 하지만 필요한 장비를 갖춘 오토바이는 좀처럼 없어서 이곳저곳을 둘러봐도 점원들은 하나같이 "그런 특수한 타입은 없어요"라며 코앞에서 손을 내저었다. 하지만 두 사람은 결국 목표로 하던 오토바이를 찾아냈다. 오토바이 대여점이 아니라 대여점 옆 차고에서. 대여점 주인의 물건이라는 그 오토바이는 그야말로 계획에 안성맞춤이었다. 두 사람은 대여점 주인에게 애원하고 굽실거리고 추어올리다가 협박까지 조금 한 후에야 상당히 많은 돈을 지불하고 오토바이를 빌릴 수 있었다. 그 오토바이는 역 앞 유료 주차장에 세워두었다.

오토바이와 마찬가지로 경로도 끈질기게 찾다 보면 분명 눈에 들어올 것이다. 그렇게 믿고 두 사람은 묵묵히 돌아다녔다. 해가 질 때까지 어떻게든 적합한 경로를 찾아내야 한다.

한편 야리미즈는 슈지와 소마를 세타가야에 내려준 후 사람을 불러내 고급 중화요리점 독실에서 얌차◆를 먹으며 시간을 들여 밀담을 나누었다. 당초 상대편은 반쯤 에누리해서 듣는 듯했지만 점차 원탁으로 몸을 내밀었고, 마지막에는 의기투합하여 꼭 끼워달라고 부탁했다. 밀담은 분위기가 고양된 가운데 끝났고 식대는 상대편이 지불했다.

야리미즈는 그후 나카사코가 들른 신주쿠의 매점으로 가서 천 엔을 내고 성냥갑을 샀다. 그리고 주차장에 쉐보레를 세우고 노트북으로 나카사코가 빼돌린 데이터를 한동안 찬찬히 살폈다.

2시 30분. 모니터의 데이터를 노려보던 야리미즈는 "으음"

◆ 차를 마시면서 먹는 간단한 요깃거리.

하고 앓는 소리를 흘렸다. 생각한 것보다 색이 조금 진해서 시중에서 파는 물건을 쓰기는 힘들 것 같았다. 데이터와 똑같은 물건을 만들려면 수작업을 해야 한다. 예상보다 시간이 걸릴 것 같았다.

하다못해 준비할 시간이 하루만 더 있다면…….

하지만 야리미즈의 계획은 내일 밤, 즉 현장 검사 전날에 '작전'을 개시해야만 성립한다. 연기는 계획을 포기한다는 것을 의미한다.

야리미즈는 하루 만에 할 수 있는 데까지 만들어보고 조잡한 영상으로 얼버무리는 수밖에 없다고 마음을 굳혔다. 겉모양만 멀쩡하면 진짜라고 믿을 것이다.

야리미즈는 쉐보레의 시동을 걸고 제작에 필요한 재료를 갖추기 위해 서둘러 도매상 거리로 향했다.

다키가와는 부엌 냉장고에서 한 병 남은 차가운 페리에를 꺼내 고블릿잔에 따랐다. 유리잔 속에 자잘한 기포가 반짝반짝 떠올랐다. 술을 즐기지 않는 다키가와는 탄산수를 즐겨 마셨다. 다키가와는 고블릿잔을 들고 거실 랩톱컴퓨터 앞에 앉았다. 컴퓨터를 켜고 시스템이 가동되기를 기다리며 천천히 페리에를 마셨다.

4월 4일까지 앞으로 이틀 남았다. 다키가와는 마자키 쇼고를 생각하고 있었다. 마자키를 죽이고 말았을 때의 굴욕감은 신기할 만큼 말끔하게 사라졌다. 대신에 머릿속에는 마치 뜻 모를 기호처럼 마자키의 웃음만이 남았다.

하루에도 몇 번인가 마자키의 웃음소리가 떠올랐다. 잠자리에 들기 전에 샤워를 할 때, 레스토랑 벽지를 보고 있을 때, 골목 모퉁이를 돌 때. 언제나 느닷없이 마자키의 웃음소리가 의식의 표층에 불쑥 떠올랐다.

놈은 뭐가 그렇게 우스웠을까…….

나는 푸드에 원한이라도 있느냐고 물었다. 그게 그렇게 우스운 말이었을까. 돈은 내가 되찾았으니 샘플이 있는 곳을 숨겨봤자 놈에게는 아무 이득도 없었다. 지옥보다 더한 고통을 아무 의미도 없이 참는 인간이 있을까?

그것은 비웃음이 아니었다. 진심으로 우스워하는, 오히려 천진난만하다고 할 만한 웃음이었다. 놈은 왜 그렇게 웃었을까. 죽음말고는 아무런 희망도 남아 있지 않았을 텐데.

컴퓨터가 켜지자 모니터 왼쪽 가장자리에 아이콘이 정렬되어 있었다. 다키가와는 고블릿잔을 내려놓고 마우스를 움직여 인터넷에 접속했다. 방문 기록은 이틀 전이 마지막이었다. 마지막으로 열어본 페이지는 '마쓰모토 상공 고등학교 자전거 경기부 영광의 역사'라는 홈페이지였다. 전국 고등학교 종합 체육대회 역대 상위권 입상자 중에 마자키 쇼고와 스기타 가쓰오의 이름이 나란히 있었다.

다키가와는 일어서서 실내를 차분히 둘러보았다. 기가 찰 만큼 책과 잡지, 스포츠 신문 종류가 많았다. 책장에 다 꽂지 못한 책은 바닥에 쌓여 있었고, 딱 한 군데 책장이 없는 벽에는 플라스마 텔레비전이 걸려 있었다. 방 한가운데에는 테이블과 소파가 있었다.

다키가와는 무릎을 꿇고 소파 아래를 들여다보았다. 낡은 나이키 스포츠백이 눈에 들어왔다. 끌어내서 지퍼를 열자 제일 위에 눈에 익은 양구스패너가 들어 있었다. 그 허름한 연립주택에서 자신의 목을 때린 스패너였다.

역시.

다키가와는 검정색 장갑을 낀 손으로 스패너를 집어 들었다.

그 두 사람이 시게토 슈지를 여기에 숨겨놓았다.

다키가와는 슈지가 다케시타 미사토의 동아리 친구를 찾아갔다는 것을 알았을 때 연립주택에서 구사일생으로 목숨을 건진 슈지가 무차별 살인 사건에 의문을 품고 진상을 규명하려 한다고 직감했다. 열여덟 살 먹은 애송이 혼자 할 법한 생각은 아니다. 누군가가 슈지에게 지혜와 은신처를 빌려준 것이 분명했다. 슈지가 스기타 가쓰오 앞에 나타났다는 것은 마자키 쇼고의 불법 투기와 무차별 살인 사건이 서로 관련되어 있음을 알아차렸다는 뜻이다. 슈지뿐만이 아니다. 형사 소마와 그의 친구 야리미즈도.

세 사람은 너무 많은 것을 알고 있다.

마쓰모토에 다녀온 만큼의 수확은 있었던 듯하여 다키가와는 흡족스러웠다.

모든 준비를 마친 야리미즈가 쉐보레를 끌고 슈지와 소마를 데리러 갔을 때는 봄날도 제법 많이 저물었다. 주택가 한구석에 차를 세우고 약속 장소인 작은 절로 가자 슈지와 소마가 수업을 땡땡이친 고등학생처럼 경내의 돌 탁자에 푹 엎드려 자고 있었다. 어젯밤은 새벽까지 계획을 검토하느라 거의 눈을 붙이지 못했다.

야리미즈는 돌 탁자로 다가가 휴대전화를 가만히 펼친 다음 소마의 귀에 대고 음량을 가장 크게 설정한 미키 마우스 테마 음악을 들려주었다.

소마는 외마디 비명을 지르며 벌떡 일어났다.

"그만 짓 좀 하지 마."

소마는 가슴이 두근거리는지 심장 언저리를 누르고 거칠게 숨을 몰아쉬었다.

"풍류라고는 눈곱만큼도 없군. 모처럼 벚꽃이 핀 곳에 왔으니 꽃구경이라도 해."

"벚꽃……?"

조금이나마 적게 놀란 슈지는 잠이 덜 깬 얼굴로 좁은 경내를 둘러보았다. 조그만 절은 사방을 두른 담이 널빤지로 되어 있고 석등롱에도 이끼가 끼어 초라한 분위기가 감돌았다. 본당 옆에 꽃이 핀 나무가 한 그루 있었지만 복숭앗빛이 도는 꽃은 벚꽃처럼은 보이지 않았다.

"저게 벚꽃이에요?"

"늦게 피는 능수벚나무야."

땅거미가 지는 가운데 꽃이 치렁치렁한 능수벚나무는 빛깔 때문에 오히려 퇴색한 것처럼 흐릿했고 늘어진 가지도 무기력해 보였다. 슈지는 아쉽다는 듯이 인상을 찌푸렸다.

"불빛이라도 비추면 좀 더 예뻐 보일 텐데."

"이 절에는 주지가 없거든. 그런 멋 부리는 짓은 안 해. 그런데 경로는 찾았어?"

"응." 소마가 상의 안주머니에 접어서 넣어둔 지도를 꺼냈다. "일단 연결되기 시작하니까 의외로 금방 끝나더라고. 연도 말의 도로 공사도 끝났으니 별걱정 안 해도 될 거야."

"든든하군." 지도를 받아들다가 야리미즈는 소마의 상의 소매가 진흙으로 더러워진 것을 알아차렸다. "어쩌다가 이랬어?"

슈지가 입을 열려고 했지만 소마가 재빨리 막았다.

"좀 넘어졌거든. 아아, 그리고 아지트도 확인했어. 네가 말한 대로 동쪽 동은 거의 완성됐더라."

야리미즈의 계획으로는 '낚시질' 당일에 아지트를 사용하기로 되어 있었다. 장소는 작년부터 건설중인 주택단지의 어느 집인데, 그날만 몰래 사용한다.

"내부 설비는 들어와 있든?"

"예." 건설업이 생업인 슈지가 대답했다. "방의 불은 아직 안 켜지지만 공사용 조명 기구가 여기저기 있으니까 그걸 쓰면 돼요."

"경로도 오케이, 아지트도 오케이. 제법 잘 풀리는걸."

"다만 내부 설비 공사를 밤 8시까지 해요."

"밤에 공사를?"

예상치 못한 사태였다. 슈지도 걱정스러운 얼굴로 작게 한숨을 쉬었다.

"내부 설비 공사는 비로 중지될 일도 없으니까 8시까지는 확실히 작업원이 있어요."

"그다음에야 거기를 쓸 수 있다는 말인데……."

"현장 작업은 매듭짓기 좋은 곳까지 진행되어야 끝나니까 상황에 따라서는 남아서 일을 더 할 때도 있어요. 그러니까 작업이 끝나는 시각부터 한 시간은 더 여유를 둬야 할걸요."

"그렇다면 9시……."

시간상으로 보아 아슬아슬했다. 하지만 설정한 시간을 바꿀 수는 없으니 9시에 시작하는 수밖에 없다.

"뭐, 어떻게든 되겠지. 자, 집에 가서 밥 먹자, 밥." 야리미즈는 손뼉을 쳤다.

슈지와 소마가 돌 탁자에 손을 짚고 일어섰다. 야리미즈는 그때까지 돌 탁자 뒤편에 가려져 보이지 않았던 소마의 바지를 보고 순수한 놀라움과 흥미를 느꼈다.

"도대체 어떻게 넘어지면 그렇게 되냐?"

바지 전체에 진흙이 들러붙었고, 한쪽 무릎부터 아랫부분이 찢어져서 없었다. 입을 꾹 다문 소마를 대신해 슈지가 대답했다.

"넘어진 게 아니라 못 봤어요."

"못 보다니, 뭘?"

"맹견 주의."

소마는 야리미즈가 뭐라고 말하기 전에 문 쪽으로 걸음을 떼며 툭 내뱉었다.

"사나운 개가 있는 마당은 경로에서 빼놨어."

"도베르만이 있더라고요." 슈지가 작은 목소리로 야리미즈에게 가르쳐주었다.

귀가 밝은 소마가 뒤돌아보고 단언했다.

"개가 잘못한 게 아니야. 주인이 제대로 산책을 안 시켜줘서 짜증이 난 거라고."

슈지의 말로는 가장 짧은 경로를 찾아 남의 집 마당을 가로지르려다가 개와 맞닥뜨렸다고 한다. 느닷없이 낯선 남자가 마당을 침입했으니 주인이 산책을 제대로 시켰더라도 개가 덤벼드는 것은 당연하다 싶었지만 야리미즈는 아무 말도 하지 않았다. 개를 좋아하는 소마는 개에게 공격당했다는 사실 자체에 상처를 입은 모양이었다. 야리미즈는 큭큭 웃으면서 쉐보레 운전석에 올라탔다.

뒷좌석에 앉은 소마는 마쓰모토의 쇼핑몰에서 산 소독약을 피부가 까진 곳에 뿌렸다.

"아, 참. 나카사코 씨 연락 있었어?"

야리미즈는 안전벨트를 매면서 물었다. 오늘 오후에 나카사코가 정보를 알아내 소마의 대포폰으로 전화를 하기로 했었다.

"아아, 이거." 소마가 메모를 한 수첩을 야리미즈에게 건넸다.

야리미즈는 수첩을 슥 훑어보고 빙긋 웃었다. 본능적으로 청결감과 성의를 중시하는 대부분의 여성들은 나카사코를 '좋은 사람'으로 판단하고 경계심을 푼다. 그렇게 예상한 내 직감은 옳았다고 야리미즈는 흐뭇해했다.

"우리 나카 형님, 의외로 매력남일지도 모르겠네."

야리미즈는 희희낙락 차를 출발시켰다.

"누구야, 나카 형님이라니……."

슈지가 못마땅한 얼굴로 중얼거렸다.

"그쪽 밀담은?" 소마가 물었다.

"잘 끝났어. 상대방에게도 천재일우의 끝내주는 이야기니까."

"그 녀석들, 믿을 만해요?"

슈지가 불신감을 노골적으로 드러내며 뒷좌석에서 얼굴을 내밀었다.

"인간성의 문제가 아니지." 야리미즈가 대꾸했다. "이해관계가 일치하느냐가 중요해."

인간성은 믿을 수 없다는 말로 슈지는 이해했다.

조수석에는 야리미즈가 도매상 거리에서 산 재료가 갈색 종이 포장지에 감싸여 흔들리고 있었다. 준비는 착착 진행되고 있었다.

아파트에 도착하자 야리미즈는 지하 주차장의 빈 공간에 차를 댔다. 그리고 저녁거리를 사러 비스듬히 건너편에 있는 빵집에 다녀오겠다고 나섰다. 개에게 물려 바지가 찢어진 소마에게 부탁하려니 좀 그랬다.

"먼저 가 있어."

야리미즈가 소마에게 집 열쇠를 건넸고, 소마와 슈지는 주차장 출입문으로 들어가 4층에 있는 야리미즈의 집으로 향했다.

야리미즈는 차에서 내리려다 뒷좌석에 디지털카메라가 놓여 있는 것을 알아차렸다. 그러고 보니 마쓰모토에서 소마에게 빌려주고 나서 까맣게 잊고 있었다.

녀석, 뭘 찍었을까.

야리미즈는 카메라를 집어 재생 버튼을 눌렀다. 그러자 액정 모니터에 흙먼지로 범벅이 된 소마의 가죽구두가 나왔다.

뭐지, 이거.

무슨 영문인지 궁금해 버튼을 눌러 사진을 넘겼다. 각각 다른 남자의 얼굴이 찍힌 사진이 한 장씩 나타났다. 야리미즈는 모니터의 촬영 일시를 보고 사진들이 스기타 자동차 수리 공장의 화재 현장에서 찍은 것임을 알았다. 그랬구나. 방화범은 화재 현장에 머무를 가능성이 있다. 소마는 구경꾼 사이에 다키가와가 있을지도 모른다고 생각해 사진을 찍어둔 것이다.

이 사진을 나카사코에게 보여주었다면 다키가와의 얼굴을 확인할 수 있었을지도 모른다 싶어 후회스러웠다. 지금이라도 어떻게 안 될까 아쉬워하면서 남자들의 사진을 살피다가 야리미즈는 문득 기묘한 감각에 사로잡혀 손을 멈추었다. 사진 속 한 남자의 얼굴을 어딘가에서 본 것 같았다. 마쓰모토에는 아는 사람이 없는데도.

야리미즈는 눈살을 찌푸리고 남자의 얼굴을 뜯어보았다. 이렇다 할 특징이 없고, 눈꺼풀이 조금 두툼한 남자……. 그때 기억이 번쩍 되살아났다.

맞다, 이 남자를 생각하다가 사고가 났다.

마쓰모토 역 앞에서 야리미즈에게 시계 박물관으로 가는 길을 물어본 남자였다. 굳이 다른 현 번호판이 붙은 렌터카 창문을 두드려 내 얼굴을 가만히 쳐다보며 길을 물은 남자.

왜 그 남자가 화재 현장에 있는 거지.

의문을 품은 순간 야리미즈는 등골이 서늘해졌다.

이 남자는 역 앞에서 소마가 렌터카로 달려오는 모습을 보고 있던 것 아닐까. 그리고 소마가 지도를 사러 간 사이에 소마의 동료 얼굴을 확인하러 온 것 아닐까. 바로 이 사진 속의 남자가 다키가와 아닐까…….

야리미즈는 온몸에 소름이 끼쳤다.

그렇다면 렌터카 사무소에서 내 이름과 이곳 주소도 이미 알아냈을 것이다!

슈지는 현관 신발장에 한 손을 짚고 나이키 운동화의 신발 끈을 풀었다. 목이 말라서 빨리 냉장고의 차가운 이온음료를 마시고 싶었다. 자신이 사놓은 이 리터짜리 페트병에 아직 반쯤 남아 있을 것이다. 구두를 신은 소마는 재빨리 구두를 벗고 "야리미즈의 리바이스를 빌리는 수밖에" 하고 찢어진 바지를 신경 쓰며 통로로 올라갔다.

"내 음료수 다 마시지 마요."

슈지가 말을 걸었을 때 청바지 호주머니에서 휴대전화가 울렸다. 착신음으로 야리미즈의 전화임을 알고 슈지는 부탁한 돈가스 샌드위치가 없었나 보다고 조금 낙담했다. 현관에서 신발을 벗으며 슈지는 휴대전화를 열고 통화 버튼을 눌렀다. 느닷없이 야리미즈의 고함소리가 귀청을 때렸다.

"집에 들어가지 마!"

전속력으로 달리는 발소리와 함께 야리미즈의 절박한 목소리가 울려 퍼졌다.

"다키가와한테 들켰어!"

거의 동시에 슈지는 눈앞에 떨어져 있는 수도 검침표를 발견했다. 나갈 때 늘 문에 끼워두는 검침표다. 소마가 문을 열었을 때 떨어졌다면 그가 주워서 신발장 위에 올려놓았으리라. 즉 자신들말고 다른 사람이 집에 들어왔다는 뜻이다. 그것도 열쇠도 사용하지 않고. 야리미즈가 휴대전화로 뭐라고 계속 소리를 질렀지만 더이상 귀에 들어오지 않았다. 오싹하여 고개를 들자 소마가 거실 유리문을 열려고 하고 있었다.

"소마 씨!"

슈지가 크게 부르자 소마가 거실 문손잡이를 잡은 채 놀라서 돌아다보았다.

"다키가와가 여기에……."

소마는 숨을 죽이고 고개만 움직여 문에 끼워진 유리 너머로 거실을 살폈다. 사람의 모습은 보이지 않았다. 대신에 통로에서 비쳐드는 불빛을 받고 거실을 가로지르는 피아노선 한 가닥이 빛났다. 피아노선 한쪽 끝은 테이블 위에 놓인 본 적 없는 상자 속에 연결되어 있었다. 반대쪽을 눈으로 더듬어가자 지금 자신이 잡고 있는 문손잡이 반대편에 묶여 있었다. 고치의 창고 거리에서 폭발로 죽은 시체가 발견되었다고 적혀 있던 구레하의 팩스가 섬광처럼 머리를 스쳤다. 거실 테이블에 놓인 상자에는 폭발물이 들어 있다. 이 문이 움직이면 폭발한다. 문은 문손잡이의 래치볼트가 받이판에 반쯤 걸려 열릴락 말락 하는 상태였다. 이 상태로 문손잡이에서 손을 떼면 문은 열리든지 닫히든지 둘 중 한 방향으로 움직인다. 문이 움직이면 끝장이다. 손바닥이 차가운 땀으로 젖었고 심장이 미친듯이 뛰었다. 소마는 부탁이니까 떨지 말라고 문손잡이를 잡은 자신의 손에 빌었다.

"소마!"

현관에서 야리미즈의 목소리가 들렸다. 소마는 돌아다보거나 큰 소리를 낼 수 없었다. 뭔가 하면 손이 움직일 것 같았다. 소마는 문손잡이에 눈길을 고정한 채 나지막한 목소리로 말했다.

"방에 폭발물이 있어. 복도로 나가서 집에 사람들이 다가오지 못하게 해. 현관문은 열어두고."

이 자리에서 이러쿵저러쿵 따질 시간 없다는 듯 소마의 목소리와 낯빛에는 다급함이 어려 있었다. 야리미즈와 슈지는 즉시 소마의 지시대로 움직였다.

소마는 깊고 천천히 숨을 쉬었다. 그리고 숫자를 헤아리기로 했다. 너무 길거나 너무 짧으면 안 된다. 10이 적당하다. 초읽기를 하듯이 10, 9 하고 헤아리는 것이 아니라 1부터 헤아리기 시작했다. 그리고 10과 동시에 문손잡이에서 손을 떼고 온 힘을 다해 밖으로 달리기로 했다.

공포가 바싹 말라붙은 목을 꽉 졸랐다. 귓속에서 숫자를 헤아리는 속도보다 두 배나 빠르게 맥박이 쿵덕쿵덕 뛰었다.

8……9……10. 소마는 문손잡이를 놓고 밖을 향해 쏜살같이 달려나갔다. 현관은 바로 앞이다. 하지만 하얀 벽 사이의 아주 짧은 통로는 달리고 달려도 끝날 줄 몰랐다. 마치 물속을 달리기라도 하는 것처럼 앞으로 나아가지 않았다. 활짝 열린 현관문 저편에 밤하늘이 보였다. 등뒤에서 문손잡이의 래치볼트가 찰칵, 하고 움직이는 소리가 났다.

야리미즈는 배를 진동시키는 땅울림을 느끼고 반사적으로 몸을 숙였다. 다음 순간 박살난 문과 가구 조각이 뒤범벅되어 소마와 함께 바깥 복도 벽에 쾅 충돌했다. 나뭇조각과 유리가 벽에 튕겨서 사방에 흩날리는 가운데 소마의 몸만 아래로 주르르 미끄러져 떨어졌다.

야리미즈는 자신이 무엇을 보고 있는지 바로 이해가 가지 않았다. 소마의 윗도리에서 일렁일렁 흔들리는 것이 불이라는 것을 깨닫는 데 이 초나 걸렸다. 야리미즈는 겉옷을 벗어 안간힘을 다해 불을 눌러 껐다. 소마는 몸을 웅크리고 쓰러진 채 옴짝달싹도 하지 않았다. 옆머리에서 흐른 피가 살짝 벌어진 눈꺼풀을 적시고 뺨으로 흘러내렸다. 야리미즈는 등골이 오싹했다.

이런 맙소사.

슈지가 소마의 어깨를 잡고 뭐라고 외쳤지만 무슨 말을 하는

지 들리지 않았다. 현관 근처에 있을 뿐인데도 화염의 심한 열기와 연기 때문에 폐가 불타는 것 같았다.

소마를 병원으로. 그 생각밖에 들지 않았다. 야리미즈는 슈지와 함께 소마를 양쪽에서 부축해 계단으로 향했다. 연기 때문에 숨이 막히고 앞이 잘 보이지 않았다.

야리미즈는 벽의 화재경보기 유리를 깨고 버튼을 눌렀지만 귀가 찢어질 것처럼 쨍쨍 울리는 소리 때문에 아무 소리도 들리지 않았다. 그제야 폭발 때문에 청각에 이상이 생겼음을 알았다. 그때쯤 되자 집집에서 사람들이 놀란 얼굴로 뛰쳐나왔다.

4층에서 계단을 내려오면서 야리미즈는 모든 층의 화재경보기를 눌렀다. 1층 입구 로비는 수많은 아파트 주민으로 붐볐고, 밖에는 구경꾼들이 구름같이 모여들었다. 길에서 아파트를 올려다보는 사람들의 얼굴을 보기만 해도 자기집이 얼마나 활활 타오르고 있는지 짐작이 갔다. 바로 구급차가 올 것이다. 상황을 살피러 밖으로 나가려던 야리미즈는 길의 한 지점을 보고 얼어붙었다. 구경꾼 사이에 결코 잊지 못할, 마쓰모토 역 앞에서 렌터카 창문을 두드린 남자의 얼굴이 있었다.

다키가와다, 라고 생각한 순간 눈이 마주쳤다. 다키가와는 똑바로 다가왔다.

"차로!"

야리미즈는 슈지에게 쉐보레 키를 던져준 후 불안한 표정의 사람들을 헤치고 로비에 위치한 세대 우편함으로 달려갔다. 빈집인 202호 우편함을 열자 광고지가 눈사태처럼 미끄러져 떨어졌지만 야리미즈는 개의치 않고 우편함 안쪽 천장에 접착테이프로 붙여둔 봉투를 떼어냈다. 만일의 일이 있을 때를 대비해 백만 엔이 든 슈지의 돈봉투를 거기 숨겨두었다. 시야 가장자리로 로비의 인파를 헤치고 몇 발자국 앞까지 다가온 다키가와가 보였다. 야리미즈는 가슴 가득 숨을 들이마셨다.

"방화범이 여기 있다! 가스관에 수작을 부리는 걸 봤어!"

야리미즈는 큰 소리로 외치며 다키가와를 가리켰다. 아파트 주민들이 한 명도 남김없이 반사적으로 다키가와를 쳐다보았다.

다키가와가 엉겁결에 멈춰 서자 관리인과 아파트 주민 몇 명이 주위를 둘러쌌다.

야리미즈는 다키가와의 시야에서 벗어나자마자 쌩하니 출입문을 빠져나와 주차장으로 달렸다.

슈지는 어스름한 병원 복도의 긴 의자에 주저앉았다. 응급처치실로 실려간 소마가 지금 어떤 상태인지, 앞으로 어떻게 될지 전혀 짐작이 가지 않았다. 야리미즈는 담배 필터를 문 채 가만히 벽에 기대어 서 있었다. 복도 안쪽, 응급처치실 쪽에서 간호사들의 바쁜 발소리가 들려왔다.

병원 복도에 밴 독특한 냄새를 맡자 원치 않아도 역 앞 광장에서 네 명이 살해당한 날이 떠올라 슈지는 두 손으로 머리를 감싸쥐었다.

소마 씨를 원래대로 돌려줘. 무슨 짓이든지 할 테니까 소마 씨를 원래대로 돌려줘.

슈지는 뭔지 모를 존재에게 빌었다.

역 앞 광장에서 사건이 발생한 지 여드레, 여러 가지 일이 맥락 없이 머릿속을 헤집고 돌아다녔다.

자신을 숨겨주지 않았다면 야리미즈의 집은 폭파되지 않았을 테고 소마가 이런 꼴을 당하지도 않았을 것이다.

"제기랄……. 내 탓이야."

슈지는 상처 입은 짐승처럼 으르렁댔다.

전부 다 원래대로는 돌아가지 않는다.

"그런 싸구려 죄악감을 떠안는 것이야말로 푸드나 이소베 같은 놈들이 제일 좋아하는 일이야."

담담하기는 했지만 야리미즈의 말투는 지금까지 들어본 적이 없을 만큼 날카로웠다.

"너 편할 때만 어린애가 되지 마라, 슈지. 마자키를 죽이고 역 앞 광장에서 네 사람을 죽이고 소마를 이런 꼴로 만든 게 누군지, 그것도 모를 만큼 바보냐? 잘 들어. 소마를 쓰레기처럼 날려 보낸 건 네가 아니야. 그 세 놈은 거추장스러우니까 죽여야겠다며 손을 쓴 놈들이라고. 한 번만 더 네 탓으로 돌렸다가는 두드려 패서 밖으로 내쫓을 줄 알아."

슈지는 어금니를 꽉 깨물고 숨을 죽인 채 무너져 내리려는 마음을 다잡았다.

"대답은?"

"……알았어요."

야리미즈는 성큼성큼 어디론가 갔다 오더니 슈지에게 따듯한 캔커피를 내밀었다.

"안 마셔도 되니까 가지고 있어."

슈지는 양손으로 조그만 캔커피를 감싼 채 간호사들의 희미한 발소리를 듣고 있었다. 손바닥으로 따뜻한 것을 감싸고 있자 기분이 조금 가라앉았다.

잠시 후에 응급처치실 쪽에서 여자 한 명이 다가왔다. 슈지는 한 번 만난 적 있는 그 여자의 얼굴을 기억하고 있었다. 윤기가 흐르는 짧은 흑발은 야리미즈의 집을 처음 찾아간 밤, 문 앞에서 스쳐지나갔을 때와 조금도 달라지지 않았다. 하지만 그날 밤 세 남자의 시선이 못박힌 미끈한 다리는 통이 좁은 바지에 가려져 있었다. 하이힐 대신 굽이 낮은 펌프스를 신었고, 양

가죽 쇼트코트 대신 가운을 걸쳤다. 그리고 머스크 향기 대신 소독약 냄새가 풍겼다. 여자는 환자 차트를 들고 야리미즈를 눈으로 불렀다. 야리미즈는 걱정 말라는 듯이 슈지의 어깨를 쥐었다가 여자와 함께 설명실로 들어갔다.

슈지에게 그후의 몇 분은 무성한 철쭉에 몸을 숨기고 다키가와의 발소리를 들으며 벌벌 떨고 있던 때에 뒤지지 않을 만큼 길었다. 슈지는 텅텅 빈 머리로 야리미즈가 사라진 설명실 문만 쳐다보고 있었다.

문이 열리자마자 슈지는 야리미즈에게 달려갔다. 야리미즈는 소마의 용태를 들려주며 거의 달리다시피 병실로 향했다. 갈비뼈가 부러졌고, 앞으로 뇌진탕 후유증이 나타날지도 모른다고 했다. 현재 몸 상태는 안정적이며 아까 의식을 되찾아 병실로 옮겨졌다고 한다. 슈지는 의식이 돌아왔다는 말을 듣고 이 세상 모든 것에 감사하고 싶은 기분으로 병실에 뛰어들었다. 그 순간 슈지는 눈앞의 광경에 소스라치게 놀랐다.

침대에 누운 소마가 상반신을 비틀어 손목에 꽂힌 링거 바늘을 뽑으려 하고 있었다. 슈지는 소리를 지르며 달려들어 말리려고 했으나 그보다 빨리 야리미즈가 소마의 손목을 잡더니 테이프를 벗기고 링거 바늘을 뽑았다. 슈지는 왜 이러나 싶어 야리미즈를 쳐다보았다.

"병원에 있으면 다키가와가 바로 찾아낼 거야."

슈지는 따귀를 맞은 것처럼 제정신을 차렸다. 우리는 다키가와에게 쫓기고 있다. 슈지는 창가에 접어놓은 휠체어를 가지러 갔다. 부러진 갈비뼈를 코르셋으로 고정한 소마는 머리를 세게 부딪힌 탓에 아직 현기증이 나는 것 같았다. 이 상태로 다키가와에게 발각되면 끝이다. 서둘러 달아나야 한다.

슈지는 야리미즈와 함께 양쪽에서 부축해서 소마를 침대에 앉혔다. 소마는 가슴이 아파서 얼굴을 찡그렸지만 이내 가볍게 농담을 했다.

"……저런 미인이 담당 의사라면 한 번쯤 다치는 것도 나쁘지는 않군."

폭발 후에 처음으로 소마의 목소리를 듣고 슈지는 가슴에 안도감이 샘솟았다.

"그 미인 의사의 당부야." 야리미즈도 활기찬 목소리로 말하며 벽장에서 코트를 꺼내 슈지에게 던졌다. "절대로 감기에 걸리지 말래. 갈비뼈가 부러지면 코를 못 푼다나 봐."

의사가 준비해주었는지 남녀 공용의 투박한 밀리터리 코트에서는 희미하게 머스크 향기가 났다. 슈지는 재빨리 소마에게 코트를 입히기 시작했다.

"차를 뒷문 앞으로 빼올게."

문으로 향하는 야리미즈에게 소마가 물었다.

"갈 데 있어?"

"일단 이즈로. 잠깐이라면 신세 질 곳이 있어."

"그건 안 돼."

못마땅하다는 듯한 소마의 말투에 슈지는 손을 멈추었다.

소마는 조용하게, 하지만 딱 잘라 말했다.

"계획은 예정대로 실행한다."

"무슨 소리예요……!"

슈지는 무심결에 언성을 높였다.

"이런 상태로 다키가와랑 맞붙으면 어떻게 될지 알면서!"

소마는 야리미즈를 똑바로 쳐다보았다.

"네 계획은 내일 '작전'을 개시하지 않으면 실패로 돌아가. 난 이 계획을 포기할 마음 없어."

"말했잖아. 난 승산 없는 계획은 실행하지 않는다고. 자살하고 싶으면 다른 기회를 찾아봐."

"죽을 생각은 없어. 그렇지만……."

야리미즈는 소마의 말을 막듯이 되돌아오더니 침대 옆에 세워둔 휠체어를 발끝으로 세게 밀었다. 힘차게 굴러간 휠체어는 벽에 부딪히고 나서야 멈췄다. 벽에 부딪히는 소리가 사라지자 병실은 물을 끼얹은 듯이 고요해졌다.

"달려봐."

야리미즈는 평상시와 다름없는 말투로 말했다.

"주차장까지 달려가보라고."

슈지는 귀를 의심했다.

소마의 눈에 한순간 어두운 웃음이 스치는가 싶더니 갑자기 양손으로 침대 난간을 잡고 일어서서 문을 향해 걷기 시작했다.

"소마 씨!"

소마는 균형을 잃고 큰 소리와 함께 벽장에 부딪혔지만 현기증을 떨쳐내듯이 실눈을 뜨고 다시 걸음을 옮기려 했다. 슈지는 즉시 옷장에 양손을 짚고 몸으로 소마를 막았다. 부러진 갈비뼈가 당장이라도 날카로운 날붙이처럼 소마의 폐를 꿰뚫을까봐 겁났다.

"그만해요! 부탁이에요!"

인간은 얼마나 연약하고 쉽게 죽는 존재인가. 광장에 있던 구보 다다시, 다케시타 미사토, 이마이 기요코, 마미야 유코 모두 한순간에 목숨을 잃었다. 슈지는 소마의 환자복 가슴 부분에 순식간에 선혈이 번지는 모습이 보이는 것만 같아서 옷장을 짚은 양손이 떨렸다.

"부탁이라고……!"

슈지는 저도 모르게 눈을 감았다.

소마가 몸에서 힘을 빼는 것이 느껴졌다. 그래도 슈지의 심장은 경종을 두드리는 것처럼 고동쳤고 팔도 계속해서 부들부들 떨렸다. 소마가 달래듯이 슈지의 팔에 손을 얹었다.

"괜찮아. 난 원체 튼튼하게 생겨먹었거든."

말을 마치자 소마는 고통을 견디듯이 눈을 감고 벽장에 등을 기댄 채 그 자리에 주르르 주저앉았다. 슈지가 허둥지둥 간호사 호출 버튼을 누르려고 했지만 소마가 파카 소매를 꽉 붙잡았다.

"……그냥 놔둬."

"그렇게 다키가와한테 죽고 싶어?"

야리미즈는 진심으로 화가 났다.

"내 계획상 네가 다키가와한테 죽으면 슈지도 그 자리에서 죽어."

"몸이 이 꼴이니 나도 맨손으로 다키가와를 체포할 자신은 없어."

소마는 두세 번 얕게 숨을 내쉬고 겨우 눈을 떴다.

"권총을 쓰겠어."

슈지는 숨을 삼켰다. 야리미즈도 안색이 변하여 소마를 쳐다보았다. 벽장 앞에 주저앉은 소마는 가슴을 감싸듯이 등을 웅크리고 발치의 바닥을 바라보고 있었다.

"……이 계획을 포기한다고 해서 이소베와 푸드가 우리를 내버려둘 것 같아? 얼굴이랑 이름을 다 들켰어. 무차별 살인 사건과 샘플의 관련성을 밝혀내려는 것도. 틀림없이 제거되겠지. 너랑 나, 그리고 슈지까지 모두 다. 살아남으려면 네가 세운 계획을 실행해서 뒤집어엎는 수밖에 없어. ……야리미즈, 이 계획을 포기하면 셋이 사이좋게 저승길을 떠나는 거나 매한가지야."

"유급휴가중인 형사가 권총을 구할 방법이 있어?"

"응. 하나 있지."

즉 비합법적이라는 뜻이다.

야리미즈는 복잡한 표정으로 생각에 잠겼다가 "아무튼 여기서 나가자" 하고 재빨리 병실을 나섰다. 슈지가 소마 곁에 휠체어를 끌고 와서 몸을 구부렸다.

"너무 무모하게 굴지 말아요."

고뇌 어린 눈빛을 보고 소마는 슈지가 방금 전 일이 아니라 앞으로의 일을 말하고 있다는 것을 알았다. 소마는 웃으며 고개를 끄덕이다 문득 신경이 쓰여 물어보았다.

"코를 못 푸는 것말고 또 뭘 못 할까?"

"아마 맥도날드의 셰이크는 못 먹을걸요."

"아, 그건 힘들겠다." 소마는 쓴웃음을 지었다.

슈지는 따라서 쓴웃음을 짓더니 생각났다는 듯이 호주머니에서 캔커피를 꺼냈다.

"식었지만." 슈지는 캔을 따서 소마에게 건넸다.

소마는 작은 캔을 받아들고 마셨다. 그제야 목이 말랐음을 깨달았다.

소마가 수십 분 전에 응급처치실에서 의식을 되찾았을 때 미인 의사는 뇌진탕 때문에 기억에 손상이 없는지 알아보기 위해 그에게 이름과 생년월일, 오늘 날짜 등을 꼼꼼하게 물었다. 응급처치실의 차가운 침대에서 멍하니 눈을 깜박이던 소마는 자기 이름보다도 먼저 자신이 경찰관임을 떠올렸다. 그후에 이름과 생년월일, 날짜를 대답하면서 소마는 굳게 다짐했다.

더이상 다키가와가 사람을 죽이게 놓아두지 않겠다. 놈은 반드시 내 손으로 체포한다.

소마는 빈 캔을 쓰레기통에 던져 넣고 슈지의 부축을 받아 휠체어에 앉았다. 현기증은 가라앉았다. 내일이 되면 걸을 수 있다. 승부는 이제부터다.

14
작전 개시-2005년 4월 3일 일요일

4월 3일 일요일.

오전 7시 50분. 통유리로 된 소고기덮밥 체인점에 상쾌한 아침 햇살이 비쳐들고 있었다. 일요일 아침이라 출근하기 전에 아침 정식을 먹는 회사원도 없고 밤새 놀다 집으로 돌아가는 듯한 젊은 손님이 몇 명 있을 뿐이라 가게는 휑하니 고요했다. 다키가와는 테이블에 앉아 한 남자가 나타나기를 기다리고 있었다. 먹을 생각이 없는 정식은 옆으로 밀어놓았고, 물이 든 컵이 테이블에 반투명한 그림자를 드리우고 있었다.

다키가와는 호주머니에 든 악력 강화용 고무공을 굴리며 눈부신 거리로 눈길을 던졌다. 바람도 없는데 마치 실성이라도 한 것처럼 벚꽃이 떨어지고 있었다. 사람들은 특별한 애착을 가지고 벚꽃을 구경하지만, 다키가와는 어릴 적부터 벚꽃이 마음에 들지 않았다. 일제히 피었다가 지는 벚꽃을 보면 언제나 군대 개미가 떠올랐다. 수천만 마리에 달하는 균질한 무리. 그 거대한 무리가 지나가고 나면 짐승의 뼈밖에 남지 않는다. 먹어치운다는 한 가지 목적을 위해 전진하는 대군단. 다키가와에게 벚나무는 나무라기보다 오히려 끔찍한 생물처럼 느껴졌다.

빨리 잎이 나기를 바랐다. 그러면 다른 나무들에 섞여 구별이 가지 않으니까.

그렇긴 하지만 벚꽃에서 눈을 돌리지 않고 다키가와는 남자를 기다리며 천천히 악력 강화용 고무공을 굴렸다.

다키가와는 어젯밤에 야리미즈와 슈지가 소마를 데려간 병원을 찾아냈다. 간발의 차이로 세 사람은 병원을 떠났지만 치료를 담당한 여자 의사는 다키가와가 경찰이라고 거짓으로 신분을 대자 경찰수첩을 보여달라는 말도 없이 환자 차트를 꺼내 용태를 설명해주었다. 소마는 뇌진탕으로 의식을 잃고 갈비뼈가 부러졌다고 했다. 입원을 강하게 권했지만 눈을 뗀 틈에 함께 온 두 사람이 환자를 데리고 달아나서 치료비도 못 받았다고 한다.

"의사가 무슨 자원봉사자도 아니고."

야근을 한 탓인지 얼굴이 파리해진 의사는 예쁘게 생긴 눈썹을 치켜 올리고 자조하듯이 웃었다.

만약을 위해 다른 간호사에게도 물어보았지만 의사의 이야기에 거짓은 없었다.

새벽에 다키가와는 병원에서 5킬로미터쯤 떨어진 도로에서 버려진 쉐보레를 발견했다. 세 사람은 지금도 틀림없이 행동을 함께하고 있다. 그렇다면 한 남자를 만나 오 분 정도 이야기하는 것이 놈들을 발견하는 가장 빠른 방법일 듯했다.

다키가와는 물컵에 손을 뻗었다. 손안의 물이 흔들리자 손아래에서 반투명한 그림자도 흔들렸다. 손목시계 문자반이 은쟁반처럼 빛을 반사했다.

느닷없이 마자키의 웃음소리가 머릿속에 떠올랐다.

반쯤 죽어 고개를 늘어뜨린 마자키가 눈을 거의 감은 채 웃고 있었다.

띄엄띄엄 새어 나오는 쉰 목소리가 오래된 친구의 목소리처럼 똑똑히 들렸다.

그러고 보니 놈은 산업폐기물 수거 운반업자였다.

다키가와는 멍하니 생각에 잠겼다.

놈의 일과 내 일은 아주 비슷하다. 현재 확립되어 있는 질서를 지켜 사회가 문제없이 돌아가도록 남들 눈에 띄지 않는 곳에서 불필요한 것들을 정리한다. 양쪽 다 인류가 존재하는 한 결코 사라지지 않을 일이다.

어쩌면 뭔가를 계기로 놈도 나처럼, 나도 놈처럼 살았을지도 모른다.

다키가와는 신기한 기분으로 눈을 깜박였다.

하지만 나는 그렇게 웃지 않는다. 놈은 왜…….

다키가와는 손안의 컵을 쳐다보았다. 자신이 물을 마시고 싶었는지 마시고 싶지 않았는지 기억이 나지 않았다.

자동문이 열리는 소리가 들렸다. 고개를 돌리자 구깃구깃한 양복을 입은 왜소한 남자가 호주머니의 잔돈을 더듬으며 성큼성큼 식권 발매기로 다가갔다. 밤새 마셨는지 거무튀튀한 얼굴은 부었고 희끗희끗한 머리에도 기름기가 돌았다.

저 남자다.

순식간에 렌즈가 초점을 맞추듯이 다키가와는 윤곽이 명확한 세계로 되돌아왔다. 다키가와는 컵을 내려놓고 천천히 일어섰다. 그 세 사람 중에 다친 것이 경찰이어서 다행이다. 놈은 마지막까지 두 사람을 지키려고 발악하겠지만 이제는 지금까지처럼 몸이 따라주지 않는다. 원치 않아도 누군가에게 도움을 요청하는 수밖에 없다.

남자는 카운터에 식권을 아무렇게나 내려놓더니 조간신문을 들고 지정석인 벽 옆 의자에 앉았다. 거의 동시에 다키가와는 옆자리에 앉았다.

"진다이 서의 히라야마 씨?"

서 내에서 따돌림을 당하는 소마가 뭔가를 부탁할 만한 경찰관은 이 녀석뿐이다.

느닷없이 말을 걸었지만 히라야마는 당황하는 기색도 없이 카운터에 팔꿈치를 짚고 다키가와를 물끄러미 쳐다보았다.

"당신 누구야?"

온후함을 가장한 희미한 웃음 속에 매서운 경계심이 고개를 쳐들고 있었다.

가족과 동료에게 경멸당하다 못해 이제는 미움받는 것을 기쁨으로 여기는 듯한 남자. 다키가와는 히라야마 같은 남자가 마음속으로 무엇을 갈망하는지 잘 알고 있었다. 그것을 코앞에서 흔들어주면 이런 치들은 기꺼이 움직인다. 만족스러움에 다키가와의 눈이 가늘어졌다.

이 녀석이 나를 놈들이 있는 곳으로 안내해줄 것이다.

오전 10시 30분. 주택가의 벚나무 가로수에 꽃잎이 가랑눈처럼 쌓여 있었다. 미도리코는 타고 온 택시를 대기시켜놓고 검정색 앵클부츠로 꽃잎을 밟으며 서둘러 오빠네 집 현관으로 향했다. 인터폰을 누르자 대답 대신 자물쇠를 푸는 소리가 났다.

문을 연 나카사코를 보고 미도리코는 충격을 받았다. 한 달간 얼굴을 못 본 사이에 나카사코는 마치 다른 사람처럼 뺨이 쑥 들어가고 눈가에는 정신적 스트레스가 짙은 그늘처럼 드리워져 있었다. 오빠는 이십 년 남짓 대형 제조사의 영업 전선에서 바쁘게 일해왔지만 이렇게 초췌한 모습은 처음 보았다.

"번거롭게 해서 미안해."

나카사코는 가만히 서 있는 미도리코에게 나지막한 목소리로 사과했다. 직장에 다니는 동생에게 얼마나 부담이 될지 생각하니 나카사코는 미안해서 미도리코의 얼굴을 볼 염치가 없었다. 하지만 나카사코가 아쓰미와 요리코를 맡길 수 있는 사람은 미도리코밖에 없었다.

나카사코는 어젯밤 늦게 야리미즈의 전화로 그의 집이 폭발했음을 알고 즉시 아내와 딸을 멀리 보내기로 결심했다. 야리미즈도 그러는 것이 낫겠다고 찬성했다. 나카사코가 세 사람에게 협력하고 있다는 사실을 푸드와 다키가와는 아직 모른다. 하지만 이 사실이 발각되면 나카사코의 가족도 어떤 꼴을 당할지 모른다. 나카사코는 바로 미도리코에게 연락해서 요리코와 아쓰미를 일주일 정도 아무도 모르는 곳에 데려가달라고 부탁했다.

요리코와 아쓰미의 목숨이 달렸다. 그 한마디에 미도리코는 자세한 사정도 묻지 않고 나카사코의 부탁을 받아들여 즉시 두 사람을 상하이에 있는 자신의 예전 동료 집에 데리고 갈 절차를 밟았다.

상하이의 연락처를 아는 사람은 나카사코뿐이다. 누구에게도 행방이 알려지지 않도록 미도리코와 요리코는 휴대전화를 놓아두고 가기로 했다.

"정말 미안해……."

나카사코는 미도리코에게 사과의 말뿐만 아니라 조금이나마 안심이 될 만한 말도 해야겠다 싶었다. 하지만 그전에 미도리코가 손을 뻗어 나카사코의 팔을 살짝 만졌다.

"바보 같은 짓만은 하지 말라고 했건만."

책망이 아니라 걱정이 묻어나는 말투였다.

나카사코는 예전에 미도리코에게 같은 말을 들은 것이 기억났다. 작년 늦여름, 바다 냄새가 나는 쓰키시마 섬의 공원에서 미도리코에게 처음으로 샘플 분석 데이터를 받은 밤이었다. 역시 미도리코는 이번 일이 그 샘플과 관련되어 있음을 알아차린 것이다. 나카사코는 고마움과 미안함을 담아 마음속으로 고개를 숙였다. 미도리코의 말처럼 지금 나카사코가 야리미즈, 소마, 슈지 세 사람과 함께 하려는 일은 틀림없이 바보 같은 짓이다. 그래도 나카사코는 이번에야말로 어떻게든 그 계획을 성공

시켜야 한다.

"며칠만 참으면 돼. 이쪽에서 연락할 때까지 무슨 일이 있어도 절대로 요리코와 아쓰미를 일본에 돌려보내면 안 돼."

"알았어."

거실 문이 열리고 요리코가 캐리어 가방을 끌며 나들이용 원피스를 입은 아쓰미를 데리고 나왔다. 평소 같으면 미도리코를 보자마자 강아지처럼 달려왔을 텐데 오늘은 불안한 듯 아쓰미는 딱딱한 웃음을 띤 채 하얀 양 인형을 가슴에 꼭 끌어안고 있었다. 어리지만 집안 분위기에 민감한지라 뭔가 좋지 않은 일이 일어나고 있다고 느낀 듯했다. 미도리코가 밝은 목소리로 아쓰미에게 말을 걸었다.

"아쓰미, 상하이에는 커다란 동물원이 있어."

"그래. 미리도 분명 기대하고 있을 거야." 아쓰미가 품에 안은 양 인형의 코를 요리코가 살짝 어루만졌다. 아쓰미는 미리에게 물어보듯이 눈을 돌리더니 잠시 후에 고개를 끄덕였다.

"응. 미리의 친구가 있을지도 모르겠다."

표정이 조금 누그러진 아쓰미 뒤에서 요리코가 누가 되어 미안하다는 듯이 미도리코에게 고개를 숙였다. 요리코는 상하이에 처음 가보는지라 의사소통을 포함해 여러모로 미도리코에게 의지하는 수밖에 없었다.

요리코는 어젯밤 나카사코가 느닷없이 미도리코와 아쓰미랑 함께 셋이서 상하이로 가라고 말했을 때 드디어 올 것이 왔다고 느꼈다. 작년 여름 이래로 나카사코가 속에 뭔가를 품고 끙끙대고 있다는 것은 곁에 있는 아내인 자신이 제일 잘 알고 있었다. 특히 요 보름 동안 초췌해진 나카사코의 모습은 차마 눈뜨고는 못 볼 지경이었다. 하지만 물어보면 더 괴로워할 것이 뻔했다. 요리코와 아쓰미에게 걱정을 끼치지 않는 것, 그것이 나카사코의 마지막 보루였다. 나카사코는 그런 사람이었다. 그런 점이 섭섭할 때도 있지만 나카사코는 묵묵히 마음을 써주는 요리코에게 깊은 신뢰를 보냈고, 요리코는 누구보다 자상하게 애정을 쏟는 남편을 사랑했다.

나카사코는 요리코가 상하이에서 돌아오면 전부 이야기할 테니 지금은 믿어달라고 했다. 요리코는 나카사코의 말을 믿었다. 그래도 한밤중에 분주하게 짐을 꾸리고 나자 나카사코에게 뭔가 무서운 일이 생기지는 않을까 불안해 견딜 수가 없었고, 아무것도 모르는 자신이 너무나도 한심하게 느껴졌다. 요리코는 홀로 부엌으로 내려가 냉장고에서 채소와 고기, 생선을 모조리 꺼내 밤새 요리를 만들었다. 자기가 없는 동안 나카사코가 식사를 거르지 않도록 스튜와 찜을 만들어 냉동해둘 생각이었다. 결혼하기 전에 영양사로 일한 요리코는 맛과 영양을 고려하며 요리에 몰두함으로써 불안을 떨쳐내려고 했다. 손에 익은 냄비와 프라이팬으로 수많은 요리를 동시에 만들다 보니 일하던 시절의 집중력이 되돌아왔다. 불안이 사라지지는 않았지만 아침 햇살이 비쳐드는 부엌에서 주먹밥을 만들기 시작한 무렵에는 무슨 일이 있어도 우리는 가족이라는 각오가 섰다.

"조심해서 다녀와."

나카사코가 택시 창문 너머로 다정하게 인사했다.

"아빠한테 줄 선물 잔뜩 사가지고 올게. 기다리고 있어."

말과는 달리 아쓰미는 아빠의 손을 꼭 잡고 좀처럼 놓으려 하지 않았다.

"그럼 다녀올게."

요리코는 한껏 밝은 미소를 지어 보였다.

나카사코는 대문 옆에 서서 세 사람이 탄 택시를 배웅했다. 마자키가 선물한 미리를 안고 조그만 손을 흔드는 아쓰미의 모습이 눈 속에 남았다. 나카사코는 마자키가 아쓰미를 지켜줄 것 같은 기분이 들었다.

초록색 택시가 시야에서 사라지자 나카사코는 집으로 돌아가 양복으로 갈아입었다. 서둘러 후지사와 공장에 가야 한다. 나카사코는 이제부터 공장에서 완수해야 할 '역할'이 있었다.

오후 12시 50분. 슈지는 벽에서 수도꼭지 다섯 개가 튀어나온 공동 세면장에서 바쁘게 팔레트를 씻었다. 오렌지색과 녹색 포스터컬러가 때가 낀 스테인리스 세면대를 흘러서 사라졌다. 동틀 녘부터 작업을 계속하면서 이번까지 포함해 벌써 다섯 번이나 팔레트를 씻었다. 아무리 애를 써도 색이 잘 나오지 않았다. 너무 밝거나 너무 어두웠다. 나카사코가 디스크에 저장해 빼돌린 데이터와 좀처럼 같은 색이 나오지 않았다.

슈지는 초조한 기분을 가라앉히기 위해 심호흡을 하고 열린 젖빛유리 밖으로 눈을 돌렸다.

눈앞에 거대한 신주쿠 다카시마야 백화점이 봄 햇살을 받으며 우뚝 솟아 있었다. 너무 가까워서 창문으로 고개를 내밀지 않으면 다카시마야 백화점의 전체 모습이 보이지 않았다. 허름한 나무틀 창문 저편에 일본 유수의 대형 백화점이 있다니 어쩐지 마술 쇼라도 보듯이 신기한 기분이었다.

슈지와 소마, 야리미즈 세 사람이 묵고 있는 '아오키 여관'은 신주쿠의 번화가 한가운데에 있지만 하루에 이천 엔의 값싼 요금을 자랑하는 싸구려 여인숙이다. 이 층짜리 목조건물이고 욕실, 화장실, 세면장은 공동으로 사용한다. 식사는 나오지 않지만 여관을 나서면 밤새 영업하는 입식 메밀국숫집과 술집, 편의점이 널렸다.

어젯밤에 세 사람은 아파트에서 다키가와가 보았을 하늘색 쉐보레를 버리고 의사의 레거시를 빌렸다. 헤어질 때 의사는 소마가 구역질이나 현기증이 난다고 호소하면 바로 병원으로 데려가라고 단단히 다짐을 두었고, 야리미즈는 의사에게 다키가와가 찾아오면 어떻게 할지 알려주고 병원을 나섰다.

그후 세 사람은 밤새 영업하는 종합 할인 매장 돈키호테에서 옷가지와 필요한 물품을 사서 새벽에 맥도날드의 큼지막한 종이봉투를 들고 아오키 여관으로 들어갔다. 스물네 시간 투숙이 가능한 아오키 여관의 어둑어둑한 카운터에는 "카드, 외국어 불가"라고 커다랗게 쓴 누리끼리한 종이가 붙어 있었다. 슈지는 '외국인'이 아니라 '외국어'라고 참신하게 표현한 점에 놀랐지만 외국어를 쓰는 사람들이 이 일본어 안내문을 알아먹을까, 라는 소박한 의문도 머리를 스쳤다. 하지만 남이야 그런 의문을 품든지 말든지 지금 슈지의 양 옆에서 물을 팍팍 튀기며 양말을 빨고 있는 남자들의 국제적인 외모를 보니 안내문의 규칙은 있으나 마나 한 것이 분명했다. 슈지는 외국어는 전혀 모르지만 머리 위로 따발총처럼 오가는 말이 '참치'와 '시부야' 빼고는 절대 일본어가 아니라고 자신 있게 단언할 수 있었다.

슈지는 다 씻은 팔레트와 깨끗한 물을 담은 물통을 들고 좁은 복도를 걸어 붓꽃실로 돌아왔다. 커튼을 쳐놓아 어스름한 네 평짜리 일본식 방에는 포스터컬러와 맥도날드 감자튀김 냄새가 감돌고 있었다. 거무스름하게 변색되고 보풀이 인 다다미 위에 칠이 벗어진 좌탁과 여자가 얼굴을 비추어본 지 얼마나 오래되었는지 모를 낡은 경대가 아무렇게나 놓여 있었고, 도코노마◆에 자리한 브라운관 텔레비전에서는 뉴스가 소리 없이 흘러나오고 있었다.

슈지는 좌탁이 더러워지지 않도록 펼친 신문지 위에 팔레트와 물통을 내려놓은 후 변장용 선글라스를 벗고 소마가 작업하는 모습을 살펴보았다. 가슴을 코르셋으로 졸라맨 소마는 등을 구부정하게 구부린 자세가 편한 듯 사발을 덮을 듯이 몸을 기울이고 물에 개어 걸쭉한 밀가루를 스푼으로 휘젓고 있었다. 좌탁 위에는 밀가루가 세 봉지나 놓여 있었다.

"좀 묽지 않아요……?"

슈지의 조언에 소마는 잠시 생각에 잠기더니 마치 폭약을 다루는 것처럼 신중하게 스푼으로 밀가루를 약간 떠서 사발에 넣었다. 휘젓자 스푼이 움직인 자국이 남을 만큼 끈끈해졌다.

그렇다, 끈기와 색깔이 중요하다. 여기에 섞을 플라스틱 조각은 이미 슈지가 막자사발에다 작게 부숴서 색깔별로 나누어

◆ 다다미방의 바닥을 한층 높여 족자나 도자기 등을 장식해두는 곳.

두었다.

슈지는 소마의 작업을 도우려고 팔레트에 포스터컬러의 색깔을 구분하여 덜어놓았다. 좌탁에 펼친 신문은 오늘 조간으로, 지방판 구석에 불타오르는 야리미즈의 집을 찍은 사진이 작게 실려 있었다. 다행히 빨리 불길을 잡은 덕분에 요란한 폭발에 비해서는 피해가 적어서 야리미즈의 집만 불탔고 아파트 주민 중에 다친 사람은 없었다. 사가지고 온 햄버거를 먹으며 그 사실을 확인했을 때 세 사람 모두 안심하고 가슴을 쓸어내렸지만 어이없게도 기사의 표제는 “자칭 프리라이터 폭발물을 직접 만들다가?”였다. 야리미즈는 “중학생이 인터넷을 보고 폭탄을 만드는 세상이니까 어쩔 수 없지” 하고 대범하게 웃어넘겼지만, 폭발 직후부터 집주인의 행방이 묘연하다는 사실에서 범죄의 냄새가 풀풀 풍기는 것은 분명했다.

신문에서 예비 범죄자로 낙인이 찍힌 야리미즈는 좌탁 한구석에서 상표 스티커 제작에 몰두하고 있었다. 모바일 프린터로 인쇄한 로고의 배치가 미묘하게 데이터와 달라서 몇 번이고 다시 하고 있었다. 모든 것은 나카사코가 넘겨준 데이터와 똑같이 완성해야 한다.

“제시간에 만들 수 있겠어?”

콧등에 코카인처럼 밀가루를 묻힌 소마가 물었다.

"당연하지."

야리미즈는 평소처럼 태평하게 대답했지만 노트북에서 눈을 들 여유는 없었다.

슈지는 갈색 종이봉투에서 로프와 재갈로 쓸 수건을 꺼냈다. 얼른 익숙해지도록 로프를 세게 훑으며 손바닥에 감각을 익혔다. 지금까지 살면서 사람을 묶어서 납치한 적은 없지만, 지금 들고 있는 로프는 그런 일을 하기에 딱 알맞은 물건으로 느껴졌다. 시선이 느껴져 고개를 돌리자 소마가 근심 어린 얼굴로 슈지를 보고 있었다.

"괜찮아요. 잘될 거니까."

슈지는 로프와 수건을 종이봉투에 집어넣으며 자신 있게 미소 지었다.

그때 밖에서 붓꽃실 문을 두드리는 소리가 들렸다.

세 사람은 숨을 죽이고 문을 두드리는 소리에 귀를 기울였다. 처음에 세 번, 다음에 두 번, 마지막으로 한 번, 조용한 방에 문을 두드리는 소리가 울려 퍼졌다. 오후 1시. 약속 시간이었다.

"왔나 본데." 소마가 속삭였다.

야리미즈가 슈지에게 고개를 끄덕였다.

슈지는 니트 모자를 푹 눌러쓰고 선글라스를 꼈다. 그리고 종이봉투를 운동복 안쪽에 숨기고 일어서서 문으로 향했다.

어젯밤에 야리미즈의 집이 폭파당해 계획을 일부 변경하는 수밖에 없었다. 약간 거친 방법이기는 했지만 슈지는 마음을 단단히 먹고 하기로 했다. 이것이 '사사키 구니오를 활동시키기' 위한 첫걸음이다.

슈지는 자물쇠를 풀고 문을 열었다.

오후 1시 30분. 오사카 덴노지에 있는 일류 호텔 연회장은 오사카에서 손꼽히는 재계인들로 북적거렸다. 오사카 부府에서 선출된 중의원 의원이자 여당 사카시타파의 늙은 영웅인 히가시하라 가네후미가 이번 임기를 끝으로 정계에서 은퇴하고 다음 선거에는 차남 와타루가 나설 예정이었다. 이번에 첫선을 보이는 히가시하라 와타루를 격려하기 위해 호텔 연회장에서 열린 모임에 사카시타파에서는 이소베 미쓰타다를 비롯한 간부 몇 명이 참석했다.

단상에서 히가시하라 부자의 인사도 끝나고 사중주단의 라이브 연주가 흘러나오는 가운데 수많은 사람들이 인사를 하러 이소베를 찾아왔다. 이런 파티에 참석하면 이소베의 주변에는 바라는 정책이나 소개하고 싶은 인물에 관해 앞다투어 이야기하려는 사람들로 버글버글하다. 그런데 오늘 이소베 곁에 오래 머무르려는 사람은 한 명도 없었다. 모두 형식적인 인사만 건네고 서둘러 자리를 떴다. 오사카에는 멜트페이스증후군 환자가 스물한 명 있는데, 요 며칠 현장 검사 보도에 대비해 매스컴이 일제히 환자의 집으로 찾아가 취재 공세에 나섰다. 오사카 재계에는 바람처럼 빠르게 정보가 나돈다. 덕분에 이 파티에 초대된 사람 중에 그 일을 모르는 사람은 없었다. 예전부터 알고 있었지만 입은 재앙의 근원이라는 듯이 잠자코 있던 몇몇 사람들도 눈빛을 교환할 상대가 늘어나자 자연스레 태도에 드러났다. 현장 검사 결과 문제가 드러나면 이소베 미쓰타다는 실각한다. 한 시대를 풍미한 정계의 거성도 결국 직권 남용으로 덜미를 잡혀서 져버리고 여당 내의 세력도는 단숨에 뒤바뀐다. 속으로는 모두 그런 생각을 하면서 멀찍이서 이소베를 훔쳐보고 있었다. 이소베는 샴페인잔을 들고 홀로 연회장 한가운데 서서 천엽벚나무 가지를 꽂은 커다란 항아리를 가만히 바라보고 있었다. 그 모습은 수많은 사람들의 눈에 마지막이 오기를 기다리는 노장처럼 비쳤다.

하지만 주변 사람들의 생각과는 반대로 이소베는 지금 상황을 즐기고 있었다. 현장 검사 결과는 며칠이면 나온다. 이소베는 자기 주변에 항상 각다귀처럼 득시글거리는 인간들을 떨쳐낼 좋은 기회가 생겼다고 여겼다.

그건 그렇고 혼자 있을 수 있다니 이 얼마나 호사로운 일인가. 제멋대로 떠드는 인간들의 시시한 이야기에 귀를 열어둘 필요 없이 푸르게 요변한 시가라키 도자기를 마음껏 감상할 수 있다. 탐스럽게 꽂아둔 멋진 모양새의 천엽벚나무 가지도 마음이 편안한 덕분인지 한층 산뜻해 보였다. 아까 전에 화장실에 다녀온 핫토리가, 나란히 서서 볼일을 보던 두 사업가가 이소베를 두고 "언젠가 이런 일이 터질 줄 알았지" "군자는 정도를 걷는다고 했거늘" 하고 뒷말을 했다고 보고했을 때는 무심결에 입가에 웃음이 맺혔다. 물론 그 두 사람의 이름은 마음에 담아두었다.

정보를 수집하러 돌아다니던 핫토리가 돌아와서 이소베가 거의 입을 대지 않은 샴페인잔을 받아들고 페리에가 든 텀블러를 건넸다. 이소베는 낮에 열리는 파티에서는 축하의 뜻으로 잔을 받기만 할 뿐 술은 마시지 않는다. 오늘은 이 파티가 끝나면 바로 도쿄로 되돌아가서 강연회에 참석해야 한다.

시선을 돌리자 히가시하라 가네후미가 아들을 데리고 손님들에게 인사를 하며 돌아다니고 있었다.

"2대가 참 듬직합니다." 가문의 문장을 넣은 하카마◆ 차림

◆ 일본 전통 의상으로 품이 넓고 주름이 잡힌 하의를 가리킨다.

의 시멘트 업자가 칭찬을 늘어놓았다.

그 녀석은 3대째라고 이소베는 맛이 나지 않는 탄산수를 입에 대며 속으로 정정했다. 2차세계대전 전부터 이어지는 정치가의 가계는 대부분이 3대, 4대로 들어서서 정치의 세습화가 진행되고 있다. 이유가 없지는 않다. 무슨 일을 하려면 일단 사람을 움직여야 하고, 사람을 움직이려면 인맥이 불가결하기 때문이다. 하지만 명마의 새끼가 전부 명마가 되는 것도 아니거니와 정계의 서러브레드는 경주마처럼 실력에 따라 도태되지도 않는다. 당연히 인맥만을 부적처럼 달고 다니는 저질 말이 늘어난다. 이소베는 오랫동안 파벌들을 다스려오면서 여러 차례 현실에 신물이 났다. 물론 뜻이 있는 사람도 없지는 않았다. 하지만 단상에서 인사하는 소리를 들어보니 히가시하라의 아들 와타루 역시 아무짝에도 쓸모가 없는 놈이 분명했다. 금이야 옥이야 키운 탓에 마흔 살이 넘었는데도 몸에 밴 거만함을 감출 줄 모르고 그저 고개만 숙이면 겸손해 보인다고 믿는 천치 같은 놈이다.

이소베는 정계와는 무관한 후쿠이의 오래된 가문 출신이라 부모에게 정치적 재산을 전혀 물려받지 못했다. 그런 이소베에게 인맥을 만들어준 사람이 도미야마 고이치로였다.

도미야마는 만년에 자기 처지는 생각지도 않고 자주 이소베에게 후계자를 찾아보라고 채근했다. 이소베에게는 사호라는 외동딸이 있었지만 사호는 데릴사위를 맞아들여 정치가의 아내로 살아가는 인생이 싫다며 뉴욕으로 유학을 가서 음악학교에 다니다가 미국 남자와 멋대로 결혼했다. 이소베는 사호와 의절하고 난 이후로 한 번도 만난 적이 없다. 십 년쯤 전에 딱 한 번 사호가 돈을 보내달라며 연락을 했는데, 사호는 두 번째 남편과 이혼하고 피아노 교사로 일하며 세 아이를 키우고 있다고 했다. 이소베가 돈을 보내지 않자 소식이 끊겨 지금은 어디서 어떻게 사는지도 모른다.

사호와 의절한 지 오 년 정도 지났을 때 핫토리를 집에 들여 공부를 시켰다. 좌담회 때문에 교토에 갔을 때 알고 지내던 다도가가 포줏집에 아주 똘똘한 아이가 있다고 소개한 것이 계기였다. 물론 아버지는 없었다. 사가노의 다실에서 만났을 때 핫토리는 고작 열두 살이었지만 천진난만함이라고는 눈곱만큼도 없이 영악한 녀석이라 그 자리가 자신의 인생을 바꿀지도 모른다는 사실을 잘 이해하고 있었다. 이소베는 핫토리가 유망하다고 기대했다기보다 흥미를 느꼈다. 무엇보다 어린데도 미술품을 보는 눈이 탁월하다는 점이 마음에 들었다.

중학교 고등학교 때까지는 좋을 대로 하게 내버려두고 대학생 때부터 비서 일을 시켰다. 핫토리는 실로 유능했다. 일정을 완벽하게 관리한 것은 물론이거니와 정보망을 개척해 밀회를 빈틈없이 준비했고 상대방의 약점을 잡는 것도 잊지 않았다. 방향을 제시하면 공설 비서와 함께 정책 입안도 잘 처리했다. 이소베는 핫토리를 양자로 삼아 뒤를 잇게 하려고 마음먹기도 했었다. 하지만 핫토리에게는 결정적인 뭔가가 없었다. 핫토리의 머릿속에는 국가라는 것에 대한 관념이 없었다. 당연히 지향해야 할 국가의 모습을 간단하게라도 그려내지 못했다. 그 사실을 알았을 때 이소베는 핫토리를 후계자로 삼는 것이 무의미함을 깨달았다.

하지만 핫토리도 나름대로 속셈이 있었는지 이소베가 후계자로 삼지 않겠다고 알려주자 슬며시 회심의 미소를 지었다. 핫토리는 정치가가 될 생각이 털끝만큼도 없었던 것이다. 핫토리는 이소베가 정계를 은퇴할 때 퇴직금 명목으로 이소베에게 상당한 재산을 나누어 받아 미술품을 수집하며 남은 인생을 흥청망청 보낼 심산인 듯했다. 불미스러워서 공설 비서에게는 맡길 수 없는 일을 기꺼이 해치우는 사이에 핫토리는 이소베의 겉과 속을 누구보다도 잘 알게 되었다. 재산 분할은 입막음 비용인 셈이다. 이소베는 그래도 상관없었다. 이소베는 아직 은퇴할 마음이 없었고, 핫토리는 아주 쓸 만한 비서다. 그리고 특별히 재산을 남겨주고 싶은 사람이 있는 것도 아니었다.

사실 후계자가 없다는 것이 이소베의 원동력이기도 했다. 정치가로서 자신의 손으로 해야 할 일이 아직 많았다. 갓난쟁이의 먹을 것 때문에 좌절할 수는 없었다.

이소베는 페리에 텀블러를 내려놓고 담배 케이스에서 담배를 꺼내 불을 붙였다. 핫토리가 웬일로 허공을 바라보며 생각에 잠겨 있었다. 이소베는 그 이유를 알고 있었다. 현장 검사가 내일로 다가왔는데 시게토 슈지가 아직 발견되지 않아 걱정인 것이다. 마자키의 동영상을 본 이후로 어떤 의혹을 품고 있으니 그럴 만도 하다. '사사키 구니오'는 과연 한 명일까. 마자키는 죽었지만 '사사키 구니오'는 어딘가에 살아 있는 것 아닐까. 물론 이소베도 그럴 가능성을 염두에 두고는 있었지만 설령 그렇다 하더라도 안달할 필요는 없다고 보았다. 사사키 구니오가 살아 있다면 이쪽이 안달하지 않더라도 반드시 그쪽에서 먼저 푸드에게 수작을 부릴 것이다. 그러기를 기다리면 그만이다.

"아이고, 이소베 씨. 바쁘실 텐데 오늘 몸소 와주셔서 감사합니다."

히가시하라가 호들갑스레 다가오더니 담배를 쥐지 않은 이소베의 손을 양손으로 잡고 위아래로 흔들었다.

"훌륭한 아드님을 두셔서 참으로 부럽습니다."

이소베는 더할 나위 없이 유쾌하게 웃었다.

"어휴, 아직 세상 물정 모르는 철부지라서요. 아무쪼록 잘 부탁드립니다. 자, 와타루."

아버지의 재촉을 받고 와타루는 한 발짝 앞으로 나서더니 엉덩이와 턱을 동시에 내밀며 인사를 했다.

"애정 어린 지도와 편달 부탁드립니다."

"다음에 또 아카사카에서 느긋하게." 히가시하라는 엄지손가락과 집게손가락으로 술잔을 드는 시늉을 했다.

"그거 좋죠."

"그럼 그때 또."

히가시하라는 아들의 경력조차 말해주지 않고 고작 수십 초 만에 총총히 자리를 옮겼다.

"선생님이 오시지 않기를 바랐겠죠."

핫토리가 비아냥거리는 미소를 띠고 두 사람을 바라보았다.

"소중한 후계자야. 가라앉는 배에 태우고 싶지는 않겠지."

"이 기회를 틈타 이소베는 이제 늙었다, 결국 조만간에 은퇴할 거라고 떠들며 새 파벌을 만들려는 작자도 있으니까요."

말을 마치자마자 젊은 의원 그룹으로 갈아탄 사카시타파 중견 간부 도쿠라 쇼이치가 맥주병을 들고 사람들을 헤치며 다가왔다.

"이소베 선생님, 한잔 받으시죠. 이보게." 자기 비서에게 턱

짓을 했다. 도쿠라의 비서가 근처 테이블에서 잔을 가지고 와서 공손하게 이소베에게 내밀었다.

"아니, 난 됐어. 도쿠라 군, 자네가 마시게."

"아, 선생님은 낮에는 술을 안 드셨죠. 이거 실례했습니다. 아니지, 몸에는 그게 낫습니다."

이소베가 낮에는 술을 마시지 않는 줄 알면서 일부러 권했다. 이소베의 건강관리법을 괜스레 강조해 주변에 그가 늙었다는 인상을 주려는 꿍꿍이속이다. 소박한 촌놈다운 척하면 자신이 그 시커먼 뱃속을 모를 줄 안다. 도쿠라도 참 어수룩하기 짝이 없다고 이소베는 속으로 비웃었다.

도쿠라는 잔에다 비서가 따라준 맥주를 받더니 침통한 표정으로 목소리를 낮추었다.

"이소베 선생님, 이번 일 때문에 얼마나 심려가 크실지 잘 압니다."

"걱정해주셔서 감사합니다." 핫토리가 고개를 살짝 숙였다. "평소에 잘 따라서 선생님도 오랫동안 귀여워하셨는데 말이죠."

도쿠라는 무슨 말인지 이해하지 못하고 의아한 얼굴로 눈을 깜박였다.

이소베는 핫토리가 내민 재떨이에 담배를 가볍게 비벼 껐다.

"다급히 밖으로 날아가려다가 그만 목이 부러졌지."

도쿠라에게 시선을 고정한 채 이소베는 입가에 천천히 미소를 지었다.

"오늘 아침에 우리집에서 죽은 문조 이야기 아닌가?"

도쿠라의 얼굴이 순식간에 창백해졌다.

우두커니 선 도쿠라를 무시하고 이소베는 성량이 풍부한 목소리로 느닷없이 와타루를 불렀다. 약간 떨어진 곳에 있던 와타루는 놀라서 고개를 돌리더니 이야기하고 있던 상대에게 고개 숙여 인사하고 재빨리 다가왔다. 히가시하라는 따라오지도 못하고 걱정스러운 얼굴로 지켜보고 있었다.

"선생님, 무슨 일로 부르셨습니까?"

제딴은 싹싹한 미소를 띨 생각이었겠지만 미소 아래로 경계심이 훤히 드러났다.

"지장이 없다면 마무리 인사는 도쿠라 군이 대신해줬으면 하는데. 도쿠라의 이야기는 재미있기로 평판이 자자하거든."

와타루는 도쿠라의 안색이 창백해진 줄도 모르고 마침 잘됐다는 듯이 무심결에 기쁜 표정을 지었다.

"예. 그편이 나을 것 같으면 그렇게 하시죠."

이소베가 인사를 하지 않는다는 사실을 알았을 때 와타루가 지은 기쁜 표정. 이소베는 그 표정을 기억해두기로 했다. 운이 따르지 않는 인간은 대개 자신도 모르는 새 무슨 원인을 만드는 법이다.

"앞으로는 와타루 군 같은 젊은 사람들이 힘써줘야지."

이소베는 페리에가 담긴 텀블러를 들고 미소 지었다.

오후 3시.

소마는 손목시계를 들여다보고 가만히 일어섰다. 문으로 향하다가 뭔가를 밟았다. 내려다보니 아까 전에 폭풍이 휘몰아치는 듯한 장면이 펼쳐졌을 때 부러진 슈지의 선글라스가 다다미 위에 떨어져 있었다. 소마는 선글라스를 주워 호주머니에 넣고 붓꽃실을 뒤로했다.

소마는 어떤 사람에게 꼭 연락을 해야 했다. 이야기를 나누고 싶은 상대는 아니다. 다른 방법이 있으면 결코 말을 걸지 않을 부류다. 소마는 공동 세면장까지 가서 휴대전화를 꺼냈다. 만만치 않은 남자임은 알고 있었지만 어떻게든 잘 구슬려서 써먹어야 한다. 여기서 꺾일 수는 없다. 소마는 발신 번호가 표시되지 않도록 하여 전화를 걸었다. 호출음이 열 번 넘게 울린 후에야 졸음으로 그득한 탁한 목소리가 대답했다.

"……여보세요."

소마는 억누른 목소리로 물었다.

"히라야마 씨?"

"소마냐……?"

"그래. 지금 혼자 있나?"

"유감스럽게도. 요즘은 비번 날에 안마방에 갈 기운도 없어서. ……뭐야, 아직 술집도 안 열었을 시간이잖아."

커다랗게 하품하는 소리에 이어 꿀꺽꿀꺽 물을 마시는 소리가 들렸다. 러닝셔츠 차림으로 이불에서 팔을 내밀어 머리맡의 주전자에 입을 대고 물을 마시는 히라야마의 모습이 눈에 선했다. 아침 일찍 집에 들어가 낮 시간은 잠으로 때우고 저녁에 또 마시러 나간다. 그것이 히라야마가 비번 날을 보내는 방식이다. 소마는 히라야마가 술에 찌든 몸속을 물로 축이는 동안 세면대 가장자리에 손을 짚고 옆구리의 통증을 견뎠다. 진통제는 본격적으로 움직일 때를 위해 가능한 한 아껴두고 싶었다.

"네가 전화를 다 하다니, 무슨 바람이 불었나 그래. 사람이라도 찔렀어?"

히라야마는 마침내 숨을 내쉬고 빈정거리는 말투로 놀리듯이 물었다.

"부탁이 있어."

"흐음."

칙, 하고 담배에 불을 붙이는 소리가 들렸다.

"지금 어디 있어?"

소마는 한순간 입을 다물었다.

"……당신이야말로 무슨 바람이 불어서 내가 어디 있는지 신경쓰는 거지?"

"너, 좌천되기 전에 휴가를 즐기는 중이잖아. 여행이라도 갔나 싶어서."

소마는 자신이 교통과로 이동한다는 이야기가 이미 서 내에 퍼졌음을 알았다. 그딴 일은 이제 아무래도 상관없었다.

히라야마가 귀찮다는 듯이 말했다.

"무슨 부탁인데?"

"도와줬으면 하는 사건이 있어. 공은 전부 당신이 가져도 돼."

"그것참 귀가 솔깃한 제안인데."

농으로 돌리는 듯한 말투 이면에 경계심과 흥미가 꿈틀거리고 있었다.

소마는 히라야마를 부추기듯이 나지막하게 말을 이었다.

"그렇고말고, 평생에 한 번 있을까 말까 한 끝내주는 이야기지."

이번에는 히라야마가 한순간 입을 다물었다.

"……과연. 결국 형사질을 그만두겠다는 거구나."

소마는 남의 속내를 귀신같이 맡아내는 히라야마의 후각에 저도 모르게 움츠러들었다. 허연 물때가 낀 세면대를 내려다보며 뭔가 하나만 달랐다면 이 남자는 유능한 경찰관으로 지금과는 전혀 다른 길을 걸었을지도 모른다고 아쉬워했다.

하지만 그렇게는 살지 못한 히라야마가 끈적끈적 달라붙는 듯한 권태로운 목소리로 말했다.

"어이, 소마야. 형사 그만둬도 변변한 일은 없어. 아니면 그거야? 나이 먹고 나처럼 썩어빠진 형사가 되기가 싫어서?"

"솔직히 말해 당신처럼은 되기 싫어."

소마는 일부러 냉담하게 대답했다.

잠깐 침묵이 흐른 후, 히라야마는 숨이 넘어갈 듯 웃기 시작했다.

"네가 세울 일생일대의 공을 통째로 가로채는 것도 재미있겠지. 어차피 위험한 일이겠지만."

"그래. 즉, 잘 처리하면 큰 게 돌아온다는 뜻이야."

"무슨 사건인데."

재빨리 물어보는 목소리에는 오랜 세월 햇빛을 보지 못한 자의 어두컴컴한 야심이 묻어 있었다.

"전화로는 말 못 해."

"어디 있는데? 내가 갈게."

“아니, 한 시간 후에 요요기 공원에서.”

“무슨 헛소리야. 다쳐서 제대로 움직이지도 못하는 놈이.”

“무슨 소리야.”

소마는 태연하게 되물었다.

“처음부터 네가 말할 때마다 숨을 할딱거렸다는 소리지. 몸이 멀쩡하면 너 같은 놈이 내게 도움을 청하겠어?”

그 말이 맞는다. 당신이 꼭 움직여줘야 한다.

그때 갑자기 줄지어 있는 방의 문이 열리더니 덩치가 큰 외국인들이 시끌벅적하게 떠들며 밖으로 나왔다.

소마는 재빨리 송화구를 손바닥으로 막았지만 히라야마가 그 순간을 놓칠 리 없었다.

“아, 그런 여관이군. 어디지, 우에노? 신주쿠?”

소마는 입을 꾹 다물고 지나쳐 가는 남자들을 바라보았다.

애가 타는지 히라야마가 언성을 높였다.

“잘 들어. 윗선들 몰래 움직이다가 일을 망치면 나도 책임을 못 면해.”

“당신한테 폐는…….”

“닥치고 들어! 사건이란 말이다, 범인이든 형사든 일단 발을 들여놓으면 반드시 흔적이 남는 법이야. 잘 풀렸을 때야 내가 너를 써먹었다고 하면 그만이지만 잘못되면 네가 나를 써먹은 흔적이 남는다고. 그만두는 놈이야 상관없겠지만 난 내년에 받을 퇴직금이 날아가. 삼십오 년간 죽어라 일한 끝에 겨우 받게 된 퇴직금이 말이야. 소마, 너도 그런 줄 알면서 내게 도움을 청한 거잖아. 날 믿어, 못 믿어? 대답해!"

소마는 세면대 가장자리를 잡은 채 침묵을 지켰다. 너무 힘을 주어 손가락 마디가 하얗게 변했다.

"……그렇군. 그럼 이 이야기는 없던 걸로 하자. 다른 녀석한테 부탁해봐."

"잠깐만……!"

소마는 마지막 순간에 히라야마를 붙들었다.

"……신주쿠야."

"신주쿠 어디?"

"아오키 여관."

"금방 갈게."

히라야마는 전화를 끊자마자 다다미에 내팽개쳐둔 구깃구깃한 바지를 집어 들었다. 그리고 호주머니에서 종이쪽지를 꺼내 거기 적힌 휴대전화 번호를 눌렀다. 전화가 연결되자 오늘 아침 만난 남자의 목소리가 들렸다. 히라야마는 소마가 어디 있는지 알려주고 전화를 끊었다.

볕이 잘 안 드는 창밖 마당에 구불구불하니 몽땅한 감나무가 보였다. 첫 아이가 태어났을 때 심은 감나무는 흙이 맞지 않는지 물과 비료를 아무리 주어도 제대로 자라지 않았다.

그 남자에게 붙잡히면 소마는 어떻게 될까……. 처음으로 그런 생각이 머리를 스쳤다.

히라야마는 느릿느릿 일어나서 거실로 통하는 장지문을 열었다. 낮에도 형광등을 켜놓는 거실에서 아내 히로코가 고타쓰◆에 턱을 괴고 텔레비전을 보고 있었다. 고타쓰 위에는 다 먹은 컵라면과 과자 봉지, 주스 페트병이 어지러이 널려 있었고 히로코는 떡을 우물우물 씹으며 연예인의 이혼 소식에 푹 빠져 있었다. 살이 투실투실 오른 무릎에 올라탄 커다란 고양이의 등에도 과자 부스러기가 떨어져 있었다.

이 여자와 아이를 만들었다니, 히라야마는 새삼스레 음식물 쓰레기에 발을 쑤셔넣은 것처럼 역겨워졌다. 그런 생각을 하는 것은 피차일반이니까 같은 지붕 아래 살지만 눈도 마주치지 않는다. 히라야마는 술을 잔뜩 먹고 집에 돌아오지 않았고, 히로코는 어느 틈엔가 엉망이 된 자신의 인생을 히라야마를 미워하고 경멸하면서 계속해서 먹는 것으로 벌충해왔다. 히로코의 두툼한 살집은 히라야마를 원망하는 마음을 날마다 쌓아올려 이

◆ 탁자 밑에 방열 기구를 넣고 그 위에 이불을 덮은 난방 기구.

루어낸 성과인 셈이다.

지저분한 고양이가 히로코의 무릎에서 어슬렁어슬렁 내려와 거실 구석의 밥그릇으로 향했다. 히라야마는 발치를 지나가는 고양이를 반사적으로 걷어찼다.

"무슨 짓이야!"

히로코는 마치 그 고양이가 자기 가랑이 사이에서 태어났다고 말하는 듯이 쇳소리를 질렀다. 히라야마는 고함을 지르는 히로코를 무시하고 부엌으로 가서 박스에 들어 있는 컵라면을 하나 꺼내 뚜껑을 뜯었다.

나는 아내를 때리지 않는다.

히라야마는 자신을 그렇게 타일렀다.

한 방이라도 때리면 기분이 너무 좋아서 아내가 숨을 거둘 때까지 폭행을 멈출 수 없으리라. 그렇게 아내를 때려죽이면 그 어떤 아름다운 여자를 품에 안는 것보다 훨씬 기분이 좋을 것이다. 하지만 다행히도 나는 수많은 살인자의 말로를 안다. 이놈이고 저놈이고 목구멍까지 후회가 차오른 얼굴로 유치장에서 어린아이처럼 발을 동동 굴렀다. 그놈들은 일을 저질러버린 후에야 깨달았다. 죽일 가치도 없는 인간을 죽여서 인생을 망쳤음을. 나는 그런 바보 같은 짓은 하지 않는다. 언제, 왜 그렇게 됐는지는 모르지만 내 인생은 충분히 망가졌다.

히라야마는 주전자에 물을 담아 가스레인지에 올렸다. 맨발을 타고 부엌 바닥의 냉랭한 습기가 기어 올라왔다. 구불구불한 감나무도, 습기 찬 부엌도, 지저분한 고양이도, 고타쓰에 앉아만 있는 여자도, 전부 다 구역질이 날 만큼 지긋지긋했다. 그래도 여기가 내 여생을 보낼 곳이다.

하지만…….

히라야마는 물이 끓기를 기다리면서 부엌 창문 너머로 멍하니 작은 하늘을 올려다보았다.

오늘 아침에 만난 남자가 약속한 보답을 해준다면 내 인생도 조금은 펼지도 모른다. 그렇게 생각하자 오랜 세월 끝에 처음으로 뭔가에 위로받은 듯한 기분이었다.

히라야마의 머릿속에서는 어느덧 소마도, 소마가 알려준 여관의 이름도 완전히 사라졌다.

오후 3시 35분. 모리무라는 미야지마와 함께 후지사와 공장의 제조 라인을 천천히 돌아보고 있었다. 나카사코가 제조 라인을 가리키며 내일 있을 현장 검사의 절차를 설명했다. 나카사코는 모리무라와 미야지마가 공장에 도착하기 전에 공장장 야나기다와 브리핑을 마쳤는지 생산 공정 일람표를 들고 라인에서 라인으로 이동하는 발걸음에 망설임이 없었다. 모리무라는 약간 의외였다. 나카사코가 현장 검사 때 현장 책임자를 맡기를 거부하고 무슨 핑계를 대서든지 기자회견이 열리는 본사 빌딩에 악착같이 남으려고 할 줄 알았기 때문이다. 물론 그런 짓을 허락할 생각은 없었지만 막상 뚜껑을 열어보니 예상과는 반대로 나카사코는 일절 반항하는 기색 없이 명령받은 일을 순조로이 해나갔다.

이 고지식한 남자에게도 자기 몸을 염려할 만큼의 상식은 있었다는 말인가.

모리무라는 연민을 느끼면서 그렇게 결론을 내렸다. 하기야 진실을 폭로한들 나카사코에게 득은 하나도 없다. 오히려 지위와 직장을 잃을 뿐이다. 모리무라는 이 지루한 현장 검사를 전담하게 함으로써 나카사코에게 푸드에 헌신할 기회를 주기로 했다.

원칙상 현장 검사는 불시에 실시하기로 되어 있지만 실제로는 해당 기관의 차가 도착하는 시간까지 세세하게 통보되어 있으므로 공장 측은 시간에 맞추어 문을 열 직원까지 배치해두었다. 그리고 검사원이 검사를 원활하게 진행할 수 있도록 이렇게 검사 코스도 짜두었다.

당연히 내일 현장 검사에서는 아무 문제도 발생하지 않는다.

이 공장에서 만든 샘플에 문제가 있는 당근을 썼다는 사실을 아는 사람은 생산 관리과 과장 호리구치 마사오, 주임 야마네 히사노리 등 원재료 품질관리에 관계된 극히 소수의 인원뿐이다. 그들에게는 미야지마가 못을 박아두었다. 일부러 검사원에게 누설할 멍청이는 없다. 제조 라인은 점검을 끝냈다. 현장 검사는 몇 시간 안에 아무 탈도 없이 끝날 것이다.

모리무라가 나카사코의 설명을 흘려들으며 마지막 라인에 접어들었을 때 반물색 서지serge 덧옷을 입은 여사무원이 종종걸음으로 다가왔다.

"모리무라 전무님, 본사에서 전화 왔습니다."

모리무라와 미야지마는 저녁에 푸드 본사에서 홍보부와 기자회견을 위한 막바지 협의를 할 예정이었다. 지난번 협의 때 기자회견장 준비에 관해 몇 가지 요구를 해두었는데 그 점을 확인한 후 모리무라는 마지막 예행연습을 할 생각이었다.

"전무님, 슬슬 가시죠." 미야지마가 손목시계를 보고 사근사근하게 말을 걸었다.

오늘 공장을 찾은 것은 나중에 문제가 된 공장을 한 번도 가보지 않았다는 비난을 받지 않기 위해서다. 나카사코의 설명을 마지막까지 들을 필요는 없다.

"내일 잘 부탁합니다."

"알겠습니다."

나카사코는 가볍게 목례했다.

모리무라는 제조 라인이 있는 건물을 나와서 차를 돌리러 간 미야지마와 헤어져 사무원과 함께 접수처가 있는 건물로 향했다.

무차별 살인 사건이 일어난 이후로 핫토리와 다키가와의 연락은 없었다. 즉, 시게토 슈지는 찾지 못했다는 뜻이다. 하지만 모리무라는 위기감을 그리 크게 느끼지는 않았다. 마자키를 처리해 파멸의 고비에서 동영상을 되찾은 다키가와의 실력을 높이 살 뿐 아니라, 상대는 열여덟 살밖에 먹지 않은 어린애 하나다. 도망치는 것이 고작이라 아무 일도 하지 못할 것이다.

중요한 것은…… 하고 모리무라는 생각에 잠겼다. 기자회견에서 얼마나 성실하고 청렴한 인상을 주느냐다. 제조 라인에 문제가 없다고 결백함을 보증받을 시점의 인상이 무의식의 추로 작용해 푸드에 대한 사람들의 불신과 비난을 신뢰와 동정으로 뒤바꾼다. 그 결과 괴문서를 유포한 유쾌범 사사키 구니오는 혐오의 대상으로 변하고, 모리무라는 성실하고 신뢰할 만한 식품 회사의 얼굴, 안심과 신뢰를 상징하는 타이투스 그룹의 얼굴로 자리매김한다.

모리무라는 자기가 다른 사람에게 어떤 인상을 주는지 잘 알고 있었다. 그리고 이 기회를 잡을 자신감도 있었다. 그룹 회사의 임원들이 회장 자리를 놓고 다투며 다수파 공작에 급급하고 있는 사이에 자신은 매스컴이라는 거대한 힘을 빌려 단숨에 타이투스 그룹 회장 자리로 치닫는다. 모리무라는 샘플 때문에 터진 이 일에 감사하고 싶은 기분이었다.

사무원은 눈치 있게 응접실로 전화를 돌려두었다. 모리무라는 유리 케이스에 든 고풍스러운 일본 인형을 장식한 응접실을 보고 눈살을 찌푸렸다. 누구의 취향인지는 모르지만 본사에서 그럴듯한 그림을 한 점 보내는 편이 낫겠다고 생각하며 수화기를 들고 깜박이는 3번 버튼을 눌렀다.

"여보세요, 모리무라입니다."

"……살인자."

억누른 남자 목소리였다.

"살인자. 역 앞 광장에서 살해당한 네 사람을 잊지 마라."

모리무라는 숨이 턱 막히고 수화기를 쥔 손이 부들부들 떨렸다.

"살인자."

"이 자식……. 도대체 누구야……. 누구……."

전화는 느닷없이 끊겼다.

얼떨떨해 우두커니 서 있는 모리무라의 귀에 뚜뚜 하고 통화가 끊겼음을 알리는 소리가 울렸다.

나카사코는 아니다. 사무원이 전화가 왔다고 부르러 왔을 때 나카사코는 자신과 함께 있었다. 시게토 슈지도 아니다. 남자의 목소리는 열여덟아홉 살 먹은 젊은이의 목소리가 아니었다. 듣도 보도 못한 누군가가 역 앞 광장에서 벌어진 무차별 살인 사건의 진상을 알고 있다. 다 알고서 모리무라를 살인자로 매도하는 전화를 걸었다. 그것도 중대한 기자회견 전날을 노려서. 허공을 노려보는 동안 모리무라의 몸속 깊은 곳에서 솟아오른 것은 공포와는 무관한 감정이었다. 그것은 격한 분노였다.

이야기가 다르다. 목격자 다섯 명만 사라지면 당신 앞길을 막을 사람은 아무도 없다. 핫토리는 그렇게 말하지 않았는가. 그런데 이제 와서 이런 일이 일어나다니. 이래서야 핫토리에게 속은 셈 아닌가.

모리무라는 수화기를 내려놓고 휴대전화를 꺼내 핫토리에게 전화를 걸었다. 잠시 후에 "예, 핫토리입니다" 하고 대답하는 목소리가 들렸다. 그 목소리가 여느 때보다 더 능청맞게 들려서 모리무라는 부아가 치밀어 목소리가 떨리지 않도록 휴대전화를 꽉 움켜잡았다.

"핫토리 씨, 만나서 이야기해야 할 일이 생겼습니다."

핫토리가 뭐라고 말하려 하자 모리무라는 단호한 말투로 막았다.

"내일이 기자회견입니다. 오늘 꼭 만나고 싶은데요."

몹시 흥분한 나머지 모리무라는 응접실 문이 살짝 열려 있다는 것을 몰랐다. 문 밖에서 나카사코가 숨을 죽인 채 서 있다는 사실도.

오후 3시 55분. 나카사코는 아무도 모르게 후지사와 공장의 종업원 식당으로 들어갔다. 휴일이라 아무도 이용하지 않아 불을 꺼둔 식당에 녹색 공중전화가 있었다. 나카사코는 동전을 넣고 외워둔 전화번호를 눌렀다. 기다리고 있었는지 전화는 바로 연결됐다.

"소마입니다."

"오늘밤 9시. 푸드 본사입니다."

"알겠습니다."

소마는 휴대전화를 끊고 야리미즈에게 고개를 돌렸다.

"핫토리가 움직인다. 네가 노린 대로야."

야리미즈의 협박 전화는 의도한 효과를 거두었다.

"좋아, 이쪽도 완성했어."

야리미즈는 간신히 완성한 물건을 자신 있게 좌탁에 내려놓고 지체 없이 휴대전화를 꺼내 메일을 쓰기 시작했다. 다다미 위에는 실패한 상표 스티커가 수북이 쌓여 있었다.

소마는 한나절이나 걸려 완성한 물건을 집어 들었다. 병 모양, 뚜껑 색깔, 붙어 있는 상표 스티커의 로고, 성분표의 자잘한 글씨까지 진짜로 착각할 정도였다. 병의 내용물은 밀가루에 포스터컬러로 색깔을 입혀 만든 페이스트에 잘게 부순 플라스틱 조각을 섞어서 만들었다. 현재 시판되는 진짜 제품보다 페이스트 색깔이 약간 진해서 처음부터 다시 만들어야 했지만, 결과적으로 색감과 질감 모두 만족스러웠다. 이것이라면 직접 먹어보지 않는 한 가짜임을 모른다. 나카사코가 디스크에 저장해온 마미 팔레트 샘플 영상 데이터와 조금도 다르지 않은 가짜였다.

"이거라면 반드시……." 그렇게 중얼거리고 쳐다보자 야리미즈는 메일을 보내고 나서 휴대전화를 손에 쥔 채 다다미에 큰대자로 뻗어 색색거리며 자고 있었다.

생각해보니 그저께와 어제 이틀이나 잠을 제대로 못 잤다. 게다가 야리미즈는 자동차 운전을 전담했다. 핫토리는 밤 9시에 움직인다. 행동을 개시할 때까지 잠시나마 눈을 붙이도록 내버려두기로 했다.

소리를 없앤 텔레비전에서는 어느덧 홈쇼핑 방송이 나오고 있었다. 소리가 없는 만큼 쇼핑호스트의 의욕 있는 몸짓이 한층 두드러져 보였다. 소마는 리모컨을 집어 텔레비전을 껐다. 그리고 반침의 이불을 꺼내 야리미즈를 살짝 덮어주었다. 손목시계를 보자 4시 정각이었다. 히라야마에게 전화한 지 한 시간이 지났다.

오후 4시. 다키가와는 신주쿠에 있는 싸구려 여관 앞에 멈춰 섰다. 예상보다 훨씬 낡아빠진 여관이었다. 현관 유리문 중 한 장의 아래쪽 절반이 깨져서 박스로 막아두었다. 아무리 싸구려라도 현관이 이래서야 손님도 묵을 기분이 싹 가시는 법이다. 다키가와는 박스를 붙인 미닫이를 열고 안으로 들어갔다.

오른편의 어둑어둑한 카운터에는 아무도 없었다. "카드, 외국어 불가"라고 쓴 누리끼리한 종이가 붙어 있었지만 정면 안쪽으로 이어지는 복도에는 익숙지 않은 고기와 향신료 냄새가 고여 있었다. 카운터 옆 벽면에 영업허가증이 든 액자가 걸려 있었지만 아무도 먼지를 닦을 마음이 없는지 얼굴을 가까이 갖다 대고서야 겨우 아오키 여관이라는 글씨를 알아볼 수 있었다.

다키가와는 아무도 없는 카운터 안쪽으로 돌아가서 숙박부를 펼쳤다. 어젯밤 늦게 손님 세 명이 동반으로 투숙했다. 숙박비는 선불. 세 사람 모두 가명을 썼지만 소마와 슈지 그리고 야리미즈 세 사람이 틀림없었다. 방은 2층 붓꽃실이다. 다키가와는 바람막이 점퍼의 후드를 깊숙이 눌러쓰고 양판점에서 산 운동화를 신은 채 복도 옆 계단을 올라갔다.

2층으로 올라가자 바로 공동 세면장이 나왔고, 열린 창문 밖으로 다카시마야 백화점이 보였다. 창문으로 들어오는 늦은 오후 햇살을 등에 지고 복도를 똑바로 나아갔다. 어느 방에서 들어본 적 없는 악기의 선율이 새어 나왔고, 일본어가 아닌 말로 말다툼하는 소리가 들렸다.

안쪽에서 두 번째 방 위에 거무데데한 글씨로 붓꽃실이라고 적혀 있었다. 다키가와는 열쇠구멍에 자물쇠 따기 도구를 쑤셔 넣고 소리가 나지 않도록 천천히 자물쇠를 열었다. 방은 하나. 놈들이 달아날 곳은 없다. 숨을 죽이고 살그머니 문손잡이를 돌리며 호주머니에 넣어둔 스턴건을 쥐었다. 소리를 지를 틈도 없이 몸의 자유를 빼앗고 차례대로 숨통을 끊는다. 살짝 열린 문틈으로 어스름한 실내가 보였다. 낮부터 커튼을 쳐두었다. 다키가와는 그림자처럼 방안으로 미끄러져 들어가 문을 닫았다.

방 한가운데에 좌탁, 안쪽에는 낡은 경대, 도코노마에 브라운관 텔레비전이 있다. 하지만 방에 사람은 눈을 씻고 찾아봐도 없었다. 다키가와는 재빨리 도코노마 옆의 반침을 열었다. 얇은 이불이 포개어져 있을 뿐 아무도 숨어 있지 않았다. 창문으로 달아났나 싶어 커튼을 젖혀보았지만 새시 창문의 자물쇠는 안쪽에서 잠겨 있었다.

다키가와는 작게 혀를 차고 좁은 방안을 둘러보았다. 쓰레기통에 햄버거 포장지가 처박혀 있었다. 재떨이에 수북하게 쌓인 꽁초는 야리미즈가 집에 보루로 사놓은 것과 똑같은 말보로였다.

세 사람은 여기 있었다. 하지만 방안 공기는 썰렁하게 가라앉아 있었다. 방을 나간 지 시간이 꽤 흘렀다. 다키가와는 재빨리 1층으로 내려가 카운터의 초인종을 눌렀다.

"붓꽃실에 있던 세 명, 언제 나갔는지 모르십니까?"

안쪽에서 여관 주인이 나오자마자 다키가와는 부드러운 미소를 띠고 물었다.

황갈색 카디건을 입은 예순 살가량의 주인은 뭔가 언짢은 일이라도 있었는지 접객업을 하는 사람치고는 아주 퉁명스러운 말투로 되물었다.

"당신 누구요?"

"사람을 좀 찾고 있어서요. 흥신소에서 나왔습니다만."

다키가와는 그렇게 말하며 카운터 안쪽으로 지폐를 밀어넣었다.

"……아아, 그 세 사람."

주인은 여전히 부루퉁한 얼굴로 손가락만 움직여 지폐를 손안으로 끌어들였다.

"남자 두 명은 언제 나갔는지 모르지만 어린놈은 1시쯤이었나, 어떤 남자가 찾아와서 억지로 끌고 갔소."

"어떤 남자가 찾아와서……?"

"그렇다니까. 아직도 치가 떨리네. 어린놈이 그 남자한테서 어떻게든 달아나려고 생지랄을 쳤거든. 저것 좀 보쇼."

주인은 턱짓으로 박스로 막아놓은 현관문을 가리켰다.

"그때 어린놈이 걷어차서 저렇게 됐다니까. 같이 온 남자 두 명은 도와줄 생각도 않고 저쪽 복도에 우두커니 서서 잠자코 보고만 있었지. 좀 너무하다 싶더라니까."

너무하다 싶었지만 경찰에 신고하지는 않았다. 다키가와는 싹싹한 웃음 아래 그렇게 덧붙여주었다. 불법체류자가 이렇게 많이 숙박하고 있으니 자신이 죽을 지경에라도 처하지 않으면 경찰과 엮이려 들지 않으리라.

"소년과 같이 온 남자 두 명 중에 한 명은 다치지 않았습니까?"

"아아……. 그러고 보니 한 명은 몸 상태가 안 좋은 것 같더군."

그 남자가 소마라고 다키가와는 직감했다. 다른 한 명은 야리미즈다. 그렇다면 시게토 슈지를 끌고 간 남자는 누굴까.

"소년을 데려간 남자는 어떻게 생겼습니까?"

"글쎄, 마스크를 쓰고 있어서 생김새는 잘……."

다키가와가 아는 한 세 사람이 이 여관에 있다는 사실을 아는 사람은 히라야마뿐이다.

"흰머리가 났고 덩치가 작은 남자 아니었습니까?"

"아닌데. 키는 보통이었고 흰머리는 없었어. 아무리 많이 잡아도 마흔 전후로 보였어."

히라야마가 아니라면……. 다키가와는 언젠가 꼬리를 잡고야 말겠다고 다짐한 남자의 사진을 보여주었다.

"이 남자였습니까?"

여관 주인은 나카사코의 사진을 보자마자 고개를 저었다.

"이렇게 성실한 회사원 느낌은 아니었어. 좀더 위험한 느낌이 풍기는 정체 모를 놈이었다고."

다키가와가 아오키 여관을 나섰을 때 봄날은 저물기 시작해 햇살이 시들어가고 있었다. 백화점 종이봉투를 든 쇼핑객들이 길에 길게 늘어서서 신주쿠 역 남쪽 출입구로 이어지는 횡단보도로 향했다. 다키가와는 새 책가방을 든 어린아이와 부딪힌 줄도 몰랐다. 인파를 헤치며 바쁘게 걸어가는 다키가와의 머릿속은 한 가지에 점령되어 있었다.

누구지…….

소마도, 야리미즈도, 나카사코도, 히라야마도 아니다. 갑자기 나타나 시게토 슈지를 데려간 남자는 도대체 누굴까.

오후 5시 50분. 오사카에서 출발해 하네다에 도착한 핫토리는 이소베와 함께 마중나온 차에 올라탔다. 이소베의 강연회는 6시 반에 도라노몬에 있는 솔레유 회관에서 열린다. 핫토리는 운전기사에게 조금 서두르라고 말하고 창밖에 눈길을 주었다. 수도고속도로 완간선의 하늘은 투명할 정도로 맑은 하늘색에서 밤의 군청색으로 변하고 있었다. 핫토리는 이 하늘 아래 어딘가에 사사키 구니오가 살아 있다고 믿었다.

"모리무라에게 협박 전화를 건 남자는 사사키 구니오입니다. 마자키에게는 동료가 있었어요. 역시 사사키 구니오는 한 명이 아니었습니다."

이소베는 평소와 다름없이 천천히 시트에 몸을 맡기고 조용히 눈을 감고 있었다.

"모리무라는?"

"기자회견에서 화려하게 미디어 데뷔를 하기 직전이니까요."

핫토리는 케이스에서 트레저러 담배를 한 개비 꺼냈다.

"마치 소풍 전날 밤에 느닷없이 내일 비가 올지도 모른다는 말을 들은 어린아이처럼 하느님에게 심통이 났습니다."

이소베는 눈을 감은 채 흥, 하고 코웃음을 쳤다.

"사사키 구니오는 분명 이 시기를 노리고 전화했을 겁니다."

"당연히 목적이 있을 테지."

"예……."

핫토리도 동감이었다. 사사키 구니오가 그저 모리무라를 겁주려고 협박 전화를 걸었을 리 없다. 사사키 구니오는 무차별 살인 사건의 진상을 알고 있다. 이 시기에 뒤흔들면 모리무라는 깜짝 놀라서 반드시 공모자—이소베와 그들을 연결하는 중계자를 만나려고 할 것이다. 사사키 구니오의 목적은 오늘밤 핫토리를 불러내는 것이다.

사사키 구니오가 노리는 사람은 바로 나다.

핫토리는 알면서도 사사키 구니오의 뜻대로 해줄 생각이었다.

"오늘밤 다키가와에게 저를 지켜보라고 하겠습니다."

핫토리는 트레저러 담배에 불을 붙이고 천천히 연기를 뿜어냈다.

사사키 구니오는 반드시 무슨 수작을 꾸민다.

오후 8시 32분. 소마는 솔레유 회관 입구가 보이는 언덕 위에 있었다. 쌍안경 렌즈에 회관 경비원이 지루한 듯 벽시계를 올려다보는 표정까지 선명하게 비쳤다. 소마는 차를 언덕 중간에 대기시켜놓고 이 전망 좋은 남의 집 화단 뒤편까지 혼자 힘으로 걸어왔지만 진통제 덕분에 통증은 좀 덜했다.

강연회는 8시에 끝나 손님은 회관을 떠났다. 입구 앞 차 대는 곳에 차 두 대가 서 있었다. 한 대는 운전기사가 딸린 이소베의 리무진. 이소베는 공무가 아닐 때는 대개 리무진을 탄다. 그리고 다른 한 대는 콜택시 표시등이 켜진 택시였다. 잠시 후에 핫토리와 이소베가 회관에서 나올 것이다. 그리고 핫토리는 저 택시를 타고 진보 정에 있는 푸드 본사로 향하리라.

소마는 눈부신 조명이 켜져 있는 조용한 입구를 응시했다.

언덕 위에 부는 밤바람에서 화단에 시들어 있는 서향 냄새가 풍겼다.

조금 전에 소마는 아오키 여관에 전화를 걸어 주인에게 이렇게 물었다.

"붓꽃실에 묵던 세 사람은 아직 안 돌아왔습니까?"

여관 주인은 바로 "낮에는 고마웠소" 하고 붙임성 있게 대답했다. 그리고 목소리를 낮추어 "어린놈도, 같이 온 두 남자도 아직 안 돌아왔다오"라고 말했다.

그 말만 듣고서도 다키가와가 아오키 여관에 와서 세 사람에 관해 물어보았다는 것을 알 수 있었다. 다키가와는 주인에게 낮에 무슨 일이 일어났는지 들었을 것이다. 이쪽 계획대로 다키가와는 함정에 빠졌다.

소마는 다키가와가 히라야마를 이용해 그물을 치리라고 예상했다. 스기타 가쓰오를 이용해 슈지를 붙잡으려고 했던 것처럼. 야리미즈는 의사에게 다키가와가 나타나면 절대 의심하는 내색을 하지 말고 소마의 몸 상태를 있는 그대로 알려주라고 말했다. 소마의 몸 상태를 알면 다키가와는 소마가 어쩔 수 없이 동료 경찰관에게 도움을 청하리라고 짐작했다. 조직에서 겉도는 소마가 뭔가 부탁할 만한 상대는 마찬가지로 겉도는 히라야마밖에 없다.

다키가와는 히라야마를 설득했고, 히라야마는 나를 팔았다.

소마는 그렇게 확신했다. 다키가와는 수족으로 부릴 사람의 눈앞에 마술처럼 희망이라는 미끼를 내놓기 때문이다. 가짜 무차별 살인범으로 쓴 사타 마모루에게도, 공장이 망해서 종업원이 떠난 스기타에게도. 다키가와가 히라야마에게 구체적으로 어떤 미끼를 내놓았는지는 모른다. 하지만 소마가 알기로 히라야마만큼 희망에 굶주린 남자는 없다.

소마는 일부러 사람이 많이 오가는 복도에서 히라야마에게 전화를 걸어 함정임을 알아차리지 못하도록 세심한 주의를 기울이며 자신이 어디에 있는지 눈치를 주었다. 전화를 끊자마자 소마와 야리미즈는 예약해둔 다음 숙박 장소로 이동해 계속해서 샘플을 만들었다. 그리고 세 사람을 처리하고자 아오키 여관에 온 다키가와는 세 사람이 미리 야단스레 펼친 연기에 걸려 들었다. 다키가와는 슈지를 데려간 '제3의 남자'가 있다는 사실을 알았다.

준비는 끝났다. 이제부터가 진짜 작전이다.

쌍안경을 쥔 소마의 손에 힘이 들어갔다. 입구로 이어지는 복도 안쪽에 몇 사람이 나타난 것이다. 소마는 커다란 회전문으로 걸어오는 사람들에게 서둘러 초점을 맞췄다. 한가운데 있는 사람은 이소베와 핫토리가 틀림없었다.

핫토리는 회전문으로 향하면서 무의식적으로 주변을 힐끔거렸다. 다키가와가 근처에서 감시하고 있을 터이다. 물론 모습을 드러내는 실수는 하지 않는다. 강연회 주최 측이 이소베의 강연을 격찬하며 줄줄이 따라왔다. 이소베가 앞장서서 차렷 자세를 한 경비원 앞을 지나쳐 회전문을 통과했고 핫토리가 뒤를 따랐다. 운전기사가 차문을 열고 이소베를 기다리고 있었다. 주최 측이 죽 늘어서서 고개를 숙였다. 리무진에 올라타려던 이소베는 움직임을 멈추고 웬일로 자신이 먼저 핫토리에게 말을 건넸다.

"무슨 일 있으면 바로 연락하게."

고개를 끄덕인 핫토리는 "그럼" 하고 인사를 하고 나서 택시에 올라탔다.

솔레유 회관 앞에서 리무진에 이어 택시가 출발했다.

소마는 쌍안경으로 택시 뒷좌석에서 창밖을 바라보는 핫토리를 확인하고 휴대전화로 연락을 취했다.

"방금 차가 출발했어. 놈은 혼자야."

"알았어."

야리미즈가 대답했다.

휴일 밤이라서 그런지 차창 너머 흘러가는 도라노몬 일대의 거리는 지나다니는 사람도 없이 한산했다. 담배를 피우려고 살짝 열어둔 창문으로 도심의 밤바람이 흘러들었다.

과연 사사키 구니오는 어떻게 움직일까.

갑자기 호주머니에서 매너모드로 해둔 휴대전화가 진동했다. 휴대전화를 펼치자 전화가 아니라 메일이 한 통 와 있었다. 보낸 사람은 '사사키 구니오'. 제목에 "상품 견본을 보냅니다"라고 씌어 있었다. 본문은 없고 파일 두 개가 첨부되어 있었다. 일단 파일을 열었다.

첫 번째 파일은 파이프 의자에 로프로 묶인 남자 사진이었다. 재갈로 입이 막혔고 머리 위에 뭔가 작은 물건이 놓여 있었다. 뒤에는 무대에서 쓰는 것 같은 하얀 막이 쳐져 있어 어디서 촬영했는지 짐작이 가지 않았다.

두 번째 파일은 같은 남자의 얼굴을 클로즈업해서 찍은 사진이었다. 얻어맞았는지 눈언저리가 부었고 아랫입술이 찢어졌다. 본 적이 있는 얼굴이다. 그 산업폐기물 수거 운반업자의 동영상에 찍혀 있던 애송이, 시게토 슈지였다. 머리 위에 윌리엄 텔의 사과처럼 얹혀 있는 것은 문제의 마미 팔레트 샘플이었다.

그 사실을 알아차린 순간 손안에서 다시 휴대전화가 진동했다. 이번에는 발신자 번호 표시를 제한한 전화였다. 누구인지 알 것 같았다. 담배에 불을 붙인 후 천천히 통화 버튼을 눌렀다.

"이소베다."

"직접 뵙고 물건에 대해 이야기하고 싶은데요. 어떠십니까?"

사사키 구니오는 부드러운 말투로 물었다.

그랬구나. 이소베는 이해가 갔다. 핫토리를 떼어내고 이소베와 일대일로 이야기를 하기 위해 모리무라에게 협박 전화를 건 것이다.

"그렇게 하지."

이소베는 느긋하게 대답했다. 자신을 영리하다고 여기는 이런 부류의 남자는 얼마든지 알고 있었다. 그들이 거의 예외 없이 제 꾀에 빠져 자멸한다는 사실도.

"시간과 장소를 정하게."

"지금 당장. 이 자리에서."

완전히 떼를 쓰는 어린아이나 다를 바 없었다. 이소베는 작게 쓴웃음을 지었다.

"난 자네 얼굴을 모르는데."

"인도를 보면 아실 겁니다."

이소베는 창밖으로 눈을 돌렸다. 차는 소토보리도리에서 롯본기도리로 접어들고 있었다. 수많은 사람들이 네온사인이 번쩍이는 길을 오가는 가운데 차도 옆에 서 있는 한 남자의 모습이 눈에 들어왔다. 검정색 헬멧에 검정색 롱코트. 무차별 살해사건 때 다키가와가 했던 차림과 완전히 똑같았다. 물론 검정색 헬멧 보호창 안쪽의 얼굴은 보이지 않았다. 이소베의 내면에서 처음으로 사사키 구니오라는 남자를 경계하는 마음이 살짝 꿈틀거렸다.

"전화는 끊지 마시고요."

귀에 댄 휴대전화에서 이어폰 마이크로 말하는 듯한 사사키 구니오의 목소리가 들렸다. 차에 탈 때까지 이소베가 다른 사람과 연락하지 못하게 하려는 수작이다.

"차가 지나가면 이 이야기는 없던 걸로 하겠습니다."

주저할 틈은 없었다. 이소베가 운전기사에게 말해서 차를 세우자 사사키 구니오는 미끄러지듯이 이소베의 옆에 올라타 보호창을 살짝 올리고 지시했다.

"이대로 시부야 방향으로 가십시오."

사사키 구니오가 시킨 대로 이소베가 인터폰을 통해 말하자 차는 다시 차량의 흐름 속에 끼어들었다. 운전석과 칸막이로 구분된 리무진 안은 작은 밀실이다. 대화는 아무도 엿들을 수 없다.

"실례." 사사키 구니오는 이소베의 손에서 재빨리 휴대전화를 빼앗아 전원을 껐다.

"고약한 친구를 부르시면 곤란하니까요. 거래는 공평하게 합시다."

"그렇다면 자네도 성의를 보여야지."

"무슨 말씀이신지?"

"녹음기를 꺼서 무릎 위에 올려놓게."

사사키 구니오는 뜻밖에도 천연덕스럽게 호주머니에 든 녹음기를 꺼서 무릎 위에 올려놓았다.

이소베는 담배를 끄고 창문을 닫은 후에 시트에 몸을 편안하게 기댔다.

"자네가 사사키 구니오란 말이지."

그래, 지금은 내가 사사키 구니오다.

야리미즈는 마음속으로 중얼거렸다.

“일전에 제가 찍은 동영상을 보신 것 같군요.”

야리미즈는 본론으로 들어갔다.

“아까 메일로 보낸 사진 속의 물건은 오늘 낮에 손에 넣었습니다. 당신 친구가 먼저 찾아냈습니다만 그가 불장난을 너무 심하게 한 탓에 물건을 가지고 있던 사람들이 겁을 먹어서요. 그 사람들이 부르는 대로 주고 사들였죠. 머리 위에 얹은 작은 병은 만약을 위해 제가 몸에 지니고 있던 유일한 마미 팔레트 샘플입니다.”

“얼마를 원하지?”

“샘플을 포함하여 오억.”

야리미즈가 미리 정해둔 가격을 듣고 이소베는 아무 반응도 보이지 않았다. 야리미즈는 개의치 않고 말을 이었다.

“저는 마자키와 달리 돈만 손에 들어오면 다른 일에는 관심 없습니다. 내일이면 멜트페이스증후군에 관한 자세한 내용이 전국에 알려지겠죠. 현장 검사의 원인인 제 괴문서에 관해서도요. 그러면 시게토 슈지의 가격은 뜁니다. 여름 선거를 대비해 샘플과 함께 그를 사려는 사람이 수두룩하게 나오겠죠.”

“여름에 선거가 있나?”

“예, 해산총선거요. 그 정도는 냄새를 잘 맡는 사람이라면 누구나 알고 있는 사실이죠. 선거 전에 당신이 정계에서 사라지기를 바라는 의원들이 많다는 것도 압니다."

"그럼 처음부터 다른 손님에게 팔지 그랬나?"

"저는 거래를 신속하게 진행하고 싶습니다. 당신만큼 돈을 빨리 준비할 수 있는 사람은 없어요."

이소베는 희미하게 웃더니 다른 사람 일처럼 말을 꺼냈다.

"가령 내가 거래를 거절해서 이 일과 관련해 푸드와 내가 한 일이 모조리 폭로됐다고 치지. 나 대신 상품을 산 손님, 즉 나를 내쫓은 인물은 당연히 사사키 구니오에게 돈을 지불한 사실을 극비로 할 거야. 그때 세상 사람들이 사사키 구니오라는 인물에게 어떤 감정을 품을 것 같나?"

야리미즈는 이소베의 진의를 종잡을 수가 없었다. 이소베가 두 눈 뻔히 뜨고 파멸을 선택할 리 없다. 즉, 이소베는 말도 안 되는 가정을 하고 의견을 물어보고 있다. 야리미즈는 신중하게 되물었다.

"왜 그런 일에 흥미가 있으십니까?"

"자네가 모르는 것 같으니까."

이소베는 말을 끊었다가 다시 천천히 입을 열었다.

"모든 것이 밝혀지면 세상 사람들은 당연히 우리에게 화를 내겠지. 하지만 사사키 구니오에게는 몇 배나 되는 격한 분노가 쏟아질 거야."

야리미즈는 무슨 소리인지 이해가 가지 않았다. 왜 사람들이 푸드와 이소베보다 사사키 구니오에게 더 분노한다는 말인가. 깊은 주름 속에 파묻힌 이소베의 눈에서는 어떤 감정도 읽어낼 수 없었다.

이소베는 곤혹스러워하는 야리미즈의 마음을 꿰뚫어 본 것처럼 말했다.

"사사키 구니오가 세상 사람들 눈에 어떻게 비칠지 생각해보게. 사사키 구니오는 실로 치밀하게 만든 괴문서를 행정기관, 민간단체, 매스컴에 잔뜩 보내 후지사와 공장에 현장 검사가 실시되게끔 일을 꾸몄지. 그뿐만이 아니야. 산업폐기물 수거 운반업자 마자키와 짜고 가짜 트럭을 준비해 지나가는 사람들로 하여금 마치 푸드가 샘플을 불법 투기하여 증거를 인멸하는 것처럼 착각하도록 샘플을 건설 현장에 숨겼어. 그리하여 현장 검사가 실시되어 세간이 떠들썩해지면 멜트페이스증후군의 원인을 제공한 푸드가 샘플을 은폐하려고 한 사실을 폭로하려고 했지. 그런 짓을 해도 사사키 구니오에게는 아무 득도 없는데 말이야."

아아, 그 말이 맞는다. 그것이 마자키가 한 일, 진짜 사사키 구니오가 한 일이다. 마자키는 자신의 이익 따위는 전혀 고려

하지 않았다.

이소베는 느긋하게 담배에 불을 붙였다.

"도대체 누가 그런 바보 같은 행동을 이해한단 말인가. 사사키 구니오가 환자의 부모나 친척이라면 또 모를까 생판 남의 아이를 위해 왜 그렇게까지 할 필요가 있는지 세상 사람 누구도 이해 못 해. 무엇보다 부아가 치미는 건 이해가 불가능한 사사키 구니오의 목적 때문에 무고한 시민이 네 명이나 사건에 말려들어 죽었다는 사실이지."

과연. 야리미즈는 드디어 이소베의 의도를 이해했다.

"즉, 그 네 명을 죽인 건 당신들이 아니라 사사키 구니오라는 말씀입니까?"

"묻겠는데, 자네는 세상 사람들이 어느 쪽에 더 분노할 것 같나? 이해가 안 가는 목적을 달성하기 위해 관계없는 시민을 사건에 끌어들인 사사키 구니오? 아니면 제 한몸을 지키기 위해 목격자를 없앤 우리? 단순한 구도야. 그들은 틀림없이 이렇게 생각할걸. 사사키 구니오가 쓸데없는 짓만 하지 않았다면 그 네 사람은 죽지 않았을 텐데, 라고.

세상 사람들에게 선악은 문제가 아니야. 다른 사람에게 해를 끼치는 것이 가장 비난받을 짓이지. 해를 끼친 장본인이 자신들과 마찬가지로 힘이 없는 개인이라면 분노는 더욱 커져."

힘이 있는 자는 수단을 가리지 않고 힘을 행사한다. 그것을 당연하다고 받아들이면 분명 선악 따위는 문제가 아니리라. 오히려 세상 사람들은 자신들과 마찬가지로 힘이 없는 일개 개인이 초래한 불이익에 더욱 분개한다. 야리미즈는 그렇게 딱 잘라 말하는 이소베를 무턱대고 부정할 마음은 없었다. 실제로 세상 사람들에게는 그런 측면이 있다. 하지만 그렇다고 해서 야리미즈는 사태의 본질을 무시하는 그러한 태도가 옳다고 생각한 적은 없으며, 또한 세상을 살아가는 보통 사람들이 모두 그렇게 단순하다고도 생각지 않았다.

"예를 들어 세간에서는 이런 일이 일어나지."

이소베는 지팡이 머리에 양손을 얹더니 턱을 가볍게 들고 허공을 응시했다.

"근처에 멜트페이스증후군 환자가 산다고 치자고. 그러면 환자의 기괴한 얼굴을 한번 보겠다고 멍청한 철면피들이 몰려들어서 지역사회는 소란스러워져. 하지만 근처 주민들은 그들을 비난하려고 들지 않아. 그들은 외부에서 유입된 일종의 위협요인이니까. 섣불리 관여하다가 피해를 입으면 본전도 못 찾거든. 주민들은 그들을 끌어들인 환자에게 분노의 화살을 돌려. 환자의 존재 자체를 마땅치 않게 여기게 되지. 그리고 환자 가족은 근처 주민의 등쌀에 못 이겨 살던 곳에서 쫓겨나. 그게 바로 세상사의 이치야."

야리미즈는 일찍이 〈다큐멘트21〉에서 취재한 환자 야마시나 쓰바사의 가족이 아파트에서 쫓겨났다고 도리야마에게 들었다. 이소베는 분명 마자키가 보낸 괴문서를 읽고 멜트페이스증후군이 무엇인지 안 후에 환자가 어떻게 사는지 조사했을 것이다. 이소베가 왜 그런 짓을 했을까, 그리고 왜 지금 그 이야기를 자신에게 했을까. 야리미즈는 경계하면서도 옆에 앉은 이소베 미쓰타다라는 인물에게 흥미를 느꼈다.

이소베는 음울한 말투로 이야기를 계속했다.

"이 나라 국민들은 어린아이와 똑같아. 귀가 얇고 겁쟁이인데다 샘도 많지. 그리고 힘 있는 자에게 거역하는 것이 어리석은 짓임을 어린아이처럼 본능적으로 알고 있어. 평범하게 살면 다른 사람에게 해를 끼칠 일도 없고, 말도 안 되는 불행을 겪을 일도 없다고 큰소리를 뻥뻥 치지. 물론 막상 재난이 닥치면 즉시 피해자 행세를 하면서 세상 사람들의 무관심을 원망하지만.

그토록 유치한 그들이 그래도 어엿한 어른이랍시고 살아올 수 있었던 건 국가와 기업이 오랫동안 그들을 자기 자식처럼 지켜줬기 때문이야. 다른 생각 할 필요 없이 일만 열심히 해라. 그야말로 부모가 자식에게 공부만 하면 된다고 말하는 것과 똑같지. 그러한 처사를 당연하게 받아들이며 살아온 결과, 세상 사람들은 이제 기업이 자식을 비호하기를 포기했다는 사실조차 몰라. 버려진 줄도 모르고 모래밭에서 놀고 있는 아이나 마찬가지라고. 최근 오 년 동안 우리나라의 방향키가 얼마나 많이 틀어졌는지 세상 사람들은 앞으로 몇 년에 걸쳐 깨닫게 될 거야.

기업 경영진은 이제 시장경제라는 세계에 속한 기업이라는 국가에 살고 있어. 그들에게는 자신들이 속한 기업 그룹이 국가야. 거기에는 국경도 없고 본래 의미의 국가도 없어. 그들은 국가를 기업이 윤택하게 성장해나가기 위한 시스템이라고 여기지. 자국을 위하는 사람은 아무도 없단 말이야.

앞으로 어떻게 될지 잘 보게. 이 나라 국민들은 전쟁 후에 특권계급으로 태어난 지도자가 부는 피리 소리에 맞추어 춤을 추며 사이좋게 전쟁 전으로 돌아갈 거야. 태어남과 동시에 일생이 결정되어 부유한 자는 더욱 부유해지고, 가난한 자는 더욱 가난해지며 교육도 제대로 받지 못하고 제대로 된 직장도 구하기 힘든 시대로 되돌아갈 거라고. 다시 전쟁 전으로 돌아가면 예전에는 존재했던 최소한의 도덕심도 사라질 거야.

더 늦기 전에 길을 바로잡아야 해. 난 지금도 부모에게는 자식을 지킬 의무가 있다고 생각한다네. 물론 자식이 부모를 거역하면 합당한 벌을 받아야겠지만."

마지막 한마디는 사사키 구니오에게 주는 경고라고 야리미즈는 느꼈다. 동시에 반세기 가까이 위정자로서 살아온 이소베가 자국민에게 품은 굴절된 애증은 패전이라는 응어리가 없는 야리미즈에게 거목의 갈라진 나무껍질에 손바닥을 댄 것처럼 생생한 감각으로 남았다.

"저는 벌을 받으러 온 게 아닌데요."

야리미즈는 굳이 온화하게 말했다. 자신들이 살고 있는 세상을 이소베가 어떻게 여기든 야리미즈는 거기서 살아남을 작정이었다. 모든 것을 폭로하고 돈을 받기 위한 이 계획은 자신들이 살아남기 위한 계획이기도 했다.

"모레 밤까지 대금을 준비하십시오. 돈은 핫토리 씨와 무차별 살인범 두 사람에게 운반하라고 하시고요. 상품은 대금과 맞바꾸겠습니다."

차가 매끄럽게 커브를 틀자 갑자기 창밖을 달리는 차의 숫자가 줄었다. 어느 틈엔가 차는 시부야에서 방향을 바꾸어 이소베의 저택이 있는, 히로오에서 에비스 방면으로 펼쳐진 주택가로 접어들려 하고 있었다.

그때서야 비로소 야리미즈는 이소베가 시간을 벌기 위해 이야기를 늘어놓았음을 깨달았다.

도쿄에서 손꼽히는 고급 아파트가 창밖을 지나쳐갔다. 얼굴에 핏기가 싹 가셨고, 진정하라는 명령을 무시하고 심장이 뛰는 속도가 확 빨라졌다.

이소베가 오래 알고 지낸 친구에게 권하듯이 친근한 미소를 지었다.

"곧 핫토리가 친구를 데리고 돌아올 거야. 아침까지 신나게 놀아보자고."

"노웅 이소베 미쓰타다치고는 품위 없는 농담이군요."

야리미즈는 보호창 덕분에 표정이 보이지 않는 것에 감사하면서 태연한 말투를 유지하기 위해 애썼다.

"사람들이 알고 있는 이소베 미쓰타다는 단순한 이미지에 불과해."

"제가 돌아가지 않으면 상품은 자동적으로 다른 손님에게 넘어가도록 해두었습니다."

"자네한테 그 손님이 누군지 알아내면 그만이야. 그리고 내가 그 손님과 직접 담판을 지으면 돼."

야리미즈는 보호창 너머로 안간힘을 다해 창밖 풍경을 살폈다. 상점 같은 건물이 몇 채 보였다. 정확하게는 모르지만 이소베의 저택 안으로 들어가려면 아직 몇 분 더 걸릴 것이다.

"이소베 씨, 중요한 사실을 잊어버리신 것 같은데요."

"뭐지?"

"내일은 현장 검사가 실시되는 날입니다."

이소베는 의아하다는 듯이 눈썹을 찡그렸다.

"내일 당신이 가는 곳곳마다 매스컴이 들러붙어 한 말씀 부탁드린다며 카메라를 들이대겠죠. 저는 십 초면 이 자리에서 당신 얼굴을 메일로 보낸 상품과 똑같이 만들 수 있습니다. 상대가 노인이든 어린애든 저는 상관 안 합니다."

야리미즈는 얻어맞아 검푸르게 부어오른 슈지의 얼굴을 떠올릴 시간을 이소베에게 주었다. 하지만 예고한 행위를 해본 경험이 절대적으로 부족하기에 야리미즈는 십 초는커녕 몇 분이 있어야 맨손으로 사람 얼굴을 그렇게 만들 수 있는지 짐작도 가지 않았다. 믿을 것은 이소베가 그 사실을 모른다는 점이다. 야리미즈는 차분한 말투로 말을 이었다.

"내일 하루 눈, 코, 턱에 명백하게 얻어맞아서 생긴 상처를 가리려고 큼지막한 거즈를 붙인 이소베 미쓰타다의 얼굴이 텔레비전에 되풀이해 나온다면 어떻게 될까요? 시기가 시기인 만큼 당신 후원회도 난리법석을 떨겠죠. 고향에서 문의 전화가 빗발치고 간부들이 서둘러 상경할 겁니다. 인터넷에는 환자 사진과 당신의 우스꽝스러운 얼굴 사진이 나란히 올라올 거고요. 당신이 유치하다고 무시하는 세상 사람들은 이 자극적인 사건에 흥분하여 다양한 억측을 쏟아낼 겁니다. 아시다시피 한번 만들어진 이미지는 사건이 아니라 사람에 정착되죠. 설령 며칠 후에 샘플은 무해했다고 발표돼도 선거 날까지 당신의 이미지를 새로이 하기는 어려울걸요. 물론 무슨 검사를 한다는 핑계로 입원하여 병원으로 달아나는 방법도 있습니다만, 그러면 대신 마이크 앞에 선 당의 중견 간부가 걱정스러운 척하며 당신이 노쇠했음을 대대적으로 광고하겠죠. 누가 들어도 이소베 미쓰타다는 육체적으로나 정신적으로나 정치가의 격무를 감당하기에 너무 늙었다고 느끼도록."

야리미즈는 한숨 돌리고 나서 덧붙였다.

"멀쩡한 얼굴로 상품을 구입하는 편이 낫지 않을까요?"

야리미즈는 숨을 죽이고 이소베가 대답하기를 기다렸다.

대답에 따라서는 즉시 행동에 나서지 않으면 안 된다.

리무진이 시시각각 저택에 가까워지자 야리미즈는 등에서 식은땀이 흘렀다.

"품위 없는 농담이로군."

주택가 삼거리에서 리무진을 내린 야리미즈는 꽁지가 빠져라 달아났다.

삼십 분 후, 푸드 본사 앞에서 아무도 타지 않은 이소베의 리무진 뒷좌석에 핫토리가 올라탔다. 핫토리는 백 미터 정도 떨어진 곳에서 기다리고 있던 다키가와를 태우고 운전기사에게 간다바시 다리 분기점에서 수도고속도로를 타고 아리아케 방면으로 달리라고 지시했다.

수도고속도로의 이음매에 바퀴가 닿는 소리가 메트로놈 소리처럼 단조롭게 울려 퍼지는 차 안에서 다키가와는 평소처럼 악력 강화용 고무공을 돌리며 잠자코 핫토리가 들려주는 일의 경과에 귀를 기울였다. 사무적인 말투와는 반대로 핫토리의 가슴속은 분명 싸늘한 분노로 가득했다. 오늘밤은 상대방에게 제대로 허를 찔리는 바람에 핫토리는 닭을 쫓다 지붕을 쳐다보는 개 꼴이 되고 말았다. 뿐만 아니라 사사키 구니오가 요구한 대로 모레 다키가와와 함께 오억 엔을 가지고 가서 시게토 슈지와 샘플을 사 오라는 이소베의 명령을 받았다. 화가 나는 것도 당연했다. 그래도 핫토리는 아까 본 모리무라에 비하면 훨씬 차분했다. 핫토리는 분노와 울분을 고스란히 집중력으로 바꾸는, 어쩐지 음침함이 느껴지는 자제심을 지니고 있었다.

이야기를 마치자 핫토리는 긴 손가락으로 트레저러 담배에 불을 붙였다.

"오늘밤 접촉해 온 사사키 구니오는 마자키의 공범이라는 것 말고는 얼굴도 신원도 불분명합니다."

"연락에 사용한 휴대전화는 분명 암거래로 산 선불 전화겠죠. 조사해봤자 소용없을 겁니다."

다키가와는 창문을 살짝 열고 애초부터 품고 있던 의문을 꺼냈다.

"사사키 구니오라고 자칭하는 남자, 정말로 마자키의 공범일까요?"

다키가와도 핫토리와 마찬가지로 메모리스틱의 동영상을 봤을 때부터 촬영자가 따로 있다는 사실을 알고 있었다. 하지만 그 녀석은 촬영만 담당한 한낱 졸개일 뿐 사건과 깊은 관련이 있는 사람은 아닐 것이라고 여겼다. 사사키 구니오는 어디까지나 마자키 혼자라고 다키가와는 거의 확신하고 있었다. 어느 틈엔가 다키가와의 머리에 자리잡은 영문 모를 웃음을 남기고 죽은 마자키는 결코 다른 사람과 계획을 공유할 남자가 아니다. 하지만 그렇게 이야기해도 핫토리는 이해하지 못하리라.

핫토리는 눈썹을 약간 치켜 세우고 다키가와가 근거를 말하기를 기다리고 있었다.

다키가와는 다른 이유를 말하기로 했다.

"마자키에게 공범이 있었다면 애초에 스기타 가쓰오가 아니라 그 녀석에게 메모리스틱을 발송해달라고 부탁했겠죠. 스기타는 연기로 남을 속일 만한 재주가 없어요. 스기타는 목격자와 샘플에 관해 아무것도 몰랐던 게 분명합니다. 마자키가 단독으로 행동했기 때문에 사건과 관계없는 스기타에게 메모리스틱을 발송해달라고 부탁한 게 아닐까 하는데요."

"마자키가 공범을 배신하고 돈을 독차지할 작정이었다면요? 그렇다면 공범보다 오히려 아무 관계 없는 스기타를 의지하겠죠."

핫토리는 바로 되받아쳤다.

"마자키와 공범이 그때까지 아무리 서로 뜻이 맞았더라도 막상 눈앞에 삼억이라는 큰돈이 있으면 이야기는 달라집니다. 인간은 쉽게 변해요. 특히 마자키처럼 사회의 밑바닥에서 살아온 남자라면 더하죠."

그것은 일반론이라고 다키가와는 생각했다. 하지만 마자키는 다르다. 마자키의 가장 큰 동기가 돈이라면 자신에게 잡혔을 때 샘플이 어디 있는지 바로 불었을 것이다. 죽음보다 더한 고통을 그렇게 오래 견딜 이유가 없다.

"제 말을 못 받아들이겠습니까?"

핫토리가 담뱃재를 가볍게 떨며 물었다.

"오늘밤에 나타난 사사키 구니오가 마자키의 공범자가 아니라면 그는 과연 누굴까요?"

그 질문의 답은 다키가와도 몰랐다. 하지만 이 시점에 시게토 슈지와 샘플을 가지고 나타나다니 마치 짠 것처럼 너무 시기

적절하지 않은가. 무엇보다 놈은 도대체 어떻게 시게토 슈지를 찾아냈을까. 그런 의문이 떠오르자 한 가지 의혹이 흐릿한 그림자처럼 뇌리를 스쳤다. 다키가와는 무의식중에 중얼거렸다.

"시게토 슈지를 숨겨준 소마와 야리미즈가 어디 있는지 아직 몰라……."

"그 두 명 중 한 명이 사사키 구니오라면 아오키 여관에서 시게토 슈지를 끌고 간 남자는 누굽니까?"

그 질문은 저녁 이후로 다키가와를 애먹인 질문이자, 단서가 전혀 없는 수수께끼였다. 핫토리는 반증을 하나씩 들었다.

"무차별 살인 사건이 일어난 후에 시게토 슈지를 숨겨준 소마와 야리미즈는 애당초 동영상의 존재를 알 길이 없습니다. 또한 샘플을 손에 넣을 방법도 없어요. 하지만 사사키 구니오는 샘플을 하나 가지고 있습니다."

"메일에 첨부된 사진만 보고 어떻게 샘플이 진짜인지 압니까?"

"사사키 구니오가 이소베 선생님께 자신이 동영상을 찍었다고 했으니까요."

다키가와는 무슨 말인지 이해가 가지 않았다. 왜 사사키 구니오라고 자칭하는 남자가 스스로 동영상을 찍었다고 밝혔다는 사실이 샘플이 진짜라는 근거가 된다는 말인가.

핫토리는 논리정연하게 설명했다.

"그 동영상을 찍은 자가 마자키가 아니라는 사실을 알 기회가 있었던 사람은 동영상을 본 사람뿐입니다. 이소베 선생님과 저, 모리무라 전무 그리고 당신 이렇게 네 명이죠. 나카사코도 동영상은 보지 못했어요. 이 네 명말고 마자키가 동영상을 찍지 않았다는 사실을 아는 사람은 마자키와 동영상을 찍은 본인뿐입니다. 그리고 마자키는 죽었죠. 그렇다면 남은 사람은 동영상을 찍은 본인뿐입니다. 즉, 자신이 동영상을 찍었다고 말한 사사키 구니오는 그날 아침 마자키와 함께 있던 공범이 틀림없습니다. 그렇다면 샘플은 진짜죠."

다키가와는 반박할 엄두도 내지 못했다. 핫토리가 간결하게 최종적인 지시를 내렸다.

"사사키 구니오는 돈을 지불하지 않으면 시게토 슈지와 샘플을 다른 사람에게 팔겠다고 했습니다. 모레 밤에는 에비스 역 부근에서 대기하고 계십시오. 연락이 오면 바로 제 차로 출발하겠습니다. 사사키 구니오는 시게토 슈지와 샘플을 확보한 후에 처리해주십시오."

다키가와는 말없이 고개를 끄덕이고 창밖을 흘러가는 만안 지역의 야경에 눈길을 주었다.

살짝 열어둔 창문으로 바다 냄새를 머금은 밤바람이 불어 들어왔다. 바람을 맞자 고치에서 보낸 밤의 냄새가 풍기는 기분이 들었다. 다키가와의 내면에서 갑자기 타닥타닥 타오르는 장작불처럼 사사키 구니오라며 나타난 인물을 향한 증오심이 싹텄다. 스스로도 예상치 못한 일이라 다키가와는 자기 자신을 진정시키려는 듯이 왼손의 악력 강화용 고무공을 꽉 움켜쥐었다. 핫토리가 뭐라고 하든 사사키 구니오는 마자키 혼자다. 다키가와는 창문을 닫은 후 리무진에서 내릴 때까지 아무 생각도 하지 않았다.

야리미즈는 말끔한 세면대에서 얼굴을 씻고 거친 숨을 내쉬며 거울 속 자기 얼굴을 바라보았다. 방금 전에 리무진에서 맛본 공포와 수면 부족 때문에 얼굴이 새파랗게 질려 안쓰러울 지경이었다. 야리미즈는 거울 속의 창백한 남자에게 말을 걸었다.

"살아서 돌아왔구나. 축하한다."

거울 속 남자는 물을 뚝뚝 흘리며 살짝 미소를 지었다. 혈색을 되돌리기 위해 시티호텔의 부드러운 수건으로 얼굴을 슥슥 닦고 있자니 도리야마가 양손으로 아랫배를 누르고 야리미즈의 등을 떠밀치다시피 하며 옆에 있는 화장실로 달려 들어갔다.

도리야마는 옛날부터 심한 긴장과 불안에 시달리면 배를 앓는 체질이었다. 카메라를 짊어지고 있을 때는 파인더로 보이는 세계에서 아무리 위험한 냄새가 풍겨도 위기를 감지하는 뇌내 기관이 마비된 것처럼 태연하게 위험한 지역에 발을 들여놓지만, 카메라가 근처에 없으면 카나리아처럼 민감하고 섬세한 신경의 소유자로 돌변한다. 야리미즈는 자신 때문에 오늘밤 배탈쟁이 도리야마의 배가 고장났다고 반성하면서 수건을 걸어놓고 세면대에서 물러났다.

트윈베드가 딸린 서양식 방과 네 평짜리 일본식 방을 합친 호텔의 화양실에서는 가슴에 코르셋을 한 소마를 대신해 슈지가 인스턴트 카페오레를 타고 있었다. 슈지가 피로할 때는 당분이 효과가 있다고 주장하며 분말 커피크림과 설탕을 잔뜩 넣는 바람에 엄청나게 달콤한 냄새가 풍겼다. 슈지는 심하게 얻어맞은 것처럼 보이도록 공들여 한 화장을 지우고 평상시의 얼굴—이라고 해도 요 며칠을 파란만장하게 보냈음을 의미하는 영광의 상처는 남아 있었지만—로 되돌아와 있었다. 야리미즈는 슈지에게 컵받침에 얹은 컵을 받아들고 침대에 앉았다. 평소 같으면 도저히 못 마실 달콤한 카페오레가 살아 있는 증거처럼 맛있었다.

야리미즈는 히로오의 주택가에서 이소베의 리무진을 내린 후, 재빨리 줄행랑쳐서 도라노몬의 솔레유 회관에서부터 리무진을 따라온 렌터카에 올라탔다.

렌터카는 원래 소마가 운전하기로 했으나 어젯밤 뼈가 부러지는 바람에 급히 도리야마에게 운전을 부탁하고 소마는 뒷좌석에서 미행할 때 차의 움직임을 지시하는 역할을 맡았다. 국회의원의 전속 운전기사 같은 프로 운전사에게 들키지 않고 미행하려면 세심한 주의를 기울일 필요가 있다. 때문에 도라노몬에서 히로오까지 미행하는 동안 도리야마는 소마의 지시에 따라 그 큰 몸이 쪼그라들 만큼 긴장한 가운데 운전대를 잡고 있었다. 예정된 장소인 시부야를 지나도 야리미즈가 내리지 않고, 이소베의 저택이 있는 히로오 방향으로 리무진이 달리기 시작했을 때는 도리야마도 소마도 야리미즈에게 무슨 일이 일어난 것이 아닌가 싶어 머리가 하얗게 셀 것 같은 불안을 맛보았다. 리무진이 인기척 없는 히로오의 주택가로 들어섰을 때 소마는 야리미즈를 구출하는 것이 가장 중요하다는 생각에 이소베의 저택에 너무 가까워지기 전에 차로 리무진을 들이받으라고 도리야마에게 지시했다. 야리미즈가 리무진에서 내린 것은 백 미터쯤 뒤에서 도리야마가 죽을 각오로 가속페달을 밟으려 한 바로 그때였다.

"정말이지 적의 차에 타면 어디를 달리는지 정도는 알아둬야죠."

호텔에서 사람들이 돌아오기를 기다리는 고행에서 해방된

슈지가 밝은 목소리로 말했다.

"이걸로 '작전'은 완료로군."

옆의 침대에 앉아 있던 소마가 앞일을 헤아리는 듯한 얼굴로 말했다. 야리미즈는 고개를 끄덕이고 호텔로 돌아와서 처음으로 피우는 담배에 불을 붙였다. 이제는 모레의 '낚시질'만 남았다. 핫토리와 다키가와는 반드시 오억 엔을 가지고 온다. 찬스는 그때 단 한 번뿐이다.

화장실에서 돌아온 도리야마가 카페오레 컵을 들고 야리미즈 옆에 앉았다. 도리야마의 몸무게로 푹신푹신한 침대가 푹 꺼지자 침대 커버 위에 놓아둔 재떨이가 기울어졌다. 도리야마는 달콤한 카페오레를 한 모금 마시더니 불안한 듯이 물었다.

"저기, 모레 정말로 할 거야? 이소베와 대립하는 사카시타파의 도쿠라나 히라키 같은 사람에게 정보를 팔고 이쪽 신변을 보호해달라고 부탁하는 방법도 있잖아."

"아니, 그래서는 무차별 살인 사건이 어둠 속에 묻혀."

야리미즈는 대답하고 나서 담배 연기를 내뿜었다.

이소베에게 적대적인 자들은 선거 전에 이소베를 실각시키기만 하면 된다. 그렇다면 샘플을 근거로 죽은 타이투스 그룹 회장 도미야마 고이치로와 이소베가 오랜 세월 유착 관계에 있었다는 사실을 밝히는 것만으로도 충분하다. 무차별 살인 사건을 파고들려면 실행범인 다키가와를 건드리지 않을 수 없다. 다키가와가 고용된 용병인 이상, 다키가와 뒤에 어떤 인맥이 퍼져 있을지 모른다. 예상외의 지뢰를 밟을 위험을 무릅쓰면서까지 그들이 무차별 살인 사건을 파고들 이유는 없다.

"그건 그럴지도 모르지만……."

도리야마는 가슴 호주머니에서 구겨진 하이라이트 담뱃갑을 꺼내 담배 한 개비를 물고 불을 붙였다. 복잡한 표정으로 생각에 잠긴 도리야마에게 야리미즈는 싱글싱글 웃으며 물었다.

"도리야마, 혹시 모레 '낚시질'에서 빠지고 싶은 거야?"

"아니, 끼워달라고 말한 건 나잖아. 한다고 했으니 해야지. 다만 너희 세 사람이 무사했으면 해서."

야리미즈도 도리야마의 마음을 모르지는 않았다. 어제 마쓰모토에서 돌아온 야리미즈가 중화요리점에서 도리야마와 밀담을 나누었을 때 아직 야리미즈의 집은 폭파되지 않았고, 소마도 다치지 않았다. 도리야마가 걱정하는 것도 무리는 아니었다.

하지만 그런 도리야마의 마음을 깔보듯이 다다미방에서 남자의 거만한 목소리가 들렸다.

"그러니까 넌 늘 찬밥 신세를 못 면하는 거야, 도리야마."

중화요리점에서 만난 또 다른 밀담 상대, 오다지마였다. 오다지마는 좌탁에 펼친 스포츠 신문에서 고개도 들지 않고 슈지에게 말했다.

"어이, 슈지. '사사키 구니오'한테도 카페오레 한잔 대접해."

슈지는 신경질적으로 미간에 주름을 잡더니 카페오레를 따른 컵과 받침을 가지고 가서 좌탁에 난폭하게 내려놓았다. 아오키 여관에서 슈지를 끌고 간 사사키 구니오를 연기한 사람은 오다지마였다. 당초 사사키 구니오 역할은 전부 야리미즈가 담당할 예정이었지만 어젯밤 폭파 사건으로 다키가와가 이미 야리미즈의 존재를 알고 있다는 사실이 밝혀져 하는 수 없이 아오키 여관에서만 오다지마에게 대역을 부탁했다. 다행인지 불행인지 오다지마에게는 평소 자신에게 거역하지 못하는 조감독과 아르바이트 스태프들을 걷어차며 재미를 느끼는 가학적인 면이 있어 야리미즈가 그려낸 폭력적인 사사키 구니오 역할에 딱 어울렸다.

슈지의 얼굴에 주먹으로 때린 것처럼 보이도록 공들여 화장한 사람도 오다지마였다. 촬영할 때가 되자 제 성에 차야지만 만족하는 오다지마는 린치 사건 재연 드라마와 몇몇 날조 방송을 거치며 얻은 기술을 톡톡히 발휘했다. 그리고 도리야마가 가져온 휴대용 스탠드 세트에 하얀 배경지를 설치한 후 그 앞에 정말로 납치된 것처럼 슈지를 앉히고 도리야마에게 사진을 찍게 했다. 그런 의미에서 이소베에게 보낸 사진은 그 방면의 프로가 만든 가짜라고 할 수 있었다.

"너희들, 이런 걸 잘도 마시는구나."

오다지마가 인상을 찡그리며 카페오레 컵을 내려놓았다.

"야, 맥주 가져와, 맥주."

오다지마는 슈지에게 턱짓을 했다. 당연하다는 듯이 자신을 현장의 애송이 취급하는 오다지마에게 슈지는 내심 분통이 터졌지만 꾹 참고 냉장고의 캔맥주를 가져다주었다.

"이소베가 돈은 내겠대?"

오다지마는 캔맥주를 따면서 야리미즈에게 물었다.

"예. 모레는 잘 부탁드립니다." 야리미즈는 싹싹하게 고개를 숙였다.

오다지마는 맛있다는 듯이 혼자 맥주를 꿀꺽꿀꺽 마시더니 손등으로 입을 닦고 말했다.

"그럼 이쯤에서 돈을 어떻게 배분할지 결정해둘까."

슈지와 도리야마는 흠칫 놀라 오다지마를 쳐다보았다.

야리미즈는 평소와 다를 바 없이 느긋한 태도로 흘려 넘겼다.

"또 이러시네. 어제는 그런 말씀 안 하셨잖아요."

"하룻밤 동안 깊이 생각했어. 너희들이 누구한테 돈을 주든지, 돈다발로 캠프파이어를 하든지 내 알 바 아니야. 멋대로 하라고. 하지만 난 너희들을 위해 위험한 다리를 건넜어. 내 몫을 받는 게 당연하지."

참다못해 결국 슈지가 덤벼들었다.

"우리를 위해서 위험한 다리를 건넌 것도 아니잖아. 당신 자신을 위해서지. 그런데 돈까지 내놓으라고?"

"그럼 나를 빼고 하든가."

오다지마의 한마디에 슈지는 입술을 깨물었다. 야리미즈의 계획에서 오다지마와 도리야마를 빼면 '낚시질'은 불가능하다. 그 사실을 알고 오다지마는 돈을 요구하고 있었다. 분노가 치밀어 올라 슈지가 우두커니 서 있자 오다지마는 여유롭게 웃음을 지었다.

"맥주를 가져오라면 안주도 같이 대령해야지, 멍청아."

야리미즈가 담배를 끄고 일어서더니 잔이 든 케이스 옆에 놓인 한입 크기의 센베이 과자를 들고 다다미방에 있는 오다지마에게 다가갔다. 센베이 봉지에는 화양실을 좋아하는 외국인 관광객을 의식해 영어와 일본어로 도쿄의 유서 깊은 센베이 가게의 이름을 인쇄해놓았다. 야리미즈는 그 센베이 봉지를 안주 대신 오다지마 앞에 내려놓고 좌탁에 걸터앉았다.

"오다지마 씨, 이번 일이 공개되었을 때 당신이 돈을 받았다는 사실이 들통나면 '아무것도 몰랐다'는 말로는 못 넘어갈 겁니다. 이소베를 공갈한 혐의로 당신도 쇠고랑을 찰 거라고요."

좌식 의자에 앉은 오다지마가 고개를 기울여 야리미즈를 올려다보았다.

"웃기지 마, 야리미즈. 이소베가 돈을 냈다고 인정할 리 없잖아. 하루 하고 한나절 만에 마련한 오억의 출처가 밝혀져봐. 우회 헌금으로 돈을 축적했다는 사실이 드러나서 정치자금 규정법 위반과 뇌물 수수 혐의로 이소베는 단박에 체포돼. 가령 우리 모두가 이소베를 공갈해서 돈을 뜯었다고 자백해도 이소베는 모르는 일이라고 딱 잡아떼겠지. 네가 그렇게 예상하고 이소베를 등쳐먹으려 한다는 것 정도는 나도 알아."

오다지마는 봉지를 뜯어 으드득으드득 소리를 내며 센베이를 먹었다. 야리미즈는 위아래로 왔다갔다하는 오다지마의 울대뼈를 잠자코 바라보았다. 오다지마가 남은 캔맥주를 비울 때까지 입을 여는 사람은 아무도 없었다.

"얼마야?"

내내 잠자코 있던 소마가 나지막한 목소리로 말했다.

"얼마를 원하느냐고."

"일억."

"오다지마 씨……." 도리야마가 잠긴 목소리로 중얼거렸다.

"도리야마, 너도 받아두는 편이 낫지 않겠어? 내년쯤에 너,

잘릴 거야."

"저는 필요 없습니다."

도리야마는 똑같이 취급하지 말라는 듯이 오다지마에게서 눈을 돌렸다.

"알았어."

소마가 대답했다.

"일억, 주지."

오다지마는 씩 웃더니 바로 날카로운 시선을 돌려 야리미즈에게 물었다.

"아지트는 몇 시부터 사용할 수 있지?"

"밤 9시. 아슬아슬하지만 해줘."

야리미즈는 오다지마에게 더이상 공손한 말투를 사용하지 않았다.

오다지마는 가볍게 고개를 끄덕이더니 화려한 스타디움 점퍼를 들고 일어섰다.

"도리야마, 촬영하러 가자."

그렇게 말하고 오다지마는 먼저 일어서서 방을 나섰다.

도리야마는 야리미즈에게 "무슨 일 있으면 연락할게"라고 말하고 서둘러 오다지마를 따라 돌아갔다.

두 사람이 떠나자 슈지가 닫힌 문을 가만히 바라보며 물었다.

"오다지마는 '낚시질' 경로, 알아요?"

"아니. 이야기할 필요도 없지."

야리미즈는 오다지마가 돈을 요구할 것이라고 어느 정도는 예상했다. 일억이나 부를 줄은 몰랐지만.

"슈지." 침대에 앉아 있던 소마가 고개를 들고 슈지를 쳐다보았다. "저기 커튼 좀 걷어줄래?"

"예." 슈지는 방을 가로질러 고블랭 천으로 된 묵직한 커튼을 걷었다.

서양식 방의 한쪽을 모조리 차지한 유리 너머에 잠들지 않는 도시의 거대한 야경이 펼쳐져 있었다. 야리미즈는 서양식 방으로 돌아가서 침대에 앉아 장대한 모조품 같은 야경을 바라보았다.

"내일이로군." 소마가 말했다.

"그래." 대답하고 나서 야리미즈는 새 담배에 불을 붙였다.

슈지도 아무 말 없이 야경을 쳐다보았다.

내일은 마자키가 고대하던 4월 4일이다.

핫토리는 자기 방 가죽소파에 누워 퍼즐을 풀듯이 한 가지 문제를 생각하고 있었다. 가슴 위에 놓은 몰트잔의 라프로익은 거의 입에 대지 않았다.

처음으로 오늘밤에 무슨 사태가 벌어졌는지 알았을 때는 전혀 떠오르지 않았던 의문이었다. 사사키 구니오가 직접 이소베에게 연락을 취했다. 그 말을 들었을 때는 허를 찔렸다는 충격이 앞서서 이상한 점을 눈치채지 못했다.

이소베의 휴대전화에 직접 연락할 수 있는 사람은 손가락으로 꼽을 정도밖에 없다. 이소베의 전화번호는 정재계에서도 극히 제한된 몇몇 사람밖에 모른다. 모리무라는 물론, 푸드의 늙은 임원들 중에도 이소베의 전화번호를 아는 사람은 없다. 이소베 주변의 사람들 대다수는 핫토리를 거쳐서 이소베에게 연락하는 수밖에 없다. 그런데 사사키 구니오는 오늘밤 직접 이소베의 휴대전화에 연락했다. 도대체 어떻게 이소베의 휴대전화 번호를 알아냈을까. 그 방법을 알면 분명 사사키 구니오라는 인물을 알아내는 데 큰 도움이 될 것이다.

핫토리는 머릿속으로 이소베의 전화번호를 아는 사람들의 목록을 뒤적였다. 이미 귀적에 든 사람도 적지 않았다. 가장 자주 연락해서 이소베를 여기저기 데리고 다녔던 타이투스 그룹 회장 도미야마 고이치로도 결국 사망자 행렬에 줄을 섰다. 성대한 경야 자리에서 생전과 다름없이 사람들을 노려보던 도미야마의 영정 사진이 핫토리의 뇌리를 스쳤다. 그 순간, 몰트잔을 입으로 가져가던 핫토리의 손이 갑자기 멈췄다.

어쩌면…….

핫토리의 머릿속에 한 가지 가능성이 떠올랐다.

15
여덟 번째 희생자—2005년 4월 4일 월요일

4월 4일 월요일.

오전 9시 50분. 나카사코는 타이투스 푸드 후지사와 공장의 현관 포치에 서 있었다. 광대한 공장 부지 주변에는 시야를 가릴 만한 것이 없어 엷은 구름으로 덮인 회색 하늘이 드넓게 펼쳐져 있었다. 미지근한 바람이 나카사코의 뺨을 어루만졌다. 펜스 안쪽을 따라 심은 왕벚나무 꽃은 거의 다 졌고, 시든 꽃잎이 바람을 타고 아스팔트를 굴러다녔다.

얼마 지나지 않아 나카사코가 바라보고 있던 간선도로에 현장 검사를 맡은 식품위생 감시원이 탄 차가 나타났다. 펜스 바깥쪽에는 보도진의 차가 수없이 서 있었고, 카메라를 짊어진 수많은 남자들이 북적거렸다. 어떤 사람은 펜스에 기어 올라갔고, 어떤 사람은 접이사다리 위에 섰다. 리포터 너머로 공장을 찍는 사람도 있었다. 그들은 모두 마자키가 만든 괴문서를 받은 사람들일 것이다. 나카사코는 마음만 먹으면 기자회견장에 가지 않아도 그들에게 샘플이 어디 있는지 이야기할 수 있음을 비로소 깨달았다. 하지만 그래서는 모든 진실을 밝힐 수 없다는 것을 지금은 안다. 나카사코는 야리미즈의 계획에 희망을 걸었다.

누가 소리를 지르자 카메라를 짊어진 남자들이 공장 정문으로 우르르 몰려들었다. 식품위생 감시원이 탄 행정기관의 차 세 대가 간선도로에서 공장 정문으로 다가왔다. 정문 안쪽에 대기하고 있던 공장 직원이 좌우에서 문을 당겨 열고 차 세 대를 맞아들였다. 엄청난 수의 카메라가 일제히 차의 움직임을 좇아 나카사코가 있는 공장 안으로 방향을 바꿨다. 카메라는 기관총처럼 공장을 겨누고 있었다.

그래, 쏴라.

나카사코는 가슴속으로 소리쳤다.

타이투스 푸드를 쏴.

차가 현관 포치에 멈추자 나카사코는 차에서 내린 식품위생 감시원과 인사를 나누며 제조 라인이 있는 공장 쪽으로 걸음을 옮겼다.

마자키가 계획한 4월 4일이 움직이기 시작했다.

타이투스 푸드 후지사와 공장에 현장 검사원이 들어갔다는 연락과 동시에 각 방송국에서는 일제히 현장 검사를 실시하게 된 원인인 사사키 구니오가 보낸 괴문서에 대해 보도하기 시작했다. 마치 오랫동안 막혀 있던 강물이 단숨에 둑을 무너뜨리고 흘러나오는 듯한 기세였다.

멜트페이스증후군 환자의 충격적인 사진과 함께 괴문서의 전체 내용이 소개되고 현재 시판중인 마미 팔레트를 제조하는 후지사와 공장에 현장 검사 차량이 도착하는 모습이 되풀이해 방송되었다. 이 단계에서 유유아가 다니는 전국 어린이집의 전화가 울리기 시작했다. 불안에 휩싸인 부모들이 자기 아이가 다니는 어린이집에서 마미 팔레트를 쓰지는 않는지 확인하려고 전화를 한 것이다.

그사이에도 각 방송국에서는 각종 표와 그림 및 각 분야 전문가의 담화를 잘 버무려 괴문서에 동봉된 내부 자료 두 가지의 신빙성을 차례차례 검증해나갔다. 샘플 분석 데이터가 멜트페이스증후군의 원인 균인 바실루스f50을 제외하면 현재 시판중인 마미 팔레트와 동일 성분비라는 것. 그리고 문제의 샘플이 배포된 어린이집 목록과 환자 124명이 병에 걸리기 전에 다니던 어린이집이 완전히 일치한다는 것. 뿐만 아니라 잠복 기간을 고려하면 발병 시기와 샘플 배포일이 딱 들어맞는다는 것. 거기에 멜트페이스증후군의 참혹한 증상과 환자를 진찰한 의사의 인터뷰가 이어졌다.

방송국들 모두 다른 방송국에 뒤처지지 않기 위해 자극적으로 보도를 했다. 하지만 한편으로 마미 팔레트 샘플과 멜트페이스증후군의 관계는 아직 의혹의 영역을 벗어나지 않았다는 사실도 거듭 강조했다. 상대는 별 볼 일 없는 개인이 아니라 거대한 타이투스 그룹의 일익을 맡은 기업이다. 일개 살인 사건 용의자라면 아무리 의혹을 제기해도 손해 볼 것 없지만, 타이투스 그룹은 방송국의 커다란 스폰서이기도 하다. 검사 결과 아무 문제도 없다고 결론 나더라도 바로 대응할 수 있도록 신중한 보도 자세를 유지해야 한다.

하지만 그러한 보도로 유유아의 부모들이 불안을 억누를 수 있을 리 없었다. 오후에는 멜트페이스증후군 전국 연락회 홈페이지에 접속하려는 사람이 너무 많아서 사이트가 다운됐다. 그러한 상황이 텔레비전 화면에 자막으로 뜨자 혼란은 더욱 가중되었다. 각 지방자치단체의 보건소에 정보를 얻기 위한 전화가 빗발쳤고, 아이에게 마미 팔레트를 먹이던 부모들이 아이를 안고 병원으로 달려갔다.

오전 오후를 통틀어 뉴스와 와이드 쇼의 내용은 멜트페이스증후군 일색이었다. 전국 연락회 대표 야마시나 사키코의 견해가 되풀이해 보도되었지만, 현장 검사 결과가 나올 때까지는 아무것도 모른다고 한 사키코의 말은 교묘하게 편집되어 어린이집 목록과 환자가 다니던 어린이집이 완전히 일치한다고 단언하며 타이투스 푸드를 규탄하는 내용으로 바뀌었다.

오후 2시부터 각 방송국은 타이투스 푸드 본사에서 열린 기자회견을 생중계로 방영했다. 모리무라는 검정색 양복에 은회색 넥타이, 회색 무광 커프스라는 차분한 차림으로 등장해 미야지마의 소개를 받고 보도진에게 깊이 고개 숙여 인사했다. 그리고 회견 첫머리에 냉엄한 표정으로 괴문서는 사실무근의 악질적인 장난이라고 딱 잘라 말했다. 그 모습을 증거로 남기겠다는 듯이 일제히 플래시가 터지는 가운데 모리무라는 괴문서에서 지적한 샘플은 작년 시월에 폐기하여 확인할 길이 없지만, 현재 시판중인 마미 팔레트에는 아무 문제도 없음을 강조하며 유유아의 부모들이 진정하기를 촉구했다. 기자들이 일제히 괴문서에 동봉된 내부 자료의 신빙성이 높다고 지적했지만, 모리무라는 현장 검사 결과가 나오면 분명해질 것이라고 괴문서의 내용을 전면 부정하며 절대 물러서지 않았다.

한편 리포터에게 둘러싸인 이소베의 모습도 거듭 화면에 비쳤다. 이소베가 당 본부에서 나오자 마미 팔레트가 고작 두 달이라는 이례적인 속도로 스마일 키즈 마크를 인증받는 데 이소베가 관여했다는 주장에 대해 말씀 좀 해달라며 리포터들이 차례차례 마이크를 들이댔다. 경비원이 리포터들을 밀어내자 말없이 차로 향하는 이소베의 얼굴이 크게 비쳤다. 이소베는 운전기사가 문을 열어준 관용차에 재빨리 올라탔다.

호텔 다다미방에서 내내 텔레비전을 보고 있던 슈지는 그 영상을 보고 눈살을 찌푸렸다.

"핫토리가 없어……."

슈지의 말에 노트북으로 내일 날씨를 알아보던 야리미즈가 고개를 들었다. 카메라가 한순간 포착한 관용차 안에는 이소베뿐이었다. 항상 곁에 그림자처럼 붙어다니는 핫토리가 없었다. 돈을 준비하고 있는 것일까, 아니면 뭔가 다른 행동을 취하고 있는 것일까. 야리미즈는 핫토리가 없다는 것이 마음에 약간 걸렸다.

"나가자."

서양식 방에 있던 소마가 말을 꺼냈다. 어젯밤부터 충분히 휴식을 취한 덕분인지 소마의 안색은 꽤 좋아진 것처럼 보였다. 슈지가 텔레비전을 끄고 야리미즈가 자동차 키를 들고 일어섰다. 방을 나선 세 사람은 특수한 물품을 구하러 소마가 아는 가게로 향했다.

도미야마 고이치로의 아내 후미에는 살롱의 앤티크 소파에 앉아 웬일로 텔레비전을 보고 있었다. 화면에 비친 이소베를 보고 곁에 앉은 요노 하쓰코가 안됐다는 듯이 한숨을 쉬었다.

"이소베 씨도 참, 이게 무슨 봉변이래요."

요노 하쓰코는 푸드에 충성하는 늙은 임원의 아내로, 후미에가 고이치로 생전에 종종 임원의 아내들을 거느리고 연극이나 포목 전시회를 관람하러 다니던 무렵부터 후미에의 총애를 가장 많이 받아온 여자다. 지금 하쓰코가 두르고 있는 블랙 오팔이 달린 기모노의 오비 고정 끈도 후미에한테 물려받은 것이다. 하쓰코는 전날 밤 남편에게 현장 검사가 실시된다는 이야기를 듣고 이럴 때야말로 후미에와 함께 있는 것이 자신의 역할이다 싶어 아침이 밝자마자 달려왔다.

"이소베 씨는요, 남편이 입원하고 나서 단 한 번도 직접 병문안을 오지 않으셨어요."

후미에의 각별히 부드러운 말투에 하쓰코는 이소베를 동정한 것이 실언이었음을 바로 깨달았다. 하쓰코는 화제를 바꾸고자 야단스레 몸을 움직여 헤플레 탁상시계를 돌아다보았다.

"얘는 차를 준비하는 데 무슨 시간이 이렇게 오래 걸려."

가사 도우미 이노 도모카는 3시가 되었는데도 차를 가지고 오지 않았다.

"요즘 젊은 애들은 정말." 하쓰코는 일어서서 벽의 인터폰으로 향하려 했다.

"내버려둬요. 가져왔을 때 하쓰코 씨가 눈물이 쏙 빠지도록 야단치도록 해요."

하쓰코는 임무를 맡아서 기쁜 듯이 다시 자리에 앉았지만 후미에의 소리 없는 웃음에 실제로 무슨 의미가 담겨 있는지는 전혀 몰랐다.

후미에는 가사 도우미 도모카가 부엌에서 무슨 짓을 하는지 예전부터 눈치채고 있었다. 그리고 언젠가 수많은 사람들 앞에서 도모카가 수치심에 몸 둘 바를 모를 만한 형태로 그 사실을 폭로하겠다고 벼르고 있었다. 나이가 들어 바깥 외출이 뜸해진 후미에에게 그 방법을 고안하는 것은 기분 좋은 심심풀이 중 하나였다. 도미야마가 죽은 후 후미에는 바깥세상에 급속하게 흥미를 잃었다. 도미야마 고이치로의 아내로서 취미와 사교가 생활의 중심이었던 후미에는 원래부터 도미야마의 사업에 흥미가 없어서 그런지 타이투스 그룹도 푸드도 남편과 함께 무덤 속에 들어가버린 것 같은 기분이었다. 후미에는 하쓰코에게 텔레비전을 끄게 한 후, 가죽을 씌운 커다란 재봉 상자를 가져오라고 해서 만들다 만 비스크 인형의 드레스에 옷자락을 장식하는 퉐

레이스를 달기 시작했다.

부엌 테이블에 앉은 도모카는 하얀 이로 실핀을 벌려 세 갈래로 땋은 머리카락을 귀 뒤편에다 시뇽 스타일로 모아 단단히 고정했다. 핫토리가 아주 가끔 뒷문으로 부엌을 찾아온다는 사실을 후미에가 눈치챈 것 같았지만, 그렇다고 해서 머리가 흐트러진 상태로 나갈 수는 없었다. 도모카는 머리를 정리하고 열린 블라우스 단추를 채운 후 커다란 찬장 유리문을 거울 삼아 몸차림에 빈틈이 없는지 확인했다. 깃이 세워진 하얀색 블라우스에 파란색 카디건, 땋은 머리카락은 양쪽 귀 뒤에다 시뇽 스타일로 모아서 단단히 고정했다. 옛날 가사 도우미 스타일은 후미에의 취향이었지만, 젊은 도모카는 가사 도우미라기보다 고풍스러운 여학생처럼 보였다. 그 모습이 남자의 눈에는 오히려 요염하게 보인다는 사실을 도모카는 잘 알고 있었다.

도모카는 찬장에서 로스차일드 버드 찻잔 세트를 꺼내면서 답답한 한숨을 쉬었다. 도모카는 나카사코와 한 약속을 깬 것을 후회했다. 그저께 오후 나카사코가 갑자기 찾아와 회장님의 컴퓨터에 저장된 주소록을 보여주지 않겠느냐고 부탁했다. 장례식 방명록에 이름밖에 없어서 전화번호와 주소를 모르는 사람이 있다고 했다.

도모카가 후미에한테 물어보러 가려고 하자 나카사코는 황급히 말렸다. 그리고 이것은 자신의 실수로 벌어진 일이니까 가능하면 비밀로 해주지 않겠느냐고 부탁했다.

나카사코는 도미야마의 회사 사람이고 경야 날도 혼자 아침 일찍 와서 분주하게 일했다. 난처해하는 나카사코가 보기 딱해서 도모카는 알겠다며 나카사코를 도미야마의 서재로 안내했다. 나카사코는 도모카가 서재의 열대어에게 먹이를 주는 사이에 도미야마의 주소록에서 필요한 사항을 베꼈다. 돌아갈 때 나카사코는 도모카에게 정중하게 고맙다고 인사하고 다시 한번 이 일은 비밀로 해달라고 부탁했다. 도모카는 비밀로 해주겠다고 약속했다.

그런데 방금 전에 살을 섞은 후의 나른함에 취해 멍하니 있을 때 핫토리가 최근에 외부인이 도미야마의 서재에 들어가지 않았느냐고 묻기에 무심코 그만 "예" 하고 입을 잘못 놀리고 말았다. 그러자 핫토리가 끈질기게 꼬치꼬치 캐묻는 바람에 결국 털어놓고 말았다.

도모카의 가슴에는 나카사코의 이름을 들은 순간 핫토리가 지은 표정이 작은 가시처럼 박혀 있었다. 핫토리는 뭔가 짚이는 구석이 있는 것처럼 한쪽 눈썹을 치켜 세우더니, 넥타이를 매면서 한순간 만족스러운 듯이 어두운 미소를 지었다.

나카사코가 곤란한 지경에 빠지지 않아야 할 텐데…….

물이 끓는 주전자에서 하얀 김이 뿜어져 나오자 새된 휘파람 소리가 울려 퍼졌다.

이제 와서 무슨 개소리야.

오다지마는 화가 나서 속이 부글부글 끓어올랐지만 안색 하나 변하지 않고 종이컵의 커피를 입으로 가져갈 만큼의 강단은 있었다. 옆에 앉은 도리야마는 몹시 동요하여 옆에서 보기에도 거한의 심장 박동이 빨라졌다는 것을 알 정도였다.

저녁에 오다지마와 도리야마는 총책임 연출자인 시바타에게 불려가서 회의실의 갈색 파이프 의자에 앉아 있었다.

"상황이 상황이니까 말이야. 미안하지만 내일은 좀 참아주고 다음주부터 시작하면 안 될까?"

일단 오다지마의 의견을 물어보기는 했으나 시바타는 명백히 오다지마의 "알겠습니다"라는 대답만을 기대하고 있었다.

오다지마는 올해 사월부터 한 주에 한 번 화요일에 감독으로서 〈뉴스프라임〉을 담당하기로 했다. 주 감독은 보도 분야 전문으로 오 년 전부터 〈뉴스프라임〉의 감독을 맡아온 마쓰이 신이치. 오다지마는 주에 한 번 투입되는 보조 감독의 위치다. 내일 4월 5일 화요일은 오다지마가 처음으로 〈뉴스프라임〉을 맡을 예정이었다. 그런데 오늘 타이투스 푸드 후지사와 공장의 현장 검사와 동시에 각 방송국이 일제히 사사키 구니오가 보낸 괴문서에 관해 보도하기 시작했다. 지금 전국을 들었다 놨다 하는 특종이다. 시바타는 내일도 주 감독 마쓰이에게 방송을 맡겨 시청률을 확실하게 유지하고 싶은 것이다.

오다지마는 시바타의 주먹코 앞에 대고 이렇게 외치고 싶은 충동에 사로잡혔다.

'내가 바로 사사키 구니오야. 정확하게는 사사키 구니오를 연기하는 사람 중 한 명이지만.'

그리고 눈을 희번덕거리며 사정을 묻는 시바타에게 빙긋 웃으며 이렇게 말해주는 것이다.

'너 같은 놈한테는 안 가르쳐줘.'

오다지마는 파멸로 직결될 유혹을 꾹 눌러 참았다. 마음대로 지껄일 상황이 아니었다. 오히려 도리야마처럼 심장이 뛰다가 터질 것처럼 동요해야 마땅했다.

내일 방송을 담당하지 못하면 '낚시질'은 파투가 난다. 야리미즈 패거리에게 받기로 한 일억 엔도 물거품으로 사라진다. 그뿐만이 아니다. 그후 일 년 동안 마쓰이를 따르는 제작진에게 둘러싸여 힘겹게 시청률 경쟁을 한 끝에 내년 삼월에는 재계약 대상에서 제외된다. 이대로 가면 일억 엔과 일자리, 둘 다 날아간다.

오다지마는 생각할 시간을 벌기 위해 천천히 담배에 불을 붙이며 자신의 대각선 방향에 앉은 마쓰이의 표정을 훔쳐보았다. 마쓰이는 시바타의 갑작스러운 제안에 대해 숙고하듯이 팔짱을 끼고 생각에 잠겨 있었다. 길쭉하게 찢어진 눈에 의지가 느껴지는 사각턱, 굵고 곧게 뻗은 콧대. 척 보기에 고집이 셀 것 같은 남자지만 이런 상황에서 감독이 당연히 머릿속으로 행해야 할 작업을 하는 것치고는 표정에 집중력이 부족했다. 즉 마쓰이는 지금 내일 방송을 어떻게 할지 전광석화처럼 검토하고 있는 것이 아니다. 오다지마는 마쓰이의 표정을 관찰하다가 실은 마쓰이가 생각하는 척하며 이 자리의 분위기에 신경을 쓰고 있다는 것을 깨달았다.

그렇구나. 마쓰이의 진언이 시바타의 제안으로 표출된 것이다. 물론 완곡한 진언. 예를 들어 이런 시기에 오다지마 씨가 〈뉴스프라임〉을 맡으면 짐이 무겁지 않겠느냐는 식의.

과연 엘리트 감독이 할 법한 짓이다.

아무리 커다란 방송 소재라도 한 가지 뉴스가 높은 시청률을 기록할 수 있는 날짜는 고작 사나흘이다. 길어도 일주일이 한계다. 실제로 뉴스는 여자의 구두만도 못하다는 것이 오다지마의 지론이다. 자기 돈을 내고 산 구두는 하다못해 일 년은 유행이 이어지길 바라지만, 무료로 줄줄 흘러나오는 뉴스는 사흘이면 질린다. 질릴 때까지의 그 짧은 기간에 방송은 하나의 소재를 두고 시청률을 경쟁한다. 마쓰이는 사사키 구니오의 괴문서와 멜트페이스증후군에 신선한 맛이 살아 있는 동안은 오다지마를 스튜디오에서 쫓아내고 솟아오르는 시청률을 독점하고 싶은 것이다.

시바타가 말없이 담배를 피우는 오다지마의 정면에서 여봐란듯이 오메가 손목시계에 눈길을 주었다.

"그럼 그렇게 하는 걸로." 시바타는 협의가 끝났다는 듯이 말하며 일어섰다.

우위에 선 사람은 침묵을 승낙으로 받아들이기가 예사다.

"부장님 말씀은 잘 알아들었습니다."

오다지마는 협의 후에 잡담이라도 나누자는 듯한 말투로 시바타를 그 자리에 붙들어놓으려 했다.

"특종은 저보다 마쓰이 씨가 몇 배나 더 익숙하게 다룰 테니까요."

시바타는 커피를 다 마시고 종이컵을 천천히 창가의 쓰레기통으로 가져갔다.

"뭐, 자네도 알다시피 이번처럼 큰 기삿거리는 어디든 톱뉴스로 다루잖아. 다른 방송국과 차별되는 접근법이 필요해. 그런 점에서 마쓰이는 경험이 풍부하니까."

"예. 보통 특종이라면 저는 도저히 감당 못 하죠. 하지만 이번 소재와 관련해서는 저도 특별한 경험을 했거든요. 〈다큐멘트21〉에서요."

오다지마는 작년 가을 〈다큐멘트21〉에서 멜트페이스증후군을 취재했다는 사실을 시바타에게 상기시켰다. 종이컵을 쓰레기통에 버린 시바타가 그래서 뭐, 라는 표정으로 돌아다보았다. 오다지마는 교섭을 개시했다.

"뭐니 뭐니 해도 한 주 내내 멜트페이스증후군 환자 가족을 밀착 취재했으니까요. 도리야마는 가족이 마음을 터놓고 신뢰하는 존재고, 노무라는 환자를 데리고 놀아주기도 했습니다. 저도 자식을 가진 부모이니만큼 환자의 가혹한 투병 생활을 직접 보고 어떻게든 힘이 되어주고 싶은 마음이었고요. 다른 방송국에 이런 경험을 한 사람은 없을 겁니다. 그런 의미에서 저는 상당히 차별되는 방식으로 접근할 수 있을 것 같은데요."

오다지마는 일부러 '다른 방송국'이라고 말하여 마쓰이와 같은 선상에 발을 올려놓았다.

"제 기억으로는……." 마쓰이의 냉정한 목소리가 들렸다. "멜트페이스증후군을 처음으로 특집으로 다룬 건 〈뉴스프라임〉이었을 겁니다. 게다가 뉴스와 다큐멘터리는 수법이 완전히 다르죠. 뉴스는 다각적인 분석을 빼놓을 수 없어요."

마쓰이가 지론을 펼치려 하자 오다지마는 태연하게 그의 말을 막았다.

"내일 예정대로 제가 방송을 담당하면 시청률은 약속하겠습니다, 시바타 부장님."

"말은 쉽죠." 말허리를 잘려도 마쓰이는 전혀 동요하는 기색이 없었다. "시청률은 약속할 수 있는 게 아닙니다."

이번만은 할 수 있거든.

오다지마는 마음속으로 중얼거리고 어디까지나 시바타에게 계속해서 말했다.

"오늘 마쓰이 씨가 기록하는 시청률 더하기 10퍼센트. 시청률이 그만큼 안 나오면 〈뉴스프라임〉에서 깨끗하게 손을 떼겠습니다."

시원스레 말하는 오다지마를 보고 마쓰이는 처음으로 희미한 불안을 느꼈다. 내일 현장 검사 결과는 나오지 않을 테니 상세한 경위 설명과 속보를 중심으로 이번 소재를 다루는 수밖에 없다. 시청률이 10퍼센트나 뛰어오를 리 만무하다. 하지만 빈틈없기로 유명한 오다지마가 아무 계획도 없이 〈뉴스프라임〉의 보조 감독 자리를 포기할 리 없다. 마쓰이는 오다지마가 무슨 속셈인지 전혀 감이 오지 않았다. 혹시 오다지마에게 예상치도 못할 승산이 있는 걸까. 아니면 단순히 특종을 다루고 싶다는 마음에서 허풍을 친 걸까.

한편 시바타는 창가 쓰레기통 옆에 멈춰 선 채 어떻게 할지 고민하고 있었다. 실제로 오다지마가 공언한 시청률을 기록하기는 어렵더라도, 신선미가 살아 있는 동안은 마쓰이와 오다지마 둘 중에 누가 다루던 간에 특종의 시청률은 그렇게 크게 차이나지 않는다. 소재 그 자체에 구심력이 있기 때문이다. 그런데도 시바타가 마쓰이의 진언을 받아들인 것은 말을 꺼냈다 하면 남의 말은 듣지 않는 마쓰이를 설득하기도 귀찮았고, 오다지마도 자기 입장을 알고 선선히 순서를 양보할 것이라고 생각했기 때문이다. 그런데 막상 뚜껑을 열어보니 오다지마는 취재 경험이 있는 멜트페이스증후군이 대박 소재로 바뀌었다는 사실에 민감하게 반응하여 소재를 놓치지 않으려고 허풍을 치면서 교섭을 시작했고, 마쓰이는 마쓰이대로 신참 오다지마가 이 대박 소재를 건드리도록 놓아둘 생각이 없었다. 시바타는 시시한 다툼에 말려든 것만 같아 점차 짜증이 났다.

"뭣하면 내일은 자네들 둘이서 사이좋게 담당하겠나?"

경쾌한 말투로 내뱉는 비현실적인 제안을 듣고 마쓰이는 시바타의 뚜껑이 거의 열렸음을 느꼈다. 시바타는 다른 사람이 자신의 시간을 낭비하는 것을 아주 싫어한다. 하지만 오다지마는 시바타가 짜증이 났다는 사실을 아는지 모르는지 끝까지 버털 작정으로 침묵을 지켰다.

"그러고 보니……." 마쓰이는 방향을 바꾸어 오다지마의 속을 넌지시 떠보았다. "제작진실에서 도리야마가 쓸 만한 환자 사진을 가지고 있다는 소문을 들었는데요. 그런 사진은 내일이 아니라 오늘 사용해야 합니다. 내일쯤이면 시청자들은 환자 사진에 물릴 테니까요. 임팩트가 사라져요."

"필요하면 마쓰이 씨께 드리죠."

도리야마가 놀라서 오다지마를 쳐다보았다. 쓰바사의 사진은 야마시나 사키코가 도리야마를 믿고 맡긴 소중한 것이다. 오다지마에게도 그렇게 이야기했다. 하지만 오다지마는 마쓰이에게 미소를 지은 채 도리야마를 완전히 무시했다.

마쓰이는 도리야마가 아무 말도 하지 못하고 숨만 헐떡이고 있는 모습을 시야 가장자리로 확인한 후 오다지마에게 시선을 고정한 채 미소를 되돌려주었다. 다른 사람이 찾은 자료는 쓰지 않겠다고 할 줄 알았다면 큰 오산이다.

"그럼 사양하지 않고 쓰겠습니다."

"네, 마음대로 쓰세요. 그 사진이 없더라도 내일 제 차례 때 약속을 꼭 지킬 테니까요."

오다지마는 잠시 후에 당연하다는 듯이 덧붙였다.

"설마 시바타 부장님 앞에서 보조 감독에게 자료만 넘기라는 건 아니겠죠?"

마쓰이는 의도치 않게 사진과 내일 방송 담당을 맞바꾼다는 식으로 이야기가 흘러갔다는 것을 알아차리고 허를 찔린 듯 안색이 변했다.

"도리야마, 사진 내놔." 오다지마는 도리야마에게 미소 띤 얼굴을 돌렸다.

"하지만 이건……."

도리야마는 목소리를 쥐어짜 어물어물 말했다.

"내놓으라고 하잖아!"

오다지마의 성난 목소리가 천장 네 귀퉁이를 때릴 듯이 울려 퍼지다 사라졌다.

얼어붙은 듯한 정적이 흐른 후, 도리야마는 반물색 나이키 점퍼 호주머니에서 사진 몇 장을 꺼내 말없이 테이블에 내려놓았다. 제일 위쪽에 생후 사 개월쯤 된 쓰바사가 사랑스럽게 웃는 얼굴이 보였다. 병에 걸리기 전의 사진이었다.

마쓰이는 딱딱하게 굳은 얼굴로 사진들을 집어 들었다.

오다지마는 밑동까지 피운 담배를 재떨이에 눌러 껐다.

맞교환 성립이다.

시바타가 "그럼 그렇게 하는 걸로" 하고 똑같은 말을 되풀이하더니 미간을 찡그려 노골적으로 불쾌감을 드러내며 방에서 나갔다.

도리야마는 마쓰이가 쓰바사의 사진들을 윗도리에 집어넣은 후 아무것도 없는 테이블을 가만히 노려보다가 느닷없이 파이프 의자를 넘어뜨리며 벌떡 일어서더니 말없이 방에서 나갔다. 오다지마는 도리야마가 넘어뜨린 의자를 한 손으로 제자리에 되돌려놓은 후 화이츠빌 스타디움 점퍼 호주머니에 양손을 넣고 천천히 문으로 향했다.

"내일, 기대하고 있겠습니다."

마쓰이가 뒤에서 말을 걸었다.

"실력을 꼭 가까이에서 보고 싶으니 저도 부조종실에 들어가겠습니다."

오다지마는 고개를 가볍게 내밀듯이 움직여 인사를 하고 나갔다.

마쓰이는 오다지마가 몹시 집착하는 모습을 보고 그가 내일 방송에서 뭔가를 터뜨릴 것이라고 확신했다. 녀석은 정말로 시청률이 부쩍 오를 만한 뭔가를 꾸몄다. 까딱하면 조작과 날조가 될지도 모르는 아슬아슬한 수법으로 이 자리까지 올라온 오다지마다. 무슨 짓을 저지를지 모른다.

내 방송에서 네 멋대로 하게 내버려둘까 보냐.

마쓰이는 내일 온에어 램프가 켜지면 오다지마의 일거수일

투족에서 눈을 떼지 않기로 결심했다.

오다지마는 회의실에서 나오자마자 휴대전화를 꺼내 인터넷으로 내일 날씨를 알아보았다. 아침부터 일곱 번이나 보았지만 결과는 똑같았다. 흐린 후 저녁부터 비. 기상예보 동영상에 따르면 내일 밤에 거대한 저기압이 간토 지방을 통과한다. 오다지마는 큰일이군, 하고 오늘 일곱 번째로 혀를 찼다.

마쓰이는 내일 방송이 나가는 동안 빨판상어처럼 내게 달라붙을 작정이다. 모니터에 무슨 수를 썼는지 놈이 알아차리면 끝장이다. 비만 내리지 않으면 들킬 염려는 없는데…….

오다지마는 휴대전화를 닫아 호주머니에 집어넣었다.

이렇게 되면 들키지 않기를 비는 수밖에.

나카사코는 식당 구석에 있는 녹색 공중전화 수화기를 내려놓았다. 오후 7시. 어둠에 잠긴 타이투스 푸드 후지사와 공장 사원 식당은 쥐죽은듯이 고요했다. 나카사코는 소마에게 필요한 정보를 전달하고 나자 마음이 조금 놓였다. 전화를 끊을 때 소마는 오늘밤은 아무도 없는 집에 돌아가지 말고 호텔에 묵으라고 말했다. 그리고 괜찮다면 오지 않겠느냐며 세 사람이 묵고 있는 호텔을 가르쳐주었다. 하지만 나카사코는 고맙다고 인사한 후 소마의 제안을 정중하게 거절했다.

"어울리기 싫은 게 아닙니다." 나카사코는 예전부터 결심했던 일을 소마에게 말했다. "오늘밤은 무코가오카 유원지에서 보내려고요."

나카사코는 마자키가 계획한 4월 4일을 마자키와 마지막으로 만난 무코가오카 유원지에서 보내고 싶었다. 소마는 "그러십니까"라고 말하더니 다시 "그렇군요" 하고 조용하게 되뇌었다.

나카사코는 어두운 복도를 걸어 사무실로 돌아갔다. 긴 하루를 마친 공장장 야나기다가 위생모를 벗고 차를 마시고 있었다.

"수고하셨습니다." 야나기다가 나카사코에게 웃음을 지었다.

야나기다 앞에 놓인 텔레비전에 아홉 시간쯤 전 공장에 현장 검사 차량이 도착했을 때의 영상이 비치고 있었다. 야나기다는 리모컨을 들어 텔레비전 소리를 끄더니 나카사코와 자기 자신을 격려하듯이 밝은 목소리로 말했다.

"이삼일만 참으면 됩니다. 검사 결과가 나오면 의혹은 풀릴 테니까요."

공장장 야나기다는 문제가 있는 당근이 샘플 제조에 사용되었다는 사실을 모른다. 헤이룽장 성 현지 스태프의 보고를 생산 관리과에서 덮어버리는 바람에 야나기다는 보고를 받지 못했다. 공장 위생 관리에 절대적인 자신감을 지니고 있는 야나기다는 사사키 구니오가 보낸 괴문서를 악질적인 장난질이라고 믿었다. 야나기다의 지휘 아래 있는 후지사와 공장의 위생 관리는 철저하여 급탕 탱크와 조제 탱크, 파이프 계통 등 제조 라인은 세정과 살균이 아주 꼼꼼하게 행해졌다. 덕분에 샘플을 제조한 라인에서 바실루스f50이 다른 제품에 섞여드는 것도 막을 수 있었다. 후지사와 공장에서 바실루스f50이 혼입된 마미 팔레트 샘플이 출하된 것은 야나기다가 절대 알 수 없는 영역에 문제가 있었기 때문이다.

나카사코는 야나기다에게 뭐라고 할 말이 없어 코트와 가방을 손에 들었다.

"수고하셨습니다." 나카사코는 고개를 숙였다.

"아, 정문은 잠겨 있으니까 죄송하지만 옆문을 이용해주십시오."

"알겠습니다."

나카사코는 사무 동의 긴 복도를 걸어 옆문으로 향했다. 후지사와 공장은 푸드의 역사 속에서도 상당히 초기에 지어진 공장으로 제조와 제품 관리에 관련된 건물은 최신 설비로 바꾸었지만 그 외의 건물은 사무 동도 포함하여 옛날의 낡은 건물을 그대로 쓰고 있다. 나카사코는 어릴 적에 자주 갔던 이와세의 백화점처럼 구둣발 소리가 크게 울려 퍼지는 복도를 걸으며 고무나무 화분이 있는 모퉁이를 돌아 옆문을 빠져나갔다.

인기척 없이 조용한 공장 부지는 외등이 띄엄띄엄 서 있을 뿐이라 주변에는 밤의 장막이 드리워져 있었다. 차를 세워둔 주차장으로 향하려다 나카사코는 문득 눈앞의 창고 문이 활짝 열려 있다는 것을 알아차렸다. 지금은 사용하지 않는 낡은 창고였다. 문 안쪽에 불빛은 없고, 동굴처럼 새카만 어둠이 입을 벌리고 있었다. 한 시간쯤 전에 야나기다와 사무 동으로 향했을 때는 닫혀 있었는데.

누가 열었을까…….

나카사코는 창고로 다가가 문에 손을 댔다. 그때 창고의 어둠 속에서 희미한 소리가 났다. 나카사코는 문을 닫으려던 손을 멈추고 어둠을 응시했다.

"누구 있나?"

나카사코는 큰 소리로 외쳤다.

거대한 창고에 나카사코의 목소리가 둔탁하게 메아리쳤다.

사무실에 손전등을 가지러 가야겠다고 생각했을 때 겨우 몇 미터 앞 어둠에서 빈 페트병이 굴러가는 듯한 소리가 또렷하게 들렸다.

"누구냐, 나와."

나카사코는 무심코 창고 안으로 몇 발짝 들어갔다.

그 순간 등뒤에서 커다란 소리와 함께 문이 닫혔다. 깜짝 놀라 뒤돌아보자 어둠보다 새카만 사람이 어둠 속에 서 있었다.

"댁에 갔더니 아무도 없어서 말이야."

다키가와의 목소리였다.

나카사코는 사사키 구니오에게 협력했다는 사실이 들통났음을 깨달았다. 눈이 점차 어둠에 익숙해지자 여느 때와 똑같은 코트를 입은 다키가와가 악력 강화용 고무공을 돌리며 서 있는 모습이 보였다. 이 마당에 이르러서도 나카사코는 한 가지 사실에 마음이 놓였다. 다키가와의 팔에 아쓰미가 안겨 있지 않다는 사실이었다. 아쓰미와 요리코를 집에 남겨두지 않기를 정말로 잘했다.

"이봐, 지금까지 정보를 얼마나 누설했지?"

그렇게 묻는 다키가와를 나카사코는 잠자코 노려보았다.

다키가와가 나카사코의 침묵에 대답하듯이 악력 강화용 고무공을 돌리던 손을 멈추고 호주머니에 집어넣었다.

그때 자동차 소리와 함께 창고 젖빛유리가 오렌지색으로 물들더니 눈부신 헤드라이트 불빛이 어두운 창고를 휙 가로질렀다. 다키가와가 눈이 부셔 저도 모르게 눈앞을 손으로 가린 순간 발걸음을 돌린 나카사코는 달아날 길을 찾아 무턱대고 달리기 시작했다.

야나기다는 아내 게이코가 데리러 오자 사무실 텔레비전을 끄고 일어섰다. 괴문서의 내용은 믿지 않았지만 세상 사람들이 어떻게 여길지 걱정되었다.

"주차장 앞을 지나면서 보니까 차가 아직 한 대 남아 있던데."

게이코가 테이블 위의 센베이 과자 포장지를 척척 정리하며 말했다.

"이상하네. 이제 아무도 없을 텐데."

"남는 차가 있거든 우리 주면 좋겠다."

게이코는 밝게 웃었다. 도시락 가게를 하는 친정에서 오늘 하루 종일 아르바이트를 하면서 현장 검사에 관해 이런저런 질문을 받았을 텐데도 게이코는 평소와 다름없이 발랄했다.

야나기다는 솔직히 말해 그런 게이코에게 구원받은 듯한 기분이었다. 이번 일이 마무리되어 소란이 가라앉으면 게이코를 온천에라도 데려가야겠다고 생각하며 야나기다는 옆문을 잠그고 게이코와 함께 사무 동을 나섰다.

이제 돌아가는 길에 열쇠를 정문 옆 경비실에 반납하기만 하면 된다. 게이코가 평소처럼 낡은 창고 옆에 세워둔 밴이 희끄무레하게 보였다.

"저녁밥은 뭐야?"

야나기다가 게이코에게 그렇게 물은 직후였다. 마치 가스폭발이라도 일어난 것처럼 엄청난 소리와 함께 앞에 있던 게이코의 밴 앞 유리창과 옆 유리창이 모조리 깨져서 튕겨나갔다. 야나기다와 게이코는 반사적으로 그 자리에 웅크리고 앉았다. 도대체 무슨 일이 일어난 것인지 어리둥절했다. 머뭇머뭇 고개를 들자 밴 천장에서 커다란 검은 덩어리가 땅바닥으로 털썩 떨어지는 것이 보였다.

두 사람은 손을 맞잡고 일어서서 차로 다가갔다. 차 옆에 양복 차림의 남자가 하늘을 보고 누워 있었다. 야나기다는 무릎을 꿇고 앉아 옴짝달싹도 하지 않는 남자의 얼굴을 들여다보고 깜짝 놀라 숨을 삼켰다.

"나카사코 과장님……! 어째서……."

"……여보."

게이코가 뒤에서 야나기다의 점퍼 소매를 잡아당기며 겁에 질린 얼굴로 밴 위쪽을 가리켰다.

"저기서 뛰어내린 거야."

족히 사 층 높이는 될 법한 낡은 창고 옥상은 가장자리를 조금 높게 만들어두었을 뿐 난간도 없다.

야나기다가 떨리는 손으로 휴대전화를 꺼내 구급차를 부르는 동안 거무스름한 피가 아스팔트를 적시며 천천히 퍼져나갔다.

방범 카메라에 얼굴이 찍히지 않도록 슈지는 워크캡을 푹 눌러쓰고 편의점에서 나와서 차에 올라탔다.

"있어?" 운전석에서 야리미즈가 뒤돌아보았다.

"이거죠?" 슈지는 편의점 봉투에서 검정색 봉지를 꺼냈다. 열 장에 128엔.

"일곱 뭉치 더 남아 있었으니까 내일 밤까지 다 팔리지는 않을 거예요. 요즘은 이거 인기 없거든요."

"검은 건 쓰레기 내놓을 때 못 쓰니까."

"그럼 편의점은 여기로 하자고." 소마가 지도에서 편의점을 찾아 빨간색 동그라미를 쳤다. 이것으로 내일 '낚시질'의 최종 확인도 끝났다.

야리미즈가 차를 출발시키자 뒷좌석 발치에 놓아둔 종이봉투가 풀쩍 튀어 올랐다. 슈지는 그 봉투를 바라보며 낮부터 의문스러웠던 것을 물어보았다.

"소마 씨, 낮에 갔던 그 가게요. 진짜 합법이에요?"

"합법이야." 소마는 딱 잘라 말했다.

낮에 슈지와 소마, 야리미즈 세 사람은 아키하바라에 갔다. 야리미즈는 특수한 카메라를 사러 모습을 감추었고, 슈지는 소마의 안내를 받아 잡거빌딩 2층에 있는 방범용품 가게에 갔다.

자동문으로 가게에 들어간 슈지는 잔뜩 진열되어 있는 물건들을 보고 입이 떡 벌어졌다. 경쾌한 음악이 흐르는 방범용품 가게에는 3단 특수 경봉, 스턴건, 최루 스프레이, 수갑, 석궁, 사스마타◆ 외에도 수많은 방범용품이 죽 진열되어 있었다. 이 정도면 자기 몸을 완벽하게 지키는 것은 물론이거니와 다른 사람을 공격하기도 쉬울 것 같았다. 복잡한 사정으로 자기 몸을 지킬 필요가 있는 사람이 사용하는 것인지 음성변조기도 판매하고 있었다. 그중에서도 슈지가 가장 놀란 것은 패닉 박스라는 물건이었다. 얼핏 보면 보통 옷장이지만 설명서에는 "강도 높은 폴리카보네이트로 만들어 날붙이와 둔기는 물론 권총에도 끄떡없습니다"라고 적혀 있었고, 그 아래에 38구경 총알이 파고든 사진이 실려 있었다. 이것을 사면 서비스로 재해용 보존 식품을 준다고 한다. 도대체 얼마나 파란만장한 인생을 살아야 이런 물건이 필요할까. 슈지는 역시 인생은 심오하다고 느꼈다.

그 가게에서 슈지는 호주머니에 들어가는 크기의 호신용품 등 방어에 특화된 상품을 구입했다. 섣불리 무기를 지니고 다니다가 다키가와에게 빼앗기면 오히려 위험하기 때문이다.

◆ 긴 막대 끝에 U 자 모양의 쇠를 꽂은 무기. 에도시대에 범죄자의 목을 눌러 체포하는 데 썼다.

내일 이맘때쯤이면 분명 다키가와를 만날 테지.

슈지는 그렇게 생각하며 차창으로 도심을 달리는 차들을 바라보았다. 스크램블교차로의 차량 쪽 신호가 빨간불로 변하자 사람들이 우르르 횡단보도를 건너기 시작했다. 지방에서 이제 막 올라온 느낌의 대학생과 양복이 아직 어색한 신입 사원도 있었다. 그때 일행으로 보이는 젊은 여자 네 명이 걸어가다 전광판을 가리키며 놀란 듯이 서로 얼굴을 마주보았다. 슈지는 뭔가 싶어 고개를 기울여 전광판을 올려다보았다. 문자 뉴스가 기다란 게시판 위쪽으로 쭉 올라갔다.

타이투스 푸드 영업과장 나카사코 다케시 씨, 후지사와 공장 창고 옥상에서 추락. 투신자살일까?

"야리미즈 씨!"

슈지에게서 뉴스를 들은 야리미즈는 즉시 차를 길가에 대고 도리야마의 휴대전화 번호를 눌렀다. 겨우 한 시간쯤 전에 후지사와 공장의 나카사코에게 전화를 받은 소마는 도무지 믿기지가 않았다. 호출음이 예닐곱 번 울려도 도리야마는 좀처럼 전화를 받지 않았다.

"예, 도리야마입니다!"

전화가 연결되자마자 들려온 흥분된 목소리로 야리미즈는 도리야마가 현장에 갔음을 알았다.

"도리야마, 나카사코 씨는?"

"나도 지금 병원에 도착한 참이야."

도리야마는 휴대전화를 들고 취재 차량 운전석에서 튀어나와 카메라를 가지러 뒷문으로 달렸다.

후지사와 시 중심부에 위치한 종합병원의 현관 포치로 방송국 취재 차량이 잇달아 모여들고 있었다. 어두운 병원 앞은 앞다투어 조명과 촬영 카메라를 준비하는 남자들로 소란스러워졌다. 신문기자를 태운 택시도 속속 도착했고, 병원에서 나가려는 택시가 기재를 늘어놓은 방송국 차량에다 경적을 요란하게 울려댔다. 도리야마는 한쪽 귀를 막고 휴대전화에 외쳤다.

"적어도 아직 사망했다는 발표는 없어."

오다지마의 "왔다!"라는 고함소리에 고개를 돌리자 푸드의 모리무라와 미야지마를 태운 차가 병원 정문으로 들어오는 모습이 보였다.

"뭔가 알아내면 전화할게."

도리야마는 대답을 기다릴 여유도 없이 전화를 끊은 후 ENG 카메라를 메고 모리무라와 미야지마가 탄 차로 달려갔다. 도리야마는 팔꿈치를 내밀고 육탄 돌격을 하는 기세로 다른 방송국 사람들을 밀어내고 차에서 내린 모리무라의 정면으로 돌아 들어갔다. 거한이 앞을 막자 모리무라는 놀라서 걸음을 멈추었다. 지금이다 싶었는지 마이크를 든 리포터와 녹음기를 치켜든 신문기자가 몰려들어 주변을 감쌌다.

"떨어졌다고 했는데, 자살 아닙니까?"

"나카사코 과장은 현장 검사 지원차 공장에 있었다면서요."

"오늘 현장 검사 때문에 자살한 걸까요?"

"당신 책임자잖아. 뭐라고 말 좀 해봐!"

마지막으로 소리를 지른 사람은 오다지마였다. 방송국 완장은 미리 끌러두었다.

"저도 방금 전에 소식을 들어서……." 모리무라는 손수건으로 이마의 땀을 닦았다. "자세한 사정은 모릅니다. ……다만 나카사코 과장은 고지식한 면이 있었고, 최근의 소동으로 많이 지쳐 있던 듯하여……."

"어이, 비켜, 비켜." 그때 매스컴보다 더 질이 나쁜 형사들이 병원에서 나와 리포터와 카메라맨들을 밀쳐내고 모리무라와 미야지마를 병원 안으로 데려갔다.

리포터와 신문기자 들 사이를 비집고 간신히 병원 안으로 들어간 모리무라와 미야지마는 형사의 재촉을 받고 어스름한 로비의 의자에 앉았다.

"나카사코 씨의 가족께 연락은?" 나이를 지긋하게 먹은 형사가 아무 일도 없었다는 듯이 물었다.

구두끈은 풀어지고 넥타이는 구겨졌으며 로맨스그레이의 머리카락도 형편없이 흐트러진 모리무라는 형사의 질문 따위 귀에 들어오지 않는다는 듯이 입을 꾹 다물고 험악한 표정으로 바닥을 노려보고 있었다.

대신에 미야지마가 겨우 호흡을 가다듬고 대답했다.

"가족께 연락을 취하고자 계속 노력중인데, 댁에는 아무도 안 계신 것 같더군요. 휴대전화도 연결이 안 되고요."

"그렇습니까."

"……저기, 물 좀 마셔도 될까요?"

미야지마는 로비의 냉온수기를 눈으로 가리켰다.

"그러시죠. 그리고 잠시 여기서 기다려주십시오."

형사들은 그렇게 말하고 복도 쪽으로 되돌아갔다. 냉온수기로 다가가는 미야지마의 귀에 복도 쪽에서 젊은 형사가 "사원이 어떻게 됐는지 물어보지도 않는군" 하고 말하는 목소리가 들렸다.

그러고 보니 나카사코는 죽었을까.

미야지마는 원추형 종이컵 두 개에 담기는 찬물을 바라보았다.

나카사코는 정말 옥상에서 뛰어내려 자살했을까…….

미야지마는 손이 자기 의지와는 상관없이 떨리는 것을 깨닫고 급히 종이컵의 물을 마셨다. 물이 흘러 와이셔츠 깃 안쪽이 축축하게 젖었다. 미야지마는 종이컵을 버린 후 모리무라의 물을 들고 의자로 되돌아갔다.

"전무님." 미야지마는 모리무라에게 종이컵을 내밀었다.

"……다 허사잖아."

모리무라는 분을 못 이겨 창백해진 얼굴로 바닥을 내려다보고 있었다.

"이래서는 애써 한 기자회견이 허사로 돌아가잖아!"

나카사코가 자살한 것으로 결론 나면 세상 사람들은 역시 푸드에는 뒤가 구린 구석이 있다고 여길 것이다. 현장 검사 결과 아무 문제가 없어도 구린내 나는 이미지는 씻어낼 수 없다.

모리무라는 일이 왜 이 모양 이 꼴로 돌아가는지 이해가 가지 않았다. 왜 모두 합세하여 자신의 장래를 망치려고 하는 걸까.

"고마워요."

미도리코는 마지막으로 그렇게 말하고 수화기를 내려놓았다. 일본에서 온 국제전화를 끊고 오열이 새어 나오지 않도록 기도하듯이 깍지 낀 양손 손가락에 힘을 주었다. 새벽 1시, 눈

아래에 펼쳐진 상하이 구베이 신구新區의 가로수가 눈물 때문에 마치 강바닥의 수초처럼 흔들거리는 듯이 보였다.

미도리코는 아쓰미와 요리코에게 흔쾌히 이 고층 아파트의 방 한 칸을 내어준 예전 동료의 컴퓨터로 나카사코가 후지사와 공장의 창고 옥상에서 떨어졌다는 소식을 알았다. 인터넷 뉴스로는 생사도 알 수 없어 미도리코는 미칠 것 같은 기분으로 몇 시간을 보냈다. 간신히 제정신을 유지할 수 있었던 것은 나카사코와 헤어질 때 약속을 했기 때문이다. 이쪽에서 연락할 때까지 무슨 일이 있어도 요리코와 아쓰미를 일본으로 돌려보내면 안 된다고 나카사코는 신신당부했다. 두 사람의 목숨이 달렸다면서. 그래서 미도리코는 나카사코에게 변고가 생겼다는 이야기를 요리코에게도 하지 않았다. 이야기하면 아무리 말려도 요리코는 귀국한다. 미도리코는 그저 살아 있어만 달라고 기도하며 요리코랑 친구와 함께 식사를 준비하고, 아쓰미와 그림책을 읽고, 세 사람이 잠들 때까지 자신이 불안해한다는 것을 숨겼다. 그리고 혹시 연락이 있을지도 모른다는 일말의 희망을 품고 불을 끈 거실의 전화기 옆에 앉아 있었다.

전화를 건 남자는 이름을 밝히지 않고 그저 나카사코에게 이 집 전화번호를 들었다고 했다. 그리고 나카사코는 현재 중환자실에 있고 의식은 아직 돌아오지 않았다는 것, 나카사코가 자살을 시도한 것은 아니라는 것, 다시 한번 연락할 때까지 결코 귀국하지 말 것, 그 세 가지 사항을 마치 경찰관처럼 간결하게 전달했다. 남자는 마지막으로 "걱정 마세요. 나카사코 씨는 반드시 회복될 겁니다"라고 조용히 말했다. 남자의 올곧은 목소리가 귀에 남았다.

오빠가 살아 있다는 사실 하나만으로도 미도리코는 감사의 눈물을 주체할 수가 없었다.

소마는 아까 후지사와 공장에서 나카사코가 전화를 걸었을 때 그의 가족이 머무르는 상하이의 집 전화번호를 들었다. 그때 문득 불길한 예감이 들어 자신들이 있는 호텔로 오지 않겠느냐고 제안했다. 그 직후에 이런 일이 벌어질 줄이야.

오늘밤은 무코가오카 유원지에서 보내려고요.

그렇게 말한 나카사코의 목소리가 아직 귀에 남아 있었다. 소마는 입술을 깨물었다.

심각한 사태가 발생했지만 나카사코가 실려간 병원으로 달려갈 수도 없으므로 세 사람은 호텔로 되돌아가 병원 앞에서 대기하고 있는 도리야마의 연락을 기다렸다. 도리야마는 나카사코가 의식을 잃은 채 중환자실에 있다고 알려주었다. 아래에 차가 없었으면 나카사코는 죽었으리라는 것을 세 사람은 그 전화로 처음 알았다.

"……제기랄, 다키가와 이 새끼……."

침대에 앉아 있던 슈지는 분노를 터뜨릴 곳을 찾지 못해 자신의 양팔을 꽉 끌어안았다.

야리미즈는 폭발한 집에 있던 것과 똑같은 아드벡을 구해 와서 창가 의자에 앉아 혼자 마시며 가만히 생각에 잠겨 있었다.

"눈치챘다면 핫토리야."

야리미즈가 말했다.

"나카사코 씨와 사사키 구니오의 이번 움직임을 잇는 선은 한 가닥밖에 없어. 이소베의 휴대전화 번호지."

"하지만 그 일은 도미야마의 집에서 일하는 가사 도우미밖에 모르잖아. 나카사코 씨도 입막음은 제대로 해두었다고 했고."

"그 가사 도우미가 핫토리와 사이가 좋다면?"

소마는 거기까지는 생각도 해보지 않았다. 분명 가사 도우미가 아가씨라고 나카사코가 말하기는 했지만.

"회장님의 장례식 방명록에 이름밖에 없어서 주소를 모르는 사람이 있다. 그러니 회장님의 컴퓨터에 저장된 주소록을 보여주지 않겠느냐. 가사 도우미라면 이런 식으로 속일 수 있겠지만 핫토리에게는 통하지 않아. 도미야마의 장례식에 참석할 정도라면 『신사록紳士錄』◆에 다 나오거든. 핫토리는 가사 도우미에게 이야기를 듣자마자 나카사코 씨가 도미야마의 주소록에서 이소베의 휴대전화 번호와 메일 주소를 찾아서 사사키 구니오에게 넘겨주었다는 걸 알았겠지."

"그래서 놈들이 투신자살로 위장해 나카사코 씨를 죽이려 했군요."

슈지의 목소리는 분노로 떨렸다.

"아니." 야리미즈는 손에 든 잔으로 눈길을 떨어뜨렸다. "나카사코 씨는 자신의 의지로 뛰어내렸어."

소마와 슈지는 도저히 믿기지가 않아서 한순간 말문이 막혔다.

"자신의 의지로, 라니……. 야, 설마 나카사코 씨가 자살했다고?"

"무슨 소리야!"

열받은 슈지가 대들었다.

"나카사코 씨한테는 아직 어린 자식이 있다고. 천식을 앓고 몸이 약해서 아빠가 필요한 딸이 있단 말이야. 나카사코 씨가 그런 딸을 놓아두고 자살을 왜 해!"

야리미즈는 눈을 들지 않고 손안의 호박색 액체를 바라보

◆ 사회적지위를 지닌 사람의 성명, 주소, 경력, 직업 등을 수록한 명부.

았다.

"현장 검사 당일 검사에 입회한 영업과장이 그 공장의 창고 옥상에서 뛰어내려 자살하면 세상 사람들은 어떻게 생각할까? 그 정도는 다키가와도 염두에 둬. 다키가와는 나카사코 씨가 사사키 구니오와 연결되어 있음을 알고 움직였어. 목격자와 샘플을 오억과 교환하자고 요구하는 사사키 구니오와 말이야."

야리미즈는 말을 끊고 잔에 담긴 액체를 훌쩍 마시더니 음울한 목소리로 물었다.

"다키가와는 무슨 목적으로 나카사코 씨를 찾아갔을까?"

소마는 저도 모르게 숨을 삼켰다.

그렇다, 다키가와가 나카사코를 찾아갈 목적은 단 하나밖에 없다.

사사키 구니오의 정체와 거처를 알아내기 위해.

다키가와는 내일 돈을 넘겨주기 전에 나카사코에게 사사키 구니오의 정체와 거처를 알아낼 작정이었다. 알아내고 나면 마자키와 마찬가지로 시신을 처분하고 실종된 것으로 위장하면 된다. 다키가와는 그렇게 할 생각이었다.

"나카사코 씨는 다키가와의 목적을 알고 있었나……."

소마는 멍하니 중얼거렸다.

"그래." 야리미즈는 고개를 끄덕였다. "나카사코 씨는 다키가와를 보자마자 무슨 목적으로 찾아왔는지 눈치챘겠지. 그래서 옥상으로 몰려서 더이상 달아날 수 없다는 것을 알았을 때 스스로 몸을 던진 거야. 푸드에 관한 의혹을 더욱 부풀리고 이번 계획을 지키기 위해."

소마는 옥상 가장자리를 박차고 어두운 허공으로 몸을 날리는 나카사코를 상상하고 할말을 잃었다.

헛되이 죽을까 보냐.

옥상에 부는 어두운 바람을 맞으며 그렇게 결심한 나카사코의 가슴속에는 샘플이 어디에 있는지 끝끝내 밝히지 않고 죽은 마자키가 자리하고 있었을 것이라고 소마는 믿었다.

슈지의 잠긴 목소리가 방을 감싼 정적을 깨뜨렸다.

"……그런 건 자살이 아니에요."

슈지가 머리를 감싸쥐고 울부짖었다.

"자살이 아니라고……!"

소마는 이날 밤을 무코가오카 유원지에서 보내려 한 나카사코의 기분을 헤아려보았다.

그 샘플이 멜트페이스증후군의 원인임을 알았을 때부터 요 반년 남짓은 나카사코에게 정신이 아득해질 만큼 길고 괴로운 시간의 연속이었으리라. 타이투스 푸드라는 거대한 조직 속에서 홀로 환자를 구제하려고 했지만 조직에 외면당했고, 마자키와 행동을 함께했지만 마자키가 살해당하는 것도 모자라 무고한 목격자 네 명까지 죽임을 당했다. 제정신을 유지하도록 나카사코를 지탱해준 것은 진실을 만천하에 밝히겠다는 일념이었음이 틀림없다. 하지만 동시에 한 번은 어쩔 수 없이 샘플을 폐기하는 입장에 섰다는 사실을 나카사코는 잊은 적이 없으리라.

"난 마자키가 마지막까지 나카사코 씨를 지키고 싶어 했던 마음이 이해가 가."

소마는 말했다.

"가족이 있었기 때문만은 아니야. 그 사람은 조직 속의 양심이었어."

창가의 야리미즈가 소마에게 시선을 돌렸다.

소마는 야리미즈를 똑바로 쳐다보았다.

"마자키는 그런 사람이 살아주길 바란 것 아닐까……."

야리미즈는 소마의 말에 동의한다는 듯이 고개를 두세 번 가볍게 끄덕였다.

"……그럴지도 모르지."

야리미즈도 자신은 조직 속에서는 살아갈 수 없고, 슈지 역시 제대로 틀이 짜인 조직 속에서는 살기 힘들 것이다. 그렇다고 해서 가슴을 펴고 혼자 살아갈 수 있을 만큼 특별한 뭔가를 지니고 있는 것도 아니다. 그러한 우리들이라도 할 수 있는 일은 있다.

내일 나카사코가 지켜낸 계획을 우리가 실행한다.

야리미즈가 냉장고 위의 잔 두 개를 내려서 아드벡을 따랐다. 그리고 잔을 들고 다가오더니 소마의 얼굴을 쳐다보았다. 괜찮다고 대답하는 대신 소마는 살짝 웃으며 고개를 끄덕였다. 긴장을 풀고 휴식을 취하려면 조금 마시는 편이 났다.

"비싼 거니까 흘리지 말고 마셔." 야리미즈는 슈지에게 잔을 건넸다.

"그거 마시고 오늘밤은 푹 자둬."

그렇게 말하며 소마도 잔을 받아들었다.

"이거 돌려줄게." 야리미즈는 리바이스 청바지 호주머니에서 봉투를 꺼내 침대 위에 내려놓았다. 슈지가 백만 엔을 넣어서 주었던 봉투다.

"꽤 많이 줄었다만."

슈지는 왜냐고 묻는 눈으로 야리미즈를 올려다보았다.

"내일이 지나면 난 이번 사건을 글로 써서 고액 납세자 명단에 오를 거거든."

말의 내용과는 달리 야리미즈는 조용한 말투로 이야기했다.

내일은 해내느냐 당하느냐 둘 중 하나다.

다들 알고 있었지만 아무도 입 밖으로 꺼내지는 않았다.

슈지는 잔 속에서 반짝반짝 빛나는 호박색 아드벡을 단숨에 들이켰다. 독하고 뜨거운 액체가 목구멍에서 뱃속으로 똑바로 떨어져내렸다.

천천히 몸이 풀리고 날카롭게 긴장되어 있던 마음도 안정되었다.

내내 기다리고 있었다는 듯이 슈지의 머릿속에 얼굴 하나가 떠올랐다. 마지막으로 그 사람을 만나고 싶었다. 꼭 만나고 싶었다.

16
결행–2005년 4월 5일 화요일

4월 5일 화요일.

일렬로 늘어선 화단에 다양한 색깔의 튤립과 제라늄이 예쁘게 피어 있었다. 봄날 흐린 오후의 빛 속에 제라늄의 달콤한 향기가 감돌았다. 슈지는 사무실에서 알려준 대로 화단 앞의 완만한 비탈을 올라갔다. 체육관의 열린 문으로 배구를 하는 소리와 연습에 몰두하는 학생들의 기운찬 목소리가 들려왔다. 슈지는 문 옆에 서서 안을 들여다보았다.

네트를 사이에 두고 좌우 코트에 여섯 명씩 각자의 포지션에 위치한 학생들이 바쁘게 공을 치고 있었다. 하지만 공은 네트 위가 아니라 네트 아래에 만든 30센티미터 정도의 틈으로 양쪽 코트를 오갔다. 전위 세 명은 눈가리개를 하고 쪼그리고 앉은 자세였고, 후위 세 명은 엉거주춤 선 자세였다. 서브를 할 때는 볼링공을 던지는 듯한 요령으로 뒤편에서 굴렸고, 공이 바닥을 구르는 소리에 의지해 몸을 움직였다. 눈이 보이지 않는 학생들은 열심히 소리를 질러가며 노련하게 경기를 펼쳤다.

왼쪽 전위에서 움직이는 학생이 있었다. 요헤이였다. 탈색한 머리는 어린시절처럼 검은색으로 되돌아갔고, 키도 조금 컸다. 요헤이는 후위의 패스에 재빠르게 반응해 스파이크를 날렸다.

슈지가 일 년 육 개월 만에 보는 요헤이의 모습이었다. 그 사건이 일어난 후 슈지는 경찰에서 풀려나자마자 요헤이의 병실을 찾았다. 하지만 시력을 잃고 머리에 붕대를 감은 채 잠든 요헤이를 보고 슈지는 아무 말도 못 하고 달아나듯 병원을 뒤로했다. 그때를 마지막으로 슈지는 요헤이를 찾아갈 수가 없었다.

요헤이가 강타한 공이 상대방 코트를 가로지르자 환성이 터졌다. 요헤이가 일어서서 손뼉을 쳤다. 슈지는 그저 요헤이만 계속 지켜보았다.

연습이 끝나자 슈지는 체육관에서 조금 떨어져 요헤이가 나오기를 기다렸다. 요헤이에게는 알리지 않고 왔다. 이제 와서 뭣하러 왔느냐는 말을 들어도 당연하다고 슈지는 각오했다. 그래도……. 슈지는 발치의 땅에 시선을 고정한 채 요헤이가 나오기를 기다렸다.

잠시 후에 땅바닥을 탁탁 두드리는 가벼운 소리가 들려서 슈지는 고개를 들었다. 쳐다보니 요헤이가 하얀 지팡이를 리듬감 있게 짚으며 체육관 옆 비탈을 내려왔다.

당연히 지팡이를 사용하리라는 것은 머리로는 이해하고 있었지만 그 모습을 보고 슈지는 역시 충격을 받았다. 슈지의 기억 속 요헤이는 골목길을 뛰어다니고 문 닫은 공장의 담장을 기어오르고 밤에는 배달용 스쿠터를 타고 돌아다녔다. 하얀 지팡이로 능숙하게 땅을 두드리는 모습에서 슈지는 요헤이가 얼마나 큰 것을 잃었는지 다시금 깨달았다. 자신이 그 원인을 제공했다고 생각하자 가슴이 찢어지는 것 같았다.

요헤이는 익숙한 발걸음으로 화단 옆까지 오더니 지팡이로 벤치를 확인하고 땀을 닦으며 앉았다. 그리고 제라늄의 달콤한 향기를 가슴 가득 들이마시듯이 심호흡했다. 슈지는 천천히 요헤이에게 다가갔다. 심장이 터질 것처럼 쿵쿵 뛰었다. 요헤이는 눈을 뜨고 있지만 내 모습이 보이지 않는다. 슈지는 말을 걸지도 못하고 벤치 옆에 멈춰 섰다.

조용한 교내 어딘가에서 박새 울음소리가 들렸다.

"누구세요?"

요헤이가 문득 귀를 기울이듯이 고개를 갸웃했다.

슈지는 대답하려고 입을 벌렸지만 목구멍이 막힌 것처럼 말이 나오지 않았다.

요헤이가 더듬듯이 앞으로 손을 뻗자 그 손이 슈지의 팔에 닿았다. 요헤이는 갑자기 팔을 잡더니 힘을 주어 슈지의 상체를 끌어당겼다. 그리고 양손으로 슈지의 얼굴을 만졌다. 슈지는 요헤이가 손가락으로 눈과 코, 뺨과 입술을 만지는 동안 가슴이 떨려 꼼짝 않고 서 있었다.

이윽고 요헤이는 양손을 내리고 밝은 목소리로 말했다.

"앉아."

요헤이는 눈앞에 있는 사람이 누구인지 아는 것 같았다.

슈지는 아무 말도 하지 못하고 말없이 요헤이 옆에 앉았다.

"언젠가 네가 이렇게 느닷없이 찾아오지 않을까 싶었지."

체육관에서 하얀 지팡이를 짚은 학생들이 삼삼오오 나와서 기숙사 방향으로 걸어갔다.

바람이 엷은 제라늄 꽃잎을 흔들고 지나갔다.

"잘 지냈어?" 요헤이가 물었다.

"……응."

"나, 지금 여기 기숙사에 있거든. 태어나서 처음으로 수업을 제대로 받고 열심히 공부하고 있어. 머리가 나빠서 힘들지만 여기서는 바보라고 놀리는 사람도 없고, 공부하는 거 어쩐지 좀 즐겁더라. 스스로도 놀랄 지경이야."

"……그렇구나."

"혼자 밥 짓는 연습 같은 것도 해. 우리집 식당이니까 그런 건 땅 짚고 헤엄치기거든. 남한테 가르쳐주기도 해."

"……그렇구나."

박새가 지저귀면서 체육관 위를 날아갔다.

말해야 한다.

"요헤이."

"응?"

"……미안해."

사과해도 아무 소용 없다는 것은 알고 있었다. 이제 되돌릴 수 없다. 요헤이는 이제 두 번 다시 시각을 되찾을 수 없다.

"나, 보이지 않아도 잘 알아차렸지? 어쨌거나 기다리고 있었으니까."

슈지는 입술을 꽉 깨물고 숨을 죽였지만 스스로도 놀랄 만큼 느닷없이 감정이 격해져 참을 틈도 없이 풍경이 흐려졌다.

요헤이는 가장 괴로운 시간을 홀로 극복해왔다. 눈이 보이지 않는다는 것을 받아들이고 살아갈 길을 찾아서 시각장애인 학교 기숙사에 들어가 공부했다. 어찌할 바를 몰랐던 슈지가 니치에이 건설에서 마소처럼 일하여 얼마 안 되는 돈만 보내는 동안에. 요헤이는 이제 자신보다 훨씬 앞서서 걷고 있는 것 같은 기분이 들었다.

미안함과 자랑스러움, 쓸쓸함과 기쁨 등 다양한 기분이 한꺼번에 가슴속에 차올랐다.

슈지는 눈물이 흐르지 않도록 어금니를 꽉 깨물었다.

슈지와 요헤이는 아무 말도 하지 않고 잠시 그대로 앉아 있었다.

이윽고 슈지는 숨을 가다듬고 일어서서 가지고 온 선물을 호주머니에서 꺼내 요헤이의 손에 쥐어주었다. 요헤이는 병을 어루만져 모양을 확인하더니 씩 웃었다.

"이거 푸딩 맛이구나."

"응."

요헤이가 항상 즐겨 마시던 푸딩 맛 주스였다. 요헤이가 좋아하는 것을 가져가자고 결심했을 때 슈지는 그것밖에 떠오르지 않았다.

"고마워. 이거 학교에는 없거든."

"그럼, 나 이만 갈게."

"슈지."

요헤이는 목소리가 들린 방향으로 보이지 않는 눈을 돌리고 말했다.

"또 만날 수 있지?"

"응. 또 올게."

그렇게 말하고 슈지는 발걸음을 돌려 걷기 시작했다. 이번 일이 없었다면 언제까지고 요헤이를 만날 용기를 내지 못했으리라. 슈지는 시각장애인 학교 앞에서 기다리고 있던 야리미즈의 차에 올라탔다. 출발한 차 안에서 슈지는 앞을 똑바로 쳐다보았다.

오늘밤 무슨 일이 있어도 내 역할을 완수할게. 완수하고 나서 꼭 다시 만나러 올게.

해 질 무렵부터 비가 내리기 시작했다.

에비스 역 근처 지하 스탠드바에서 다키가와는 시간이 오기를 기다리고 있었다. 오늘 오후 사사키 구니오가 핫토리의 휴대전화에 메일을 보냈다. 오후 8시에 차에 돈을 실고 다키가와와 함께 역 앞에서 대기하라는 지시였다.

시각은 오후 7시 30분. 바는 일을 마치고 들른 손님으로 자리가 거의 다 찼다. 하지만 나른한 색소폰 음색도 손님이 웃으며 이야기하는 소리도 다키가와의 귀에는 들어오지 않았다. 다키가와는 눈앞의 잔에 담긴 페리에의 거품에 의식을 집중했다. 나타났다가 사라지는 무수한 구체. 투명한 액체 속을 떠오르는 투명한 구체. 하지만 흔들림 없이 뚜렷한 그 이미지는 조금만 정신이 흐트러져도 옥상의 어두운 바람에 삼켜지고 말았다.

전염병처럼…….

그 말이 옥상의 바람 속에서 다키가와를 붙잡으려고 한다. 그때마다 다키가와는 눈을 감고 호주머니 속의 악력 강화용 고무공을 꽉 움켜쥐었다.

어젯밤 나카사코의 딸이 집에 있었다면 지금쯤 전부 끝났을 것을.

어젯밤 다키가와는 후지사와 공장에 가기 전에 나카사코의 집에 들렀다. 어린 딸을 데려가면 번거로운 짓을 하지 않아도 나카사코가 이쪽이 알고 싶은 정보를 바로 털어놓을 것임을 알고 있었기 때문이다. 그런데 나카사코의 집은 나카사코의 아내도 딸도 없이 텅 비어 있었다. 다키가와는 하는 수 없이 혼자 후지사와 공장으로 향했다. 아니나 다를까 나카사코는 다키가와를 보자마자 왜 왔는지 알아차리고 죽을힘을 다해 달아났다.

붙잡히면 마자키와 똑같은 꼴을 당한다. 핫토리는 나카사코가 그렇게 될까 봐 무서워서 뛰어내린 줄 안다. 그리고 뻔히 보면서도 나카사코를 막지 못한 다키가와에게 화를 냈다.

핫토리는 아무것도 모른다.

다키가와는 확신했다.

나카사코는 무서워서 뛰어내린 것이 아니다.

나카사코를 달아날 곳이 없는 옥상으로 몰아넣었을 때 다키가와는 자신의 질문에 대답만 하면 어쩐지 미워할 수 없는 그 고지식한 배신자를 가능한 한 편하게 끝내줄 작정이었다. 질문은 두 가지. 마자키를 대신해 사사키 구니오라고 나선 가짜는 누구인가. 그 녀석은 어디에 있는가.

다키가와는 나카사코에게 물었다. 그리고 솔직히 대답하면 괴롭히지는 않겠다고 약속했다.

나카사코는 옥상 가장자리에서 이쪽을 가만히 보고 있었다.

보통은 이렇게 말할 터였다.

'질문에는 대답할게. 그러니 죽이지 마.'

하지만 나카사코는 입도 벙긋하지 않았다. 그리고 무슨 생각을 했는지 이쪽을 응시하며 웃었다.

그 이해 못 할 웃음을 보자 마자키가 떠올랐다.

순간 다키가와는 무슨 일이 일어날지 알았다. 다키가와는 나카사코를 향해 달려갔다.

다키가와의 눈앞에서 나카사코는 몸을 돌려 옥상 가장자리를 박찼다.

다키가와의 손은 허공을 갈랐고, 나카사코는 눈앞에서 사라졌다.

전염병처럼…….

어두운 옥상에서 뛰어내려오면서 다키가와는 생각했다.

마자키의 웃음이 전염병처럼 번진다…….

다키가와는 미지근해진 페리에를 천천히 다 마셨다. 뜨뜻해진 손안의 악력 강화용 고무공에 어느 틈엔가 땀이 배어 있었다.

다키가와는 카운터에 돈을 내려놓고 화장실로 가서 비누로 손을 꼼꼼히 씻었다. 그리고 코트 호주머니에서 빨간 악력 강화용 고무공을 꺼내 쓰레기통에 버렸다. 왜 버렸는지 스스로도 잘 이해가 가지 않았다. 손의 일부처럼 익숙해진 빨간 구체 두 개는 자기 무게를 이기지 못하고 일회용 종이 수건 위를 굴러 쓰레기통 바닥으로 떨어졌다.

밖으로 통하는 계단을 올라가자 비가 세차게 내리고 있었다. 비에 젖은 빨간색과 녹색 네온사인이 공중에서 깜박대고 있었다. 다키가와는 코트 깃을 세우고 에비스 역 앞으로 걸음을 옮겼다.

이 비를 맞고 군대 개미처럼 풍경을 유린한 벚꽃은 전부 질 것이다.

다키가와는 눈 깜짝할 사이에 혼잡한 거리로 섞여 들어갔다.

오후 7시 50분. 파란색 레거시의 실내등 아래서 야리미즈와 소마, 슈지는 시계를 맞추었다. '아지트'에서 사용할 기재는 저녁에 모두 함께 모여 전부 다 점검을 끝냈다. 건설중인 주택단지를 '아지트'로 사용할 수 있는 것은 오후 9시부터다. 그전까지 확실하게 돈을 받아내야 한다.

차 안에 와이퍼 소리가 규칙적으로 울려 퍼졌다. 슈지는 니트 모자 아래로 이미 휴대전화 헤드셋을 썼고, 방수 파카 호주머니에는 아키하바라의 가게에서 산 스턴건과 최루 스프레이를 숨겨두었다. 이제부터는 세 사람이 각자의 역할을 수행하기 위해 따로 행동한다.

"슈지." 소마가 말을 걸었다. "바깥에서는 스턴건 쓰지 마라."

"알아요."

이 빗속에서 스턴건을 사용하면 상대방뿐만 아니라 자신도 감전될 우려가 있다.

"그럼 '아지트'에서 보자." 야리미즈가 말했다.

슈지와 소마는 차에서 내려 각각 다른 방향으로 걸어갔다.

야리미즈는 조수석의 노트북을 켜고 차를 출발시켰다.

오후 8시. 핫토리의 휴대전화에 사사키 구니오의 메일이 왔다.

국도 246호선에서 세타가야도리 방면으로 향해라.

에비스 역 앞 근처에 정차된 검은색 재규어 조수석에는 이미 다키가와가 앉아 있었다. 뒷좌석에는 오억 엔을 보스턴백 다섯 개에 나누어 실어두었다.

핫토리는 사슴 가죽 운전 장갑을 낀 손으로 검은색 재규어를 출발시켰다.

사사키 구니오의 지시대로 국도 246호선에서 세타가야도리 방면으로 향했다. 저녁 무렵부터 내린 비로 길이 약간 혼잡했다. 핫토리는 교묘하게 차선을 누비며 차를 몰았다.

추적하는 차는 없는지 살피기 위해 다키가와가 사이드미러로 뒤쪽 차를 주시했다. 코트를 벗은 다키가와는 방수 운동복을 입고 있었다. 후드가 달린 검정색 운동복으로 몸을 감싼 다키가와는 마치 밤마다 고쿄皇居 주변을 조깅하는 회사원처럼 무해해보였다. 하지만 그 운동복이 다키가와의 작업복이다. 운동복이 작업복이라니 핫토리는 문득 다키가와가 아무도 모르는 특수한 경기의 선수처럼 느껴졌다. 핫토리는 가속페달을 밟아 앞차를 추월했다.

오후 8시 18분. 사사키 구니오가 다시 메일을 보냈다.

세타가야 2가의 육교를 지나치자마자 오른쪽에 편의점이 나온다. 거기에 차를 대라. 시동은 끄지 말고.

육교를 지나 아주 조금 더 나아가자 오른쪽에 편의점이 보였다. 도심치고는 보기 드물게 가게 앞에 차 예닐곱 대를 댈 수 있는 주차장이 있었다. 핫토리는 방향 지시등을 켜고 운전대를 꺾어 주차장으로 들어가서 가게 창문에서 사각이 되는 담장 옆에 차를 세웠다. 헤드라이트만 끄고 빗소리와 와이퍼 소리가 울려 퍼지는 차 안에서 사사키 구니오의 다음 연락을 기다렸다.

편의점 문에서 셋타◆를 신은 노인이 갈색 오뎅 봉지를 들고 나오더니 비닐우산을 쓰고 인도를 걸어 멀어졌다. 억수같이 쏟아지는 비 때문에 드나드는 손님은 거의 없었다. 다키가와는 차도를 달려가는 차종을 모조리 기억하겠다는 듯이 차도를 가만히 바라보고 있었다.

이 분쯤 후에 핫토리의 휴대전화에 메일이 왔다.

편의점에서 검정색 봉지를 사라. 그리고 두 겹으로 겹친 봉지에 일억씩 돈을 넣어라.

◆ 대나무 껍질로 만든 일본식 짚신 바닥에 가죽을 대어 방수 효과를 높인 신. 뒤꿈치 부분에 징이 박혀 있다.

다키가와가 바로 안전벨트를 풀고 편의점으로 들어갔고, 핫토리는 뒷좌석으로 자리를 옮겨 보스턴백을 열었다. 다키가와가 검정색 봉지 포장지를 뜯으며 돌아와서 재빨리 봉지를 두 겹으로 겹치자 핫토리는 가방을 뒤집어 띠로 묶은 돈다발을 넣고 봉지 아가리를 단단히 묶었다. 열 장에 128엔 하는 검정색 봉지에 순식간에 오억이 채워졌다. 마지막 봉지 아가리를 두 번 묶은 직후에 다시 핫토리의 휴대전화가 울렸다.

지도에 표시한 곳으로 와.

메일에는 주택가 지도가 첨부되어 있었다.

핫토리는 운전석으로 되돌아가 헤드라이트를 켰다. 다키가와가 안전벨트를 매자마자 핫토리는 주택가를 향해 검정색 재규어를 출발시켰다.

야리미즈는 멀어지는 재규어 후미등을 바라보다가 편의점 주차장 맞은편 건물 틈에서 일어섰다. 적외선 투광기를 장착한 도촬용 카메라에는 운전석과 조수석에 나란히 앉은 핫토리와 다키가와의 얼굴이 또렷하게 찍혀 있었다. 이것으로 핫토리는 다키가와를 모른다고 잡아뗄 수 없다. 이 영상은 다키가와와 핫토리를 연결하는 물증이다. 그리고 다키가와가 체포되었을 때 역 앞 무차별 살인 사건과 푸드의 샘플 은폐 공작이 연관되었음을 증명할 방증 중 하나이다.

야리미즈는 적외선 투광기를 떼어낸 후 레인코트 품속에 카메라를 끌어안고 서둘러 빌딩 뒤편에 세워둔 자기 차로 향했다.

오후 8시 40분. 소마는 손목시계로 시간을 확인한 후 오십 미터쯤 앞에 보이는 밝은 새시 문을 향해 걸음을 옮겼다. 빗발은 점점 강해지고 있었다. 바람에 흔들리는 빗방울이 소마의 뺨을 때렸다. 소마는 걸으면서 열흘 전 비가 오던 날을 떠올렸다.

그날 소마는 갑자기 내린 세찬 비에 등을 떠밀리듯 역 앞 광장에서 슈지의 집으로 달려갔다. 거기서 다키가와와 맞붙은 후 영문도 모른 채 슈지를 택시에 태워 오 년 만에 야리미즈를 찾아갔다. 그날 밤부터 모든 것이 시작된 것이다.

아무리 생각해봐도 오늘밤 이 비가 자신들에게 불운임은 알고 있었다. 그래도 이 비가 어딘가에서 그날 밤처럼 행운으로 바뀌어주지는 않을까. 아니, 꼭 그러기를 기원하며 소마는 투명한 새시 문을 당겨 열었다.

말없이 안으로 들어가자 책상에 앉아 있던 젊은 남자가 고개를 들었다.

남자는 놀란 기색도 없이 소마에게 말을 걸었다.

"어떤 일로 오셨습니까?"

부드럽고 앳된 미소 아래 자리한 빈틈없는 경계심과 타오르는 듯한 야심.

그거면 된다.

책상에서 일어난 젊은 제복 순경이 허리에 찬 권총에 소마의 눈길이 딱 멈추었다.

핫토리는 사사키 구니오가 차례차례 보내오는 메일에 따라 복잡하게 얽힌 주택가 길을 천천히 달렸다. 지나다니는 사람이 없는 오래된 주택가를 재규어의 헤드라이트 불빛이 핥고 지나갔다. 다키가와는 마치 끝이 없는 장난처럼 몇 번이고 "메일 왔습니다"라고 되풀이하는 휴대전화의 합성음에도 전혀 짜증을 내지 않고 내비게이션 지도를 가만히 바라보고 있었다. 지금까지 달린 경로와 방향, 주변 건물을 모조리 기억해 주택가 지리를 머릿속에 새겨넣었다. 다키가와는 눈 한번 깜박하지 않았다.

핫토리의 휴대전화에 또 사사키 구니오가 보낸 메일이 왔다.

차를 세우고 봉지에 든 돈을 동영상으로 찍어서 보내.

다키가와가 시트를 젖히고 뒷좌석에서 돈이 든 십 킬로그램짜리 봉지를 한 손으로 가볍게 들어 자기 무릎에 올려놓고 봉지 아가리를 풀었다. 핫토리는 봉지에 든 돈을 동영상으로 찍어 사사키 구니오의 휴대전화로 보냈다. 다키가와가 봉지 아가리를 다시 묶어 뒷좌석에 되돌려놓자 다시 휴대전화가 울렸다. 메일이 아니라 전화 착신음이었다.

다키가와가 핫토리의 눈을 쳐다보았다.

핫토리는 바로 휴대전화를 핸즈프리 모드로 바꾸어 스피커에서 소리가 나오도록 했다.

"차를 출발시키고 두 번째 모퉁이에서 좌회전해."

사사키 구니오의 목소리는 음성 변조기로 변조되어 있었다.

핫토리는 통화 상태를 유지한 채 휴대전화를 홀더에 끼우고 차를 출발시켰다.

지시받은 모퉁이를 돌자 차 한 대가 겨우 지나갈 만큼 좁은 골목길이 나왔다. 길 양쪽으로 산울타리와 블록 담, 낡은 판자 담이 이어져 있었다.

"좌회전했어. 골목길이야."

핫토리가 휴대전화에 말했다.

"가로등 아래 판자 담 앞에 봉지를 놔둬."

살펴보니 골목길 중간쯤의 낡은 판자 담 앞에 희미한 가로등이 딱 하나 서 있었다. 저기 돈을 놓아두라는 말이다.

"알았어."

핫토리는 판자 담 앞에 차를 세우고 운전석 문을 열었다. 갑자기 세차게 내리치는 듯한 빗소리가 울려 퍼졌고 골목길에 내려선 핫토리는 양복이 흠뻑 젖었다. 빗발은 편의점에 차를 세웠을 때보다 훨씬 강해졌다.

비가 쏟아져 내리는 가운데 다키가와와 함께 뒷좌석에서 봉지 다섯 개를 옮겼다. 빗소리만이 들리는 골목길에는 심야처럼 인기척이 없었다. 십 킬로그램씩 합계 오십 킬로그램의 돈이 든 봉지를 가로등 아래에 놓아두고 핫토리는 운전석으로 되돌아갔다. 맨살을 적신 비가 관자놀이에서 뺨으로 흘러 떨어졌다.

"돈 놓아뒀다."

핫토리는 숨이 조금 찬 목소리로 말했다.

다키가와가 차 앞을 돌아 조수석에 올라타고 문을 닫았다. 문이 닫히는 소리를 기다리고 있었다는 듯이 휴대전화에서 사사키 구니오의 변조된 목소리가 흘러나왔다.

"삼십 분 안에 둘이 함께 도쿄타워 특별 전망대로 올라가. 모습을 확인하면 돈을 가져가고 시게토 슈지가 있는 곳을 알려주겠다. 샘플은 시게토 슈지가 가지고 있어. 모습을 확인하지 못하면 이 거래는 중지야."

사사키 구니오는 전화를 끊었다.

핫토리는 바로 차를 출발시켜 골목길을 빠져나갔다.

생각한 대로다.

사사키 구니오는 다키가와와 둘이서 돈을 옮기라고 지시함으로써 다키가와가 어디서 나타날지 모른다는 위험을 배제했다. 마자키의 전철은 밟지 않겠다는 뜻이다. 하지만 돈을 손에 넣고 싶다면 사사키 구니오는 돈이 있는 곳에 모습을 드러내야 한다. 그때 사사키 구니오가 반드시 다키가와를 돈에서 떼어놓을 수단을 강구하리라고 핫토리는 예상했다. 그것이 바로 도쿄타워다. 여기서 도쿄타워까지 삼십 분. 사사키 구니오는 다키가와가 돈에서 삼십 분 거리로 물러났음을 확인하고 나서 돈을 가지러 올 속셈이다.

하지만…….

"도쿄타워는 너무 먼데."

다키가와가 검정색 재규어에 타고 나서 처음으로 입을 열었다.

그래, 내가 하고 싶었던 말도 그거다. 핫토리는 마음속으로 대답하며 주택가 한구석에 천천히 차를 세웠다.

사사키 구니오에게 삼십 분이나 길바닥에 오억 엔을 방치해 둘 배짱은 없다. 만에 하나 누가 지나가다가 가로등 아래에 방치된 수많은 검정색 봉지를 보고 수상히 여겨 내용물을 확인한다면, 혹은 기분이 찜찜하여 경찰에 신고한다면. 사사키 구니오는 동영상으로 실제로 본 그 엄청난 액수의 돈다발을 눈앞에서 잃는다.

사사키 구니오의 목적은 돈이다. 놈은 차가 골목길을 떠나면 반드시 바로 돈을 가지러 온다.

다키가와는 빗속을 뚫고 아무도 없는 주택가를 힘차게 달렸다. 돈을 놓아둔 골목길 모퉁이가 가까워졌다.

다키가와는 담 옆에 몸을 숨기고 골목길을 엿보았다.

아니나 다를까 희미한 가로등 불빛 아래 봉지 하나를 풀고 속을 들여다보는 사람이 있었다. 다키가와는 멀리서도 파카의 후드를 깊숙이 눌러쓴 그 사람이 누군지 알아보았다.

시게토 슈지였다.

곁에 500cc 레저 오토바이, 혼다 모트라가 앞부분을 다키가와 쪽으로 하여 세워져 있었다. 노란색 차체 앞뒤에 짐을 가득 실을 수 있도록 파이프로 된 대형 적재틀이 튀어나와 있었고, 적재틀에는 커다란 알루미늄 바구니가 고정되어 있었다.

그렇구나. 가짜 사사키 구니오는 끝까지 모습을 드러내지 않는다. 시게토 슈지를 돈으로 포섭했는지, 신변의 안전을 보장하겠다고 감언이설을 늘어놓았는지는 모르지만 저 애송이를 부려서 돈을 옮길 계획이다.

그렇다면 그것으로 상관없다. 다키가와는 빗소리에 발소리를 숨기고 달리기 시작했다. 애송이를 정리하는 김에 사사키 구니오에 관해 알아내면 그만이다.

슈지가 봉지 하나를 끌어안고 오토바이 뒤쪽 바구니에 실으려고 몸을 돌렸다. 순간 슈지는 다키가와를 알아보고 막대기처럼 뻣뻣하게 굳어버렸다. 다키가와의 눈에 공포로 얼어붙은 슈지의 얼굴이 똑똑히 들어왔다.

여기서 붙잡을 수 있다.

녀석이 돈을 포기하고 오토바이를 타고 달아나도 유턴하기 전에 붙잡을 수 있다.

슈지도 같은 생각이었는지 봉지를 내던지고 살아남을 방법을 찾아 재빨리 주변을 둘러보았다. 슈지는 별안간 판자 담 사이에 난 민가의 나무문에 달려들었다. 그리고 두 주먹으로 나무문을 힘껏 두드렸다. 좁은 골목길에 나무문을 두드리는 소리가 울려 퍼졌다. 다키가와는 저도 모르게 혀를 찼다. 누구든 사람만 나오면 여기서 살해당할 일은 없다. 애송이는 그렇게 생각한 것이다.

나무문 너머 뒷문에 불이 켜지자 다키가와는 망설였다. 그 한순간의 틈을 노려 슈지는 오토바이를 유턴시켜 달아났다.

오토바이를 타고 골목길에서 달려 나온 슈지는 야리미즈의 휴대전화에 연결되어 있는 헤드셋 마이크에 대고 소리를 질렀다.

"다키가와예요!"

세차게 내리치는 듯한 비 때문에 운전대를 가누기가 힘들었다. 귓가에서 야리미즈의 목소리가 들렸다.

"돈은?"

"그대로!"

사이드미러에 쫓아오는 다키가와의 모습이 보였다. 슈지는 속력을 높이고 커브를 돌려고 했다. 차체를 기울이며 운전대를 꺾었다. 빗방울이 한쪽 뺨을 좍 때렸다.

그 속력으로는 못 꺾는다.

다키가와는 기울어지는 오토바이의 각도를 보고 예상했다.

다음 순간 다키가와의 한 블록 앞에서 슈지의 오토바이가 미끄러져 길에 물보라를 일으키며 옆으로 쓰러졌다. 오토바이는 아스팔트를 미끄러져 벽 앞의 화단형 화분에 부딪혔고, 슈지는 반대 방향으로 내동댕이쳐져 굴렀다. 다키가와는 계속 달려서 반 블록 거리까지 쫓아갔다. 엎드리면 코 닿을 곳에서 슈지가 겨우 아스팔트에 손을 짚고 몸을 일으켰다.

그때 다키가와 뒤쪽을 엄청난 속력으로 지나가는 자동차 소리가 들렸다.

슈지가 고개를 번쩍 들고 그쪽을 쳐다보았다. 다키가와는 반사적으로 뒤를 돌아다보았다.

파란색 레거시가 돈이 있는 골목길로 달려 들어갔다.

놈이다.

다키가와는 혀를 찼다. 가짜 사사키 구니오는 다키가와가 올 줄 예상하고 시게토 슈지를 미끼로 삼아 돈을 가로챌 속셈이었던 것이다.

다키가와는 바로 휴대전화를 꺼내 핫토리의 전화번호를 눌렀다.

"사사키 구니오는 파란색 레거시에 탔습니다. 근처에 있으니 찾아요."

다시 몸을 돌리자 슈지는 이미 짧은 돌계단을 뛰어올라 주택가의 좁은 길로 달아나고 있었다. 다키가와는 희끄무레한 파카가 사라진 방향으로 달렸다.

야리미즈는 휴대폰으로 슈지의 오토바이가 충돌하는 소리를 듣자마자 시동을 걸고 예정보다 일찍 차를 출발시켰다. 창밖으로 한순간 이쪽을 보고 있는 다키가와와 일어서서 달려가는 슈지의 뒷모습이 보였다.

야리미즈는 브레이크를 밟으며 돈이 있는 장소로 다가갔다.

그러자 헤드라이트 불빛 속에 활짝 열린 나무문이 떠올랐다.

이어서 우산을 쓰고 샌들을 신은 중년과 초로 여자가 비쳤다. 중년 여자가 검정색 봉지 아가리를 풀고 속을 들여다보고 있었다. 깜짝 놀라 눈이 휘둥그레진 여자는 어깨에서 우산이 미끄러져 떨어지는 것도 개의치 않고 봉지 속에 손을 집어넣었다.

운전석 창문에서 겨우 몇십 센티미터 떨어진 곳에서 여자가 돈띠로 묶인 돈다발을 꺼내는 모습이 보였다. 쏟아지는 빗방울이 돈을 쥔 여자의 손을 뿌옇게 뒤덮었다.

야리미즈는 저도 모르게 운전대를 꽉 움켜잡았다.

이제 누구도 저 손에서 돈을 빼앗을 수 없다.

여자가 숨을 삼키고 초로 여자에게 뭐라고 외쳤다. 젖은 옆얼굴이 순식간에 창밖을 지나갔다.

사진으로만 보았던 마자키의 얼굴이 야리미즈의 뇌리를 스쳤다.

야리미즈는 태어나서 처음으로 마구 부르짖고 싶은 충동에 사로잡혔지만 안간힘을 다해 참았다.

백미러 속에서 오억 엔이 든 검정색 봉지가 작아지며 뒤편으로 멀어져갔다.

야리미즈는 숨을 죽이고 주먹으로 운전대를 두 번 세게 내리쳤다.

아픔만이 제정신을 지켜주기라도 한다는 듯이.

아직이다.

야리미즈는 자기 자신을 단단히 타일렀다.

아직 전부 끝난 것이 아니다.

야리미즈는 운전대를 잡은 손에 힘을 주었다.

그때 조수석에 펼쳐둔 노트북에서 〈뉴스프라임〉의 오프닝 테마가 흘러나왔다. 오후 9시 정각. 화면에 스튜디오의 아나운서가 비쳤다. 〈뉴스프라임〉이 시작되었다.

야리미즈는 골목길을 빠져나와 '아지트'를 향해 운전대를 꺾었다. 오토바이를 잃은 슈지가 무사히 '아지트'까지 달아날 수 있을지 걱정이었다. 벌떡 일어나서 달려간 것으로 보아 크게 다치지는 않은 모양이지만, 실은 그 모퉁이를 돌면 나오는 긴 직선 도로에서 다키가와와 거리를 더 벌리고 나서 오토바이를 버려야 했다.

어떻게든 시간 안에 '아지트'로 달아나.

이 '낚시질'의 목적은 돈뿐만이 아니다. 또 다른 목적은 슈지를 쫓는 다키가와를 건설중인 주택단지에 마련한 '아지트'로 끌어들이는 것이다.

소마와 슈지는 이 계획을 위해 한나절이나 들여 가장 안전한 도주 경로를 찾아냈다. 그리고 오늘밤 그 경로를 따라 슈지가 '아지트'에 도착할 때까지 소마가 몰래 다키가와의 뒤를 밟으며 슈지를 엄호할 예정이었다. 하지만 오토바이를 잃은 슈지는 순간적인 판단으로 경로를 바꾸었다. 소마도 휴대전화 GPS로 슈지의 위치를 확인하고 있겠지만, 갈비뼈가 부러진 상태로 급변한 현 상황에 얼마나 잘 대처할 수 있을까.

슈지와 다키가와 그리고 소마. 세 사람이 계획대로 '아지트'에 도착하기만 한다면…….

건설중인 주택단지 1호 동 1층에는 회합실을 겸한 넓고 탁 트인 공간이 있다. 거기가 '아지트'다. 생중계용 카메라를 짊어진 도리야마가 그곳의 자재 뒤에 숨어 대기하고 있다. 슈지를 쫓아온 다키가와는 어둠 속에 숨은 슈지를 찾으려고 내부 설비 공사용 조명 기구를 켤 것이다. 그것으로 촬영에 필요한 빛이 확보된다. 목소리를 잡아낼 고성능 마이크도 미리 설치해두었다. 조명이 켜진 순간부터 도리야마가 카메라를 돌리기 시작하면 슈지와 다키가와의 대화는 전부 생중계되는 〈뉴스프라임〉으로 전국에 방송된다. 다키가와는 슈지를 바로 처리하지는 않는다. 처리하기 전에 반드시 슈지에게 사사키 구니오에 관한 정보를 알아내려고 할 것이다. 그 기회를 이용하는 것이다.

슈지가 스턴건으로 거리를 유지하면서 다키가와에게 얼마나 말을 끌어낼 수 있느냐는 오히려 문제가 아니다. 생중계가 이루어지는 가운데 슈지가 자신이 죽어야 하는 이유를 밝히는 것이 중요하다. 그 샘플이 멜트페이스증후군의 원인이라는 것. 마자키가 불법 투기를 가장해 문제의 샘플을 로열 빌라의 바닥 아래에 숨겼고, 그 현장을 슈지를 포함한 다섯 명이 목격했다는 것. 이소베와 푸드가 사실을 은폐하기 위해 마자키의 입을 막았고 슈지 이외의 목격자는 전부 역 앞 광장에서 무차별 살인 사건으로 꾸며 죽였다는 것. 다키가와가 그 사건의 실행범이라는 것. 그러면 목격자이자 무차별 살인 사건의 유일한 생존자인 슈지를 죽이려는 다키가와의 행위 그 자체가 슈지의 말에 신빙성이 있다는 것을 뒷받침하는 가장 큰 증거가 된다. 그리고 소마가 다키가와를 살인미수 현행범으로 체포한다.

모든 일은 카메라 앞에서 진행된다. 〈뉴스프라임〉을 시청하는 사람 모두가 실시간으로 목격자가 되는 것이다. 무모하다는 것은 잘 알고 있었다. 계획을 세우는 단계에서는 모조리 녹화 테이프에 담아 전파에 싣자는 말도 나왔다. 하지만 가령 녹화에 성공해도 다키가와가 체포되었다는 소식이 전해지고 나면 테이프를 방송할 때 반드시 압력이 들어온다. 확실하게 전파에 실으려면 기습적으로 생중계를 하는 수밖에 없다. 전파에 싣기만 하면 더이상 어떤 힘도 사건을 무마할 수 없다.

하지만 〈뉴스프라임〉이 끝나는 오후 9시 45분까지 슈지, 다키가와, 소마 세 명이 '아지트'에 도착하지 못하면 이 계획은 모조리 수포로 돌아간다. 그뿐만이 아니다. 슈지가 '아지트'에 도착하기 전에 다키가와에게 붙잡히고 소마가 다키가와를 저지하지 못한다면 틀림없이 최악의 결과가 초래된다.

야리미즈는 기도하는 마음으로 레거시의 가속페달을 꽉 밟아 서둘러 중계차가 있는 곳으로 향했다. 도리야마가 촬영한 영상을 중계차에서 부조정실로 송신하는 것이 야리미즈의 역할이다. 그때 백미러에 조그만 헤드라이트 불빛이 나타났다. 뒤편 모퉁이를 돌아 나타난 차는 검정색 재규어.

핫토리다……!

야리미즈는 즉시 휴대전화에 손을 뻗어 오늘밤을 위해 단축번호로 저장해둔 번호를 눌렀다.

"광고 끝, 2번 카메라부터."

방송국 부조정실에서는 오다지마가 온에어 모니터를 보면서 스튜디오와 연결된 인터컴으로 지시를 내리고 있었다. 부조정실 제일 뒤쪽에는 총책임 연출자 시바타가 자리를 잡았고 그 옆에는 마쓰이가 앉아서 눈을 번쩍이며 오다지마의 움직임을 주시했다.

감독석에 앉은 오다지마는 금연이 원칙인 부조정실에서 여느 때처럼 담배에 불을 붙였다. 어디서 어떻게 뜯어보아도 유들유들하고 차분해 보였다. 하지만 사실 듀퐁 라이터를 쥔 오다지마의 손바닥은 식은땀으로 흥건하게 젖어 있었다. 오다지마는 마쓰이의 따끔한 시선을 등에 느끼면서 속으로 같은 말을 되풀이했다.

몰라라. 아무도 몰라라.

온에어 모니터 제일 구석에 중계차에서 송신되는 생중계 영상이 있다. 물론 '아지트'의 영상은 아니다. 지금 중계차에서 송신되는 영상이라면 모니터에 비치는 것은 나카사코가 실려 간 병원 앞 영상이다. 나카사코의 가족이 병원에 나타나면 병원 앞에서 생중계를 진행하기 위해 도리야마와 반다나 아가씨, 즉 노무라가 병원 앞 중계차에 대기하고 있다. 이것이 오다지마 이외의 모든 제작진이 믿고 있는 진행표상의 사실이다. 하지만 병원 앞 영상은 어젯밤에 도리야마가 찍어둔 녹화 영상이다.

중계하는 곳의 영상은 중계차에서 송신되니까 그 영상이 녹화 영상이라도 부조정실에서는 모른다. 야리미즈의 말로는 오늘밤 가족이 병원에 나타날 가능성은 없으므로 계획상으로는 절대 들킬 염려가 없었다.

그런데 이놈의 비가 문제다.

어젯밤 녹화한 병원 앞 영상에는 비가 내리고 있지 않다.

오다지마는 다시 속으로 빌었다.

아무도 몰라라.

지금 부조정실에 있는 제작진—오다지마 옆의 스위처◆ 책상에 앉은 스위처와 타임키퍼◆◆를 포함해 여기 있는 스무 명 가까운 제작진은 모두 마쓰이의 제작진이다. 누구 하나라도 알아차리면 그 시점에서 계획은 아웃이다.

같은 비가 소마에게는 행운으로 작용했다. 쏟아지는 빗소리가 소마의 발소리와 기척을 지워주었다. 오후 9시 10분. 소마는 다키가와를 추격하고 있었다.

검정색 운동복을 입은 다키가와가 연립주택 뒤편 울타리를 넘어 어둑어둑한 월정 주차장을 달려갔다. 슈지의 모습은 직접

◆ 여러 대의 텔레비전 카메라로 연속해 방송되는 화면을 감독의 지시하에 선택하는 기술자.

◆◆ 생방송과 녹화방송 때 스톱워치를 들고 시간을 관리하는 스태프.

보지 못했지만 GPS를 확인할 때마다 슈지가 처음에 정해놓은 경로로 되돌아가려 애쓰고 있다는 것을 알 수 있었다. 슈지는 장애물이 많은 길을 골라 이따금 몸을 숨기면서 잘 도망가고 있었다.

소마는 다키가와에게 들키지 않도록 신중하게 거리를 유지하면서 곁에서 나란히 달리는 젊은 제복 순경에게 눈길을 주었다. 피의자를 미행한다는 것, 신호할 때까지는 붙잡지 말라는 것. 그 두 가지만 말해주었는데도 지금까지 쓸데없는 질문 없이 따라오고 있었다. 아직 이십 대인 젊은 제복 순경은 수많은 동년배 제복 순경과 마찬가지로 형사가 되기를 열망하고 있을 것이다. 일찍이 같은 길을 걸었던 소마는 형사를 목표로 치열하게 경쟁하는 그들에게 수사에 협력하여 현직 형사의 마음에 드는 것이 얼마나 중요한 일인지 잘 알고 있었다. 그것이 서장의 추천을 받기 위한 첫걸음이기 때문이다.

마지막까지 지시에 잘 따라주기를 바라며 다키가와를 쫓아 울타리를 기어올랐을 때였다. 갑자기 소마는 가슴이 삐걱거리는 듯한 격통을 느꼈다. 너무나 통증이 심해 주차장에 뛰어내린 소마는 아스팔트에 무릎을 꿇고 신음소리가 나오는 것을 참았다. 젊은 순경은 소마가 다쳤다는 것을 알고 놀라서 소마를 쳐다보았다. 그 눈이 순식간에 타오르는 듯한 야심과 결의로 가득찼다. 고개를 든 소마는 젊은 순경이 무슨 생각을 하는지 바로 알아차렸다.

부상을 입은 형사를 대신해 피의자를 추적해 수갑을 채운다. 경찰관으로서 훌륭한 행동이자 이런 큰 공을 세울 기회는 두 번 다시 없다.

"그만둬." 소마는 젊은 순경의 팔을 잡고 일어섰다.

"아니요, 제가."

말을 마치자마자 젊은 순경은 느닷없이 앞장서서 달려갔다.

순경은 추적 대상을 놓치지 않겠다는 일념으로 다키가와와의 거리를 쭉쭉 좁혀갔다.

소마는 등골이 서늘해져 순경을 쫓았다.

순경 제복은 실루엣만 보아도 확실히 알아볼 수 있다. 여기서 다키가와가 순경이 쫓아온다는 사실을 눈치채면 끝장이다. 다키가와는 슈지에게서 사사키 구니오에 관해 알아내기를 포기하고 슈지를 붙잡자마자 처리한 후 달아날 것이다. 소마가 따라잡기 전에 슈지는 죽는다. 소마는 그렇게 될지 모른다는 사실이 제일 두려웠다. 소마는 숨을 멈춘 채 순경을 쫓아 전력 질주했다.

그때 달려가는 다키가와의 뒤편 길에, 바로 옆에서 헤드라이트 불빛이 비쳤다.

차가 온다.

소마는 다키가와가 돌아다볼 것이라 예감하고 심장이 얼어붙었다. 순경은 상대가 돌아다보리라는 생각은 하지도 않았다.

죽을힘을 다해 순경을 쫓아간 소마는 그의 어깨를 잡고 재빨리 연립주택에서 내놓은 쓰레기 뒤편으로 몸을 날렸다. 가슴 한복판 언저리에서 이상한 소리가 났다. 다키가와가 뒤돌아보는 것과 거의 동시에 택시가 소마와 순경 앞을 지나갔다. 택시가 크게 물을 튀기는 소리를 내며 지나쳤을 때 다키가와는 이미 앞쪽 모퉁이를 꺾어 사라지고 없었다.

괴롭게 숨을 쉬는 소마 옆에서 순경이 길로 튀어나가 앞쪽을 응시했다. 말없이 순경에게 다가간 소마는 뒤에서 힘껏 그의 다리를 걸었다. 구두를 신은 발이 소마의 가슴 높이까지 올라가고 순경은 물보라를 일으키며 인도에 나자빠졌다. 소마는 순경의 쇄골 사이를 무릎으로 누른 후 왼손으로 권총집에서 권총을 뽑았다. 순경은 놀라움과 공포로 눈이 휘둥그레져서 소마를 올려다보았다.

"이름은?"

"이하라……."

"잘 들어, 이하라. 체포하면 공은 자네한테 넘길게. 하지만……."

소마는 이하라를 누른 무릎에 힘을 주었다. 이하라는 숨이 막혀 입을 벌리고 헐떡였다.

"한 번만 더 멋대로 행동했다가는 봐라. 울고불고 난리를 쳐도 평생 출세는 물 건너간 줄 알아."

소마는 권총을 자기 등 쪽 허리춤에 끼우고 달리면서 마치 히라야마처럼 으름장을 놓았다고 생각했다. 하지만 히라야마와 마찬가지로 자신에게 그럴 힘은 없다.

길에 앉아 콜록대는 이하라를 돌보고 있을 겨를은 없었다. 다키가와가 사라진 모퉁이를 돌았지만 그 길에 그의 모습은 이미 없었다.

소마는 바로 휴대폰을 열어 슈지의 위치를 확인했다. 시간은 오후 9시 15분. 슈지는 벌써 소마와 미리 정해둔 경로에 다다른 상태였다. 바로 지금 커다란 저택 벽돌담 모퉁이를 돌았다.

큰일이다, 거리가 너무 벌어졌다.

소마는 쿡쿡 쑤시는 가슴의 통증을 참으며 다시 전력 질주했다.

다키가와가 벽돌담 모퉁이를 돌자 저멀리 앞쪽에 슈지가 길게 이어지는 벽돌담을 따라 달려가고 있었다. 다키가와는 점점 더 수상쩍다고 느꼈다.

오토바이를 버린 후 슈지는 계속해서 사람의 왕래가 적은 주택가 안쪽으로 달아나고 있었다. 반대 방향으로 같은 거리를 달렸으면 벌써 역 앞 근처까지 갔을 것이다. 그렇다고 잘 알지도 못하는 곳을 마구잡이로 달아나는 느낌도 아니었다. 녀석이 쥐새끼처럼 재빨리 달아날 수 있는 것은 분명 이 근방의 지리에 익숙하기 때문이다. 다키가와는 혹시 하고 생각했다. 시게토 슈지는 어딘가 목적지가 있어 거기로 향하는 것 아닐까.

그때 휴대전화가 울렸다. 핫토리였다. 다키가와는 달리면서 휴대전화를 귀에 댔다.

"파란색 세단을 놓쳤어."

"장소는? 어디서 놓쳤습니까?"

"건설중인 주택단지 근처."

전화를 끊은 다키가와의 머리에 바로 내비게이션으로 본 주택단지의 위치가 떠올랐다.

이 벽돌담이 끝나는 곳에서 삼거리가 나온다. 오른쪽으로 가면 지금까지와 마찬가지로 민가가 늘어선 주택가 길. 하지만 왼쪽으로 꺾은 후 다시 벽돌담을 따라 나아가다 한 번 더 왼쪽으로 꺾어 이 거대한 저택 부지를 디귿 자 모양으로 우회하면 건설중인 주택단지로 이어지는 널따란 길이 나온다.

그제야 다키가와는 어이가 없을 정도로 단순한 사실을 깨달았다.

나카사코가 가짜 사사키 구니오와 한패라면 가짜 사사키 구니오의 목적은 돈뿐만이 아니다. 돈만이 목적이라면 나카사코가 놈을 지키기 위해 옥상에서 뛰어내릴 리 없다. 놈의 목적은…….

순간 옥상 가장자리에서 이쪽을 보며 영문 모를 웃음을 짓던 나카사코의 모습이 되살아났다.

마자키의 웃음이 전염병처럼 번진다…….

가짜 사사키 구니오의 목적은 마자키의 그것과 똑같다.

가짜 사사키 구니오가 하나뿐인 증인 시게토 슈지를 넘겨줄 리 없다. 놈은 그 애송이를 도로 거두어간다. 슈지는 놈과 만날 곳으로 향하는 중이다. 바로 건설중인 주택단지다.

앞쪽에서 하얀 파카 차림의 슈지가 예상대로 삼거리를 왼쪽으로 꺾는 모습이 보였다.

다키가와는 담 위쪽을 양손으로 잡고 턱걸이를 하는 요령으로 몸을 끌어올려 재빨리 담을 뛰어넘었다. 저택 부지를 가로질러서 앞질러 가면 슈지가 주택단지에 들어서기 전에 붙잡을 수 있다.

다키가와가 어두운 저택 정원을 달리려 했을 때 갑자기 어둠 속에서 검은 덩어리가 으르렁거리며 달려들었다. 다키가와는 호주머니 속의 짧은 고무 손잡이를 꺼내 팔을 쳐들었다가 내리쳤다. 길어진 특수 경봉이 빛나는 두 눈 사이에 적중했다. 커다란 도베르만은 날카로운 비명을 지르며 옆으로 풀썩 쓰러졌다. 다키가와는 뭔지 모를 과일나무가 늘어선 드넓은 정원을 달리고 낡은 통유리 온실을 지나쳐 순식간에 반대쪽 벽돌담에 도착했다. 슈지가 지금까지와 같은 속력으로 달렸다면 이제 이 담 너머에 도착할 때쯤 되었다. 다키가와는 경봉 끝을 담에다 대고 눌러 원래대로 되돌리고 벽돌담을 넘었다.

환한 가로등이 늘어선 길은 빗발로 부옇게 흐려져 있을 뿐 사람이라고는 코빼기도 보이지 않았다.

쉬지 않고 달린 탓에 슈지도 다리가 무거워졌나……. 아무튼 잠복하기에 이 길은 너무 밝았다.

다키가와는 공사 현장에 임시로 둘러친 담장의 문으로 다가갔다. 문에 달린 커다란 자물쇠가 망가져 있었다.

역시 여기다.

다키가와는 건설중인 주택단지로 스르르 들어갔다.

아직 가로등이 없어 광대한 주택단지는 어둠에 감싸여 있었다. 그 어둠 속에 골격이 완성된 집 몇 채가 한층 거뭇거뭇하게 솟아올라 있었고, 여기저기에 거대한 곤충처럼 공사용 중장비가 몸을 웅크리고 있었다.

여기 어딘가에 가짜 사사키 구니오가 있을 것이다. 하지만 일단 애송이를 처리해야 한다.

다키가와는 그렇게 결심하고 어둠 속에 몸을 감추려 했다.

그때 근처에서 기묘한 빗소리가 들렸다. 아스팔트와 중장비에 떨어지는 것이 아닌지 흐릿하면서도 둔탁한 소리였다. 소리가 나는 쪽으로 다가가보자 아스팔트 위에 크고 거무스름한 고무 시트가 몇 장 깔려 있었다. 왜 길바닥에 이런 것이 깔려 있나 싶어 다키가와는 무릎을 꿇고 고무 시트를 젖혔다.

고무 시트에 덮여 있던 것을 본 순간 다키가와는 가짜 사사키 구니오가 누구인지 깨달았다.

이제 시게토 슈지에게 물어볼 필요는 없다.

붙잡으면 즉시 처리한다.

야리미즈는 흠뻑 젖은 채 어깨를 들썩여 숨을 쉬면서 중계차 감독석에 앉았다. 서둘러 중계 현장 영상을 확인하려고 인터컴 헤드셋에 손을 뻗었다. 그러자 바로 옆에서 수건이 날아왔다.

"기재에 물 떨어뜨리지 마세요."

빨간색 계통의 반다나로 머리를 질끈 묶은 노무라가 비닐 비옷을 벗으며 말했다. 오 년 만에 만났지만 웃음기와 화장기 둘 다 없는 얼굴은 조금도 변하지 않았다.

"라이트를 켜고 시험해두었어요. 소리도 화면도 잘 나오네요. 색조와 화상 둘 다 조정 완료입니다."

유능하고 쓸데없는 소리를 하지 않는 것도 옛날 그대로였다. 야리미즈는 물이 뚝뚝 떨어지는 머리와 옷을 수건으로 재빨리 닦았다.

야리미즈는 차를 몰고 가다 주택가 길에서 핫토리에게 발각되자 바로 노무라의 휴대전화에 연락을 취했다. 노무라는 도리야마와 함께 생중계 준비를 마치고 건설중인 주택단지 1호 동과 가설 담장 사이에 숨겨둔 중계차에서 대기하고 있었다. 노무라는 연락을 받자마자 가설 담장 문으로 달려와 야리미즈의 레거시가 오기를 기다렸다. 그리고 야리미즈가 주택가를 돌아다니며 겨우 핫토리의 차와 간격을 벌리고 다가오자 문을 열고 레거시를 안에 들인 다음 도로 닫았다.

쫓아오던 핫토리는 레거시를 놓쳤고 야리미즈는 겨우 한숨 돌릴 수 있었다. 만약을 위해 야리미즈는 차를 중계차와 떨어진 3호 동 뒤편에 세우고 겨우 중계차로 달려온 참이었다.

"노무라가 없었으면 큰일날 뻔했네."

"도리야마 씨 부탁이었으니까요."

그러니까 거절할 수 없지 않느냐는 듯이 노무라는 야리미즈가 방송국에서 일할 때 손가락으로 꼽을 만큼밖에 보지 못한 쓴

웃음을 지었다.

도리야마 말로는 노무라는 이번 주를 끝으로 방송국을 그만두고 뉴욕 영상학교로 유학을 간다고 한다. 다큐멘터리와 보도 현장에서 여자가 스태프로 경력을 쌓기란 쉬운 일이 아니다. 방송 제작에 관한 노무라의 열정과 헌신에 시종일관 '퉁명스러운 여자' 이상의 평가를 내리지 않았던 방송국 더 나아가 일본 방송업계 전체에 노무라 나름대로 일침을 날리려는 마음도 있었겠지만, 도리야마의 인품 덕분에 최종적으로 노무라가 자세한 사정도 묻지 않고 게릴라 생중계에 힘을 빌려주었다고 할 수 있다.

"아, 노무라." 야리미즈는 노무라를 돌아다보았다.

"알아요. 오늘밤 이 중계차에는 저랑 도리야마 씨만 있었어요. 저는 야리미즈 씨를 만난 적 없고, 몇 년도 전에 방송국을 그만둔 그 사람은 기억도 안 나요."

야리미즈는 도리야마의 인덕에 감사하면서 인터컴 헤드셋을 썼다.

앞으로 몇 분 안에 슈지가 촬영 준비를 마친 도리야마의 카메라 앞으로 달려올 것이다.

"도리야마, 야리미즈야. 지금 들어왔어."

"아아, 진짜. 늦기에 어쩐 일인가 싶어 걱정했잖아."

인터컴으로 안도한 도리야마의 목소리가 들려왔다. 캄캄한 1호 동 1층 집회실에 숨어서 생중계용 카메라를 들여다보고 있을 도리야마의 모습이 눈에 선했다.

야리미즈의 정면에는 생중계용 카메라에서 전송되는 영상이 비치는 모니터가 있지만 지금은 새카만 어둠이 자리잡고 있을 뿐이다.

"이쪽은 만반의 준비가 끝났어. 불이 켜지면 끝내주는 영상을 보낼게."

속삭이듯이 작은 목소리였지만 도리야마의 집중력이 느껴졌다.

야리미즈는 마지막으로 재빨리 계획 순서를 재확인했다.

슈지를 쫓아온 다키가와가 내부 설비 공사용 조명을 켜면 중계차 모니터로 그의 얼굴을 확인하고 나서 야리미즈가 오다지마의 휴대전화에 전화를 걸고 중계차에서 방송국으로 생중계 '오프닝 영상'을 송신한다. 이것은 오다지마가 카메라 앞에서 자신이 〈뉴스프라임〉의 감독이라고 소개한 후 사사키 구니오가 생중계를 전제로 마미 팔레트 샘플을 숨긴 장소를 가르쳐주겠다고 연락했으며 폐기되었을 샘플을 그저께 날짜 신문 위에 올려놓고 찍은 사진이 왔다는 사실을 알리고, 현재 사사키 구니오가 지정한 모처에 중계차가 있으며 이제부터 중계방송으로 전환하겠다는 취지를 밝히는 이십이 초짜리 영상이다. 이 영상은 '작전'을 개시하는 날 심야에 도리야마가 〈다큐멘트21〉 스태프룸에서 촬영한 것으로, 이 영상에 이어 생중계 영상을 방송국으로 송신할 예정이었다.

"오다지마 씨도 힘을 써줘야지." 야리미즈는 말했다.

중계차에서 보내는 영상을 방송에 실으려면 오다지마가 부조정실에서 전환 스위치를 눌러야 한다. 영상 전환을 담당하는 스위처는 당연히 반발할 것이다.

"그것도 그렇지만 나는 마쓰이 씨가 걱정……."

갑자기 인터컴으로 들려오던 도리야마의 목소리가 뚝 끊겼다.

"도리야마……? 야, 도리야마! 무슨 일이야!"

소마는 민가 문짝을 붙들고 몸을 지탱했다. 가슴 한복판에서 이상한 소리가 난 후로 오래 달릴 수가 없었다. 폐를 넓혀 숨을 들이마실 수가 없는 것이다. 아픈 것도 문제였지만 산소가 모자라서 다리가 움직이지 않았다. 하지만 이제 곧 그 벽돌담 저택이 나온다.

슈지의 위치를 확인하려고 휴대전화를 꺼낸 소마는 GPS를 보고 자기 눈을 의심했다.

아까 보았을 때와 위치가 조금도 달라지지 않았다. 빛나는 액정 화면 속에서 슈지를 가리키는 조그만 점은 얼어붙은 듯이 꼼짝도 하지 않았다.

어떻게 된 걸까. 그대로 거리를 유지했다면 '아지트'까지 달아났을 텐데.

하지만 슈지는 삼거리를 꺾어 벽돌담이 계속되는 골목을 나아가다 '아지트'로 이어지는 넓은 길로 나가기 직전에 멈춘 채 전혀 움직이지 않았다.

무슨 일이지. 왜 움직이지 않는 거야.

도리야마의 인터컴에서는 아무 반응도 없었다. 야리미즈는 바로 휴대전화를 꺼냈지만 현장에 숨어 있는 도리야마가 휴대전화 전원을 켜놓았을 리 없었다. 눈앞에 줄지은 모니터 화면도 조정 화면으로 바뀌어 있었다. 소리뿐만 아니라 도리야마의 카메라에서 중계차로 전송되는 영상도 끊긴 것이다. 노무라가 이상이 발생했음을 알아채고 부리나케 발판 옆의 패널을 열었다.

"CC유닛에는 이상 없어요."

카메라 컨트롤 유닛에 문제가 없다면 중계차와 카메라를 연결하는 케이블에 문제가 생겼는지도 모른다. 생중계용 카메라는 녹화용 ENG카메라와 달리 중계차와 케이블로 직접 연결되어 있다. 보통 2, 300미터 길이의 케이블을 사용한다.

"중계 케이블을 보고 올게. 노무라는 여기 있어."

야리미즈는 손전등을 들고 뛰쳐나가 중계차 꽁무니에서 뻗어나가는 케이블을 따라갔다. 언제 슈지가 나타나도 이상하지 않을 시각이었다. 야리미즈는 초조한 나머지 심장이 뛰다가 터질 것만 같았다.

이윽고 동그란 손전등 불빛에 비친 광경을 보고 야리미즈는 가슴이 섬뜩했다.

중계 케이블 위에 덮어둔 고무 시트 한 장이 옆으로 치워져 있었다. 달려가자 중계 케이블은 예리한 날붙이로 절단되어 있었다.

다키가와다……. 다키가와에게 들켰다.

1호 동에서 도리야마가 튀어나와서 절단된 중계 케이블을 깜짝 놀란 얼굴로 집어 들었다.

야리미즈는 숨을 삼키고 가설 담장 문을 돌아다보았다. 문은 사람 한 명이 빠져나갈 만큼 열려 있었다.

다키가와는 이미 여기 없다. 다키가와는…….

사방을 메운 빗소리 때문에 벽돌담을 따라서 난 골목길에서는 발소리도 인기척도 느껴지지 않았다.

슈지는 저멀리 뒤편의 삼거리 모퉁이를 쳐다보며 다키가와가 쫓아오기를 기다리고 있었다.

3미터쯤 앞에 위치한 모퉁이를 돌면 '아지트'가 있는 넓고 밝은 길이 나온다. 야리미즈와 도리야마가 기다리고 있는 '아지트'는 이제 눈앞이다.

슈지는 불안과 초조함을 참으며 가로등이 켜진 삼거리를 응시했다. 하지만 뿌옇게 흐려진 가로등 불빛은 은색 빗발을 비출 뿐, 시간이 아무리 흘러도 다키가와는 나타나지 않았다.

왜 다키가와가 쫓아오지 않지…….

지금까지 모퉁이를 돌기 전에 슈지는 꼭 다키가와가 따라오는지 확인했다. 삼거리를 돌기 전에 돌아보았을 때도 다키가와는 분명히 뒤를 쫓아오고 있었다. 그런데…….

마지막으로 다키가와를 보고 나서 시간이 얼마나 지났는지 짐작이 가지 않았다.

도대체 어디로 갔지.

암흑에 내팽개쳐진 것 같은 공포가 느닷없이 온몸을 감쌌다. 슈지는 몸을 숨길 곳 하나 없는 좁은 골목길에 우두커니 선 채 온몸의 신경을 곤두세우고 주변 기척을 살폈다. 문득 조금 전에 개의 비명소리가 들린 것이 떠올랐다.

혹시 다키가와는…….

슈지는 반사적으로 넓고 밝은 길 쪽을 돌아다보았다.

자동 착신 기능을 켜둔 휴대전화가 반응하더니 헤드셋에 야리미즈의 목소리가 크게 울려 퍼졌다.

"슈지, 되돌아가!"

하지만 숨을 삼킨 슈지의 눈에는 이미 모퉁이에 나타난 다키가와가 비치고 있었다. 야리미즈가 계속해서 외쳤다.

"오지 마! 케이블이 잘렸어! 다키가와한테 들킨 거야!"

슈지는 뒤돌아 달렸다. 하지만 몇 발짝도 떼기 전에 목덜미를 붙잡혔다. 다키가와는 무시무시한 힘으로 슈지를 벽돌담에 짓누르고 오른팔을 뒤로 돌려 꺾어 올렸다. 슈지는 너무 아픈 나머지 비명을 질렀다. 귓전에서 야리미즈가 슈지를 계속해서 불렀다. 하지만 옴짝달싹도 못 하고 청바지 뒷주머니에 넣어둔 휴대전화를 빼앗겼다. 다키가와는 한 손으로 휴대전화를 펼치더니 슈지 코앞에서 벽돌담에 대고 눌러 반으로 뚝 분질렀다. 헤드셋에서 들려오던 야리미즈의 목소리가 사라졌다.

빗소리가 울려 퍼지는 가운데 등뒤에서 칼을 꺼내는 소리가 들렸다.

다키가와는 한마디도 하지 않았다. 슈지는 벽에 짓눌린 채 삼거리를 보았다.

뿌옇게 흐려진 가로등 불빛 아래 소마의 모습은 없었다.

슈지는 안간힘을 다해 왼손으로 파카 호주머니를 뒤졌다. 최루 스프레이 캔이 손가락에 닿았다.

다키가와가 슈지의 어깨를 잡고 돌려세우더니 마자키를 찌른 것과 같은 칼을 진자처럼 움직여 슈지의 심장을 찔렀다. 슈지는 가슴에 강한 충격을 받은 순간 다키가와에게 최루 스프레이를 뿌렸다.

다키가와가 양손으로 얼굴을 감싸고 뒤로 물러섰다. 슈지는 심장을 누르고 주르르 미끄러지듯이 제자리에 주저앉았다. 슈지의 손에서 떨어진 최루 스프레이가 골목길을 굴러갔다.

숨이 막혔다.

너무 아파서 눈을 꼭 감자 눈꺼풀 안쪽을 빨간 반점이 어지러이 돌아다녔다. 슈지는 몸을 웅크리고 고통에 신음하며 빗물이 얇은 막처럼 흘러가는 길 위를 데굴데굴 굴렀다. 하지만 몸을 비트는 듯한 고통에 시달리면서도 슈지는 소마에게 감사했다.

소마가 패닉 박스를 파는 가게에서 슈지의 반년 치 집세에 해당할 만큼 비싼 방검 조끼를 사주지 않았다면 지금쯤 자신은 죽었을 것이다. 하지만 혼신의 힘을 다해 주먹으로 명치를 때린 듯한 충격은 격한 통증으로 바뀌어 숨이 막혔고, 좀처럼 몸을 자유로이 움직일 수가 없었다.

제기랄…….

슈지는 고통을 견디느라 이를 악물고 벽돌담의 울퉁불퉁한 부분을 잡았다.

비 때문에 최루 스프레이의 효과는 그리 오래가지 않는다.

눈을 깜빡이는 슈지의 시야 가장자리에 다키가와가 어느새 땅에 한 손을 짚고 일어서려는 모습이 들어왔다.

"도대체 어떻게 된 거지! 이 영상은 언제 찍은 거야?"

마쓰이가 감독석에 앉은 오다지마를 다그쳤다.

첫 번째 중간 광고가 나가는 도중에 마쓰이가 중계차에서 송신되는 영상에 비가 내리고 있지 않다는 사실을 알아차렸다. 부조정실이 소란스러워졌다.

"중계차를 허위로 신청하는 건 중대한 내규 위반이야. 허가도 받지 않고 도대체 뭘 생중계할 작정이야?"

"보면 알아. 그야말로 대어라고."

"광고, 앞으로 십오 초면 끝납니다."

타임키퍼의 새된 목소리가 울려 퍼졌다.

"시바타 부장님!"

오다지마는 부조정실 제일 뒤에 앉은 시바타에게 호소했다.

"이건 틀림없이 엄청난 특종입니다!"

팔짱을 낀 채 침묵을 지키던 시바타가 입을 열었다.

"지금 당장 나가. 안 그러면 경비원을 부르겠어."

따귀를 때리듯이 엄격한 말투에 부조정실이 잠잠해졌다.

"방송이 끝나자마자 처분을 내릴 테다. 마쓰이."

마쓰이가 재빨리 고개를 끄덕이고 오다지마의 손에서 인터컴을 빼앗아 스튜디오에 전달했다.

"마쓰이다. 사정이 있어 현 시각부로 감독을 교체한다. 동요하지 말고 지시에 따르기 바란다."

오다지마를 보고 있는 사람은 이제 아무도 없었다. 오다지마는 잠자코 부조정실에서 나왔다. 방송이 한창인 스튜디오와 부조정실에서 눈에 보이지 않는 열기와 긴장감이 복도로 전해져 왔다. 하지만 오다지마를 위해 열려 있는 문은 하나도 없었다. 마치 주전 멤버에서 제외되어 로커룸에서 홀로 시합이 끝나기를 기다리는 무능한 선수 같았다.

오다지마는 복도에 놓인 스탠드형 재떨이를 힘껏 걷어찼다. 작은 원반 같은 그릇이 날아가다가 엘리베이터 앞 바닥에 요란한 금속음을 내며 떨어졌고 담배꽁초가 사방에 흩어졌다. 마음을 진정시키려고 담배를 물었지만 스타디움 점퍼 호주머니에는 라이터가 없었다. 감독석에 놓아두고 왔다는 것을 깨닫고 오다지마는 입에서 담배를 빼내 내팽개쳤다.

마쓰이가 흔쾌히 감독석에 앉는 모습이 떠올라 오다지마는 화가 나기보다 안타까운 나머지 복도에 주저앉았다.

야리미즈에게 알릴 기분도 들지 않았다.

골목길 한가운데에서 불이 꺼진 휴대전화 액정 화면이 빗방울을 튕겨내고 있었다. 액정 화면에서 일 미터쯤 떨어진 벽돌담 앞에 자판 부분이 떨어져 있었다. 소마는 아무도 없는 골목길에 쭈그리고 앉아 반으로 부러진 금속 디자인의 휴대전화를 주웠다. 그것은 만난 지 얼마 되지 않았을 무렵 멋대로 싸돌아다니는 슈지의 안전을 염려해 야리미즈가 사준 GPS 기능이 탑재된 휴대전화였다. 휴대전화를 받았을 때 슈지가 "이거 방수예요?"라고 묻던 얼굴이 아무런 맥락도 없이 머리를 스쳤다.

"소마." 달려온 야리미즈가 부르는 목소리가 들렸다.

소마는 고개를 들지 않고 자기 자신을 타이르듯이 말했다.

"GPS 반응이 사라진 지 고작 일이 분 지났어. 아직 근처에 있다고."

야리미즈도 소마도 최악의 사태를 입 밖에 꺼내지는 않았다. 만약 슈지가 자유로이 움직일 수 있는 상태라면 소마가 온 방향으로 되돌아왔을 것이다. 하지만 슈지는 되돌아오지 않았다. 슈지가 여기를 떠났을 때 다키가와에게 자유를 빼앗겼든지 아니면 이미…….

야리미즈가 곁에 앉아 슈지가 마지막으로 저항하기 위해 사용한 최루 스프레이를 주웠다.

"어떤 상태든 간에 우리 둘 다 슈지와 다키가와를 보지 못했으니, 두 사람은 저쪽 방향으로 사라진 거야."

야리미즈는 삼거리 오른쪽 방향의 주택가를 눈짓으로 가리켰다.

"차를 돌려서 올게." 야리미즈가 그렇게 말했을 때 그의 휴대전화가 울렸다.

도리야마가 전하기를 야리미즈의 파란색 레거시 창문이 박살나고 타이어도 펑크났다고 한다. 게다가 차 안에 놓아두었던 카메라와 적외선 투광기도 사라졌다.

핫토리다.

마쓰모토에서 다키가와를 찍은 디지털카메라도 동영상에서 캡처한 불법 투기 현장의 슈지 사진도 틀림없이 사라졌으리라.

소마는 망가진 슈지의 휴대전화를 호주머니에 넣고 일어섰다.

"내가 돌아다니면서 찾아볼게. 넌 중계차로 돌아가."

그렇게 말하고 소마는 주택가 쪽으로 달려갔다.

빗발은 약해질 기색도 없이 아프도록 몸에 쏟아져 내렸다.

소마는 달렸다.

어디 있어, 슈지.

슈지는 명치를 누른 채 후들거리는 다리로 죽을 둥 살 둥 달아나고 있었다. 다키가와가 쫓아오는 기척이 전해져왔다. 비 때문에 최루가스를 깊이 들이마시지는 않았겠지만, 정통으로 가스를 맞은 두 눈의 시력이 완전히 회복되기까지는 시간이 좀 더 필요할 것이다. 골목길에서 몸을 일으킨 다키가와가 양손으로 허공을 더듬는 모습을 보고 슈지는 기다시피 하여 간신히 벗어났다.

그때 소마가 오고 있을 방향으로 되돌아갈 수도 있었다. 하지만 슈지는 가로등이 켜진 삼거리에 섰을 때 되돌아가지 않기로 결심했다. 이제 곧 소마가 나타날 골목길과 다키가와가 쫓아오는 등뒤의 골목길을 바라보고 나서 앞에 뻗은 길로 달렸다. 혼자 달아나기로 결정한 것이다.

슈지는 양손으로 무릎을 짚고 뒤를 돌아다보았다. 다키가와는 아직 담 모퉁이를 돌지 않았다. 슈지 왼편에 열린 문이 있었다. 문 안쪽에는 나무 냄새가 나는 컴컴한 어둠이 펼쳐져 있었다. 태어나기 전에 감싸여 있던 부드럽고 다정한 어둠같이 느껴졌다. 슈지는 그 어둠 속으로 발을 들여놓았다.

왼쪽 눈에는 아직 타는 듯한 통증이 남아 있었지만 하늘에서 아낌없이 쏟아지는 비 덕분에 오른쪽 눈의 시력은 제법 많이 회복되었다. 슈지에게 방검 조끼를 입힌 자는 전前 방송국 직원에게 그를 맡긴 형사가 틀림없으리라.

요컨대 아오키 여관에서 일어난 소동은 사사키 구니오의 존재를 믿게끔 하여 오억 엔을 뜯어내기 위해 준비한 연극이었다. 얄팍한 잔꾀다. 아마추어가 복잡한 계획을 세우면 대개 최악의 타이밍에 사소한 부분에서 일이 들통나서 엄청난 대가를 치르게 된다고 예전에 다키가와가 약품 속에 가라앉힌 흥신소 영감탱이가 말했다. 지금쯤 야리미즈와 소마는 새파랗게 질린 얼굴로 슈지를 찾고 있겠지만 그가 도망쳐 들어간 곳을 찾아내기는 아주 어려울 것이다.

다키가와는 슈지가 길에서 사라지기를 기다렸다가 불법 주차된 차 뒤에서 나왔다. 오른쪽 눈으로 슈지의 하얀색 파카가 사라진 방향을 확실히 보았다. 명치에 타격을 받으면 다리에 영향이 미친다. 다키가와는 슈지가 머지않아 어둠에 몸을 숨기고 휴식을 취하리라고 예상했다. 그리고 예상대로 슈지는 스스로 인기척이 없는 곳으로 들어갔다. 다키가와는 문을 통과해 슈지가 자취를 감춘 어둠 속으로 미끄러져 들어갔다.

칠흑 같은 어둠은 나무를 때리는 빗소리로 가득했다. 어둠 속에 흙냄새와 물 냄새, 나뭇진 냄새가 녹아들어 있었다. 그 냄새를 맡자 다키가와는 문득 즈시의 저택이 떠올랐다.

철이 들었을 때는 이미 즈시의 저택에 살고 있었다. 저택에 살고 있었다고 해도 방들이 즐비한 안채에서 뒤쪽으로 멀리 떨어진 울창한 숲에 점점이 위치한 얼음 창고 같은 오두막 중 하나에서 생활한 것뿐이지만. 오두막 곁에는 새 사냥을 위해 기르는 사냥개들의 개집이 수없이 늘어서 있었다. 그 사냥개들을 길들였을 무렵에는 그것들과 마찬가지로 밤이 되어 컴컴해진 숲을 자유자재로 돌아다닐 수 있었다. 그 무렵부터 어둠 속에서 사냥감을 쫓는 것이 특기였다. 그때부터 사람 죽이는 일을 싫어한 적은 없다.

어쩌면 뭔가를 계기로 마자키도 나처럼, 나도 마자키처럼 살았을지도 모른다.

히라야마를 기다리고 있던 아침에 갑자기 의식 표면에 떠오른 그 생각은 마자키를 죽인 이후로 마치 잔 바닥에 들러붙은 거품처럼 내내 가슴속에 잠들어 있던 듯한 기분이 들었다. 그 이상한 남자—더이상 감춰봤자 아무런 득도 되지 않는 샘플의 위치를 말하지 않고 피와 살점으로 곤죽이 된 끝에 어린아이처럼 천진하게 웃던 남자. 놈은 나와 삶의 방식은 달랐지만 세상 사람들이 '비인간非人間'이라고 칭하는 부류가 아니었을까.

이 세상에 살면서도 이 세상의 규범과 인간다운 행동 원리와는 무관한 비인간. 선악, 손득, 혹은 위로와 자비와도 무관하여 비인간이라고 불리는 자. 물론 인간이기 때문에 누구나 계기만 있으면 남녀노소 상관없이 '비인간'으로 변한다.

왜 마자키의 웃음이 내 머릿속에 깃들었는지, 왜 전염병처럼 번져서 내게 들러붙어 있는지 지금도 의문이다. 하지만 부드러운 흙을 밟으며 어둠 안쪽으로 나아가는 동안 어쩌면 '비인간'이 '비인간'과 맞닥뜨렸을 뿐인지도 모르겠다는 생각이 들었다. 이것은 분명 일시적인 독감이다. 이 일을 끝내는 것이 중요하다. 그러면 전부…….

갑자기 어둠 속에서 관목 잎이 바스락거리는 소리가 났다.

다키가와는 눈을 감고 움직이는 나뭇잎 소리에 귀를 기울였다. 슈지가 이쪽의 기척을 알아차리고 달리기 시작했다. 숨소리가 들렸다. 다키가와는 방향을 정하고 여우를 사냥하듯이 슈지를 몰았다. 얼마 가지도 않아 앞쪽 어둠에서 희미하고 불확실한 발소리가 멈칫하는가 싶더니 느닷없이 슈지의 모습이 밝은 빛 아래에 나타났다. 다키가와는 눈이 부셔서 실눈을 떴다.

주변을 비추는 빛 속에서 슈지가 숨을 삼키고 사방을 둘러보고 있었다.

다키가와는 슈지 뒤쪽의 차양 아래 적외선 센서가 있다는 것을 알아차렸다. 슈지가 방범용 센서를 건드리는 바람에 불이 켜진 것이다. 눈부신 할로겐램프 불빛이 흐드러지게 핀 개나리와 공조팝나무 꽃을 대낮처럼 비추었다.

사방을 둘러보던 슈지가 곁에 목조 단층 가옥이 있다는 것을 알아차렸다. 나무들을 면해 줄지은 두꺼운 유리문에는 전부 커튼이 쳐져 있었고, 실내에 불빛은 보이지 않았다. 슈지는 집으로 달려가 유리문을 힘껏 두드렸다. 하지만 아무리 두드려도 불은 켜지지 않았고 사람이 움직이는 기척도 없었다.

슈지가 어깨가 들썩이도록 헐떡이면서 다키가와를 향해 돌아섰다.

그래, 행운은 연속되지 않는 법이다.

다키가와는 황폐해진 정원을 보았을 때부터 집에 아무도 살지 않을 것이라 예상했다. 주위는 높은 판자 담으로 둘러싸여 달아날 방법은 없다. 그리고 정원 깊숙이 들어온 곳에서 불이 켜졌으니 길에서는 불빛이 보이지 않는다.

다키가와가 다가가려 하자 슈지는 스턴건을 꺼내 양손으로 들고 대항하는 자세를 취했다.

슈지의 등뒤에서 꽃이 만발한 능수벚나무가 바람에 흔들리고 있었다. 다키가와는 슈지가 배수진을 쳤음을 알고 일단 스턴건에 관해 충고했다.

“그걸 쓰면 너도 무사하지 못해.”

하지만 슈지는 알고 있다는 듯이 자세를 그대로 유지했다.

그래서 하나 더 알려주기로 했다.

“기다리고 있어도 그 방송국 놈은 오지 않아.”

“나도 알아. 우리는 실패했어. 그래서 혼자 도망친 거라고.”

슈지는 궁지에 몰렸음에도 빗물이 흘러 떨어지는 스턴건을 가슴 높이로 든 채 다키가와를 가만히 노려보고 있었다.

귀찮은 놈이다.

깔끔하게 처리하려면 저 스턴건을 휘두르지 못하도록 빼앗을 필요가 있었다.

다키가와는 잡담이라도 하는 투로 말을 걸며 자연스럽게 거리를 좁혔다.

“그래, 옳은 선택을 했군.”

절박한 상황에 처한 사람을 구슬릴 때 다키가와는 대개 같은 수법을 사용한다. 일단 상대의 가장 약한 부분을 때린다. 그러고 나서 고개를 숙인 상대의 코앞에 제일 맛있는 미끼를 던져준다. 물론 미끼는 가짜지만 맞아서 느끼는 고통이 크면 클수록 그 고통을 안긴 손이 던져주는 미끼는 아픔과 똑같이 진짜처럼 느껴진다. 단순하면서도 가장 효과적인 방법이다. 요컨대 때려야 할 곳을 정확하게 찾아내면 된다.

“네 동료들은 험한 꼴을 충분히 당했으니까. 하나는 가재도

구와 함께 사는 집을 잃었지. 다른 하나는 심하게 다친데다 조만간 직장을 잃을 테고."

다키가와의 마지막 한마디에 슈지는 놀라움을 감추지 못했다.

그 얼굴로 보아 슈지는 소마의 사정을 전혀 몰랐으며 사건이 해결되면 소마가 공이라도 세우는 줄 알고 있었던 것이 분명했다.

다키가와는 사실을 알려주었다.

"소마는 네 사건을 너무 깊이 파고든 탓에 교통과로 좌천됐어. 휴가를 얻기는 했지만 그것도 이미 끝났지. 놈의 경찰관 경력은 이제 끝장이야."

슈지는 충격을 받고 정신이 멍해졌다. 다키가와는 마쓰모토에서 스기타 가쓰오의 마음을 돌릴 만큼 만만치 않던 애송이가 이런 일로 쉽사리 동요하는 꼴을 흥미롭게 바라보며 여기를 때려야 한다고 직감했다. 다키가와는 여전히 잡담이라도 하는 듯 가벼운 말투를 유지하며 주의 깊게 목표물을 살폈다.

"소마는 일을 빼면 시체지. 이 사건에 발을 들여놓았을 때만해도 자신의 모든 것을 잃을 줄은 몰랐을 거야. 하지만 다행스럽게도 놈은 경찰을 그만둔 후에 비참한 인생을 보낼 필요가 없어. 야리미즈도 마찬가지고. 놈도 이사할 곳을 찾아 부동산 중개소를 터벅터벅 돌아다니지 않아도 돼. 왠지 알겠나?"

짧은 침묵이 흐른 후, 다키가와는 노리던 곳에 일격을 꽂았다.

"너를 숨겨준 탓에 죽을 테니까."

슈지의 얼굴에서 핏기가 싹 가시고 가슴이 크게 오르락내리락했다.

소마와 야리미즈는 너를 숨겨준 탓에 죽는다.

그 말이 날카로운 갈고리가 달린 닻처럼 슈지 마음속의 연약하고 무른 부분을 찢어내며 가장 깊은 곳으로 가라앉았다. 다키가와는 피가 흐르는 인간과 똑같이 슈지의 눈에서 빛이 사라져가는 모습을 가만히 바라보았다. 그리고 너무나 괴로워 그저 가슴만 들썩이며 우두커니 서 있는 슈지에게 가장 맛있는 미끼를 아무렇게나 던졌다.

"하지만 얌전하게 있으면 그 두 사람은 아무 해가 없다고 고용주에게 말해주겠어. 실제로 샘플을 불법 투기하는 장면을 목격했다고 증언할 수 있는 사람은 너 하나뿐이니까. 마자키와 다른 네 사람은 이제 이 세상에 없어. 마자키가 남긴 메모리스틱도 없고. 너만 사라지면 어차피 소마와 야리미즈 둘이서 할 수 있는 일은 거의 없지. 내버려둬도 문제없다고 내가 말하면 고용주도 들어줄 거야. 그러면 나도 수고를 덜 수 있어."

"……거짓말."

슈지는 내뱉듯이 말했다. 하지만 말과는 달리 스턴건을 든 손이 힘없이 축 처졌다. 다키가와는 지금까지 수많은 사람에게 되풀이해온 말을 꺼냈다.

"살인자도 이제 곧 죽을 사람에게 거짓말은 안 해."

슈지는 잠시 아무 말도 없이 다키가와를 쳐다보다가 손에 든 새 스턴건에 눈길을 떨어뜨렸다.

그래, 잘 생각해라.

그 스턴건도 소마가 널 위해 사주었을 것이다.

소마와 야리미즈는 당연한 듯이 널 감춰주었고, 위험한 줄 알면서도 사건을 조사했고, 널 구하려고 갖은 수를 다 썼다. 너 때문에 많은 것을 잃었지만 한 번도 널 탓하지 않았다. 넌 호의를 베풀어주는 두 사람에게 어리광을 부린 끝에 그들을 죽을 위기로 몰아넣었다. 너하고 얽히지만 않았다면 두 사람은 죽을 지경에 처하지 않았을 것이다.

다키가와는 슈지가 자책의 언덕을 굴러 떨어지는 모습이 눈에 보이는 듯했다. 그 앞에는 희미한 빛 하나가 기다리고 있다.

얌전하게 있으면 두 사람은 살아남는다. 살인자도 이제 곧 죽을 사람에게 거짓말은 하지 않는다. 두 사람을 위해 마지막으로 할 수 있는 일은 하나밖에 없다…….

슈지가 고개를 들고 다키가와를 보았다. 그 눈을 보고 다키가와는 고개를 살짝 끄덕였다.

결국 어떤 인간이든 궁지에 몰리면 자신이 믿고 싶은 이야기를 믿는다. 그것이 아무리 황당무계하더라도.

"알았으면 그거 이리 줘."

다키가와는 아버지처럼 부드럽게 말을 걸며 슈지를 향해 천천히 걸음을 옮겼다. 오른손을 내밀고 왼손으로는 호주머니 속의 특수 경봉 손잡이를 가만히 움켜쥐었다.

다가가면 경봉으로 스턴건을 내려쳐서 떨어뜨리고 슈지의 머리를 좀 전의 개처럼 박살낸다.

슈지는 다키가와가 뿌연 빗발 사이로 다가오는 모습을 가만히 바라보고만 있었다.

나는 이제 글렀지만 어쩌면 소마와 야리미즈는 살려줄지도 모른다.

아무것도 하지 않고 그저 이렇게 가만히만 있으면 소마와 야리미즈는 죽음을 면할지도 모른다.

그런 생각이 들었을 때부터 손발이 무거워지더니 움직일 수가 없었다.

어느덧 공포도 분노도 사라졌다.

이제 잠들어도 돼.

어쩐지 그런 말을 들은 듯한 안도감이 느껴졌다.

다키가와가 천천히 다가왔다.

이번에는 늦지 않을 것 같았다.

어머니를 쫓아 역으로 가는 길을 달렸을 때도 늦었다.

요헤이와 가쓰노리가 있는 자재 보관소로 달려갔을 때도 역시 늦었다.

늘 늦었다.

하지만 이번에는 다르다. 분명 이번에는 늦지 않겠지.

더이상 소중한 사람을 잃지 않아도 된다.

그저 이렇게 서 있기만 하면.

그렇게 생각하자 아주 간단하게 느껴졌다.

눈에 빗물이 스며들었다.

슈지는 천천히 눈을 감으려고 했다.

그때였다.

살짝 마비된 듯한 머릿속을 문득 얼굴 하나가 스치고 지나갔다.

소마도 야리미즈도 아니었다.

요헤이나 가쓰노리, 아렌도 아니었다.

어째서인지 공항에서 총을 맞아 죽은 그 남자의 얼굴이었다.

등에 총을 무수히 많이 맞고 쓰러진 남자. 플로리다키스로 가려다가 무미건조한 바닥에 밀림의 야수처럼 뜨거운 피를 철

철 쏟고 죽은 남자.

슈지는 마치 자신이 그때 거기서 그 남자가 총을 맞아 죽는 장면을 본 것 같은 기분이 들었다.

슈지의 가슴 깊은 곳에서 뭔가가 달그락 움직였다.

그 뭔가가 슈지를 뒤흔드는 바람에 슈지는 무의식적으로 한 걸음 뒤로 물러났다.

다키가와가 뭔가 이상하다는 것을 알아차리고 바로 멈춰 섰다.

"기회는 한 번뿐이야."

슈지는 어떻게든 정신을 집중하려고 반사적으로 눈을 깜빡였다.

"난…… 알고 싶었어. 내가 왜 죽어야 하는지."

"네 잘못이 아니야. 넌 잘못 없어."

다키가와가 악몽에서 깨어난 아이를 달래듯이 말했다.

"네가 죽는 건 널 목격자로 삼은 마자키 탓이야."

하지만 아이러니하게도 마지막 한마디는 슈지의 따귀를 때린 것이나 마찬가지였다.

"……마자키 탓이라고……?"

아랫배에서 밀려 올라오는 듯한 거센 분노가 다키가와의 감언이설에 넘어가서 침몰해가던 슈지의 의식을 순식간에 각성시

쳤다.

"……웃기지 마. 마자키를 죽인 것도, 역 앞 광장에서 네 사람을 죽인 것도, 날 죽이려고 하는 것도 너를 고용한 놈들이잖아."

다키가와는 전혀 동요하지 않았다.

"마자키가 돈을 요구하지 않았으면 내가 고용될 일도 없었어."

"마자키는 저 하나 잘 먹고 잘살자고 돈을 요구한 게 아니야."

슈지는 저도 모르게 내뱉듯이 외쳤다.

"마자키는 멜트페이스증후군에 걸린 아이들의 재판 비용을 대기 위해 돈을 받으려고 한 거라고."

갑자기 다키가와의 얼굴에서 표정이 사라졌다.

다키가와는 앞뒤 상황을 잊어버린 것처럼 잠시 그대로 우두커니 서 있었다. 그리고 몸을 부들부들 떠는가 싶더니 느닷없이 웃음을 터뜨렸다.

슈지는 깜짝 놀라 숨을 삼켰다.

세차게 뿌리는 비 때문에 다키가와의 발아래 흙바닥에 생긴 갈색 물웅덩이가 커져갔다.

다키가와는 우스워죽을 지경이었다. 마자키가 마지막으로

웃었을 때도 이런 심경이었나 싶을 만큼 진심으로 웃겼다.

마자키는 병에 걸린 가여운 아이들을 위해 돈을 뜯어내려 했다. 마자키가 샘플이 있는 곳을 끝까지 밝히지 않은 것은 생면부지의 가여운 아이들을 위해서였다.

어찌 웃지 않고 배기겠는가.

인간이 인간의 길에서 벗어나는 것은 욕심, 원한, 아니면 절망 때문이다. 남이 들으면 억지 눈물이나 짜낼 허황된 목적 때문이 아니다. 그런데 마자키는 그런 허황된 목적을 이루기 위해 가축처럼 산 채로 내장을 도려내는 고통을 참다가 죽었다.

다키가와는 웃음이 멈추지 않았다.

구제할 길 없이 무의미하고 비합리적이다.

그렇기 때문에 비인간이다. 그야말로 마자키는 인간도 아니다.

미친듯이 웃는 다키가와를 슈지는 잠자코 바라보았다. 바라보면서도 놀라기는커녕 당황하지도 않았다. 마자키가 하려던 일은 정말로 웃음이 나올 만큼 우스꽝스러웠다는 사실을 마음 한구석으로 깨닫고 있었기 때문인지도 모른다.

마자키는 치밀한 계획을 세우고 만반의 준비를 갖추어 홀로 푸드에게서 삼억 엔을 뜯어내려고 했다. 자신과는 아무 상관도 없는 아이들을 위해 죽을 위험도 감수하고. 마자키는 계획을 실행했고 결국 죽었다.

웃음을 그칠 줄 모르는 다키가와를 바라보고 있자니 어째서인지 비로소 마자키의 바람이 절실하게 가슴에 와닿았다.

"마자키는 이 세상에 정의를 실현해보고 싶었던 거야."

그렇다면…….

다키가와는 발작하듯이 웃으면서 호주머니에서 특수 경봉을 꺼냈다.

그렇다면 마자키가 죽는 것은 당연하다.

이 녀석이 죽는 것도.

다키가와의 웃음은 소용돌이치는 탁류가 몸을 비틀어 흐름을 바꾸듯이 그 자신도 이유를 모르는 채 모든 감정을 압도하는 분노로 변했다.

이 세상에 정의 같은 건 없어.

다키가와는 물로 뒤덮인 땅을 박차고 슈지에게 달려들었다.

슈지는 당황하여 뒷걸음질치다가 땅 위로 드러난 나무뿌리에 발이 걸렸다. 아차 싶었을 때는 이미 시야가 기울어지고 온몸이 차가워졌다.

그때 축 늘어져 있던 능수벚나무 가지가 불어온 바람을 머금고 바닷속 생물처럼 크게 부풀어 올랐다.

다키가와의 시야가 갑자기 꽃으로 가득찼다. 슈지가 엉덩방아를 찧은 자세로 쓰러지며 냅다 스턴건을 내밀자 다키가와의 넓적다리와 슈지의 무릎 사이에서 무시무시한 폭발음과 섬광이 일며 불꽃이 번쩍 튀었다. 벼락을 맞은 것처럼 정수리를 꿰뚫는 충격을 받고 슈지가 눈을 감은 순간 은색 경봉이 위협적인 소리를 내며 옆머리를 스쳐 오른쪽 쇄골을 때렸다. 무지막지한 충격 속에서 슈지는 다키가와가 쓰러지는 소리에 이어 경봉이 나무 밑동에 부딪히고 굴러가는 소리를 들었다.

슈지는 끙끙 앓으며 눈을 떴다. 섬광의 잔상이 시야에 어른거려서 주변이 잘 보이지 않았다. 다키가와는 손을 뻗으면 닿을 만한 곳에 웅크리고 있었다. 슈지는 아픈 것도 잊고 근처에 놓여 있을 다키가와의 특수 경봉을 찾았다. 스턴건은 방금 한 방으로 고장났을 것이 틀림없다. 다키가와는 칼을 가지고 있으니 무기가 없으면 볼 장 다 본 셈이다.

나무 밑동에서 조금 떨어진 얕은 물웅덩이에 은색 봉이 떨어져 있었다. 일어서려고 했지만 스턴건의 충격으로 한쪽 다리가 말을 듣지 않았다. 다리는 움직이지만 내부가 찌릿찌릿 저리고 아파서 일어설 수가 없다. 슈지는 왼팔을 필사적으로 움직여서 땅을 기어 특수 경봉을 집으러 갔다.

이 남자가 소마와 야리미즈를 살려둘 리 없다.

이 녀석은 일체의 후환을 없애기 위해 고용되었다고 나카사코가 말했다.

슈지는 무엇을 위해 혼자 도망쳤는지를 떠올리고 왼손으로 특수 경봉을 꽉 움켜쥔 후 다키가와를 돌아다보았다.

다키가와는 축 늘어진 벚나무 가지 몇 개를 분지른 끝에 나무 줄기를 붙잡고 한쪽 다리만으로 어떻게든 일어서려 애쓰고 있었다. 어두운 분노로 가득찬 눈길은 슈지에게 고정되어 있었다.

몸을 일으킨 슈지는 다키가와를 마주 쏘아보며 미리 생각해둔 말을 꺼냈다.

"날 죽이고 시체를 뒤져봐도 샘플은 없어."

다키가와는 이제 와서 무슨 소리냐는 듯이 입술을 일그러뜨렸다.

"네놈들의 샘플은 가짜야. 사사키 구니오가 가짜인 것과 마찬가지로."

슈지는 바로 말꼬리를 잡았다.

"아무것도 모르는군. 그 샘플은 '우리' 샘플이 아니야. '내' 샘플이라고."

"네 샘플이라고?"

다키가와는 코웃음을 쳤다.

"네가 어떻게 샘플을 손에 넣었다는 거지?"

"생각해보면 알 수 있을 텐데?"

슈지는 한숨 돌린 후 똑바로 다키가와를 노려보았다.

"난 제일 쉽게 샘플에 접근할 수 있었던 사람 중 하나야."

말을 마친 후 슈지는 잠자코 다키가와에게 생각할 시간을 주었다.

몇 초 후 다키가와의 눈에 설마, 하는 놀라움의 빛이 스쳤다.

슈지는 한쪽 입가를 끌어올리며 회심의 미소를 지었다.

"그래. 마자키가 불법 투기로 위장해 샘플을 감춘 그날 아침에 트럭 짐칸에서 가지고 왔지. 너랑 마찬가지로 마자키도 몰랐을걸."

다키가와의 안색이 변했다.

슈지는 왼손에 쥔 경봉을 지팡이 삼아 짚고 일어서면서 말을 이었다.

"마자키도 사람이 너무 좋아서 탈이야. 아침 일찍 돌아다니는 사람은 심신이 건강하니까 주차되어 있는 트럭의 짐칸 문이 열려 있다고 해서 안을 뒤져보지는 않을 거라고 믿었겠지."

슈지는 두세 번 비틀거리다가 일어서는 데 성공했지만, 감각이 없는 한쪽 다리는 몸을 지탱하는 것이 고작이라 더는 달아나지 못할 것 같았다. 그래도 지금 다키가와가 미간을 찌푸리고 무슨 생각을 하는지 머릿속을 꿰뚫어 보듯이 알 수 있다는 사실이 슈지에게 힘을 주었다.

다키가와는 슈지의 말이 참말인지 거짓말인지 확인하기 위해 그날 아침을 찍은 동영상을 머릿속으로 되짚어보고 있었다. 슈지가 소형 트럭 짐칸으로 다가가는 모습이 찍혀 있었던가. 짐칸 문으로 들어가는 모습이 조금이라도 찍혀 있었는지 다키가와는 기억을 총동원해 사실을 확인하려고 안간힘을 썼다.

하지만 슈지는 이미 그 답을 알고 있었다. 왜냐하면 그날 아침 카메라가 어디 있었는지 알고 있기 때문이다. 카메라의 위치는 야리미즈가 스기타의 공장 응접실에서 멋대로 가져온 사진 한 장—다키가와가 스기타의 공장에 두고 간 사진을 보았을 때 알아차렸다. 사진에는 슈지가 입을 약간 벌리고 마자키에게 불평을 토로하는 모습이 찍혀 있었다. 슈지는 자신이 어디서 마자키에게 말을 걸었는지 똑똑히 기억하고 있었다. 동영상은 슈지를 거의 정면에서 포착할 수 있는 곳에서 촬영되었다. 거기서 소형 트럭 짐칸 문은 절대로 보이지 않는다. 그날 아침에 촬영된 동영상에는 소형 트럭 짐칸의 문 자체가 찍혀 있지 않다.

다키가와가 갑자기 비아냥거리는 웃음을 지으며 슈지에게 눈길을 주었다.

속내를 떠보려는 수작이다. 다키가와는 슈지가 동영상을 찍은 카메라가 어디 있었는지 아는 줄은 꿈에도 모른다. 슈지 일행과 한 배를 탄 나카사코조차 동영상은 못 봤으니까.

"허세도 어지간히 부려."

다키가와는 마치 증거를 쥔 형사처럼 여유를 보이며 말했다.

"알고 있겠지만 마자키는 그날 아침 동영상을 찍었어. 동영상에 트럭 짐칸 문이 분명히 찍혀 있었다고. 하지만 유감스럽게도 네가 짐칸으로 들어가는 장면은 나오지 않았어."

"그럼 동영상이 잘못된 거겠지."

슈지는 태연하게 다키가와의 말을 부정하더니 중요한 것을 알려주겠다는 듯이 말했다.

"그것보다 다른 사실을 좀더 유감스러워해야 할 것 같은데."

슈지가 예상외의 태도를 취하자 다키가와는 당혹스러워하며 불안감에 눈살을 찌푸렸다.

"그 샘플은 한 번은 네 바로 뒤에 있었거든. 벽장에 처박아뒀으니까 말이야. 네가 내 집에 숨어서 기다리고 있었을 때 머리를 좀 굴려서 벽장을 열어보았다면 지금쯤 샘플은 네 손아귀에 들어갔을 텐데."

다키가와는 잠자코 슈지를 바라보다가 소리 내어 나이프를 펼쳤다.

"……그 샘플이 진짜든 가짜든 지금의 너랑 무슨 상관인데?"

그 한마디로 슈지는 다키가와가 샘플이 진짜라는 말을 믿는다고 확신했다.

"그렇겠지. 하지만 네 사정은 달라져. 내 샘플은 내가 죽었다는 사실이 밝혀지면 '사사키 구니오'가 이어받을 거야. 그 '사사키 구니오'를 죽여도 그가 죽었다는 사실을 알고 다음 '사사키 구니오'가 나타날 거고. 마자키가 죽었음을 알고 우리가 '사사키 구니오'를 이어받은 것처럼 말이야. 네가 아무리 죽여도 '사사키 구니오'는 죽지 않아."

슈지는 조용히 여유 있는 미소를 지었다.

"넌 '사사키 구니오'에게서 달아날 수 없어."

갑자기 다키가와의 얼굴이 창백해진 것처럼 보였다.

"닥쳐……."

절대 못 닥친다.

그 칼로 내 목을 찢어놓을 때까지 계속 말해주마.

"날 죽이면 그날 아침에 불법 투기 현장을 목격한 사람은 없어져. 내가 무차별 살인 사건의 유일한 생존자니까. 하지만 날 죽여도 '사사키 구니오'가 있는 한 결국 전부 밝혀질 거야."

다키가와가 칼을 들고 한쪽 다리를 끌면서 다가왔다.

"그 아이들이 샘플을 먹은 탓에 멜트페이스증후군에 걸렸다는 것도, 푸드와 이소베 미쓰타다가 결탁해 그 사실을 은폐하려고 했던 것도. 산업폐기물 수거 운반업자였던 마자키가 로열 빌라 바닥 아래에 증거물인 샘플을 감추었다는 것도."

슈지는 다가오는 다키가와를 노려보며 왼손으로 특수 경봉을 꽉 움켜쥐었다.

"마자키를 네가 죽인 것도, 마자키가 샘플을 감추는 현장을 목격한 네 사람을 무차별 살인으로 위장해 역 앞 광장에서 죽인 것도, 사타를 대역으로 삼아 죽인 것도, 나한테 도망치라고 일러준 나카사코 씨를 죽이려고 한 것도 전부 다!"

슈지는 혼신의 힘을 다해 눈앞으로 다가온 다키가와에게 경봉을 내리쳤다. 다키가와는 한 손으로 가볍게 슈지의 손목을 잡았다. 슈지가 숨을 들이마신 순간 다키가와는 바깥으로 호를 그리듯이 슈지의 손목을 비틀었다. 슈지는 비명을 지르며 무릎을 털썩 꿇었다. 경봉이 발치의 물웅덩이에 떨어졌다. 다키가와가 아무 말 없이 칼을 든 손으로 슈지의 머리끄덩이를 잡아당겨 고개를 들게 했다.

바로 위에서 떨어지는 비 너머로 슈지는 다키가와의 눈을 보았다.

빗소리가 매우 빠르게 멀어졌다.

이 눈이 그날 분수 바닥에서 올려다본 검정색 헬멧 속에 있었다.

이 세상의 것이라고는 여겨지지 않을 만큼 파란 하늘을 배경으로 나를 내려다보던 눈.

그때 나는 플로리다키스는 이 세상에 없다고 생각했다.

하지만 아니다.

플로리다키스는 이 세상에 아직 없는 거다.

그러니까…….

시야 가장자리로 빗방울을 비스듬히 가르며 천천히 내려오는 칼날이 보였다.

슈지는 눈을 감지 않고 살인자의 눈을 올려다보았다.

차가운 칼날이 메스처럼 고통도 없이 귀 아래에서 다른 쪽 귀 아래까지 긋고 지나가고 빨간 잉크로 그린 듯한 선이 순식간에 입을 떡 벌린다.

그때 귀를 찢을 듯한 총소리가 울려 퍼졌다.

시간이 당황하여 갑자기 빠르게 흐르기 시작한 것처럼 다키가와가 무서운 기세로 떠밀려나가더니 물보라를 일으키며 똑바로 쓰러졌다. 칼은 어딘가로 떨어졌고, 무슨 일이 일어났는지 영문을 알 수 없었다. 슈지는 반사적으로 양손으로 자기 목을 눌렀다. 아직 베이지 않아서 목은 피 한 방울 나지 않고 멀쩡했다. 반대로 쓰러진 채 손바닥으로 어깨를 누른 다키가와의 손가락은 선혈로 물들었다. 다키가와는 할로겐램프의 불빛이 닿지 않는 어둠 속 한 점을 응시하고 있었다. 슈지는 그 시선을 좇아 어둠으로 눈길을 돌렸다. 빛 속에 있던 까닭에 처음에는 거기 사람이 있는지 몰랐다. 시선을 집중하자 모자를 쓴 제복 순경의 특징적인 윤곽이 보였다.

그 옆에 소마가 있었다. 양손으로 든 권총의 총구에서는 아직도 실처럼 가느다란 연기가 하얗게 피어오르고 있었다.

소마는 권총을 내리고 능수벚나무 옆에 있는 작은 본당으로 눈을 돌렸다. 시선을 좇자 본당 툇마루 아래의 어둠 속에 야리미즈가 무선 음성 마이크를 쥐고 가만히 웅크리고 있었다. 놀라서 입만 뻥긋거리는 슈지에게 야리미즈가 엄지손가락으로 대각선 위쪽을 가리켰다. 쳐다보자 도리야마가 방수 커버를 씌운 녹화용 ENG카메라를 들고 높직한 판자 담에서 상체를 내밀고 있었다. 중계차 지붕에 올라간 모양이다.

고작 오 초 사이에 이러한 사실들을 알아차리고 슈지는 제자리에 털썩 주저앉았다.

소마는 이하라의 손에 화약 냄새가 나는 권총을 쥐어주었다.

“자네가 수갑을 채워.”

“하지만 저는 아무것도…….”

이하라는 소마를 찾아내어 겨우 쫓아온 참인지라 수갑을 채울 자격은 없다며 놀라서 고개를 저었다.

"자네는 직무를 훌륭히 수행했어. 자, 어서 가."

소마는 이하라의 등을 밀었다.

본당 툇마루 아래에 있던 야리미즈가 괜찮겠느냐고 소마에게 눈짓으로 물었다.

괜찮다고 소마는 고개를 끄덕였다.

이하라는 제 손으로 수갑을 채우기는 처음인지 마치 마운드로 향하는 신인 투수처럼 긴장한 표정으로 다키가와에게 다가갔다. 카메라를 어깨에 멘 도리야마와 툇마루 아래의 야리미즈가 있는 줄도 모르고, 주저앉은 슈지조차 안중에 없었다.

야리미즈는 카메라로 촬영되고 있는 할로겐램프 빛 속으로 발을 들여놓는 이하라를 바라보며 이 공을 인정받아 그가 언젠가 형사가 되리라고 생각했다. 동시에 역시 소마는 경찰을 그만둘 셈이라고 확신했다.

이하라가 다키가와의 몸을 일으키고 수갑을 채워 현행범으로 체포했다.

체포된 다키가와의 얼굴을 도리야마가 클로즈업했다.

어디에나 있을 법한 평범한 남자의 무표정한 얼굴이 화면에 가득찼다.

"도리야마 씨!"

아래에서 노무라의 목소리가 들렸다.

내려다보자 노무라가 중계차 밖으로 나와서 서두르라고 팔을 휘두르고 있었다. 도리야마는 카메라를 끌어안고 황급히 중계차 지붕에서 내려갔다.

"예, 잘릴 가능성이 아주 높습니다. 일정요? 자유로이 조정이 가능하죠. 어차피 잘릴 테니까."

오다지마가 휴대전화로 시끄럽게 떠들며 부조정실로 들어가자 〈뉴스프라임〉 제작진들은 한 명도 예외 없이 반감을 넘어서서 진저리를 쳤다. 방송은 마지막 일기예보가 시작되어 기상캐스터가 오늘 내린 세찬 봄비에 관해 해설하고 있었다.

마쓰이가 인터컴 마이크를 손으로 막고 나지막한 목소리로 오다지마에게 물었다.

"뭐하러 왔어?"

오다지마는 휴대전화 송화구를 손으로 막고 작게 대답했다.

"라이터를 놓고 갔어."

감독석 구석에 금색과 검정색으로 디자인된 오다지마의 듀퐁 라이터가 놓여 있었다. 오다지마는 라이터에 손을 뻗는 척하며 옆자리에 앉은 스위처의 바퀴 달린 의자를 힘껏 걷어찼다. 스위처는 의자에 앉은 채 깜짝 놀란 얼굴로 벽까지 주르르 밀려 나갔다.

오다지마는 스위처의 자리에 달려들어 스위치를 중계차로 바꾸자마자 휴대전화에 대고 소리를 질렀다.

"내보내!"

중계차의 도리야마가 테이프 재생 버튼을 눌렀다.

그날 밤 되풀이해 텔레비전에 나오게 될 다키가와와 슈지의 대화가 처음으로 전파를 탔을 때, 슈지와 야리미즈, 소마 세 사람은 주지가 없는 절의 작은 본당에 달린 차양 아래 앉아 있었다.

담배를 문 야리미즈가 슈지의 부러진 쇄골 쪽 팔을 수건으로 매달아 응급처치를 해주었다. 아직 넋이 반쯤 돌아오지 않은 슈지는 잦아들 기색이 없는 비가 차양 끝에 맺혔다가 떨어지는 모습을 묵묵히 바라보고 있었다. 소마는 추가로 먹은 진통제의 효과에 감사하면서 늦지 않아서 다행이라고 깊이 안도하며 아무 말 없이 앉아 있었다.

"아파?" 야리미즈가 담배 연기 때문에 실눈을 뜨고 물었다.

"……아니요."

슈지는 겨우 현실감이 조금 돌아온 듯 야리미즈에게 눈길을 돌렸다. 그제야 응급처치를 하고 있는 야리미즈의 손이 긁힌 상처투성이고 셔츠 소매가 어깨부터 손목까지 일직선으로 쭉 찢어졌음을 알고 눈이 휘둥그레졌다. 도대체 뭘 어떻게 했기에 야리미즈가 본당 툇마루 아래에 홀연히 나타났는지 몰라서 아직도 마술이라도 본 것처럼 어안이 벙벙한 슈지는 진심으로 신기하다는 듯이 물었다.

"어떻게 여기 있는 줄 알았어요?"

야리미즈가 응급처치를 계속하면서 평상시의 느긋한 말투로 대답했다.

"낮에 시각장애인 학교 앞에서 널 기다리고 있을 때 차에서 소마가 비밀을 고백했지. 실은 요 일 년 반 동안 금연하느라 힘들어죽겠다고. 그것만 해도 바보 확정인데 다키가와를 체포하면 한 대만 피울까, 이러는 거야. 난 한번 담배를 끊은 놈은 절대 용서하지 않는 주의거든. 체포해도 절대 못 피우게 방해해야겠다고 결심했지. 하지만 마음이 바뀌었어. 꼭 피우라고 해야지. 휴대용 재떨이도 빌려줄 거야. 즉, 지금 소마에게 무슨 상이라도 주고 싶어서 안달이 났어."

야리미즈는 슈지의 왼쪽 어깨 위에다 수건을 꽉 묶더니 무슨 소리인지 몰라 멍청하게 있는 슈지를 보고 활짝 웃었다.

"소마가 네가 여기 있지 않겠느냐고 하더라고."

슈지는 깜짝 놀라서 소마를 쳐다보았다.

조그마한 새전함 옆에 앉은 소마는 야리미즈의 담배를 한 개비 뽑아 불을 붙이는 참이었다. 지직지직 타는 소리와 함께 비로 눅눅해진 담배에 겨우 빨갛게 불이 붙었다. 소마는 갈비뼈가 아프지 않도록 살짝 빨아들이더니 빗속으로 연기를 천천히 내뿜었다.

"골목길에서 망가진 네 휴대폰을 발견했을 때, 다키가와에게 끌려갔다면 살아 있을 가망성이 없겠구나 싶었지. 그래서 내가 믿고 싶은 대로 믿었어. 넌 살아서 제 발로 골목길에서 달아났다고 말이야."

소마는 담배 연기 때문에 한쪽 눈을 찡그렸다. 일 년 반 만에 피운 탓에 머리가 어질어질했다.

"그렇다면 내 쪽으로 돌아오지 않은 이유가 있을 거야. 왜 그랬을까 고민하다 보니 네 녀석의 특기가 떠올랐지."

"특기?"

"사기치는 말발 말이야. 있는 일 없는 일을 죄다 주워섬겨서 멋지게 상대를 속여넘기잖아. 그래서 어쩌면 네가 그 특기를 살려서 다키가와하고 단독으로 이야기를 할 속셈이 아닌가 싶었어. 만약 그렇다면 다키가와가 서둘러 널 처리하지 않도록 사람 눈이 없는 장소로 끌어들였을 거야. 언제든지 죽일 수 있다고 생각하면 다키가와도 이야기를 들을 여유가 생길 테니까. 그때 주지가 없는 이 절이 떠올랐지. 전에 여기 왔을 때 야리미즈가 여기에는 사람이 살지 않는다고 했어. 네가 그걸 잊어먹었을 리 없지."

슈지는 멍하니 소마를 보고 있다가 천연덕스럽게 비가 내리는 정원으로 고개를 돌렸다.

자신의 말이 맞았다고 소마는 확신했다.

슈지는 절이 많은 서민 동네에서 자랐으니 주지가 없는 절에 새전함 절도를 방지하기 위한 방범용 센서가 있다는 것 정도는 잘 알고 있다. 알면서 일부러 센서에 걸렸고, 아무도 없는 줄 알면서 집의 유리문을 두드렸다. 다키가와는 슈지를 막다른 곳으로 몰아넣었다고 믿고 반드시 이야기를 듣는다.

느닷없이 슈지가 말도 안 되는 소리를 아무렇지도 않게 꺼냈다.

"나도 한 대 피우면 안 돼요?"

평소와 다를 것 없는 말투와는 정반대로 슈지의 무릎이 희미하게 떨리는 것은 비에 젖어 춥기 때문만은 아니리라. 다키가와하고 일대일로 대치했을 때는 공포를 느낄 겨를도 없었겠지만 살아남았음을 실감하는 지금에 와서야 몸이 떨리는 것이다. 피해자가 체험한 공포는 슬픔과 마찬가지로 깊으면 깊을수록 늦게 몸에 영향을 끼치는 법이다. 소마는 필요할 때 필요한 것을 줄 필요를 느꼈다.

"오늘만. 아니, 이번만이다."

"고마워요."

몹시 피우고 싶었는지 슈지는 웬일로 소마에게 순순히 감사하는 눈길을 보냈다. 그리고 내민 손에 소마가 건네준 것을 보고 생각에 잠겼다.

"이거……."

야리미즈가 슈지의 손바닥을 불쑥 들여다보았다.

"뭐, 니코틴 맞기는 맞네."

그것은 약간 오래된 금연 껌이었다.

"사양할 것 없어."

슈지는 방금 전에 고마워한 자신을 저주하듯이 성질을 부리며 두 알을 한꺼번에 입에 넣고 힘주어 짝짝 씹었다.

그러면 된다. 몸이 떨릴 때는 긴장을 푸는 것보다 흥분하는 편이 낫다. 씹는 행위는 뇌에 산소를 보내고 혈액 순환을 좋게 한다.

"아, 어쩐지 혈색이 좋아졌는데." 담배 연기를 마구 뿜어내며 야리미즈가 기쁜 듯이 말했다. "그거, 몸에 좋은가 보다."

"네, 건강식품인가 보네요. 그것보다……."

슈지는 입안에서 담배는 몸에 독이라는 사실을 알려주는 교육적인 배려로 가득찬 맛 때문에 저도 모르게 목이 메었다.

"……그것보다 야리미즈. 도대체 언제부터 거기 숨어 있었어요?"

"소마에게 여기가 아니겠느냐는 연락을 받고 와봤더니 저 담 안쪽에서 폭죽이 터지는 듯한 스턴건 소리가 들리더라. 그래서 허둥지둥 중계차 지붕에 올라가서 안을 들여다보니까 환한 할로겐램프 불빛 속에 너랑 다키가와가 있더라고. 저 정도 밝기면 찍을 수 있다면서 도리야마가 녹화용 ENG카메라를 짊어지고 천장으로 올라왔지만, 저 거리에서는 영상은 찍을 수 있어도 소리는 못 잡아내. 그래서 내가 집음 마이크를 들고 중계차 천장에서 담을 넘어서."

"잠깐만요." 슈지가 야리미즈의 다친 손과 쭉 찢어진 셔츠 소매를 가리켰다.

"혹시 이거 그때?"

야리미즈는 약간 냉담한 말투로 대답했다.

"컴컴했던데다 담은 보통 수직이잖아. 난 원숭이가 아니라고."

즉, 야리미즈는 판자 담을 넘다가 미끄러져 떨어졌다. 그 사실을 알고 슈지는 얼굴이 굳어졌다.

"……비가 내려서 다행이네."

"왜?"

"다 큰 어른이 담에서 떨어졌는데도 다키가와한테 들키지 않았죠? 틀림없이 이 시끄러운 빗소리 덕분이에요."

정곡을 찌른 답변이었지만 야리미즈는 그 빗소리 때문에 못 알아들은 척했다.

"아무튼 마이크를 들고 잠입한 후에 눈에 보이지도 않을 만큼 재빨리 저 돌 탁자 뒤에서 본당 툇마루 아래로 숨었지. 그리고 내가 준비를 마치는 것과 동시에 촬영 개시. 내 입으로 말하기는 뭐하지만 오랜만에 제대로 한 건 올렸어. '넌 사사키 구니오에게서 달아날 수 없어'부터 다키가와에게 수갑을 채우는 장면까지 중요한 부분은 영상도 음성도 확실하게 건졌지."

"……그럼 내가 팔이 꺾여서 무릎을 꿇는 장면도?"

"가련한 비명을 포함해서."

야리미즈는 마치 슈지가 담에서 미끄러져 떨어진 모습이라도 본 것처럼 히죽히죽 웃으며 덧붙였다.

"아렌도 텔레비전을 보겠지."

"시끄러워요."

"그건 다키가와한테 고마워해야겠지." 소마가 대범하게 말했다. "그때 다키가와가 팔을 꺾어 올려서 네가 무릎을 꿇은 덕분에 놈의 어깨를 겨눌 수 있었으니까."

"그래. 아렌한테는 권총으로 겨누기 쉽도록 일부러 머리를 숙였다고."

"아이고, 무슨 말씀을." 야리미즈가 바로 이기죽거리며 약을 올렸다. "비가 온 것치고는 엄청 잘 찍혔거든. 조명도 완벽했고. 사실 빛 속에 있는 두 사람을 봤을 때 네가 우리에게 촬영할 기회를 주려고 여기로 온 게 아닌가 싶을 정도였어."

"당연하죠."

슈지는 이제 와서 무슨 소리냐는 듯이 어이없어하는 얼굴로 대답했다.

소마와 야리미즈는 저도 모르게 담배를 피우는 손을 멈추고 슈지를 바라보았다.

"저녁에 모두 함께 기재를 점검했을 때 중계차에 녹화용 카메라가 있는 걸 봤거든요. 생중계가 불가능하다는 걸 알았을 때 그럼 녹화를 해야겠다고 생각했죠. 여기라면 사람도 오지 않고, 방범용 센서를 건드리면 불도 들어오니까 촬영하기에 안성맞춤이에요. 무엇보다 이 부근에서 '아지트'말고 우리가 함께 와본 곳은 여기뿐이잖아요."

슈지는 어안이 벙벙해진 소마와 야리미즈를 본체만체 맛이 다 빠진 금연 껌을 뱉어서 원래 들어 있던 포장용기에 쑤셔넣었다.

"하도 안 오기에 죽으면 귀신이 되어 나오려고 했어요."

소마는 조용하게 쓴웃음을 짓더니 손가락이 델 만큼 짧아진 담배를 피웠다.

슈지는 처음부터 촬영할 목적으로 다키가와를 여기로 끌어들였다고 한다.

물론 아니다.

슈지가 거짓말을 했다는 것은 소마도 야리미즈도 잘 알고 있었다. 만약 슈지 말이 참말이라면 입을 열자마자 야리미즈에게 어떻게 여기 있는 줄 알았느냐고 물어볼 리 없다.

다키가와가 생중계용 케이블을 자르는 바람에 당초의 계획이 무산되었음을 알았을 때 슈지는 누구보다도 먼저 앞으로 어떻게 될지 생각했으리라. 다키가와가 우리 세 명이 한편이라는 사실을 알아차린 이상 슈지를 상품으로 삼아 이소베와 거래를 하기란 불가능하다. 이제 손을 쓸 방도도 없이 오로지 달아나는 수밖에 없다. 언젠가 살해당할 때까지.

슈지는 그렇게 되기 전에 마지막으로 사기를 치러 나섰다.

다키가와에게 샘플이 진짜라는 믿음을 심는다.

그러면 그 샘플을 이용해 다시 한번 거래를 시도할 수 있다. 그것이 세 사람이 살아남을 유일한 방법이라고 여긴 것이다.

하지만 다키가와에게 샘플이 진짜라는 믿음을 심어주었다고 쳐도, 그후에 도대체 어떻게 다키가와의 손에서 벗어날 계획이었을까. 스턴건과 방검 조끼로 어떻게든 되리라고 낙관했을지,

아니면 최악의 사태를 각오하고 있었을지 소마는 짐작이 가지 않았다. 어쩌면 슈지 자신도 잘 몰랐을 수도 있다.

처음 병원에서 만났을 때도 그랬다.

옆구리를 꿰맨 슈지는 얼음이 든 고무 얼음주머니를 턱에 대며 역 앞 광장에서 겪은 처참한 일을 차분한 말투로 정확하게 설명했다. 하지만 한편으로 슈지는 흉기를 든 다키가와와 맨손으로 맞붙는, 제정신이 아닌 듯한 거친 행동에 나섰다.

유별난 냉정함과 도를 벗어난 무모함.

그것이 슈지라는 인간인지도 모른다.

"네 귀신과 마주치지 않아도 되다니 잘됐군."

소마는 다시 한번 깊이 안도하며 중얼거렸다.

"이 녀석 귀신이 되면 무시무시한 저주를 퍼부을 테니까."

그렇게 말하며 야리미즈가 휴대용 재떨이를 내밀자 소마는 필터만 남은 꽁초를 버렸다.

다키가와를 실은 구급차가 정문 앞에서 사이렌을 울리며 출발하는 소리가 들렸다. 총에 어깨를 관통당한 다키가와는 이하라와 연락을 받고 달려온 다른 제복 순경과 함께 병원으로 향했다. 이제 곧 세 사람을 태울 구급차도 올 것이다.

"인간은 어깨에 총을 맞아도 제법 멀쩡하게 버티는구나."

야리미즈가 감탄한 듯이 중얼거렸다.

이하라가 손을 뒤로 돌려 수갑을 채우자 다키가와는 잠시 비틀대다가 제 발로 일어섰다. 그리고 달려온 다른 제복 순경과 이하라의 부축을 받으며 나무가 울창한 긴 참배길을 걸어 정문으로 걸어갔다. 입술에 희미한 웃음을 띠고서.

소마, 야리미즈, 슈지 세 사람은 다키가와가 범행을 자백할 리 없다고 확신했다. 이소베쯤 되는 거물이 그저 돈 몇 푼에 더러운 일을 맡으려는 시정의 들개를, 바꾸어 말해 붙잡히면 대번에 고용주와 의뢰 내용에 대해 나불댈 인간을 쓸 리 없기 때문이다. 이소베는 믿을 만한 인물을 통해 잘 훈련된 개를 빌렸을 것이다. 그리고 잘 훈련된 개는 짖지 않는다. 이소베와 핫토리는 다키가와가 입을 열지 않으리라는 것을 처음부터 알고 있었다.

하지만 모리무라와 미야지마는 그렇지 않다는 것이 중요하다. 그들은 그저 보신을 제일로 치는 제조 회사의 중역으로, 다키가와를 중개한 인물과 다키가와에 대해서 아무것도 모른다. 두 사람은 다키가와의 입에서 언제 자신들의 이름이 나올지 몰라 살아 있는 기분이 들지 않으리라. 다키가와가 핫토리와 모리무라, 미야지마에게 살인을 의뢰받았다고 자백하면 곧장 살인죄로 조사를 받을 것이기 때문이다. 역 앞에서만 희생자가 네 명, 주범으로 확정되면 극형을 면할 길이 없다. 다키가와가 의뢰인이 누구인지 불었다고 흔들어놓으면 모리무라와 미야지마는 앞다투어 진상을 털어놓을 것이다. 그런 의미에서 다키가와의 존재 자체가 그 범죄를 입증하기 위한 산 증거라고 할 수 있다.

"있잖아." 야리미즈가 입을 열었다. "아까부터 계속 생각했는데 말이야. 저게 저렇게 미인이었나?"

야리미즈의 시선 끝에 능수벚나무가 불빛을 받으며 서 있었다.

어느 틈엔가 빗발이 약해졌다. 빛나는 빗방울이 가지를 뒤덮은 그늘진 분홍색 꽃을 두드리고 있었다.

"어쩐지 다른 나무 같다……."

슈지가 중얼거렸다.

소마도 전에 없이 찬찬히 벚나무를 바라보았다.

불빛 아래의 능수벚나무는 사흘 전 어스레한 해거름에 보았을 때와는 완전히 달랐다. 뭔가 아리따운 다른 생물처럼 느껴졌다.

세 사람은 포근하게 울려 퍼지는 빗소리 속에서 잠시 아무 말도 없이 능수벚나무를 바라보았다.

다키가와를 체포했다.

그 사실이 마쓰모토에서 돌아온 이래 요 나흘 동안 일어난 수많은 일과 함께 처음으로 현실감을 띠고 가슴으로 떨어져 내렸다. 나카사코의 의식이 돌아오면 제일 먼저 알려주고 싶었다.

소마도, 야리미즈도, 슈지도 전부 끝났다고 생각했다.

고작 몇 시간 후에 무서운 형태로 그 생각이 뒤집어질 줄은 상상조차 못 했다.

병원 복도는 쥐죽은듯이 고요했다. 희읍스름하니 밝은 불빛이 소독약 냄새가 나는 벽을 차갑게 비추고 있었다.

슈지는 혼자 복도 벤치에 앉아 있었다. 부러진 쇄골을 치료받고 돌아오자 소마와 야리미즈는 없고, 크림색 합성 가죽을 씌운 벤치에 야리미즈의 진한 파란색 바람막이만이 남아 있었다. 야리미즈와 소마도 이 건물 어딘가에서 치료를 받고 있을 것이다. 슈지는 소마의 갈비뼈 상태가 너무 심각해지지 않았기를 바랐다.

그건 그렇고 좀 전의 형사는 어디로 갔을까.

키가 크고 안색이 좋지 않은 형사였다. 이야기를 좀 들어야 하니 여기서 기다리고 있으라고 했는데 한 시간 가까이 지나도 나타나지 않았다.

다른 곳에서 야리미즈의 이야기를 먼저 듣고 있는 걸까.

약을 먹은 탓인지 자꾸 수마가 덮쳐왔다. 캔 커피라도 마시고 싶었지만 공교롭게도 땡전 한푼 없었다. 저녁에 방검 조끼를 입었을 때 조금이라도 가뿐하게 달리기 위해 체인이 달린 지갑은 야리미즈의 차에 놓아두고 왔다.

슈지는 무거운 눈꺼풀을 깜빡이며 머리를 벽에 기댔다. 어디든지 좋으니까 빨리 병원말고 다른 곳으로 가고 싶었다. 역 앞 광장 사건 이후 슈지에게 병원은 쇠사슬처럼 단단하게 죽음과 연결된 곳이었다. 몸이 수마에 제압당해 잠에 빠져들어도 의식은 끊임없이 소독약 냄새를 느꼈다. 병원은 갑작스러운 재난을 연상시키는 장소, 죽음이 숨어서 기다리는 장소였다. 다키가와가 끌려갈 때 지은 희미한 미소가 잠의 여울에 반쯤 잠긴 슈지의 머리를 스쳤다. 여울 수면에 검은 얼룩 한 방울이 번져가는 것처럼 꺼림칙한 예감이 종잡을 수 없이 커져갔다.

다키가와는 경찰에 독자적인 연줄을 두고 있었다. 그 강대한 조직 어딘가에 다키가와와 연결된 자가 있다. 이 순간 다키가와의 신병을 맡아두고 있는 힘을 과연 믿을 수 있을까……. 지금 여기 있는 우리는 우리 생각만큼 안전할까…….

그때 옆에서 나지막한 진동음이 들려서 슈지는 깜짝 놀라 벌떡 일어났다. 야리미즈의 바람막이 호주머니에서 매너모드로 해둔 휴대전화가 진동하고 있었다. 방수 가공된 천 안쪽에서 나지막하고 음산하게 진동하는 휴대전화가 커다랗고 소름끼치는 날벌레처럼 느껴졌다.

슈지는 호주머니에 손을 넣어 야리미즈의 휴대전화를 꺼냈다. 액정 화면에 "도리야마"라고 표시되어 있었다. 이유도 없이 나쁜 소식일 것 같다는 느낌이 들었다. 슈지는 통화 버튼을 눌렀다.

"여보세요, 도리야마 씨?"

귀에 날아든 소리를 듣고 슈지는 숨을 삼켰다. 전화 건너편에서는 수많은 사람들이 내지르는 섬뜩한 노성과 비명이 소용돌이치고 있었다. 물건이 부딪혀 쓰러지는 소리. 부르짖는 소리. 도리야마가 띄엄띄엄 뭐라고 외쳤지만 거의 알아들을 수 없었다. 슈지가 도리야마를 부르는 목소리도 들리지 않는 것 같았다.

"야리미즈, 들려? 다키가와가!"

뭔가에 부딪힌 것처럼 날카로운 소리가 나더니 갑자기 전화가 뚝 끊겼다.

"도리야마 씨!"

휴대전화를 움켜쥔 손에 어느덧 식은땀이 배어 있었다.

슈지는 바로 다시 전화를 걸었지만 몇 번을 걸어도 연결되지 않았다.

도대체 무슨 일이 일어난 거지. 다키가와가 뭐 어쨌는데.

슈지는 극심한 불안에 사로잡혔다.

갑자기 복도 안쪽에서 발소리가 다가왔다. 누가 계단을 천천히 올라오고 있었다. 간호사의 사뿐사뿐한 발소리는 아니었다. 슈지는 숨을 죽이고 계단을 바라보았다. 이윽고 나타난 사람이 슈지에게 똑바로 다가왔다. 치료를 받고 돌아온 소마임을 안 후에도 슈지는 불안감이 가시지 않았다.

무슨 일이 일어났다. 우리가 모르는 곳에서.

뭔가 되돌릴 수 없는 일이.

종이팩 주스 세 개를 들고 온 소마는 슈지의 낯빛을 보자마자 이변이 생겼음을 알아차렸다.

"무슨 일 있었어?"

"야리미즈 씨는 같이 안 있었어요?"

슈지는 반사적으로 물었다.

"녀석, 아직 안 돌아왔어?"

남아 있던 바람막이가 불안을 부추겼다.

슈지는 서둘러 도리야마에게서 전화가 왔다는 이야기를 했다.

소마의 표정이 금세 험악해졌다.

"그 전화 건물 안에서 걸었는지 밖에서 걸었는지 알겠어?"

슈지는 기억을 더듬어 성난 고함소리에 섞이어 자동차 경적 소리가 날카롭게 울려 퍼졌다는 것을 떠올렸다.

"밖이었어요."

"밖이라면 도리야마 씨는 분명 카메라를 들고 나갔을 거야."

카메라로 촬영중이라면 뉴스에 나올지도 모른다.

아무튼 상황을 파악해야 한다.

슈지와 소마는 병원 남쪽의 외래 진료동 로비로 달려갔다. 거기에는 텔레비전이 있다.

계단을 내려가 불이 꺼진 미로 같은 복도를 달렸다.

다키가와와 한패거리가 그를 구속했다면…….

다키가와가 지금 자유의 몸이 되었다면…….

슈지는 병원에 도착한 이래 느껴지던 꺼림칙한 예감이 실현될까 봐 두려웠다.

야리미즈는 어디에 있지. 야리미즈는 무사할까.

눈앞에서 느닷없이 외래 진료 동으로 통하는 문이 열리고 사람이 튀어나왔다. 슈지는 즉시 뒤로 물러섰다. 아까 전에 기다리고 있으라고 지시한 키 큰 형사였다.

"노리쿠라 씨."

소마가 말을 걸었다.

"로비에서 기다려."

노리쿠라라고 불린 형사는 스쳐지나가면서 그렇게 말하더니 출입구 쪽으로 달려갔다.

불이 켜진 휑뎅그렁한 로비에 야리미즈가 있었다.

"야리미즈 씨."

슈지는 안도의 한숨을 내쉬고 야리미즈의 등에다 대고 이름을 불렀다. 하지만 뭔가 이상했다. 야리미즈는 등을 돌리고 의자에 앉은 채 꼼짝도 하지 않았다.

"야리미즈……?"

슈지와 소마는 재빨리 야리미즈에게 달려갔다.

드디어 돌아다본 야리미즈의 얼굴은 두려움으로 얼어붙어 있었다.

"……당했어."

그렇게 중얼거리더니 야리미즈는 눈으로 앞쪽을 가리켰다. 슈지와 소마는 그제야 텔레비전이 켜져 있다는 것을 알았다. 음량을 줄여놓아서 소리는 거의 들리지 않았다. 그런 만큼 커다란 화면에 되풀이해 비쳐지는 짧은 영상은 생생한 악몽처럼 느껴졌다.

카메라가 늘어선 가운데 다키가와가 어깨의 총상을 치료받은 후 휠체어를 타고 병원에서 나왔다. 휠체어는 경찰병원으로 이송하기 위해 뒷문을 열고 기다리고 있는 차로 향했다. 몰려드는 리포터와 카메라들을 제복 경찰관이 밀어냈다. 한 왜소한 남자가 경찰관의 팔 아래를 빠져나가 다키가와에게 달려가더니 그의 품에 뛰어들듯이 쓰러졌다. 왜소한 남자와 다키가와는 한덩어리가 되어 휠체어와 함께 뒤로 넘어졌다. 경찰관이 다급히 남자를 떼어냈을 때 비로소 그 손에 쥐어져 있는 식칼이 보였다. 전부 한순간에 일어난 일이었다. 하늘을 보고 쓰러진 다키가와의 환자복 가슴 부분에서 선혈이 번졌다. 생기를 잃은 다키가와의 눈은 더이상 아무것도 보고 있지 않았다. 카메라가 크게 흔들리고, 제복 경찰관들의 뒷모습이 시야를 덮었다. 그리고 다시 몇십 초 전의 다키가와가 휠체어를 타고 병원에서 나왔다.

야리미즈, 소마, 슈지, 셋 다 한마디도 입을 떼지 못했다.

다키가와가 칼에 찔려 죽었다.

그 현실이 거인의 손처럼 세 사람을 때려눕혔다.

종
장
플로리다키스
2005년 가을

17
플로리다키스 – 2005년 가을

소마는 편의점 봉지를 들고 벤치에 앉았다.

맑은 하늘 한구석에 슬쩍 칠한 것처럼 예쁜 비늘구름이 펼쳐져 있었다. 시월 햇살이 땅에 선명하게 나뭇잎 그림자를 그렸고, 옅은 금목서 향기를 머금은 바람이 낡은 유동원목◆과 그네를 어루만지고 갔다. 귀를 기울이자 멀리서 희미하게 운동회 연습을 하는 아이들의 환성과 행진 음악이 들렸다. 큰길에서 약간 안쪽으로 들어왔을 뿐인데 작은 공원은 놀랄 만큼 조용했고, 누가 돌보기라도 하는지 울타리 옆 화단에는 갖가지 색깔의 코스모스가 아름답게 피어 있었다. 그 화사한 꽃잎을 바라

◆ 둥글고 굵은 통나무의 양끝에 쇠사슬을 브이 자 모양으로 매달아 앞뒤로 흔들어 타고 놀 수 있게 만든 놀이기구.

보면서 소마는 편의점에서 산 햄 샌드위치를 입으로 가져갔다. 벤치 위에는 망설이고 망설인 끝에 산 '따뜻한' 캔커피가 하나. 요즘 소마는 공원에서 점심을 먹을 때가 많았다. 대개 빵 종류와 캔커피다. 소마는 간소한 점심을 천천히 시간을 들여 먹었다. 소마가 반년 동안 새로 들인 습관이었다.

그날 밤, 오다지마의 오프닝 영상에 이어 다키가와가 슈지를 죽이려다 미수에 그치고 병원 앞에서 칼에 찔려 죽는 충격적인 영상이 연달아 방송되자 세간은 소란스러워졌다. 집집의 거실마다, 술집마다, 또한 액정 화면이 밝게 빛나는 모든 방과 길거리마다 무수한 의혹이 싹텄다. 산업폐기물 수거 운반업자의 불법 투기와 목격자의 입막음. 땅속 깊이 숨겨진 무시무시한 샘플. 이소베 미쓰타다와 푸드의 유착……. 사사키 구니오의 괴문서가 대번에 신빙성을 띠더니 눈을 돌리고 싶어질 만큼 끔찍한 유유아의 기병 및 피비린내 나는 무차별 살인 사건과 이어졌다. 칼에 찔려 죽은 암살자가 정체 모를 커다란 힘의 존재를 암시했다. 텔레비전에서는 어느 채널을 틀어도 똑같은 영상을 반복해서 내보냈고, 시간 감각이 망가진 듯한 이상한 분위기 속에서 한번 피어오른 의혹의 불길은 순식간에 큰불로 번져 세간을 뒤덮었다.

다키가와 및 타이투스 관련 사건에 대해 본청 1과와 2과는 즉시 합동 수사를 진행했다. 어느 세계에도 존재하는 파벌의 시소가 한편에서 다른 한편으로 기울자 수사의 지휘권을 쥔 인사들이 교체되었다. 하지만 소마는 수사에 참여하라는 허가를 받지 못했다. 소마는 장황하게 이어지는 조사에 인내심 있게 대응하며 노리쿠라에게 수사 진척 상황을 캐내는 수밖에 없었다.

그날 밤 다키가와를 찔러 죽인 남자는 그 자리에서 체포되었다. 남자는 자칭 전前 정치단체 직원으로, 슈지를 살해하려다 실패한 장면을 텔레비전으로 보고 천벌을 내리러 왔다고 진술했다. 남자에게서 그 이상은 알아내지 못했지만, 그 소식을 들었을 때도 소마는 크게 놀라지 않았다. 이런 유의 실행범에게서 정보를 얻어낸 적은 일찍이 없었기 때문이다. 아무리 동기가 진부하더라도 그것 하나만 주장하는 동안 세상 사람들은 지친 끝에 범인의 주장을 받아들이고 얼마 지나지 않아 잊어버린다. 몇 번이고 반복되어온 일이었다. 그보다 소마는 정작 다키가와에 관해서는 본명조차 알아내지 못했다고 들었을 때 더 놀랐다. 다키가와는 신원을 알아낼 수 있을 만한 물건을 전혀 소지하지 않았고, 지문과 얼굴 사진을 조회해보았지만 해당되는 사람은 없었다고 한다.

"산속에서 발견된 변사체나 다름없군."

그날 노리쿠라는 분명 신경이 곤두서 있었다.

"시신에서 수집할 수 있는 생물학적 정보말고 놈에 관해서는 하나도 모르니까."

아직 사월인데도 취조실 창문으로는 초여름처럼 강한 햇빛이 비쳐들었다.

"말도 안 돼. 놈은……."

소마는 입을 열다 말고 다음 말을 집어삼켰다.

사건이 일어난 밤, 다키가와는 적어도 휴대전화를 소지하고 있었다. 그렇지 않다면 야리미즈가 탄 차의 종류를 핫토리에게 가르쳐주어 뒤를 쫓게 하는 기발한 재주는 못 부린다. 휴대전화가 남아 있다면 다키가와가 연락을 취한 상대를 알아낼 수 있다. 그렇게 생각했을 때 소마는 처음으로 등골이 오싹했다. 틀림없이 누군가가 다키가와의 소지품에서 휴대전화를 가져갔다. 즉 지금 수사를 담당하고 있는 본청 경찰관들도 결코 튼튼한 반석처럼 일체화되어 있지는 않다는 뜻이다.

소마는 잠깐 쉬려고 차를 우리는 노리쿠라에게 넌지시 물었다.

"놈의 호주머니에 동전 하나도 안 들어 있었다는 뜻이야?"

"이상한 장갑만 들어 있더군."

"이상한 장갑?"

"놈의 손은 들어가지도 않을 어린이용 장갑."

어린이용 장갑……. 소마는 혹시나 싶었다.

“그 장갑, 보여줄 수 없을까.”

“뭔가 짐작 가는 구석이라도 있나?”

“아무튼 좀 보여줘.”

노리쿠라는 바로 장갑 사진을 가져오라고 지시했다.

“자전거를 탈 때 끼는 장갑 같은데.”

그렇게 말하며 노리쿠라는 탁상 위의 재떨이를 치우고 사진 한 장을 내려놓았다.

그 장갑을 보자 소마는 천천히 불타오르는 새 그림이 떠올랐다. 유타가 도화지에 그린 새 그림에 나카사코가 불을 붙였고, 소마를 비롯한 네 사람은 그 불에 마자키의 스크랩북과 앨범을 태웠다. 작은 장갑은 그 새와 똑같이 선명한 황록색이었다.

나카사코가 산장에서 말했던, 작년 크리스마스 때 유타에게 주라며 마자키에게 선물한 장갑이 틀림없다. 다키가와는 마자키와 접촉했을 때 장갑을 손에 넣었다. 그런데 다키가와는 왜 장갑을 계속 가지고 다녔을까.

“이봐, 이게 누구 장갑인지 아나?”

먼지가 두둥실 떠다니는 햇빛을 받으며 노리쿠라가 소마의 눈을 들여다보았다.

“아니.” 소마는 고개를 저었다.

소마, 슈지, 야리미즈, 나카사코 네 사람은 마쓰모토의 산장을 나설 때 여기서 있었던 일은 모두 가슴속에 묻어 무덤까지 가지고 가기로 결정했다. 즉 소마와 야리미즈 두 사람은 나카사코와 면식이 없고, 슈지가 나카사코를 만난 것도 병원에서 달아나라는 충고를 받았을 때 딱 한 번뿐이라는 말이다.

"다만 마자키 쇼고가 옛날에 자전거 로드레이스를 한 적은 있어."

소마는 신중하게 말을 골라 덧붙였다.

"마자키의 아들도 자전거를 시작할 모양이었던 것 같아. 마자키 공업의 차고 터에 아들을 주려고 산 자전거가 남아 있었어. 아들은 그걸 타보기도 전에 천식으로 죽었지만."

노리쿠라는 자식이 있는 듯 소마의 마지막 한마디에 인상을 찌푸렸다. 그리고 여러 번 우려서 멀건 차에 손을 뻗으며 중얼거렸다.

"마자키와 관련이 있다면 나카사코한테 물어볼 가치는 있겠군."

있고말고. 그러면 마자키에게 이 장갑을 건네주었을 때의 이야기를 나카사코 본인에게 직접 들을 수 있다.

나카사코는 사건이 일어난 지 사흘째 되던 날 의식을 되찾았다.

나카사코의 의식이 되돌아왔다는 소식을 들었을 때, 소마는 말 그대로 신에게 감사했고 슈지와 야리미즈에게도 즉시 알려주고 싶었다. 하지만 세 사람은 몇 번이나 만났음에도 불구하고 이야기를 한마디도 나눌 수 없었다. 세 사람이 밖에 나가면 설탕에 꼬이는 개미처럼 매스컴이 몰려들어 위험하다는 이유로 본부에 머물며 조사를 받았는데, 복도와 계단에서 스쳐지나가도 서로 말을 나누지 못하도록 금지당했기 때문이다. 경위는 어디까지나 개별적으로 듣겠다는 것이 표면적 방침이었다.

물론 소마를 비롯한 세 사람은 애당초 사건이 일어난 날의 행동에 대해 진술용 시나리오를 준비해두었다. 세 사람이 준비한 이야기는 이렇다. 그날 잠복하고 있던 호텔에 갑자기 사사키 구니오가 전화를 걸어 살아남을 방법을 알고 싶거든 오후 9시 30분에 슈지 혼자 주지가 없는 그 절로 오라고 지시했다. 슈지는 혼자 절로 향했고 소마와 야리미즈는 거리를 두고 차로 따라가다가 줄곧 슈지의 뒤를 밟으며 기회를 노리던 다키가와를 발견했다. 그래서 소마는 차에서 내려 제복 순경과 함께 두 사람을 쫓았다. 그런데 슈지가 다키가와를 떼어내려고 마구 달아나 소마는 한순간 슈지를 놓치고……. 그다음은 생중계된 내용과 같다. 지정된 장소가 주택단지 건설 현장에서 절로 변경되었다는 점말고는 산장에서 협의한 내용과 동일하다. 슈지는 사사키 구니오의 전화 목소리만 들은 것으로 해두었다.

형사들의 조사는 범인 취조를 연상시킬 만큼 집요했지만 적어도 소마가 보기에 노리쿠라가 사건 당일 세 사람의 행동에 의문을 품고 있는 것 같지는 않았다.

세 사람 가운데 제일 먼저 경찰서 바깥 땅을 밟은 사람은 슈지였다.

슈지는 마자키가 샘플을 불법 투기한 그날 아침 상황을 설명하기 위해 로열 빌라에서 현장검증에 입회했다. 파란색 시트 너머로 어른어른하는 슈지의 모습을 소마는 본부 식당의 텔레비전으로 지켜보았다.

나흘 후 슈지의 증언을 토대로 로열 빌라 바닥이 파헤쳐지고 수많은 사람이 지켜보는 가운데 건설 폐기물과 함께 마미 팔레트 샘플이 발견되었다. 멜트페이스증후군 전국 연락회는 즉시 증거보전을 신청했고, 샘플에서는 바실루스f50이 발견되어 결국 샘플이 멜트페이스증후군의 원인임이 증명되었다.

그후 진행된 수사로 감염원인 당근은 헤이룽장 성의 계약 농장에서 재배된 것이며 현지 스태프가 제조원이 불확실한 비료를 썼으니 사용을 삼가라는 지시를 내렸음이 판명되었다. 타이투스 푸드 후지사와 공장 생산 관리과 과장 호리구치 마사오, 주임 야마네 히사노리, 타이투스 푸드 본사 제3영업부 과장 호사카 요시노부, 계장 하타케야마 도시노리가 식품 위생법 위반 및 업무상 과실 상해 혐의로 체포되었다.

또한 나카사코의 진술로 그의 자택 컴퓨터에서 작년 구월에 모리무라와 미야지마에게 보낸 샘플에 관한 첫 상신서가 발견되어 모리무라와 미야지마가 이미 작년 구월에 마미 팔레트 샘플과 멜트페이스증후군의 인과관계를 알고 있었음이 명백해졌다. 두 사람은 사실을 이해한 후에 물적증거인 샘플을 폐기하라고 지시하였으므로 증거인멸 혐의로 체포되었다. 나카사코는 도주와 증거인멸의 우려가 없으므로 체포당하지 않고 같은 혐의로 서류 송치되었다.

모리무라와 미야지마는 경찰의 취조에서 나카사코에게 폐기를 명령하여 은폐 공작을 꾀했다는 사실을 시인했다.

그리고 수사진이 거듭 추궁하자 결국 미야지마가 실토했다.

미야지마는 모리무라의 지시를 받고 닛칸 에너지의 사토무라와 입씨름을 벌인 끝에 후지사와 공장의 산업폐기물 수거 운반을 맡고 있던 마자키 쇼고의 사진을 얻어냈다. 도대체 왜 그런 짓을 했느냐고 이유를 추궁하자 미야지마는 폐기되었을 샘플과 교환하자며 사사키 구니오가 삼억 엔을 요구하는 협박장을 보낸 사실을 털어놓았다. 그리고 미야지마가 자백함으로써 모리무라 역시 협박장이 왔다는 사실을 시인하지 않을 수 없었다.

하지만 모리무라와 미야지마는 거기까지만 시인했다. 그후의 경위에 관해 두 사람은 나카사코의 진술을 모조리 부인했다. 즉 미야지마와 모리무라는 사사키 구니오가 보낸 협박장을 무시했다고 주장한 것이다.

2과는 푸드가 삼억 엔을 지불했다는 나카사코의 진술을 뒷받침할 사실을 찾으려 했다. 하지만 푸드 앞 편의점의 택배를 집하한 운전기사는 택배를 가지고 온 미야지마와 모리무라의 얼굴을 똑똑히 기억하지 못했고, 마자키가 택배를 수령한 젠쓰지 집배 센터의 직원도 택배를 받으러 온 남자가 예복을 입고 있었다는 사실밖에 기억하지 못했다. 현금 삼억이 움직였다면 경리상 무슨 흔적이 남아 있으리라는 생각에 푸드 내부의 자금 움직임도 조사해보았지만 쓸 만한 증거는 나오지 않았다.

모든 수사에서 전혀 성과가 없었던 것은 아니다. 무차별 살인 사건에 관해서는 몇 가지 새로운 사실이 밝혀졌다.

사망한 사타 마모루가 착용했던 검정색 에나멜 코트를 자세히 분석한 결과 표면에서 두 사람 이상의 DNA가 검출되었는데 그중에 깃에 묻은 땀에서 검출된 DNA가 다키가와의 DNA와 일치했다. 이것은 본명조차 불분명한 다키가와가 무차별 살인 사건에 관여했을 가능성을 암시하는 중요한 증거였다.

또한 이마이 기요코가 샘플이 불법 투기된 3월 12일에 시청에 전화를 걸어 민원을 제기했다는 사실이 밝혀졌다. 시청에 남아 있던 기록에는 이유식 견본품을 로열 빌라 건설 현장에 버리는 현장을 목격했다고 적혀 있었지만, 민원을 접수한 직원이 건설업자에게 확인하자 그런 적 없다는 답변이 돌아왔기에 그대로 방치해둔 것이다. 이 기록으로 이마이 기요코가 샘플을 불법 투기하는 현장을 목격한 사실이 증명되었다.

그리고 마미야 유코의 남편이 아내의 일기를 제출했다. 문제의 날짜에는 "아르바이트를 마치고 돌아오는 길에 이상한 광경을 보았다. 세상에는 수많은 아가들이 배를 곯고 있는 나라도 있는데"라고 적혀 있어 마미야 유코가 샘플 불법 투기 현장을 목격했을 가능성은 극히 높다고 추정되었다.

덧붙여 구보 다다시의 아내 나오에는 날짜는 확실치 않지만 삼월 중순쯤 개를 데리고 산책을 나갔다 돌아온 다다시가 월말 상공회 모임에서 쓰레기 불법 투기에 관해 논의해야겠다고 난감한 얼굴로 이야기한 것을 기억하고 있었다. 나오에는 빨래와 아침 식사 준비에 정신이 없어 무슨 불법 투기인지는 묻지 않았다. 그리고 역시 삼월 중순, 다케시타 미사토가 맞은편 아파트 건설 현장에 업자가 쓰레기를 버리는 것 같다고 이야기한 것을 친구 다카야나기 리리코가 기억하고 있었다.

수사진은 상황증거이기는 하지만 마미야 유코, 구보 다다시,

다케시타 미사토 세 사람도 슈지, 이마이 기요코와 마찬가지로 샘플 불법 투기를 목격했을 가능성이 높다고 판단하고 살해당한 네 사람이 사건 당일 역 앞 광장에 불려나간 경위를 철저하게 조사했다.

일기의 내용으로 마미야 유코는 사건 당일 녹취 기록 아르바이트 면접을 받을 예정이었음이 밝혀졌다. 유코는 아르바이트 모집 전단지를 보고 기재된 전화번호로 연락했다. 사건 당일은 담당자와 역 앞 광장에서 만나기로 했다. 그러나 수사 결과 마미야 유코의 집 부근에서 아르바이트 모집 전단지가 들어 있던 집은 한 군데도 없었다는 사실이 밝혀졌다. 그 전단지는 마미야 유코의 집에만 들어 있었다.

해당 전단지는 마미야 유코의 집에서 발견되지 않았다. 또한 예상했던 대로 사건이 일어났던 삼월에 마미야 유코의 자택 전화 및 유코의 휴대전화에 연락해서 녹취 기록 아르바이트를 모집한 회사는 없었다. 그 대신 자택에서 건 전화 중에 상대를 확정할 수 없는 번호가 딱 하나 있었다. 선불식 휴대전화 번호로 현재 그 번호는 사용되고 있지 않았다. 누군가가 가짜 아르바이트 모집 전단지를 이용해 마미야 유코를 의도적으로 역 앞 광장으로 불러냈을 가능성이 고려되었다.

또한 구보 다다시를 역 앞 광장으로 불러낸 전화—구보 인쇄에 신장개업하는 세탁소 전단지를 의뢰한 전화는 공중전화에서 걸려온 것으로, 수사진은 삼사월에 신장개업한 지하철 노선 근처의 세탁소를 죄다 조사했지만 구보 인쇄에 전단지를 의뢰한 가게는 없었다.

이마이 기요코, 다케시타 미사토 두 사람을 불러낸 인물도 실재하지 않는 것으로 판명되었다. 두 사람을 불러낸 전화 및 메일은 각각 번호가 다른 선불식 휴대전화에서 발신되었다.

이러한 사실들이 밝혀지자 수사본부에서 역 앞 광장 사건을 단순한 무차별 살인 사건이라고 여기는 사람은 한 명도 없었다.

하지만 그날 역 앞 광장에 불려나간 다섯 명 중에 다키가와하고 접점이 있다고 확인된 사람은 슈지 단 한 명뿐이었다. 슈지와 다키가와의 접점은 텔레비전으로 두 사람을 본 아렌이 경찰에 자진 출두하여 시부야의 클럽 '아트라'에서 있었던 일—다키가와가 아렌을 이용해 슈지의 메일 주소를 손에 넣었다는 사실을 증언함으로써 확인되었다. 하지만 마미야 유코, 구보 다다시, 이마이 기요코, 다케시타 미사토와 다키가와의 접점은 일절 확인되지 않았다.

"슈지를 포함한 다섯 명은 샘플을 불법 투기하는 현장을 목격했지. 그래서 입막음을 하기 위해 무차별 살인 사건으로 꾸며서 죽인 거야. 실행범 다키가와에게 일을 의뢰한 사람은 푸드의 모리무라와 미야지마, 그리고 이소베의 비서 핫토리야."

소마는 지금까지 몇 번이고 들려주었던 진실을 다시 노리쿠라에게 되풀이해 말했다.

황금연휴◆가 끝난 날 한밤중, 관사 주차장에서 간신히 노리쿠라를 붙잡은 소마는 수사 진척 상황을 묻고 자신의 말을 믿어 달라고 호소했다. 하지만 노리쿠라는 차에 기댄 채 복잡한 표정으로 생각에 잠겼다. 굵직한 콧대 끝으로 보이는 빼어 문 담배의 불이 꺼져가고 있었다.

소마는 참다못해 물었다.

"노리쿠라 씨의 심증은 어떤데? 핫토리에게 이야기를 들으러 갔었잖아. 모리무라와 미야지마의 취조도 봤고."

"핫토리는 다키가와라는 남자를 듣도 보도 못했다더군. 찻종 경매를 핑계로 딱 삼십 분 만에 쫓겨났지. 모리무라와 미야지마도 다키가와하고는 일절 면식이 없다고 했어."

예상한 대로였다. 세 사람은 서로 말을 맞추어 모든 것을 부정할 작정이다.

"……그래서?"

"내 심증으로는 세 놈이 다키가와에게 사주했을 확률이

◆ 일본의 황금연휴는 보통 사월 말에서 오월 초에 걸쳐 휴일이 가장 많은 주간을 가리킨다.

100퍼센트야. 하지만 나카사코가 목격자 모두가 찍혔다고 주장하는 메모리스틱은 어디에도 없어."

"스기타 가쓰오가 택배에 관해 증언했잖아."

소마는 저도 모르게 끼어들었다.

스기타 가쓰오는 텔레비전으로 다키가와가 죽는 장면을 보고 바로 화재보험을 신청하러 마쓰모토로 되돌아갔다. 그리고 이야기를 들으러 온 수사원에게 마자키가 고치의 호텔에서 '다니모토 히로시'라는 가명으로 보낸 택배에 관해 증언했다.

"마자키가 4월 4일로 날짜를 지정해서 발송해달라고 부탁한 그 택배에 메모리스틱이 들어 있었어."

"그렇다 쳐도 실제로 배달된 건 낡아빠진 욕실 매트잖아."

"거기에는 분명 폭발로 사망 후 나중에 신원이 확인된 스에자와 슌과 오가와 나쓰가 연관되어 있을 거야. 마지막으로 모습을 드러낸 날 오후에 마자키는 호텔 주차장으로 스에자와 슌을 불러냈어."

"어이, 소마."

노리쿠라는 짜증과 피로가 뒤섞인 우거지상으로 소마를 보았다.

"자칭 다키가와라던 남자와 이소베, 핫토리, 모리무라, 미야지마를 연결할 물증은 하나도 없어. 놈들이 무차별 살인 사건에 관여했다고 주장하는 사람은 이 세상에 나카사코 하나뿐이라고. 그런 나카사코도 메모리스틱의 동영상은 보지도 못했거니와 모리무라가 살인을 의뢰하는 말도 못 들었어. 아무리 심증이 100퍼센트라도 심증만으로는 체포 못 해. 현재까지 알아낸 사실을 아무리 잘 쌓아올려도 다키가와에게 살인을 의뢰한 혐의로 놈들을 체포하기는 무리야."

노리쿠라는 한숨을 크게 내쉬더니 불이 꺼진 담배를 발치에 버렸다.

"다키가와만 살아 있었다면……."

그렇게 투덜대며 노리쿠라는 관사로 돌아갔다.

다키가와만 살아 있었다면…….

노리쿠라가 말하지 않아도 그런 것쯤은 안다.

모리무라와 미야지마는 다키가와가 죽은 이상 자기들만 입을 꾹 다물고 있으면 상황증거를 아무리 모아봤자 자기들을 살인과 연결할 수 없다고 확신하고 있다. 애당초 피의자 사망으로 인해 불기소 처분을 받아 다키가와가 저지른 살인 그 자체에 관해서는 재판이 열리지도 않는다. 소마는 천불이 났다. 다키가와, 모리무라, 미야지마, 핫토리 그리고 이소베. 모두를 법정으로 끌어내 있었던 일을 하나도 빠짐없이 백일하에 밝히고 마땅한 죗값을 치르게 한다. 그 당연한 일을 이제 실현할 수 없다.

다키가와를 체포했을 때 경찰관인 자신이 다키가와의 안전을 고려했어야 했다. 소마는 다키가와가 허망하게 죽도록 내버려둔 것이 너무나 후회스러웠다. 살을 에는 듯한 회한과 무능한 자신에 대한 분노. 그러한 감정들이 소마가 경찰을 그만두는 것을 허락지 않았다.

사건 후에 처음으로 소마가 진다이 서에 발을 들여놓았을 때, 형사과에는 이미 소마의 책상이 없었고 박스에 담긴 개인 물품은 접수처에 맡겨져 있었다. 소마는 접수처에서 전자계산기와 디스크를 아무렇게나 쑤셔넣은 박스를 받아 그길로 교통과 사무실로 향했다. 문을 열자 브리핑을 하고 있던 교통과 직원들은 갑자기 입을 다물고 노골적으로 곤혹스러운 표정을 지었다. 형사과에서 쫓겨난 소마가 경찰 일을 계속하다니 서 내의 누구도 예상치 못한 일이었기 때문이다. 즉, 모두 소마가 그만둘 줄 알았다.

실제로 소마 자신도 그럴 생각이었다.

지금까지 아무리 부당한 대우를 받아도 경찰을 그만두고자 하지 않았던 것은 범인을 찾아내어 붙잡는 형사과 일이야말로 천직이라고 여겨왔기 때문이다. 그러한 천직을 빼앗기고 일선에서 수사를 벌이는 예전 동료들을 멀리서 바라보며 교통과에서 신입을 지도한다. 그렇게 경찰관 인생의 절반도 넘는 시간을 수사에 직접 관여하지 못하고 끝나간다. 너무나도 비참하여 견디기 어려운 일이었다.

하지만 소마는 박스 하나를 안고 묵묵히 교통과로 이동했다.

복도와 화장실에서 예전 동료가 던지는 말에서 적의가 사라지고 냉랭한 경멸이 그 자리를 대신했다.

"배알이고 자존심이고 없냐."

그 말대로 배알이고 자존심이고 없었다.

물론 경찰관으로 계속 일한다고 해서 뭔가 할 수 있는 것이 아니라는 것쯤은 알고 있었다. 하지만 경찰을 그만두면 앞으로 사건에 관한 정보에 접근할 수조차 없어진다. 소마에게 경찰을 그만둔다는 것은 사건에 등을 돌리고 잊으려 하는 것과 마찬가지 의미였다.

소마는 햄 샌드위치를 다 먹고 포장지를 편의점 봉지에 버린 후 캔커피를 집어 들었다. 망설이고 망설인 끝에 고른 '따뜻한' 캔커피는 어느덧 완전히 식어버렸다. 소마는 캔을 따서 식은 에스프레소를 마셨다. 진하고 씁쓸한 액체가 목을 넘어갔다. 요즘 소마가 공원에서 자주 점심을 먹는 것은 교통과 신입 경찰관들도 점심 정도는 순찰을 지도하는 상사와 떨어져서 편하게 먹으라는 그 나름의 배려이기도 했다.

오늘로 다키가와가 죽은 그날 밤으로부터 딱 반년이 지났다.

야리미즈랑 슈지와 만난 지도 제법 오래되었다.

"엄청 한가해 보이는걸."

갑자기 등뒤에서 귀에 익은 탁한 목소리가 날아들었다. 자못 느긋한 척하는 말투였지만 볼일도 없이 나타날 남자는 아니었다. 일찍이 이 남자의 볼일이 유쾌했던 적은 한 번도 없었다. 소마는 돌아다보기도 귀찮아서 등을 돌린 채 대답했다.

"부러우면 언제든지 바꿔줄게."

"변함없이 퉁명스럽군."

히라야마가 소마 옆에 엉덩이를 털썩 내려놓았다.

몸에 밴 소주와 담배 냄새가 코를 찔렀다.

"그건 그렇고 날 잘도 써먹었겠다."

"무슨 소리야."

"이제 와서 시치미떼지 마. 아오키 여관 말이다. 너희들 세 녀석의 진술에 한 번도 나오지 않은 아오키 여관."

말투를 듣자 하니 히라야마는 아오키 여관의 주인에게 자초지종을 듣고 온 것이 분명했다.

"소마야, 난 그 여관에서 시게토 슈지를 데려간 남자가 사사키 구니오 아닐까 한다. 너희들 세 녀석이 사사키 구니오와 짜고 다키가와를 속인 게 아닌가 의심스럽다고. 놈을 텔레비전 카메라 앞에 끌어내기 위해서 말이야."

히라야마는 천천히 담배에 불을 붙였다.

"어이, 이제 그만 진상을 좀 가르쳐줘."

"무슨 소리를 하는지 통 모르겠네."

"자꾸 그러면 위에다 확 찔러버린다."

"그러시든가."

"세게 나올 때가 아닐 텐데."

"이 이야기가 표면화되면 당신이 다키가와의 사진을 가지고 여관에 이야기를 들으러 갔다는 사실도 알려져. 윗대가리들은 당연히 당신한테 이렇게 묻겠지. 어떻게 다키가와가 아오키 여관에 간 줄 알았느냐고."

소마는 잠시 뜸을 들이며 지금 자신이 한 말의 의미가 히라야마의 머릿속에 스며들기를 기다렸다.

"여태 본명조차 알아내지 못한 다키가와의 행동을 당신이 알고 있었다는 것에 윗대가리들은 필시 흥미를 보이겠지. 대체 어떻게 대답하려고 그래? 내 전화를 받고 나서 바로 다키가와에게 내가 어디 있는지 알려줬다고 자백이라도 할 텐가? 윗대가리들은 현직 경찰관이 다키가와하고 연결되어 있었음을 알고 틀림없이 기뻐할 테지. 물론 매스컴도 당신을 내버려두지 않을 거고. 내가 정보를 흘릴 거거든. 바로 유명인이 되겠군. 지금까지 당신이 경찰관으로서 얼마나 선량하게 지내왔는지 가슴속에 쌓인 걸 토해내고 싶어 하는 사람은 여기저기 널렸어. 내년에 퇴직금을 무사히 받을 수 있기를 바랄게."

히라야마는 입술을 일그러뜨려 웃었다.

"이 새끼, 남을 이용해먹은 것도 모자라 협박까지 하냐."

"남을 팔아먹은 주제에 예의를 바라지 마."

히라야마는 코웃음을 쳤지만 더이상 아오키 여관에 관한 말은 꺼내지 않았다.

소마는 자리에서 일어나려다가 문득 히라야마에게 물어보고 싶어졌다.

"날 팔고 뭘 받기로 했지? 다키가와가 뭘 주겠다고 약속했어?"

히라야마는 울타리 옆 코스모스에 눈길을 멈춘 채 담배 연기를 길게 뿜어냈다. 그리고 자기 자신에게 중얼거리듯이 말했다.

"종이 쪼가리 한 장."

"종이 쪼가리라니……. 수표?"

"상장이야. 영년 근속했으니 잘했다는."

영년 근속을 칭찬하는 상장. 요컨대 경시총감의 이름과 도장이 들어간 표창장이다. 표창 대상은 만 이십 년 이상 근속했으며 품행 방정하고 직무에 성실한 자라고 규정되어 있다.

다키가와는 경찰관의 불상사를 수사하는 감찰관이라면서 히라야마에게 접근했다고 한다.

"자랑은 아니지만 본부의 높으신 분들 얼굴은 본 적이 없거든. 윗대가리들이 네놈한테 뭔가 구린 일을 뒤집어씌워서 내쫓으려는 줄 알았지."

그 자체는 말이 될 법한 이야기였다. 하지만…….

"이상하다는 생각 안 들었나? 내가 있는 곳을 가르쳐주면 표창장을 받을 수 있다니."

"신기하게도 그때는 이상하다는 생각이 안 들더라고. 지금 돌이켜보니 나 스스로도 믿기지가 않아. 이런 등신이 또 어디 있나 싶어."

히라야마는 담배 연기가 매워서 그런 것처럼 인상을 찡그려 자조하듯 웃었다.

"무엇보다 난 이 나이를 먹도록 아무 도움도 안 되는 그딴 종이 쪼가리는 바란 적이 없었거든. 그런데 눈앞에 그게 드리워진 순간, 어째선지 갑자기 탐이 나더군. 그 종이 쪼가리 한 장을 가지고 싶어죽겠더란 말이야. 정말 놀랄 노 자지. 에고, 퇴직을 일 년 남기고 이 꼬락서니라니."

소마는 나이를 먹어 칙칙한 히라야마의 옆얼굴을 바라보며 분명 퇴직이 일 년 남았기 때문에 그랬을 것이라 생각했다. 삼십오 년 동안 조직에 혹사당한 히라야마는 보상을, 아니 하다못해 수지가 맞는 뭔가를 받고 싶었던 것이다. 다키가와가 미끼를 던져주자 비로소 히라야마는 자신에게 그러한 것이 필요하다는 사실을 알았다. 지금은 어쩐지 그런 히라야마의 심정이 이해가 갔다. 동시에 이해가 가서 가슴이 아프기도 했다.

"소마야, 인생은 짧다고들 하잖아. 그거 다 거짓말이야."

히라야마가 넉살 좋게 웃음을 지었다.

"적어도 너랑 나한테는."

"내가 언제부터 당신과 동류로 승격했지?"

"미안하다만 나만 그렇게 생각하는 게 아니야. 우리 둘을 아는 놈들은 모두 그렇게 생각해. 그 녀석들은 인생을 망쳤다, 똥통에 목까지 빠져 구제불능이다, 라고 말이야. 알겠냐, 인생은 그렇게 되고 나서부터가 길어. 똥통에 빠지기 전의 일이 하나도 떠오르지 않을 만큼 길다고."

히라야마는 깊은 상처처럼 자글자글하게 주름을 잡으며 즐거운 듯이 눈을 가늘게 떴다.

"힘내서 열심히 해라."

그렇게 말하더니 나타났을 때와 마찬가지로 어슬렁어슬렁 물러갔다.

확실히 세상의 척도로 재면 히라야마와 자신은 인생을 망쳤을 것이다.

하지만 소마 스스로는 인생을 망쳤다고 여기지 않았다. 현재 한 가지 확실한 것은 설령 시간을 되돌릴 수 있어도 어느 갈림길에서든 똑같은 선택을 했으리라는 사실이다. 그리고 어떠한 선택을 하든지 조직에서 출세할 목적으로 판단을 내린 적은 없었다. 그런 의미에서 현재 아무리 똥통 깊숙이 처박혀 있든 간에 스스로 인생을 망쳤다고 여기는 것은 당당하지 못한 짓이다.

소마는 손목시계를 보고 편의점 봉지를 정리해서 일어섰다. 평소 사십오 분의 점심시간을(경찰관에게는 이것도 길다) 오늘만 특별히 한 시간으로 늘린 것은 신입들에게 기분전환을 시켜주기 위해서가 아니다. 해야 할 일이 있기 때문이다. 소마는 서둘러 공원을 나섰다.

가전제품 판매점은 점심시간을 이용해 상품을 보러 온 회사원들로 제법 붐볐다. 가을이 무르익어 행락과 운동회 시즌이 찾아온 만큼 손님들은 비디오카메라 코너에 많았다. 소마는 매장을 가로질러 똑바로 텔레비전 코너로 향했다. 크고 작은 텔레비전이 가득 진열된 코너에서는 중년 회사원이 광고지를 들고 점원의 설명을 듣고 있었다. 모든 화면에서 샴푸 광고가 끝나고 경쾌한 테마곡과 함께 와이드 쇼가 시작된 참이었다.

소마는 제일 커다란 텔레비전 앞에 서서 기다렸다.

야리미즈와 슈지도 어디서 텔레비전을 보고 있을 것이다. 그리고 분명 자신과 마찬가지로 나카사코 생각을 할 것이다. 의식이 돌아온 후 나카사코에게 무슨 일이 있었는지 세 사람은 경찰의 조사가 완전히 끝난 후에야 알았다.

나카사코는 도대체 어떤 기분으로 이제부터 방영될 영상을 볼까.

몇 초 후, 모든 화면에 야마시나 사키코의 모습이 나타났다. 사키코는 옆에 붙어선 엄격한 표정의 반백 머리 남자와 함께 관할서 현관에서 나왔다. 남자의 가슴에는 변호사 배지가 빛나고 있었다. 카메라가 늘어선 가운데 사키코의 핏기 없이 창백한 얼굴은 딱딱하게 굳어 있었다. 제복 경찰관이 카메라를 헤치고 차로 갈 수 있게 길을 트자 사키코는 굳은 표정을 유지한 채 변호사의 부축을 받으며 차로 향했다.

언제부터인가 소마 뒤에서 화면을 보고 있던 중년 샐러리맨이 중얼거렸다.

"세상에 저런 일도 다 있군."

함께 화면을 보고 있던 점원이 한숨 섞인 목소리로 맞장구쳤다.

"정말이지 믿기지가 않네요."

소마는 차로 사라지는 사키코를 바라보며 생각했다.

그래. 분명 믿기지 않는 일이겠지, 저건.

프랑스식 창 저편에 울창한 곰솔 숲이 펼쳐져 있다. 어스레한 숲 높은 곳에서 저녁매미가 여름과의 이별을 아쉬워하며 울고 있었다. 한 마리가 울음을 그치면 다른 한 마리가 운다. 간격을 두고 번갈아 우는 저녁매미 울음소리와 함께 천천히 가을 땅거미가 진다. 그리하여 묵직한 안개처럼 땅거미가 나무 밑동까지 내릴 무렵, 땅에서 분수가 솟아오르는 것처럼 방울벌레가 울기 시작한다.

발코니에 앉아 식전 셰리주를 음미하며 이 해질녘의 교대 행사를 즐기는 것이 이소베의 휴일 일과였다. 지금도 핫토리가 컴퓨터 모니터에서 고개를 들자 이소베는 베네치안 글라스를 들고 안락의자에 앉아 조용히 귀를 기울이고 있었다. 좋아하는 삼베 셔츠에 아이리시 리넨 슬랙스를 입고 코코아색 멜빵을 한 이소베는 윤기 있는 피부도 그렇고, 풍성한 머리카락도 그렇고 여전히 칠십 대로는 보이지 않는다. 바라보고 있자니 혹시 이소베가 젊어진 것은 아닐까 하는 기묘한 기분이 들었다.

예의 사건 후에 이소베는 실로 재빠르게 행동했다.

사건이 일어나자 사직 당국은 즉시 이 사건에 관해 이소베의 책임을 물으려는 움직임을 보였다. 동시에 야당은 임박한 선거에서 우세를 차지하기 위해 이소베와 푸드의 오랜 유착 관계를 성토하고자 일제히 공세를 강화했다. 그런 초여름 어느 날, 아침 식사 자리에서 지원자가 선물한 맏물 백도를 먹고 있을 때였다.

"입원 준비를 해주게."

이소베가 뜬금없이 말했다.

"목적은 뭡니까?"

핫토리는 일부러 비아냥거리는 말투로 물었다.

이소베가 건강하다는 사실은 항상 곁에 있는 핫토리가 누구보다 잘 안다. 아무 언질도 없이 꾀병으로 입원하겠다는 이소베에게 핫토리는 사설 비서로서 약간의 불만을 표명할 권리가 있다고 느꼈다. 이소베가 뭘 꾸미고 있든 간에 그가 입원한 사이에 사전 준비를 하는 사람은 자신이니까.

이소베는 초여름에 색감을 더하는 향기로운 과육에 포크를 꽂으며 말했다.

"은퇴하려고."

아닌 밤중에 홍두깨였다.

핫토리도 어안이 벙벙해질 만큼 재빠른 결단이었다. 그 전날 이소베는 극히 소수의 당 간부만 모이는 정례 조찬회에 참석했다. 이소베는 평소처럼 한 시간쯤 지나 별반 이상한 낌새도 없이 차로 돌아왔고, 그때까지 핫토리의 안중에 은퇴라는 말은 없었다.

다만 듣고 보니 한밤중, 아니 그날 새벽이라고 해야 할 시각의 일이 떠올랐다. 깊은 잠을 자지 못하는 핫토리는 실이 뚝 끊어지는 것처럼 불현듯 눈을 떴다. 침대에서 잠시 몸을 뒤척였지만 잠이 오지 않아 어차피 일어난 김에 도서실에서 우타가와 히로시게◆의 화집이라도 보려고 침실을 나섰다. 그때 괴괴하고 어두운 복도에 휴대전화 벨소리가 희미하게 들렸다. 핫토리는 걸음을 멈추고 어둠 속에서 귀를 기울였다. 흐릿한 전자음은 이소베의 방 안쪽에서 울리고 있었다. 전자음은 딱 네 번 울리고 나서 멈췄다. 이런 시각에 이소베 미쓰타다의 휴대전화에 연락을 하고, 이소베가 전화를 받는 상대는 도대체 누구일까. 십오 년 남짓 비서로 일해왔지만 핫토리는 전혀 짐작이 가지 않았고, 짐작이 가지 않는다는 사실이 새벽녘의 불길한 꿈처럼 머릿속 한구석에 남았다.

동이 튼 후 올해 처음으로 달콤한 백도를 맛본 날 석간신문의 톱뉴스는 이소베의 은퇴 기사로 꾸며졌다. 이유는 물론 건강상의 문제였다.

◆ 歌川広重. 1797~1858. 에도시대 우키요에 판화의 대가. 고흐와 모네 등의 화가에게도 영향을 주었다.

야당은 허탕을 친 형태로 어영부영하다가 칠월 선거전에 돌입했다. 뚜껑을 열어보니 여당 개혁파의 젊은 그룹이 기존 의원들을 밀어내고 대약진했다. 그 결과 여당은 의석이 대폭으로 늘어난데다 당 내부의 파벌 세력도도 일신되었다. 의원의 평균 연령이 단숨에 낮아지자 세상 사람들은 싱싱하게 다시 태어난 여당의 미래에 시선을 집중했다. 그리고 사람들의 시야 밖에서 이소베와 푸드에 관한 의혹은 낡은 시대의 흔해빠진 오점으로서 잊혀갔다.

핫토리는 이소베의 이번 '은퇴'가 어떤 거래의 결과라고 생각했다. 이소베가 은퇴를 진행하는 동안 핫토리는 내내 꿔다놓은 보릿자루 같은 신세였으나 지금은 이소베가 어떠한 경위로 은퇴를 하게 되었는지 나름대로 견해를 가지고 있었다.

이소베는 은퇴를 발표하기 전날 조찬회 자리에서 전국 방송으로 흘러나간 시게토 슈지의 말이 하나도 빠짐없이 진실이라고 태연하게 인정한 것 아닐까. 아마도 그 자리에 있던 사람들은 모두 얼어붙었으리라. 이소베가 역 앞 광장 사건에까지 관여했다면 파벌이 문제가 아니라 선거마저 위태로워질 엄청난 스캔들이다. 그뿐만 아니라 이소베가 그들에게 그 사실을 밝혔다는 것은 만약 체포되면 자신이 오랜 세월 전前 타이투스 그룹 회장 도미야마 고이치로에게 받아온 고액의 우회 헌금을 당 내부에서 어떻게 배분했는지 까발리겠다고 은근히 위협한 것이나 다름없다. 그렇게 되면 사태가 얼마나 확대될지 상상도 가지 않는다. 이소베는 은퇴와 침묵을 약속하는 대신에 사직 당국의 위협을 배제한 안녕을 요구했다. 덕분에 대다수의 예상과는 달리 이소베는 스캔들에 휘말리지 않고 흠집 하나 없이 나가타 정을 떠날 수 있었다. 그렇게 된 것 아닐까.

핫토리는 그 사건 직후에 딱 한 번 조사를 받았을 뿐, 그후로 경찰은 감감무소식이었다. 상대에게 선택지를 주지 않음으로써 이쪽의 불리한 점을 없애는 이소베다운 방식이었다.

이소베는 끝없는 휴일의 첫 번째 여름을 여기 이즈의 별장에서 보냈다. 한탄하거나 분노하지도 않고 이소베는 실로 담담하게 생활했다. 핫토리는 자신과 마찬가지로 이소베 역시 푸드를 둘러싼 사건을 이미 완결된 과거로 받아들인다고 느꼈다.

핫토리는 아름답게 세공한 앤티크 디캔터를 들고 자기 잔에 셰리주를 더 따랐다. 곰솔숲을 향해 육각형으로 튀어나온 거실은 프랑스식 창이 전부 활짝 열려 있어 실내는 농후한 저물녘 공기로 가득했다. 이즈의 별장에 있으니 반년 전의 사건이 마치 꿈처럼 막연하게 느껴졌다.

일련의 사건에서 지금도 핫토리의 인상에 남아 있는 것은 다키가와 정도다. 사사키 구니오는 누구냐는 물음에 그 남자만 올바른 답을 내놓았다. 그 사실이 기묘한 맛의 과일처럼 핫토리의 기억에 남았다. 아마도 다키가와는 즈시 쪽의 지시로 처분되었으리라. 그만한 실수를 저지른 이상 해고는 불가피했고, 다키가와의 직업상 해고가 죽음이라는 형태로 제시된 것도 어쩔 수 없는 일이었다.

그렇다고는 하나 핫토리는 다키가와가 '사사키 구니오'의 차종을 알려준 것에는 고마움을 느꼈다. 덕분에 파란색 레거시에서 위험한 물건 몇 가지를 회수할 수 있었기 때문이다. 만에 하나 다키가와와 함께 찍혀 있는 사진이 당국에 넘어갔다면 이 기분 좋은 가을 해거름을 셰리주 잔을 들고 온라인 경매 카탈로그를 감상하며 보낼 수는 없었을 것이다.

핫토리는 현재 골치 아픈 정치계를 떠나 자신의 가장 큰 관심사인 동양 고미술품 수집에 전념하는 행복을 누리고 있었다. 이소베의 돈으로 그를 위해 수집하는 셈이지만 서화부터 공예, 도자기에 이르는 방대한 수집품들을 올바르게 관리할 수 있는 사람은 핫토리뿐이었다.

아름다운 것을 향유하려면 힘과 시간이 필요하다는 사실을 핫토리는 철들었을 무렵부터 알고 있었다. 그것을 도락이라고 부른다면 핫토리 자신이 얼굴도 모르는 남자의 도락 때문에 이 세상에 태어났기 때문이다.

핫토리는 디캔터를 들고 이소베가 있는 발코니로 향했다.

"한 잔 더 하시겠습니까?"

이소베는 대답하는 대신 잔을 살짝 들었다.

핫토리는 이소베의 베네치안 글라스에 셰리주를 가득 따랐다.

"올해는 꽤 시끄럽게 우는군요."

"세상 하직할 날이 얼마 남지 않았으니까. 이제 며칠만 더 지나면 땅에 떨어져 개미 밥이 될 거야."

마치 이소베 자신을 가리키는 말처럼 들려 핫토리는 무심결에 미소를 지었다.

"그게 섭리죠."

핫토리는 디캔터를 발코니 테이블에 놓아두고 온라인 카탈로그를 보러 되돌아갔다.

이소베는 셰리주의 진한 향기와 은은한 단맛을 음미했다.

생각해보니 여름 한철을 이렇게 마음 내키는 대로 보낸 것은 학창 시절 이후 처음이었다. 동이 채 트기도 전에 일어나 느긋하게 곰솔숲을 산책한 후 과일과 닭고기로 아침을 먹고 오전에는 회고록 집필에 전념한다. 점심을 가볍게 먹고 나서 오침을 한다. 오후에는 책을 읽으며 시간을 보내다 다시 곰솔숲을 산책한 후 목욕을 하고 저녁 먹기 전까지 발코니에서 식전주를 즐긴다. 저녁을 먹고 나면 음악을 듣고 오전에 집필하던 원고를 손보다가 밤 10시에는 잠자리에 든다.

이 판에 박힌 듯한 규칙적인 생활이 내면을 갈고 닦아주는 것 같았다. 그 때문에 다른 사람의 욕망이 눈에 잘 들어오는지도 모른다고 생각하며 이소베는 씨를 뺀 올리브를 천천히 입으로 가져갔다. 유감스럽지만 핫토리가 바라는 만큼 일찍 개미 밥이 될 마음은 없었다. 지금부터 차분히 지켜보고 싶은 것이 있기 때문이다.

예의 사건이 도화선이 되어 일어난 신세력과 구세력의 교체는 정치계뿐만 아니라 타이투스 그룹 내부에서도 일어났다. 사건이 발생한 후 타이투스 그룹은 실로 민첩하게 움직였다.

타이투스 그룹 임원회는 조직을 지키기 위해서는 도미야마와 이소베의 오랜 관계를 알고 있는 늙은 임원들을 조직에서 쳐낼 필요가 있다는 견해에 만장일치로 찬성했다. 늙은 임원들은 푸드의 존속을 조건으로 임원회에 정년제를 도입한다는 방침을 받아들여 푸드 출신자가 과반수 넘게 차지하고 있던 임원회 자리를 비워주었다.

새 임원회는 즉시 푸드의 사장을 새로이 선출해 사업 정리에 착수했다. 푸드를 부문별로 쪼개어 같은 업종을 운영하는 다른 회사에 매각했다. 이리하여 도미야마 고이치로가 도미야마 양식 공업으로 시작하여 타이투스 그룹의 창업 모체가 된 '타이투스 푸드'의 이름은 사라졌다.

늙은 임원들은 속았음을 알고 그야말로 분에 못 이겨 죽을 지경이었다. 하지만 그렇다고 해서 도미야마의 부정을 표면화할 수도 없었다. 도미야마에 대한 충성심을 역이용당한 결과, 결국 그들은 신생 타이투스 그룹을 저주하며 빗의 이가 빠지듯이 한 명 또 한 명 세상을 떠났다.

신생 타이투스 그룹은 말 그대로 늙은 임원들을 매장하고 그 무덤 위에서 첫울음을 울었다. 그들은 바로 새로운 힘과 결탁했다. 잡지에 실린 신생 타이투스 그룹의 새 회장 취임 파티 사진에는 개혁파를 통솔해 선거에서 대승한 중견 의원들의 얼굴이 두루두루 찍혀 있었다. 이소베는 그 사진을 보았을 때 불쾌감보다 상징적인 광경이라는 느낌이 먼저 들었다.

이 세상에 태어난 이래 국가의 안위 따위는 걱정해본 적도 없을 듯한 어린 기업인들—정부라는 기관을 돈만 주면 딱 맞아서 편안한 옷을 지어주는 전속 재봉사처럼 여기는 자들에게 정치가들이 먼저 다가간다. 타이투스는 국제 경쟁이라는 이름 아래 오로지 욕망을 충족하는 데 매진하고, 욕망이 법규와 충돌하면 정치가 개혁이라는 이름 아래 법규를 변경해준다. 타이투스는 욕망이 시키는 대로 가책 없이 팽창을 계속하고 이 나라의 국민은 차례차례 새로이 바뀌는 법규 아래에서 한없이 농락당한다.

하지만 현재 여름 선거에서 개혁을 내건 세력이 큰 승리를 거두었고, 국민에게 인기가 많은 총리의 대항마는 어디에도 없다. 세상은 그야말로 개혁 축제다. 이 시기를 오 년이나 십 년 후에 이 나라의 국민은 대체 어떤 기분으로 되돌아볼까. 이소베는 그 모습을 보고 싶었다.

핫토리가 키보드를 딸칵딸칵 두드리는 소리가 났다. 바라보니 어둑어둑한 실내에서 빛나는 모니터 화면을 만족스러운 듯이 응시하며 뭔가를 써넣고 있었다.

이소베의 눈에는 핫토리 또한 형태를 바꾼 조그만 타이투스로 보였다.

"저녁 식사 준비 다 되었습니다."

가정부가 문간에서 말했다.

이소베는 잔을 내려놓고 천천히 일어섰다. 방 한쪽 등나무 의자에 놓여 있는 석간이 눈에 들어왔다. 오늘 석간에는 변호사의 부축을 받으며 핏기 없는 얼굴로 관할서에서 나오는 야마시나 사키코의 사진이 실려 있었다.

그런 상황에서는 창백해질 만도 하지.

이소베는 식당으로 나란히 걸음을 옮기는 핫토리를 얄궂은 기분으로 바라보았다.

이 사내가 멜트페이스증후군 전국 연락회에 조금이라도 흥미를 가지고 있었다면 야마시나 사키코의 사진이 그런 형태로 신문에 실리는 일은 없었을 텐데.

야리미즈가 화단 뒤편에 몸을 숨긴 지 거의 한 시간이 지났다. 등이 아프고 다리가 저려왔다. 하지만 신체적인 아픔보다 여기까지 오는 데 든 택시비 때문에 안 그래도 가벼운 지갑이 공중에 둥둥 뜰 만큼 가벼워진 것과 지금 당장 담배를 피울 수 없다는 것이 더 괴로웠다. 야리미즈는 하는 수 없이 어둠 속에서 금연 껌을 입에 밀어넣었다.

야리미즈가 금연 껌을 가지고 다니게 된 데는 어떤 사정이 있었다.

경찰 조사를 받고 나서 얼마 지나지 않아 야리미즈는 오래 알고 지낸 편집자 구라타와 식사를 함께 했다. 구라타는 야리미즈를 아사쿠사의 쇠고기 전골집으로 데려가 삼십 분 만에 재빨리 식사를 마치고 가볍게 한잔 걸칠 수 있는 바에 자리를 잡자마자 이번 사건에 관해 질문을 퍼붓기 시작했다. 야리미즈가 지장이 없는 범위에서 자신들이 밝혀낸 사실 몇 가지를 알려주자 구라타는 몹시 감명을 받은 모양이었다. 하지만 상부와 상의해보아야 한다며 기사 집필 의뢰는 보류했다. 예상했던 일이었다.

다음주 다시 구라타로부터 연락이 왔다. 아니나 다를까 기사를 진행하라는 허가가 떨어지지 않았다고 했다. 그리고 "잠깐 만나지. 다른 일로 힘을 빌리고 싶어. 보수는 톡톡히 지급할게" 라고 했다.

마지막 한마디가 부드러운 침대에서 기어나와 술에 전 몸을 씻고 퓨마 미들 컷 덱 슈즈를 신는 대사업을 이룩케 한 원동력이었다. 야리미즈는 가재도구와 함께 집이 폭발하는 희귀한 경험을 하고 나서 새집을 찾느라 저금을 다 써버렸다. 이대로 일이 없으면 다음 거처는 볕이 잘 드는 다마가와 강변의 풀밭일 것이 분명한 상황이었다.

구라타는 야리미즈의 새집 근처 레스토랑 데니스에서 기다리고 있었다.

구라타는 야리미즈의 얼굴을 보자마자 "먹고 싶은 거 뭐든지 다 시켜"라고, 가능하면 다른 유형의 가게에서 숙취에 시달리지 않는 날에 듣고 싶은 말을 꺼냈다. 점심시간이 지나 썰렁한 가게에서 야리미즈가 모듬 샐러드를 깨작거리는 동안 구라타는 야리미즈가 이번 사건에서 발휘한 수사 능력을 한바탕 칭찬하며 마구 추어올렸다.

"실제로 어지간한 흥신소 직원보다 네 실력이 훨씬 좋을 거야."

그리고 야리미즈가 토마토 주스를 다 마시기를 노려 "가족의 치부를 드러내는 것 같지만 우리 매제가……"라고 말을 꺼냈다.

그후 구라타의 여동생 부부는 원만하게 이혼했고 야리미즈는 현재 구라타를 통해 의뢰받은 통산 세 번째 '가족의 치부'를 처리하기 위해 시월 한밤중에 금연 껌을 씹으며 마치 외국의 성 같은 호텔 앞 화단 뒤편에 카메라를 끌어안고 몸을 숨기고 있었다. 특정한 두 사람이 성에서 나오는 모습을 카메라에 담으면 이번 일은 끝이다. 돌아갈 택시비는 없으므로 마지막 전철이 끊기기 전에 두 사람이 성에서 나오지 않으면 첫 전철이 다닐 때까지 기다려야 한다. 야리미즈는 다음부터는 착수금을 받고 나서 일을 시작해야겠다고 결심한 후 장기전을 각오하고 조금 편한 자세로 앉을 수 있는 화단 가장자리로 이동했다.

행동 양식을 분석하여 움직이는 이 일을 고역이라고 느낀 적은 없지만 담배를 피우지 못하는 잠복은 확실히 고역이었다. 야리미즈가 어린시절에 본 형사 드라마에서는 잠복중인 형사가 연신 담배를 피웠고 발치에 흩어진 무수히 많은 꽁초가 허탈하게 흘러간 시간과 형사의 끈덕진 성격을 표현했지만, 실제로는 산울타리와 담장 뒤편에서 봉화를 올리는 것처럼 쓸데없이 연기를 뿜어내며 공격적으로 잠복할 수는 없다. 차가 있으면 싶었지만 당장 필요한 것도 사지 못할 형편이었다. 니치에이 건설이 망하면 슈지에게 이 일을 도와달라고 할까, 하고 야리미즈는 진지하게 고민했다.

구라타는 지금도 그 사건 기사를 언젠가 반드시 실을 수 있을 것이라고 말한다. 야리미즈도 동감이었다. 그래, 언젠가 대공황이 일어나 타이투스 그룹이 와해되었을 때에나.

일본 유수의 기업 그룹인 타이투스 그룹은 다른 기업 그룹과 마찬가지로 수많은 매스컴의 스폰서이기도 하다. 그리고 스폰서의 노여움을 사고 싶어 하는 매스컴은 없다. 자동차 제조 회사가 스폰서인 드라마에서는 절대 교통사고가 일어나지 않고, 제약 회사가 스폰서인 드라마에서는 절대 약으로 살인하거나 자살하는 장면이 나오지 않는다. 그 정도로 스폰서의 눈치를 본다.

이미지를 쇄신하고 싶은 신생 타이투스 그룹은 당연히 이소베와 전 회장 도미야마의 관계를 언급하지 않기를 바란다. 예전 그룹의 창업 모체가 살인에 관여했다는 이야기는 두말할 나위 없이 불문에 부쳐야 한다. 이소베가 은퇴하고 푸드가 매각되었을 무렵부터 매스컴은 무차별 살인 사건과 푸드 사건을 따로 떼어내서 보도하기 시작했다. 개중에서도 사건에 대한 세상 사람들의 견해를 크게 바꾸는 계기가 된 방송을 야리미즈는 똑똑히 기억하고 있었다.

인기 아나운서가 담당하는 오후 정보 버라이어티 방송으로, 한 주에 한 번 저널리스트와 연예인, 범죄학자 등을 모아 특정 사건에 관해 툭 까놓고 이야기하는 것이 특징이다. 그날 야리미즈는 중화요리점에서 개시한 중국냉면을 먹고 돌아오는 길에 대형 슈퍼마켓에서 산 조립식 책장의 합판을 조립하면서 웬일로 소리를 키우고 텔레비전을 틀어놓았다. 업계의 어용 저널리스트 스와 도모노리가 메인게스트로 초청되었기 때문에 뭔가 있지 않을까 싶어서였다.

스와는 메모리스틱이 존재한다는 전前 푸드 사원 나카사코 다케시의 주장에 의문을 제기했다. 홀로 메모리스틱의 존재를 주장하는 나카사코 본인이 정작 중요한 동영상을 보지 못했다는 사실을 인정했다. 그런데 과연 목격자를 촬영한 동영상이 들어 있다는 메모리스틱이 실제로 존재하겠느냐는 것이다.

고작 일 분 정도의 대화로 암살자가 메모리스틱의 동영상으로 목격자의 얼굴을 알아내어 무차별 살인 사건으로 위장해 죽였다는 이야기 자체가 약간 황당무계하지 않느냐는 방향으로 의견이 기울어졌다. 그러기를 기다리고 있었다는 듯이 아나운서가 공명정대한 말투로 반박했다.

"하지만 불법 투기 현장을 실제로 목격한 시게토 군이 신원

불명의 남자에게 살해당할 뻔했다는 사실은 어떻게 설명하시겠습니까? 무차별 살인범이 입었던 코트에서 그 남자의 DNA도 검출되었습니다."

"하지만." 이번 사건에 일가견이 있어 보이는 연예인이 몸을 내밀었다. "피해자 중에 확실하게 불법 투기 현장을 목격했다고 증언한 사람은 시청에 민원을 제기한 이마이 기요코 씨와 시게토 군 두 명뿐이죠?"

"그렇습니다." 스와가 곰곰이 생각하는 듯한 말투로 대답했다. "게다가 두 사람 중 사건이 일어나기 전에 그 남자와 접촉했다고 확인된 사람은 시게토 군 하나뿐입니다. 그리고 시게토 군은 무차별 살인 사건이 일어난 후 그 남자에게 집요하게 습격을 받았고요."

묘하게 기대를 갖게 하는 침묵이 흘렀다.

야리미즈는 찜찜한 예감이 들어 드라이버를 돌리던 손을 멈추고 화면을 쳐다보았다. 스와는 사려 깊게 미간을 찌푸리고 일부러 중얼거리는 듯한 투로 말했다.

"그 남자는 처음부터 시게토 군만 노렸다. 그럴 가능성이 제로라고 단정할 수는 없을 것 같네요."

그렇게 나오다니.

"그럼 역 앞 광장에서 살해당한 피해자들은 사건에 휘말렸다는 건가요?"

아나운서도 과장되게 놀라며 되물었다.

"암살자가 무차별 살인 사건으로 위장해서 죽였다는 황당무계한 이야기보다 한 정신병자의 범행이라고 받아들이는 편이 저로서는 공감이 가네요."

일 초 전까지만 해도 제로라고 단정할 수는 없는 정도의 가능성이었는데 느닷없이 '저로서는 공감이 간다'라. 그건 황당무계하지 않다는 말인가.

"그 남자가 시게토 군을 노린 이유는 도대체 뭐죠?" 연예인이 대뜸 스와의 가설을 인정하고 물었다.

"본인이 사망했으니 정확한 건 알 수 없습니다. 다만 그 남자는 무슨 이유로, 아마 시게토 군 자신도 모르게 적반하장으로 원한을 품고 시게토 군을 노렸을지도 모릅니다."

즉, 이 세상 누구도 모르는 이유라는 말이다.

"적반하장으로 원한을……."

넌 무슨 앵무새냐.

"뭐, 시게토 군은 십 대니까요. 그 나이대에는 여러 가지 일이 생기는 법입니다. 특히 소년에게는요."

알지 않느냐고 연예인에게 의미심장하게 눈짓하는 스와를 보고 야리미즈는 처음으로 바싹 긴장했다.

이 자식, 폭탄을 투하할 속셈이다.

야리미즈는 스와가 다음 말을 꺼내기 전에 부조정실의 광고 전환 스위치를 눌러 전국의 거실에서 그를 없애버리고 싶었다. 하지만 실제로는 드라이버를 들고 무력하게 스와가 다음 말을 꺼내는 모습을 보고 있을 수밖에 없었다.

"슈지 군이 어릴 적부터 친하게 지냈던 죽마고우는 지금 소년원에 있죠."

노리고 일부러 저지른 파울.

증인의 인격에 흠집을 내는 고전적인 수법이었다. 스와의 이 발언은 시청자들로 하여금 이제까지 구사일생한 목격자였던 슈지의 입장에 예비 불한당의 옛 친구라는 이미지를 덧칠하는 계기가 되었다. 그날 역 앞 광장에 있던 선량한 시민 다섯 명 중에서 슈지 한 명이 명백하게 다른 그룹에 속해 있었다는 것처럼. 그뿐만이 아니었다. 스와는 의도적으로 슈지에 관해 부주의한 발언을 한 후 걱정스럽다는 표정으로 이렇게 말을 이었다.

"시게토 군이 피해자라는 사실은 변함없습니다. 그렇게 험한 꼴을 당했으니까요. 그런 의미에서는 푸드 사원이었던 나카사코 씨도 피해자라고 생각합니다."

"무슨 말씀이신지?" 아나운서가 궁금하다는 표정으로 이야기를 재촉했다.

"나카사코 씨는 푸드 간부들 중에서 유일하게 양심적으로 행동한 사람입니다. 반대로 말하자면 내내 죄책감에 시달려 왔을 거예요. 그런 와중에 샘플을 맡긴 산업폐기물 수거 운반업자에게 배신당해 정신적으로 거의 한계까지 몰리지 않았을까……."

그래서 뭐 어쨌느냐고 시청자를 대신해서 묻는 연예인에게 스와는 나카사코가 죄책감 때문에 정신적으로 문제가 생긴 것 아니겠느냐, 그래서 옥상에서 발작적으로 뛰어내린 것 아니겠느냐고 은근슬쩍 암시했다.

그렇다, 흰색을 검정색으로 만들 필요는 없다. 회색으로만 바꾸어도 충분하다.

스와는 순식간에 슈지와 나카사코의 인격에 흠집을 내서 두 사람의 진술 내용을 변두리 골동품 가게에서 파는 족보만큼이나 의심스럽게 만들었다.

"결국 모두가 사사키 구니오에게 놀아난 거죠. 선생님은 사사키 구니오를 어떻게 보십니까?"

스와는 진지한 표정으로 범죄학자에게 이야기를 돌렸다.

야리미즈는 드라이버를 놓고 부엌으로 갔다.

범죄학자의 매끄러운 바리톤 음성이 휑하니 허전한 실내에 울려 퍼졌다.

"사사키 구니오는 결코 앞에 나서지 않고 항상 사람을 부려 일을 진행시키는 타입입니다. 불법 투기를 목격한 사람이 현장 검사 뉴스를 보고 증언을 할지 말지는 그 사람 나름이죠. 강 건너 불구경하는 느낌이에요. 꼭 돈을 받고 싶다거나 샘플이 있는 곳을 폭로하고 싶다는 강한 의지가 느껴지지 않죠. 반면에 괴문서를 유포하거나 텔레비전 생중계를 이용하는 등 방식은 아주 치밀합니다. 사사키 구니오는 정체를 드러내지 않고 세상을 떠들썩하게 만들고 싶어 해요. 익명성의 사회에 익숙한 인물. 그것도 극장형 범죄를 선호하는 아주 현대적인 범죄자가 아닐까 합니다."

안타깝게도 틀렸습니다.

야리미즈는 리모컨을 눌러 범죄학자를 없앴다. 그리고 마룻바닥에 앉아 부엌에서 들고 온 비장의 아드벡을 잔에 따랐다.

고요한 방에 초여름 햇살이 비쳐들었다. 이제 어찌될지 야리미즈는 정답을 거의 알고 있었다. 책장을 마저 조립할 기분이 도무지 들지 않았다. 야리미즈는 쌓아올린 널빤지에 기대어 모든 실망감과 무력함, 우울함을 위로해주는 만병통치약을 마시기 시작했다.

저녁에는 인터넷에 슈지가 이 년 전에 상해 혐의로 체포되었다는 사실이 폭로되었다. 동시에 나카사코가 정신병원에 다녔고 기이한 행동을 했다는 그럴싸한 뜬소문이 퍼져나갔다. 하지만 인터넷은 천문학적인 숫자의 거짓말과 유언비어와 진실이 북적거리는 공간이다. 아무리 시끌벅적 떠들어도 인터넷에 국한되어 있는 한 일반인이 널리 공유하는 사실로 자리잡지는 못한다. 정보가 영상이 아니라 문자라면 더더욱 그렇다. 인터넷에 떠도는 정보는 텔레비전과 신문에서 거론되고 나서야 비로소 수많은 일반인들이 알게 되는 것이 현실이다.

당연히 그날 스와의 발언은 심한 비판을 받았고 나중에 방송에서 아나운서와 스와가 직접 사죄하는 사태로 발전했다. 그 일 자체가 뉴스가 되어 텔레비전은 스와의 발언 때문에 인터넷에서 이러한 사태가 발생했다는 형태로 슈지와 나카사코에 관련된 인터넷 게시글을 언급했다. 이렇게 일이 커지면 커질수록 스와의 발언 및 인터넷의 수많은 폭로와 뜬소문은 당초에 방송을 보지 않았던 수많은 사람들에게 알려지게 되었다.

스와의 발언이 발단이 된 일련의 보도가 누군가의 의향에 영향을 받아 작위적으로 방송되었다는 증거는 어디에도 없다. 하지만 그러한 정보가 늘어나고 널리 퍼져나면서 사건에 대한 사람들의 견해가 바뀐 것은 부정할 수 없는 사실이었다.

야리미즈는 화단 뒤편에서 외국풍 성의 문을 감시하며 공복을 달래기 위해 초코바를 먹었다. 발아래 잡초 사이에서 도시의 귀뚜라미가 가느다란 소리로 울고 있었다.

아이러니하기 짝이 없었다.

실제로는 없는 사사키 구니오를 실제로 만들어낸다는 우리 계획은 성공했다. 한편 매스컴 때문에 슈지와 나카사코의 진술은 신빙성에 금이 갔고, 실존하는 암살자로서의 다키가와는 존재를 부정당했다. 매스컴을 이용해 폭로한 사실이 매스컴 때문에 매장된 셈이었다.

야리미즈는 금연 껌을 뱉고 작게 숨을 내쉬었다. 그리고 오늘 오후 텔레비전에 나온 야마시나 사키코를 생각했다. 카메라가 늘어선 가운데 변호사의 부축을 받으며 택시로 달려간 사키코를 나카사코는 어떤 기분으로 보았을까.

나카사코는 반년이 지난 지금도 여전히 병원에 있다.

나카사코는 거칠게 숨을 몰아쉬며 멈춰 섰다. 이마에서 구슬땀이 흘러내려 뺨을 타고 목으로 떨어졌다. 완전히 쇠약해진 근육은 쉽사리 회복되지 않았고, 이를 악물어도 신음이 새어 나올 만큼 여태 걸을 때마다 통증이 밀려온다.

"조금 쉴까요?"

물리치료사가 말을 걸며 나카사코를 부축했다. 나카사코는 평행봉에서 목발로 체중을 옮기고 천천히 벽에 붙은 벤치로 가서 앉았다. 어깨를 들썩여 숨을 쉬며 벤치에 놓아둔 수건으로 얼굴을 닦았다. 그리고 차가운 포카리스웨트가 든 물통을 열어 물통 뚜껑에 가득 따라 두 잔이나 꿀꺽꿀꺽 마셨다. 한숨 돌리고 나자 겨우 살 것 같았다.

커다란 창문으로 시월 아침 햇살이 비쳐들었다. 계절의 흐름이 느껴지는 독특한 빛. 그 투명한 빛을 받으며 마룻바닥의 나무 냄새를 맡자 나카사코는 갑자기 이른 아침의 체육관이 기억났다.

고등학교 때 농구부 소속이었던 나카사코는 수업이 시작되기 전 이른 아침에 자주 체육관에서 연습을 했다. 이와세의 가을은 일찍 찾아오므로 시월에는 공기가 아주 투명해진다. 특히 이른 아침 공기는 맑고 서늘하여 소리까지 맑게 들렸다. 나카사코는 그런 시기에 체육관 문을 활짝 열어놓고 울려 퍼지는 드리블 소리를 들으며 달리는 것이 좋았다. 몸을 돌릴 때마다 농구화가 삑삑거리는 소리도, 손바닥에 달라붙는 듯한 공의 감촉도 선명하게 떠올랐다. 머리가 지시를 내리기도 전에 몸은 자유자재로 방향을 바꾸고 점프하고 공을 잡았다. 벌써 삼십 년도 전의 일이지만 그 시절의 몸 감각은 방금 마신 포카리스웨트의 맛처럼 똑똑하게 기억났다. 몸을 움직이는 것 자체가 좋았던 시절, 마치 몸에 날개가 달렸던 것 같은 시절이었다.

나카사코는 물통 뚜껑을 닫으며 마음속으로 잃은 것에 뚜껑을 단단히 닫았다. 그리고 그 시절에 학습한 몸의 본질을 떠올렸다. 단순한 훈련을 매일 거듭한다. 그리고 조금씩 부담을 늘리며 목표를 높여간다. 도중에 포기하지만 않으면 몸은 거짓말을 하지 않는다.

4월 4일 밤, 병원으로 실려 온 나카사코는 뇌좌상, 경막외출혈, 오른쪽 가슴 혈흉에 왼쪽 대퇴골 골절, 오른쪽 하퇴 개방골절로 쇼크 상태였다. 바로 개두 수술을 하여 혈종을 제거하자 의식이 회복되어 용태는 일단 안정된 것처럼 보였다. 하지만 얼마 지나지 않아 호흡곤란증후군이 발생했다. 용태는 서서히 악화되어 한때는 위험한 상황에까지 이르렀다. 삼 주 남짓 지나 겨우 호흡이 안정되었을 때는 그 굳센 요리코가 눈물을 흘렸을 정도였다. 하지만 삼 주 남짓 호흡이 안정되기를 기다리는 동안 다리 골절 수술을 하지 못한 것이 치명적인 손상으로 남았다. 비로소 수술을 할 수 있게 되었을 때 왼쪽 대퇴골에는 이미 가골假骨이 생겨서 골절 부위를 크게 절개하지 않으면 뼈를 교정할 수 없는 상태였고, 오른쪽 하퇴는 피부가 괴사하여 골수염에 걸렸다. 나카사코는 오른쪽 다리 무릎 아래를 절단하는 수밖에 없었다.

다리 수술 후, 나카사코는 재활 병동이 있는 도쿄의 병원으로 옮겼다. 의족을 달고 걷는 보행 훈련에도 조금씩 익숙해졌다.

나카사코는 한 가지 신념을 품고 길고 괴로운 재활을 계속해 왔다.

살아만 있으면 인간은 나아갈 수 있다.

죽음을 눈앞에 두었다가 되돌아온 자의 더할 나위 없이 단순 명쾌한 그 신념이 지금의 나카사코를 지탱하고 있었다.

"오빠."

어느 틈엔가 미도리코가 곁에 서 있었다. 휴일에는 미도리코가 꼭 얼굴을 보러 온다.

"오빠를 만나고 싶다는 손님이 오셨어."

나카사코는 텔레비전으로 야마시나 사키코의 모습을 보았을 때부터 일요일에 분명히 소마, 야리미즈, 슈지 세 사람이 찾아오리라고 예상했다. 나카사코는 마쓰모토의 산장에서 헤어진 이후 세 사람과는 한 번도 만나지 못했다. 나카사코는 소마와 야리미즈 두 사람과는 면식이 없고 슈지와도 딱 한 번 만난 것으로 되어 있으니 주변이 잠잠해질 때까지는 만나지 않는 편이 좋겠다는 것이 야리미즈의 생각이었다. 다만 이 병원으로 옮긴 후 얼마 지나지 않아 야리미즈가 딱 한 번 공중전화로 나카사코의 휴대전화에 연락을 취했다. 나카사코는 거의 끼어들지 않고 야리미즈의 긴 이야기를 들었다. 그리고 전화를 끊었을 때 나카사코는 4월 5일 밤—그가 혼수상태에 빠져 있을 때 '낚시질'에서 무슨 일이 있었는지 직접 체험한 것처럼 자세히 알게 되었다.

"세 분을 병실로 먼저 안내해주지 않을래? 금방 갈게."

나카사코는 목발에 손을 뻗었다.

미도리코가 고개를 저었다.

"아니야, 오빠. 그분들 아니야."

나카사코는 당황했다. 그는 모리무라와 미야지마 두 사람과 마찬가지로 증거인멸죄로 기소되었다. 무죄 추정이라는 근대법의 원칙이 존재하지 않는 것이나 마찬가지인 이 나라에서는 일단 체포 또는 기소되면 사람들은 대개 유죄라고 간주한다. 따라서 기소된 사람을 병문안 오는 사람은 형무소에 면회를 가는 사람만큼이나 적다고 해도 과언이 아니다. 덧붙여 세간에는 나카사코의 정신 상태를 의심하는 사람까지 있다. 나카사코는 그 세 사람말고 병문안을 올 만한 사람이 떠오르지 않았다.

"손님이라니 대체 누군데?"

나카사코의 물음에 대답하듯 문가에 한 사람이 나타났다.

하얀 블라우스에 수수한 갈색 정장을 차려입고, 조금 허름한 검정색 핸드백과 병문안용 과자를 들고 있었다. 야마시나 사키코였다.

나카사코는 놀라서 눈이 휘둥그레졌다.

미도리코가 병실 응접 테이블에 차가운 재스민 차를 내려놓고 나갔다. 먼 복도에서 떠드는 소리가 하얗고 청결한 병실을 채웠다.

침대에 앉은 나카사코는 말문이 막혀 입도 벙긋하지 못했다. 언젠가 야마시나 사키코를 직접 만나 사과하기로 마음먹고는 있었다. 하지만 막상 이렇게 만나자 말이 나오지 않았다. 푸드 사원들은 갓 태어난 124명의 아이들에게 어떤 사죄의 말도 무의미할 만큼 끔찍하고 무서운 짓을 저질렀다. 하지만, 그렇기 때문이야말로 사과해야 한다고 생각하는 나카사코는 애가 탔다. 푸드가 저지른 짓을 사과해야 한다.

"감사합니다."

사키코가 차분하고 낮은 목소리로 입을 열었다.

나카사코는 무슨 뜻인지 이해가 가지 않아 입을 다문 채 사키코를 바라보았다.

"변호사 선생님께 들었어요. 나카사코 씨가 아니었으면 샘플에 관한 진실은 영원히 밝혀지지 않았을 거예요. 정말 감사합니다."

나카사코는 사키코에게 감사하다는 말을 들을 줄은 꿈에도 몰랐다. 자신은 푸드 사원이었던 사람, 즉 가해자 쪽 사람이다. 아이를 건강한 몸으로 되돌려놓으라고, 아이의 앞에 펼쳐졌을 인생을 내놓으라고 책망을 받아도 당연한 입장이다. 예전에 〈다큐멘트21〉에서 본 사키코와 쓰바사의 가혹한 투병 생활이 머리를 스쳐 나카사코는 몸 둘 바를 모를 만큼 괴로웠다.

"……이 년 전 딱 이맘때쯤 저는 여기저기를 돌아다니며 그 샘플을 배포할 어린이집을 찾고 있었습니다. 제가 그 목록에 있는 어린이집에 샘플을 배포하라고 지시했습니다."

"……예, 그렇게 들었어요."

나카사코는 건강했던 무렵의 쓰바사가 샘플 한 숟갈을 받아먹는 순간이 눈에 떠올라 너무 부끄러운 나머지 저도 모르게 눈을 감았다. 그 한순간이 쓰바사의 인생을 완전히 바꾸었다. 그 샘플만 먹지 않았다면 쓰바사는 지금도 보통 아이와 다름없이 걷고 말할 수 있을 것이다. 이제 되돌릴 수 없다. 되돌릴 방법이 없다. 그렇게 생각하자 가슴이 찢어질 것만 같았다.

"정말 죄송합니다."

나카사코는 하얀 시트에 양손을 짚고 몸을 푹 구부려 고개를 숙였다.

사키코의 가슴이 크게 오르락내리락하는 것을 알 수 있었다.

사키코는 숨을 죽이고 흘러넘칠 것 같은 감정을 억눌렀다.

"……제발 고개 드세요. 샘플이 배포되었을 때 나카사코 씨는 샘플이 오염된 줄 모르셨으니까요."

"푸드는 시라이시 팜의 마미 셀렉트에 추월당하지 않으려고 잘못된 수단을 수없이 사용하여 마미 팔레트의 발매를 서둘렀습니다. 푸드에는 저를 포함해 그 행위를 제지하는 사람이 아무도 없었고요. 그게 멜트페이스증후군을 낳은 가장 큰 원인입니다. 그러한 푸드의 비윤리적인 운영 방침 때문에 샘플이 오염되었다는 사실을 알고 나서도 조직 전체가 은폐 공작을 행했습니다."

"그래도 나카사코 씨는 아이들을 위해 힘을 다하셨잖아요."

"잊으시면 안 됩니다. 저는 한 번은 샘플을 폐기하려고 했던 인간이에요."

"예, 하지만 안 버리셨죠."

사키코는 나카사코를 똑바로 쳐다보았다. 그리고 나카사코와 자신에게 용기를 북돋는 듯이 조용한 어조로 말에 힘을 실었다.

"만약 그 샘플이 폐기되었다면 저희는 아무것도 모르고, 아무것도 증명하지 못해 싸울 수조차 없었을 거예요. 나카사코 씨가 샘플을 폐기하지 않으셨기 때문에 저희는 아이들의 장래를 위해 싸울 수 있어요."

멜트페이스증후군 전국 연락회는 병의 원인을 제공한 구 타이투스 푸드를 모회사로서 실질적으로 총괄한 타이투스 본사와, 푸드에 이례적인 속도로 스마일 키즈 마크를 인증해준 국가를 상대로 손해배상을 청구할 예정이라고 한다.

"이런 일을 할 수 있을 줄이야. 예전에는 상상도 못 했어요."

사키코의 따스한 시선을 받으며 나카사코는 텔레비전에서 처음으로 봤을 때도 사키코는 이랬다고 생각했다. 계속되는 간병에 지칠 만도 하건만 어쩐지 눈빛이 따뜻했다. 사키코의 내면에는 희망보다 더욱 다부지고 확실한 것, 쓰바사에 대한 흔들림 없는 애정이 자리하고 있었다.

"……저도 가능한 한 증언하겠습니다. 도움이 될지는 모르겠습니다만."

"감사합니다."

사키코는 부드럽게 웃었다. 그리고 "잘 마실게요"라고 인사하고 미도리코가 내어준 재스민 차를 마셨다. 살짝 열린 창문으로 바람이 아래쪽 중앙 정원의 금목서 향기를 날라 왔다. 사키코는 기분 좋은 듯이 눈을 가늘게 뜨고 달콤한 향기를 들이마셨다.

"언젠가 시게토 씨도 뵙고 인사드리고 싶어요. 그 텔레비전 중계 덕분에 샘플을 파낼 수 있었으니까요. 생중계를 직접 보지는 못했지만요."

"그날 밤, 야마시나 씨는 그럴 정신이 없으셨죠."

나카사코는 최대한 아무렇지도 않게 말했다.

"예. 그런 일이 일어날 줄이야. 지금도 믿기지가 않아요."

사키코는 처음으로 생기발랄한 웃음을 지었다.

"그날 밤은 쓰바사를 재운 후에 평소처럼 〈뉴스프라임〉을 보려고 늦은 저녁을 먹고 있었어요. 그런데 갑자기 누가 뒤쪽 나무문을 쾅쾅 두드리는 소리가 나더라고요. 비가 억수같이 퍼붓고 있어서 사고라도 났나 싶어 상황을 살피러 우산을 쓰고 뒷문으로 나갔어요. 그런데 밖에는 아무도 없고 판자 담 앞에 커다란 검정색 봉지가 놓여 있더군요. 어머니도 나와서 일단 봉지를 풀어봤어요. 무슨 종이 같은 게 들어 있었는데 어두워서 잘 안 보여 꺼내보니 진짜 돈이지 뭐예요."

사키코의 그 모습을 야리미즈가 파란색 레거시 운전석에서 확인한 것이다.

이제 누구도 저 손에서 돈을 빼앗을 수 없다.

사키코가 돈을 쥐고 있는 모습을 보았을 때 야리미즈는 그렇게 생각했다고 한다. 그리고 너무나 기쁜 나머지 경적을 울리며 부르짖고 싶은 충동을 필사적으로 억눌렀다고 했다. 핫토리도 다키가와도 멜트페이스증후군 전국 연락회 대표의 집이 어디 있는지 절대 조사한 적 없을 것이라던 야리미즈의 예상은 멋지게 적중했다.

"저희 모녀는 다리가 풀릴 만큼 깜짝 놀랐어요. 봉지를 잘 들여다보니 메모지가 들어 있더군요. 타이핑된 글씨로 '아이들을 위해 써주십시오'라고 적혀 있었어요."

슈지가 그 골목길에서 봉지에 넣은 메모지다. 다키가와가 나타났을 때 슈지가 봉지 하나를 푼 것은 그 메모지를 넣기 위해서였다.

"하지만 당신은 그 돈을 받지 않으셨죠."

"마음은 고마웠어요. 하지만 역시 경찰에 신고해야겠다 싶었죠."

건전한 상식은 그러한 큰돈을 착복하면 어떤 위험을 초래할지 모른다고 경고해준다. 그리고 다행스럽게도 사키코는 건전한 상식의 소유자였다. 그 점은 계획의 전제 중 하나였다. 그날 밤에 오억 엔은 습득물로 경찰에 보관되었다.

그리고 반년 후, 사키코는 연락회의 소송을 맡은 변호사와 함께 관할서로 출두해 오억 엔의 수표를 받았다.

사키코는 관할서에 갔을 때가 떠올랐는지 조금 아쉽다는 듯한 표정을 지었다.

"경찰서 앞에 매스컴 사람들이 그렇게 많이 기다리고 있을 줄은 몰랐어요. 어쨌거나 큰돈이라 수표를 무사하게 은행으로 가져가야 한다는 걱정으로 머릿속이 가득했거든요. 그렇게 될 줄 알았으면 제대로 된 회견 장소를 마련해서 돈을 어떻게 사용할지 설명했을 텐데."

관할서의 누군가가 사키코와 변호사가 올 시간을 흘린 것이리라. 길에 놓아두고 갈 정도이니 어차피 범죄와 관련된 더러운 돈일 것이라는 적개심과 그 돈을 당당하게 손에 넣은 자에 대한 질투로.

"홈페이지에는 이미 발표했는데 가까운 시일 안에 연락회에서 기자회견을 열 생각이에요. 그 자리에서 메모를 쓰신 분의 뜻대로 돈을 연락회에 전액 기부하여 아이들의 재판 비용으로 충당하겠다는 뜻을 표명하려고요."

"그러시군요."

들었어, 마자키?

나카사코는 가슴속으로 마자키에게 묻지 않을 수 없었다.

네가 바란 대로 그 아이들은 국가와 기업을 상대로 대등한 조건에서 싸울 수 있어. 돈과 시간 때문에 좌절하지 않고 싸울 수 있다고.

"나카사코 씨. 만약 아니라면 죄송해요. 제가 예전에 나카사코 씨를 한 번 뵙지 않았나요?"

"예……?"

"올해 초에 전국 연락회를 만들었을 때 발족식을 마치고 모두 함께 차를 마셨어요. 그 카페에 나카사코 씨와 이분이 계셨던 것 같아서요."

사키코는 허름한 검정색 핸드백에서 반으로 접은 잡지 기사를 꺼내 나카사코에게 건넸다. 펼치자 "사라진 산업폐기물 수거 운반업자"라는 표제 아래 마자키의 사진이 실려 있었다.

"그분들의 테이블에 연락회 안내장이 놓여 있어서……."

아아, 기억났다. 마자키가 준 안내장이다. 거기에 실린 사키코의 글을 읽고 애가 탄 나머지 발족식 회장으로 가려고 했다. 그러자 마자키가 지금은 안 된다며 말렸다. 그리고 이렇게 말했다.

—여기서 봐. 그리고 오늘 여기서 본 걸 잊지 마.

나카사코는 잡지 기사를 도로 접어 조용히 사키코에게 돌려주었다.

"그 카페에 있던 건 저랑 마자키가 아닙니다. 잘못 보신 것 같습니다."

사키코는 한순간 당황한 듯한 표정을 지었지만 바로 나카사코의 말을 받아들이고 고개를 끄덕였다.

"……그런가요."

사키코는 마자키의 사진이 실린 잡지 기사에 눈길을 떨어뜨렸다.

"마자키라는 분은 정말로 샘플을 이용해 푸드에게서 돈을 뜯어내려고 했을까요?"

"예. 마자키는 돈이 필요했으니까요."

그렇다, 그 아이들을 위하여. 하지만 마자키가 왜 돈을 받아내려 했는지 알려지면 연락회에 넘어간 오억 엔에도 의혹의 시선이 쏟아질 것이다. 그런 상황을 피하기 위해 우리는 산장에서 마자키와 사사키 구니오를 단순히 돈을 노린 범죄자로 만들기로 결정했다.

"마자키는 돈을 위해 사사키 구니오와 손을 잡았습니다."

나카사코는 마자키를 잃었다는 아물지 않는 아픔을 가슴에 품고 거짓 없는 본심으로 마지막 한마디를 꺼냈다.

"마자키한테는 정말 멋지게 속았습니다."

소마는 간호사 대기실에서 나카사코의 병실을 물어본 후 병문안 선물을 들고 햇빛이 쏟아지는 복도를 걸었다. 얼마 가기도 전에 소마는 복도를 오가는 수많은 환자를 보고 놀랐다. 보행기를 사용해 천천히 확인하듯이 걷는 사람, 복도의 자율 훈련용 평행봉을 사용하는 사람. 모두 진지한 얼굴로 예전의 능력을 조금이라도 되찾으려고 노력하고 있었다. 이 병동에 있는 환자는 누구 하나 예외 없이 커다란 상실을 맛본 사람들임을 소마는 다시금 깨달았다. 실의와 희망. 여기서는 그 두 가지가 항상 다투고 있다.

소마는 벽의 명패에서 나카사코 다케시라는 이름을 발견하고 멈춰 섰다. 다른 병실과 마찬가지로 문이 활짝 열려 있고, 문 안쪽에 가리개처럼 하얀 커튼이 쳐져 있었다. 소마는 나카사코에게 뭐라고 말을 걸어야 할까 망설이며 활짝 열린 문을 두드렸다.

잠시 기다렸지만 커튼 안에서는 대답이 돌아오지 않았다.

다시 한번 두드리고 기다렸다. 역시 대답은 없었다.

"실례합니다."

일단 양해를 구하고 나서 소마는 조심스레 커튼을 젖혔다.

병실은 텅 비어 있었다.

살짝 열린 창문에서 달콤한 금목서 향기가 흘러들었다. 방금 전에 나갔는지 하얀 침대 시트는 주름이 져 있었다.

재활실에 갔나…….

"어떻게 오셨어요?"

갑자기 등뒤에서 목소리가 들렸다.

돌아다보자 어느 틈엔가 한 여자가 서 있었다.

"저기, 나카사코 씨는……."

소마가 말을 마치자마자 여자의 얼굴에 밝고 친근한 미소가 번졌다.

소마는 적지 않게 동요했다. 직업상 사람들이 미소로 맞이해주는 경우는 없다고 보면 된다. 특히 상대가 여자라면 특히 더 그렇다.

여자는 미소의 꽃을 피운 채 말했다.

"소마 씨 맞죠?"

소마는 더욱 동요했다.

어디서 만난 적이 있던가. 아니다, 만났다면 이런 미인을 잊어버릴 리 없다.

"저기, 어디서 뵌 적이 있던가요?"

소마는 두 번째로 입에 올린 '저기'에 마음속으로 혀를 찼다.

여자는 의기양양하게 턱을 들었다.

"전 한번 들은 목소리는 안 잊어버리거든요."

목소리……?

"오빠의 용태를 상하이로 전해주셔서 정말 고마웠어요. 저는 동생 미도리코라고 해요. 처음 뵙겠습니다."

나카사코의 부탁을 받고 하룻밤 안에 계획을 세워 나카사코의 아내와 딸을 먼 곳으로 피신시킨 나카사코의 여동생 미도리코. 소마는 야무진 머슴아이 같은 여자를 멋대로 상상했는데 눈앞의 미도리코는 여성스럽고 차분한 분위기를 띠고 있었다.

"소마입니다. ……처음 뵙겠습니다."

'처음 뵙겠습니다' 앞에 부자연스러운 틈이 생겨서 창피했다. 완전히 넋을 잃고 바라보고 말았다.

"오빠는 지금 올케언니와 아쓰미랑 함께 중앙 정원에 있어요. 가시죠, 안내할게요."

미도리코는 앞장서서 걸음을 옮겼다.

중앙 정원으로 향하는 동안 소마는 미도리코의 걸음걸이에 맞추어 천천히 걸으며 듣는 역할에 충실했다. 미도리코는 나카사코의 생사도 모르는 채 상하이에 있던 그날 밤, 소마의 전화가 아주 큰 위로가 되었다며 다시금 감사 인사를 했다. 나카사코의 아내와 딸은 병원 근처로 이사했고, 나카사코는 현재 재활에 힘쓰고 있다고 한다.

"정해진 훈련을 하는 것도 모자라 스스로 자율 훈련표를 만들었어요. 매일 공책에 동그라미, 가위표, 삼각형으로 점수를 매겨서 아쓰미에게 보고해요."

"그렇군요."

나카사코다웠다. 한쪽 다리를 잃은 충격과 장래에 대한 불안, 이런저런 걱정 때문에 잠을 이루지 못하는 밤도 있을 텐데 나카사코는 절대 자신을 딱하게 여기지 않는다.

"오늘 아침에 야마시나 사키코 씨가 오셨어요."

"야마시나 씨가요?"

"예. 그 이야기는 오빠한테 직접 들으시는 편이 낫겠네요."

미도리코는 그렇게 말하고 중앙 정원으로 나가는 커다란 유리문을 열었다.

중앙 정원은 통유리 복도가 사방을 둘러싼 파티오 같은 형태였다. 몇 종류나 되는 나무와 각양각색의 꽃들이 심겨 있고, 동그란 테이블과 가든 체어가 군데군데 놓여 있었다. 그 테이블 중 하나에 휠체어에 앉은 나카사코, 요리코, 아쓰미 그리고 슈지와 야리미즈가 있었다.

앗, 하고 놀란 후에 바로 역시, 라는 마음이 솟아올랐다. 슈지와 야리미즈는 소마와 마찬가지로 야마시나 사키코가 그 돈을 받아서 나오는 모습을 보고 나카사코를 만나러 온 것이다.

반년 만에 만난 슈지는 볕에 까맣게 그을었고 머리카락과 키도 자란 것처럼 보였다. 슈지는 아쓰미를 무릎에 올려놓고 즐거운 듯이 뭐라고 떠들고 있었다. 한편 야리미즈는 변함없이 화려한 무늬가 들어간 셔츠를 입고 시대에 뒤떨어진 금연파이프를 물고 있었다.

"오빠."

미도리코가 부르자 사람들이 고개를 이쪽으로 돌리더니 슈지가 아쓰미와 함께 손을 흔들었다.

미도리코가 장난기 어린 눈으로 소마를 쳐다보았다. 놀래주려고 슈지와 야리미즈가 왔다는 이야기를 하지 않았다는 것을 알았다. 그 의도대로 놀란 소마는 기분 좋게 쓴웃음을 지으며 테이블로 다가갔다. 나카사코는 이 영리하고 용감한 여동생 때문에 어린시절부터 수없이 많이 놀랐을 것이다.

"안녕하세요. 오랜만에 뵙습니다."

소마가 고개를 숙이자 나카사코는 진심으로 기쁜 듯이 웃었다.

"그때 헤어지고 나서 처음이로군요."

그렇다. 마쓰모토의 산장에서 헤어진 후 처음이다.

요리코는 이미 모든 것을 알고 있는 듯 "요리코입니다. 처음 뵙겠습니다"라고 미소를 지으며 곱게 인사를 하고 나서 소마에게 의자를 권했다.

"아쓰미, 소마 아저씨야." 슈지가 아쓰미에게 잘못된 정보를 알려주었다.

"소마 오빠야."

소마는 즉시 웃는 얼굴로 정정했다. 이런 일은 처음이 중요하다.

그러자 슈지는 놀란 표정으로 뻔뻔스레 말했다.

"응? 서른 넘으면 남자는 아저씨 아닌가?"

"무슨 헛소리야. 그렇지?" 소마는 야리미즈에게 동의를 구했다.

"난 아쓰미가 야리미즈 삼촌이라고 불러주면 좋겠다."

소마는 농담이 아니라 진짜로 모공이 오그라들었다.

"그럼 서른 넘은 여자는?"

미도리코가 눈썹을 가볍게 끌어올리고 슈지에게 물었다.

"여자는 영원히 공주님이죠. 그치, 아쓰미?"

잘도 그런 입에 발린 소리를.

미도리코와 요리코가 쾌활하게 웃음을 터뜨렸다. 소마는 입씨름에서 슈지에게 이긴 적이 없다는 못마땅한 사실을 반년 만에 떠올렸다.

"여기요, 라즈베리 맛 줄게요."

분위기에 민감한 아쓰미가 정말로 소마를 위로하려는 듯이 조그만 사탕을 내밀었다. 분명 라즈베리 맛은 아쓰미가 좋아하는 맛일 텐데도 특별히 주는 것이리라.

"고마워." 소마는 작은 정육면체 모양 사탕을 받아들었다.

살펴보니 아쓰미는 사탕이 든 캔을 아주 마음에 든다는 듯이 무릎에 얹어놓았다. 캔에는 〈이상한 나라의 앨리스〉 그림이 그려져 있었고, 들고 다닐 수 있도록 가방처럼 손잡이가 달려 있었다. 소마는 라즈베리 맛 사탕을 베풀어준 아쓰미의 후의에 보답하고자 말을 꺼냈다.

"가방이 참 멋지네."

"슈지 오빠한테 받았어요."

"그렇구나." 빙긋 웃은 후 소마는 슈지에게 가시 돋친 시선을 날렸다.

너만 '슈지 오빠'냐.

슈지는 시치미를 뚝 뗀 얼굴로 테이블 위를 가리켰다.

"이게 야리미즈 씨의 선물이에요."

"이 가게의 콩피즈리 제법 잘 나가." 야리미즈가 말했다.

세련되게 장식한 상자에 알록달록하니 여자가 자못 좋아할 법한 예쁜 당과가 줄지어 담겨 있었다. 소마는 콩피즈리라는 말 자체를 처음 들었는데, 아무래도 캐러멜과 초콜릿, 누가 종류인 듯했다. 다 같이 먹었는지 빈칸이 꽤 많았다. 소마는 뒤늦게나마 자신이 가져온 선물을 테이블에 올려놓았다.

"이거, 별것 아닙니다만."

병문안 선물의 대표로 유서 깊은 과일바구니다. 멜론과 사과, 매스컷 등이 리본 달린 바구니에 가득 담겨 있었다.

슈지와 야리미즈가 뭐라고 말을 꺼내기 전에 나카사코가 먼저 "고맙습니다. 잘 먹을게요" 하고 기쁜 듯이 바구니를 받아 들었다. "재활 훈련이 몹시 힘들거든요. 비타민이 꼭 필요합니다."

봤느냐는 듯이 소마는 가볍게 가슴을 폈다.

"그럼 저희는 먼저 가볼게요."

요리코와 미도리코가 슬그머니 눈빛을 교환하고 일어섰다. 쇼핑을 하러 간다고 했지만 마음놓고 이야기할 수 있도록 배려한 것이리라.

슈지가 아쓰미를 "얍" 하고 안아서 무릎에서 내려놓자 아쓰미는 "안녕히 계세요" 하고 세 사람에게 머리를 꾸벅 숙여 인사했다.

아쓰미는 요리코랑 미도리코와 함께 유리문으로 향하는 도중에 두 번 뒤돌아보고 손을 흔들었다. 그 조그마한 모습을 바라보며 슈지가 중얼거렸다.

"역시 여자애가 좋겠어……."

"십 년은 일러."

말은 그렇게 했지만 소마가 보기에 세 명 중에 제일 먼저 아빠가 되는 사람은 어쩐지 슈지일 것 같았다. 그리고 슈지라면 좋은 아빠가 될 것이라는 생각이 들었다.

여자들이 유리문 너머로 사라지자 슈지는 바로 진지한 표정으로 물었다.

"에밀리오에 관한 정보는요? 노리쿠라 씨가 뭐래요?"

에밀리오는 샘플을 불법 투기하던 날 아침에 동영상을 직접 촬영했다. 즉 문제의 동영상이 존재했다는 사실을 증명할 수 있는 유일한 사람이다. 경시청에서는 브라질로 귀국한 에밀리오의 소재를 확인하고 증언을 얻어내려고 했다. 하지만 에밀리오는 지인이 경영하는 마이애미의 레스토랑에 일자리를 얻어 오월 중순에 임신한 아내를 데리고 출국했다.

"아무래도 레스토랑 접객 담당 일은 한 달도 지나지 않아 그만둔 모양이야. 그후의 소식은 전혀 몰라. 아내가 임신했으니 미국에서 낳아서 시민권을 얻게 할 속셈인지도 모른다고 하더군."

미국에서 태어난 아이는 자동으로 시민권을 얻는다. 물론 부모까지 시민권을 얻을 수 있는 것은 아니다. 체재 기한이 지나면 부모는 불법체류자가 되고 적발되면 재입국도 힘들어진다. 그렇다면 부모와 자식이 함께 미국에서 살려면 어떻게 해야 할까. 남은 것은 아이가 21세가 되기를 기다렸다가 시민의 부모 자격으로 영주권을 신청하는 방법이다. 하지만 그때까지는 차도 소유하지 못하고 죽은듯이 숨을 죽이고 조용히 살아야 한다. 만약 에밀리오가 남미의 수많은 불법 이민자처럼 그런

길을 택했다면 그를 찾아낼 확률은 사실상 없는 것이나 마찬가지다.

야리미즈도 낙담했는지 작게 한숨을 쉬었다.

아무도 입 밖으로 꺼내지는 않았지만 마지막 돌파구가 사라졌음은 모두 알고 있었다.

슈지가 불쑥 중얼거렸다.

"하다못해 마자키라도 찾아내고 싶은데……."

나카사코가 고개를 살짝 끄덕였다.

"……바보처럼 들릴지도 모르지만 가끔 마자키에게 부탁해. 어디로든 데리러 갈 테니 슬슬 꿈에라도 나와서 어디 있는지 알려달라고 말이야."

소마도 마자키를 찾아내고 싶었다. 시신이 나오지 않는 한 마자키는 단순 실종자 취급을 받는다. 하지만 지금 상황에서는 우연을 기대하는 수밖에 없다. 호우로 인한 산사태나 조류의 변화. 그런 기약 없는 우연이 일어나 시신이 발견되기를…….

"오래 기다리셨습니다."

느닷없이 가까이에서 초로 남자의 목소리가 들렸다.

어느 틈엔가 하얀 제복을 입은 지긋한 나이의 웨이터가 서 있었다. 고풍스러운 은쟁반 위에 김이 피어오르는 커피잔이 네 개. 주문한 기억이 없는 네 사람은 자연히 어리둥절한 얼굴로 서로 마주보았다.

상황을 알아차린 웨이터가 덧붙여 말했다.

“사모님이 커피를 과일바구니가 있는 테이블에 가져다달라고 주문하셨습니다.”

여자들이 가는 길에 카페에 부탁한 것이다.

“확실히 한눈에 척 알아보겠군.” 야리미즈가 테이블 위에 놓인 과일바구니를 탁 두드렸다.

네 사람은 여자들의 마음씀씀이에 감사하며 잔을 들었다. 나무에 둘러싸여 있으니 커피 향이 훨씬 진하게 느껴졌다.

소마는 뜨거운 커피를 천천히 한 모금 맛보고 나서 말했다.

“오늘 아침에 야마시나 씨가 오셨다면서요?”

슈지와 야리미즈가 동시에 “어” 하고 소리를 질렀다.

“뭐야, 못 들었어?”

“세 분이 다 오시고 나면 이야기하려고 했거든요.”

나카사코는 오늘 아침 사키코가 찾아왔을 때의 이야기를 했다.

소마는 사키코가 나카사코를 직접 만나 감사 인사를 하고자 한 기분이 이해가 갔다. 그리고 어쩌면 사키코는 푸드를 고발하는 마자키의 괴문서를 되풀이해 읽는 사이에 그날 GREEN VALLEY에 있던 두 남자가 떠오른 것이 아닐까. 연락회 안내장을 들고 호기심이나 혐오감과는 전혀 다른 눈길로 병에 걸린 아이들을 보고 있었을 두 남자가.

물론 확인할 방법은 없다만.

"그 돈, 재판에 쓰겠군요."

장대비가 쏟아지는 가운데 봉지 속의 현금을 확인하고 메모를 넣은 본인이 만족스럽다는 듯이 미소 지었다.

"전부 여러분 덕분입니다." 고개 숙여 인사하려는 나카사코를 금연파이프가 부드럽게 제지했다.

"야마시나 씨가 전화 이야기는 안 하시던가요?"

"전화요? 아니요, 전혀. 무슨 일 있었습니까?"

"도리야마가 어제 쓰바사도 볼 겸해서 야마시나 씨 댁에 갔었거든요. 그랬더니 전화가 계속 왔답니다."

"취재 요청 전화?" 소마가 물었다.

"아니. 비방 전화."

"비방?"

"오억 엔을 받은 사실이 보도되고 나서 비방 전화와 팩스로 전화통에 불이 날 지경이었대. 연락회 홈페이지에 돈을 재판 비용으로 쓰겠다고 발표했으니 난리가 난 거지."

"왜요? 돈을 재판에 쓰는 게 뭐 어때서?"

슈지는 화가 나기보다 오히려 놀랐다.

소마는 어떻게 된 일인지 알아채고 암담한 기분으로 대답했다.

"오억 엔이나 있으면 부모는 안락한 생활이 보장되지 않느냐. 그런데 재판으로 또 돈을 받아내려 하다니 뻔뻔하다는 거지. 연락회의 재판 상대는 원인을 제공한 기업뿐만 아니라 '국가'니까. 국가가 재판에 들이는 비용도, 환자에게 지급할 배상금도 전부 자기들이 낸 세금이라며 화를 내는 거야."

"그래. 행정기관이 세금을 물처럼 펑펑 낭비해도 항의 한 번 한 적 없는 사람들이 자기들과 똑같은 서민에게 세금을 쓰면 순식간에 흥분해서 히스테리를 일으키지. 정말이지 오억 엔으로 만족하라는 말이 뭘 뜻하는지 생각 좀 해보고 지껄였으면 좋겠어.

돈을 습득한 야마시나 씨는 유실물법과 민법 240조의 규정에 따라 오억 엔의 소유자가 돼. 하지만 이 오억 엔은 '유실물을 습득하거나 매장물을 발견함으로써 새로이 소유권을 취득하는 자산'에 해당된다고 간주되어 세법상 일시소득으로 취급되지. 즉 소득세와 지방세의 과세 대상이라는 말이야. 어림잡아 계산하면 야마시나 씨가 실제로 수령하는 금액은 세금으로 납부하는 약 일억 이천만 엔을 제외한 나머지 삼억 팔천만 엔이야. 야마시나 씨는 이 돈을 전부 '멜트페이스증후군 전국 연락회'에 기부하기로 했지. 연락회는 비영리 목적의 임의단체니까 기부금은 원칙적으로 비과세야. 그렇다고는 해도 삼억 팔천만 엔을 환자 124명으로 나누면 한 명당 약 삼백만 엔이지. 삼백만 엔이라고. 이런 쥐꼬리만한 돈으로 평생을 보상한다고? 안락한 생활이 듣고 웃겠다.

하지만 매스컴은 오억, 오억 하고 요란하게 떠들 뿐 이런 이야기는 전혀 보도하지 않아. 덕분에 아무라도 좋으니 누군가를 비방하고 싶어 미칠 것 같은 비방 중독자들이 기뻐서 날뛰는 거지. 저 세금 도둑을 공격하라는 식으로 낮이고 밤이고 가리지 않고 비방 전화를 거는 거야."

야리미즈는 단숨에 말하고 나서 커피를 입으로 가져갔다. 연락회 사무소를 겸한 야마시나 사키코의 집 전화에 지금 이 순간에도 전화를 걸고 있을 익명의 비방 중독자에게 진심으로 화가 났다.

나카사코가 얼떨떨한 얼굴로 말했다.

"그렇게 심각한 상황에 처하다니……. 야마시나 씨는 조금도 그런 티를 내지 않았어요. 홈페이지에 발표할 뿐만 아니라 기자회견을 열어서 오억 엔을 재판 비용으로 충당하겠다는 뜻을 표명하겠다고 하셨는데."

"정말로요?"

슈지와 소마도 놀라서 나카사코를 쳐다보았다. 나카사코는 안절부절못하는 모습이었다.

"그러면 지금보다 더 험한 꼴을 당하지 않을까요?"

야리미즈가 뭔가에 생각이 닿은 듯이 고개를 작게 끄덕였다.

"정면으로 승부할 작정인가……."

"무슨 소리예요?" 슈지가 물었다.

"야마시나 씨는 기자회견에서 설명할 생각이야. 오억 엔을 받아도 골고루 나누면 한 사람당 삼백만 엔에 불과하며 아이들에게 필요한 건 일시적인 돈이 아니라 의료비 면제와 교육 지원 등 아이들의 인생을 항구적으로 구제할 수 있는 방책이고, 그 방책을 얻어내려면 재판을 할 수밖에 없다는 사실을. 비방 중독자 같은 놈들은 별개로 치고 연락회는 일반인들에게 사실을 알리고 싶은 거야. 국가를 상대로 기나긴 재판을 진행하려면 세상 사람들의 이해와 후원이 꼭 필요하니까."

"그렇구나……."

"분명 그 반백 머리겠지." 야리미즈가 빙긋 웃었다.

반백 머리라는 말을 듣고 소마는 텔레비전에서 본 남자를 바로 떠올렸다.

"야마시나 씨와 함께 관할서에서 나온 변호사?"

"그래. 그 사람은 다무라 요시노부라는 변호사인데, 전국 연락회를 담당하는 변호단의 단장이야. 옛날부터 이렇게 별로 돈이 되지 않는 소송만 거의 무보수로 맡아온 뚝심 있는 사람이지. 기자회견 아이디어는 분명 그 사람이 냈을 거야."

"아아." 나카사코가 고개를 크게 끄덕였다. "오억, 오억 하고 미디어가 떠들어대서 연락회가 주목받는 지금이 오히려 사람들에게 재판의 필요성을 알릴 절호의 기회라고 생각한 거군요."

등받이에 몸을 기댄 슈지는 깍지 낀 손으로 뒤통수를 받치고 앞쪽의 종려나무를 올려다보았다.

"생각해봤는데요. 혹시 야마시나 씨는 돈을 받기 전부터 이렇게 비방을 당하리라 각오하고 있던 것 아닐까요?"

"그렇겠지……."

쓰바사가 병에 걸린 후로 야마시나 사키코는 헤아릴 수 없을 만큼 많은 중상과 비방을 경험해왔으리라고 소마는 짐작했다. 이 년 전 사키코는 일하면서 아이를 키우는, 어디서든지 볼 수 있는 보통 어머니였다. 그런 사람이 날붙이처럼 날카로운 익명의 비방에도 마음을 다치지 않고 오늘 아침에 감사와 조용한 격려를 전하기 위해 나카사코의 병실을 찾아올 만큼 강해지기까지 가슴속으로 대체 얼마나 많은 피를 흘렸을까.

"뭐, 싸움은 이제부터지만 야마시나 씨라면 분명 괜찮을 거야."

그렇게 말하고 야리미즈는 세련된 상자에 담긴 커다란 오렌지색 캐러멜을 덥석 집어먹었다.

나카사코는 절단된 다리를 가만히 내려다보았다. 환자복 무릎부터 아랫부분이 바람에 살랑살랑 흔들리고 있었다.

"저도 열심히 해야겠어요."

나카사코는 누구에게랄 것도 없이 중얼거렸다.

"환지통은 이제 나았습니까?"

야리미즈가 캐러멜을 우물우물 씹어 먹으며 예사롭게 물었다.

환지통이란 절단하여 이미 없는 다리나 팔에 통증을 느끼는 증상으로 이는 절단 수술 후에 일어나는 정상적인 반응이라고 한다.

"이제 꽤 괜찮아졌습니다. 약으로 다스리기가 싫어서 재활을 하는 동안 조금씩 자연스레 사라지기를 기다리고 있죠. 실은 요전부터 의족을 달고 보행 훈련을 시작했거든요. 일어서고 움직이는 데 온몸 근육을 사용하기 때문에 보행 훈련을 하면서 온몸 근육도 단련하고 있습니다."

"그래서 그런가." 슈지가 알았다는 듯이 다시금 나카사코의 온몸을 훑어보았다. "어쩐지 몸이 탄탄해진 것 같더라고요. 배 같은 데, 괜찮네요."

듣기 싫은 소리는 아닌 듯 나카사코는 웃음을 지었다.
“그러고 보니 이사하셨다고 미도리코 씨께 들었는데요.”
“아아. 병원 근처 아파트로 이사했어요.”
요리코는 영양사 일을 다시 시작했고, 2학년으로 올라간 아쓰미는 매일 학교가 끝나면 바로 나카사코의 병실로 와서 요리코가 데리러 올 때까지 기다린다고 한다.
“재활 훈련이 끝나면 아쓰미의 숙제를 봐주거나 책을 읽어주기도 합니다. 아쓰미가 태어난 후로 제일 많은 시간을 함께 보내고 있어요.”
경제적인 문제 때문에 집을 처분할 수밖에 없었겠지만 나카사코는 그런 말은 꺼내지 않고 밝은 말투로 슈지에게 화제를 돌렸다.
“넌 어떻게 지냈니?”
“전과 똑같은 건설 회사에서 일하고 있어요. 우리 십장은 내가 전에 상해 사건을 일으킨 걸 처음부터 알고 있었거든요. 일손도 부족하고 해서 성실하게만 일하면 대우는 잘해줘요.”
“그렇구나.” 나카사코는 안도의 미소를 지었다.
“그리고 여름 되기 전에 이사도 했고요. 살던 집을 철거한다고 해서요. 지금은 전에 살던 집에서 사백 미터쯤 떨어진 원룸에 살아요.”

“꽤 가까운 곳으로 이사했네?” 나카사코가 눈을 둥그렇게 뜨고 놀랐다.

“보증금이랑 사례금◆이 없고, 걸어서 짐을 옮길 수 있는 범위에서 찾았거든요. 냉장고도 직접 짊어지고 옮겼어요. 그래서 이사 비용은 안 들었죠. 아낀 돈으로는 면허를 따려고요. 역시 운전을 못 하면 일하기 힘들어서.”

“응, 그 말이 맞아.” 야리미즈가 썩 기분이 좋은 듯 고개를 끄덕였다. “면허는 꼭 따둬야지.”

“그렇다고 야리미즈 씨랑 드라이브나 하러 갈 건 아니거든요.”

슈지는 웃으며 달달한 당과를 입에 쏙 집어넣더니 “그쪽은 어때요?” 하고 야리미즈를 턱으로 가리켰다.

“일단 폭파 테러리스트란 오명은 벗었고, 현재는 생활을 재건하기 위해 조금씩 노력하고 있어.”

“먹고사는 데는 정말 문제없어?” 소마가 물었다.

소마는 뭔가 힘이 되어줄 수는 없을까 싶어 몇 번 전화로 안부를 물었지만, 야리미즈는 그때마다 당연히 문제없지, 라는 말로 일관할 뿐이라 어떻게 먹고살고 있는지 도통 알 수 없었

◆ 일본에서는 방을 빌릴 때 보통 집주인에게 보증금과 사례의 뜻을 나타내는 사례금을 지불한다.

다. 사건 기사로 돈벌이를 할 수 없는 이상, 야리미즈는 이사한 후 어떻게 먹고살고 있는 것일까.

“당연히 문제없지.”

또 신물나도록 들은 대답이 나왔다. 오늘이야말로 확실히 물어봐야겠다.

“일은 있어?”

야리미즈는 천만뜻밖이라는 듯이 눈썹을 추켜올렸다.

“실은 아는 편집자가 이런저런 일을 물어다 주거든. 일단은 그걸로.”

“어느 잡지인데요?” 슈지가 몸을 쑥 내밀었다. “나, 야리미즈 씨가 쓴 기사 읽어보고 싶었거든요.”

“예, 저도 그렇습니다.” 나카사코도 몹시 흥미를 보였다.

“그건 다음에 기회가 되면 알려주는 걸로 하고.” 야리미즈는 아무렇지도 않게 쏙 빠져나가더니 “뭐, 이번에 이득을 본 사람은 오다지마뿐이로군” 하고 실실 웃었다.

오다지마는 예상보다 훨씬 만만치 않았다. 게릴라 중계를 하면 십중팔구 방송국에서 계약을 해지하리라고 보고 이번 일로 얼굴을 팔아서 진로를 바꿀 속셈이었다. 실제로 오다지마를 찍은 오프닝 영상은 되풀이해 방송되었고, 다른 방송국의 뉴스와 와이드 쇼에서 취재 요청이 잇따랐다. 말솜씨가 좋은 오다지마는 얼굴이 팔린 기회를 놓치지 않고 정보 방송의 패널로 자리를 잡았다. 여름 선거 무렵까지는 여러 방송국 프로그램에 얼굴을 내밀었지만 쓸데없이 큰 목소리 탓에 주부층의 반발을 산 듯 최근은 약간 주춤하는 기색이었다.

"그러고 보니 지난주 밤에 홈쇼핑 방송에서 무슨 통조림을 먹고 '끝내주게 맛있네요!'라고 하더라."

듣기만 해도 그 모습이 눈앞에 선명하게 떠올랐다.

"하기야 어떤 의미에서는 카멜레온이 따로 없지." 야리미즈는 웃었다.

중앙 정원 스피커에서 오르골 음색의 미뉴에트가 흘러나왔다. 오후 2시 30분. 면회 시간이 끝나고 나카사코가 재활 훈련을 하러 돌아갈 시간이다.

"또 올게요." 슈지는 그렇게 말하고 일어서다가 나카사코에게 슬쩍 물었다. "아쓰미는 뭘 좋아해요?"

소마는 귀 하나는 밝다고 자부한다. 똑똑하게 들었다.

"병문안 오는 거냐, 아쓰미를 보러 오는 거냐?"

"양쪽 다죠, 양쪽 다. 소마 씨도 또 올 거죠?"

"그래."

"미도리코 씨를 만나러."

소마는 고개를 반쯤 끄덕이다 굳어버렸다. 어찌된 일인지 나카사코도 따라서 굳었다.

슈지는 테이블의 콩피즈리를 척척 정리하면서 말했다.

"소마 씨는 진짜 알기 쉽다니까. 둘이서 함께 나타난 순간에 감이 딱 왔다니까요."

"응. 완전히 꿰뚫린 느낌이었지, 여기를." 야리미즈가 금연 파이프로 소마의 심장을 가리켰다.

"그랬군요." 나카사코가 뒤이어 말했다.

도대체 뭘 어떤 식으로 받아들였기에.

"아니에요, 나카사코 씨. 이 녀석들 그냥 재미 삼아 놀리는 것뿐입니다."

"평생 잘 부탁드립니다."

평…….

"야, 가자. 나카사코 씨는 재활 훈련하셔야 하니까."

나카사코가 혼자 갈 수 있다고 해서 네 사람은 엘리베이터 앞에서 헤어지기로 했다.

야리미즈가 "아차, 깜빡할 뻔했네"라고 말하며 명함을 꺼내 세 사람에게 건넸다. "새로 만들었어."

깃털을 아로새긴 듯한 얇은 파란색 팬시 페이퍼에 글자는 금문자로 써서 중후한 분위기를 살렸다.

"아주 멋진 명함이로군요."

나카사코가 명함을 흥미롭게 뜯어보았다. 그 표정은 일찍이 상품 포장 용기의 종이 질과 색깔, 글씨체 등을 꼼꼼히 따져보던 제조 회사 사람의 그것이었다.

"그런데 이거 받아도 뭐하는 사람인지 잘 모를 것 같은데요." 슈지가 의문을 제기했다.

명함에는 야리미즈의 이름과 새 주소, 휴대전화 번호가 적혀 있을 뿐 직함이 없었다. 야리미즈는 슈지의 지적에 오히려 가슴을 폈다.

"즉 뭘 하는 사람이 되든지 두루두루 쓸 수 있는 명함이지."

어쩐지 좋지 않은 의도가 느껴졌지만 소마는 아무 말도 하지 않기로 했다.

휠체어에 앉은 나카사코는 무릎에 과일바구니를 얹고 "만나서 반가웠습니다"라고 말했다.

미도리코 일은 별개로 치더라도 소마 역시 동감이었다.

"조만간에 또 오겠습니다."

"예. 오늘 참 고마웠어요."

그렇게 말하고 나카사코는 야리미즈를 똑바로 올려다보았다.

"도리야마 씨라는 카메라맨께도 안부 전해주세요. 그리고 다음에 촬영할 때는 저한테도 알려주십시오."

야리미즈의 얼굴에서 미소가 사라졌다.

슈지도 소마도 설마, 하고 같은 생각을 했다.

"……나카사코 씨, 혹시."

"예. 미도리코가 알려줘서 저도 봤습니다. 도리야마 씨가 찍은 〈니본◆〉."

〈니본〉은 도리야마가 찍은 삼십 분짜리 다큐멘터리 방송이다.

사건 후, 도리야마는 방송국의 처분을 기다리지 않고 알아서 사표를 내고 작은 독립 인터넷 방송국으로 옮겼다. 거기서 찍은 〈니본〉은 도리야마가 처음으로 촬영부터 편집, 구성까지 전부 혼자 담당한 작품이었다.

영상은 다다미방에 걸레질을 하는 여자로 시작된다. 활짝 열린 새하얀 장지문 밖에서 말매미 울음소리가 들리고 한여름 햇살이 방으로 비쳐든다. 도코노마 기둥도, 흑단으로 된 불단도 아직 길이 나지 않은 새것이다. 그 다다미방 윗미닫이틀 위에 몬쓰키◆◆를 입은 노인의 영정 사진이 걸려 있다. 친척 결혼식 때 찍었는지 대머리 노인은 등을 쭉 펴고 웃고 있다. 그 옆에 영정 사진이 하나 더 있다. 가가유젠◆◆◆ 후리소데를 입은 스

◆ 사람이 세상을 떠난 후 처음으로 돌아오는 오본.

◆◆ 가문을 넣은 전통식 예복.

무 살 아가씨의 것이다. 나들이옷을 입은 아가씨의 사진이 클로즈업되고 아래에 자막이 나온다.

다케시타 미사토 씨.

가나자와 시내에 있는 다케시타 미사토의 집은 할아버지가 돌아가신 후 새로 지었기 때문에 미사토는 이 집에서 처음으로 니본을 맞게 되었다. 미사토는 고등학교 2학년 봄부터 상경하여 대학에 다니기 전까지 이 년간 부모님과 할머니 그리고 세 살 어린 여동생과 이 집에 살았다. 당시부터 가벼운 치매 증상을 보이던 할머니 마쓰요는 미사토의 사십구재 법요를 치를 때에도 손녀가 죽었다는 사실을 도무지 이해하지 못했다고 한다.

"아버님 법요라고 생각하셨나 봐요. 독경을 하는 내내 도쿄에 간 미사토는 법요에 얼굴도 내밀지 않느냐며 화를 내셨죠."

어머니 도시코는 그렇게 말하며 장지문 문살을 꼼꼼히 닦았다. 백발이 섞인 머리를 동그랗게 모아 올려서 묶은, 아담한 몸집의 도시코는 십팔 년 동안 애지중지 키운 딸의 추억을 결코 카메라에 대고 말하려 들지 않았다. 정말로 소중한 것은 상자

◆◆◆ 천에 아름다운 그림을 그리는 염색 기법, 또는 그 기법으로 만든 작품을 가리킨다.

에 고이 넣어두고 남에게는 보여주지 않는 법이라는 듯이.

도시코는 법요에 쓰는 도구를 닦거나 불단에 꽃을 올리는 등 쉴 틈 없이 움직여 오본을 맞을 준비를 하면서 띄엄띄엄 가나자와의 오본 풍습을 이야기했다.

가나자와 중심부에서는 양력 7월 15일에 오본을 쇠면서 성묘 등의 행사를 치른다. 성묘를 가면 꽃을 올리고 향을 피울 뿐 아니라 상자 모양 나무틀에 종이를 붙여서 만든 기리코 등롱이라는 것을 올린다. 도시코는 매년 여름 조상의 묘에 가지고 간다는 기리코 등롱을 보여주었다. 정면에는 "나무아미타불", 오른쪽에는 "헌상", 그리고 왼쪽에는 "다케시타 요시히로"라고 미사토의 아버지 이름이 적혀 있었다.

저물녘에 두 평짜리 방에 멍하니 앉아 있는 할머니 마쓰요의 모습이 화면에 비친다. 땅거미가 내리는 가운데 마쓰요의 얼굴은 돌처럼 표정이 없다.

"지난주에 아빠가 엄청 화를 내서 그럴 거예요."

영상이 사이가와 강 옆을 걸어가는 미사토의 동생 하루카로 바뀐다. 자전거를 밀며 걷는 하루카는 고등학교 교복 차림이고, 자전거 앞 바구니에는 반물색 학생 가방이 들어 있다.

"할머니는 혼자서는 밖에 거의 안 나가셨거든요. 그런데 지난주에 갑자기 집에서 사라지셔서……. 여기저기 돌아다녔지만 찾을 수가 없어서 경찰에 신고해야 하는 것 아니냐는 이야기가 나왔을 때 불쑥 돌아오셨어요. 빨간 '하나키리코'를 들고."

'하나키리코'란 어린아이가 세상을 떠났을 때 그 아이를 위해 묘에 들고 가는 예쁜 연꽃 모양 기리코 등롱이라고 한다. 남자아이가 죽었을 때는 파란 하나키리코, 여자아이가 죽었을 때는 빨간 하나기리코로 정해져 있다.

"할머니는 언니가 죽은지도 모르시는 줄 알았는데……. 뭔가 느끼셨는지도 몰라요. 밤이 다 되어서 하나키리코를 들고 돌아오셨죠."

그날 밤 아버지 요시히로는 마쓰요가 든 빨간 하나키리코를 보고 한순간 마비된 듯 우두커니 서 있었다고 한다. 그리고 느닷없이 마쓰요의 손에서 빨간 하나키리코를 빼앗아 그 자리에서 발기발기 찢고 부러뜨렸다고 한다.

"그렇게 무서운 아빠 얼굴은 처음 봤어요. 아빠는 그대로 아무 말도 없이 나가버렸고, 할머니는 밤새 어린애처럼 우셨죠. 그후로 할머니는 아무 말씀도 안 하세요."

아침에 도시코가 묘를 청소하러 간다.

삽으로 뿌리가 깊은 잡초를 파내 비닐봉지에 넣으며 묘 주변을 깨끗하게 정리한다. 성묘하러 오는 친척과 지인을 위해 매년 오본이 되기 전에 묘를 청소한다고 한다. 도시코가 흐르는 땀을 목에 두른 수건으로 닦는다.

공동묘지 나무 그늘 아래의 벤치에서 도시코는 물통의 보리차를 마신다. 매미가 요란하게 울어대는 가운데 도시코는 산 위에 떠 있는 커다란 쌘비구름을 멍하니 올려다본다.

검은 화면에 하얀색 글자가 나타난다.

질문. 만약 시게토 슈지 씨의 증언이 진실이라면.

도시코는 부엌 의자에 앉아 있다. 열어놓은 창문으로 근처 아이의 목소리가 들린다. 도시코는 유리그릇에 담은 포도를 오랫동안 묵묵히 응시한다.

그리고 불쑥 중얼거렸다.

"그 사람이 참말을 했든 거짓말을 했든 우리 애는 안 돌아와요."

햇살을 튕겨내는 우드덱 옆에 키가 큰 해바라기가 나란히 피어 있다. 카메라가 우드덱의 커다란 유리문 너머로 거실을 비춘다. 냉방이 잘된 실내에서는 똑같은 무명 원피스를 입은 두 어린 소녀가 앞치마를 두른 여자와 함께 쇼료우마◆를 만들고 있다. 커터 칼로 자른 나무젓가락으로 오이 말과 가지 소를 만든다. 소녀들은 간단한 만들기를 하며 천진난만하게 좋아한다.

"부모님이 가정부를 고용해주셨어요. 역시 어린아이는 여자가 돌보는 게 낫죠."

그렇게 말하며 마미야 마사타카는 앤티크풍 가구로 통일된 응접실로 들어간다.

"보시죠." 마사타카가 밝은 갈색을 띤 가구 문을 연다. 안쪽에는 향꽂이와 향로 등 법요 도구 일식이 갖추어진 현대적인 불단이 마련되어 있다.

"지금은 저희처럼 전통식 방이 없는 집도 많아서 이런 서양식 불단이 나와 있습니다. 일로 알고 지내는 인테리어 디자이너가 추천해줬어요."

제일 앞에 놓인 액자에는 원피스를 입은 젊은 여자가 미소 짓고 있다. 그 아래에 자막이 나온다.

마미야 유코 씨.

마사타카는 선 채로 방울을 울리고 향을 피운 후에 합장했다. 눈을 감은 옆얼굴은 조금 여위어 보였다. 마사타카는 병원

◆ 오본 때 고인의 영혼이 이승과 저승을 오갈 수 있도록 준비하는 탈것. 오이와 가지에 나무젓가락을 꽂아서 만든다.

에서 자율신경실조증이라는 진단을 받은 뒤로 현재는 일을 삼가고 요양중이라고 한다. 얼마 안 되는 아내의 보험금과 저금만으로는 생활에 한계가 있다며 마사타카는 우리나라의 범죄 피해자 지원은 너무나 형편없다고 한탄했다.

오후에 마사타카가 슈퍼에서 카트를 밀며 장을 본다. 카트에는 어린이용 불꽃놀이 세트와 맥주, 연꽃 모양 라쿠간◆이 들어 있다.

"아내는 여기서 야간 아르바이트를 했어요. 와이드 쇼와 주간지에도 나왔으니 지금은 모두 다 알죠. 요즘은 가끔 밤에 여기 옵니다. 잠이 안 와서요. 산책하러요."

저녁에 마사타카가 장본 물건이 든 비닐봉지를 들고 공원 벤치에 앉아 있다. 귤색 석양이 샌들을 신은 발을 물들인다.

"거짓말처럼 들리겠지만 경찰이 아내의 일기를 빌려달라고 할 때까지 저는 안 읽어봤어요. 아니요, 서랍에 들어 있는 줄은 알았죠. 하지만 읽지는 않았습니다. 아내의 사생활을 지켜주려고 그런 건 아니에요. 아내가 죽기 전에 절 어떻게 생각했는지 알고 싶지 않았어요. 그래서 안 읽었습니다. 일이 마음대로 잘 안 풀려서 아주 못되게 굴기도 했거든요. 예, 자각은 있었습

◆ 볶은 메밀가루, 찹쌀가루, 콩가루 등에 설탕과 물엿을 섞고 소금과 물을 넣어 반죽한 다음 틀에 찍어 말린 과자.

니다. 이런 이야기 지루하지 않습니까? 그럼 다행이지만. 어릴 적에는 사내놈이 말이 너무 많다고 자주 야단맞았어요. 하지만 병원에서 떠드는 편이 좋다고 하더군요. 예, 지금 다니는 병원에서요. 사건이든 뭐든 속에 담아두지 말고 토해내는 편이 좋답니다. 하지만 이야기하는 것도 어쩐지 지치네요. 목도 마르고. 아, 마셔도 됩니까? 그럼."

마사타카는 비닐봉지에서 캔맥주를 꺼내 꿀꺽꿀꺽 마시고 인상을 찌푸렸다.

"맥주는 역시 차가울 때 마셔야 하는데. 으음, 무슨 이야기였죠? 아아, 그래서 경찰에게 제출하기 전에 처음으로 일기를 읽었습니다. 집안일 중에 경찰은 아는데 제가 모르는 게 있다는 것도 이상하니까요. 결론부터 말하자면 아내는 저를 나쁘게 쓰지 않았습니다. 아내의 일기는 대부분이 딸 이야기였어요. 무슨 그림책을 읽기 시작했다는 둥, 큰애가 음악 교실에서 칭찬을 받았다는 둥 이른바 성장 기록 같은 거였죠. 저에 관해서는 무슨 카레를 한 그릇 더 먹었다든가 무슨 소스를 맛있게 먹었다는 내용이 씌어 있었고요. 일기를 읽기 전까지 저 자신은 완전히 잊고 있었던 일들뿐이었습니다.

그런데 반대로 제가 잊지 못하는 일은 안 적혀 있더군요. 부끄러운 이야기지만 아내에게 두 번 손을 댄 적이 있습니다. 첫 번째는 작년 말 제 생일 다음날이라서 날짜도 똑똑히 기억합니다. 하지만 그날 일기에는 딸아이를 치과에 데려갔다는 이야기밖에 적혀 있지 않더군요. 그날말고도 제가 손을 댔다는 이야기는 어디에도 적혀 있지 않았어요. 어이없는 생각입니다만, 아내는 자기가 이런 식으로 죽어서 수많은 사람들이 자기 일기를 볼 줄 알고 있었던 것 같다는 생각도 가끔 들어요. 그래서 제가 나쁜 놈이라는 소리를 들을 만한 이야기는 적지 않은 게 아닐까요. 아내는 참 다정한 여자였으니까."

그렇게 말하더니 마사타카는 맥없는 모습으로 갑자기 말문을 닫았다.

질문. 만약 시게토 슈지 씨의 증언이 진실이라면.

한낮 햇살 아래 마사타카가 호스로 정원수에 물을 주고 있다. 농부처럼 밀짚모자를 쓴 마사타카의 표정은 끌로 새긴 것처럼 험악하다.

"만약 그렇다면 아내는 사사키 구니오에게 살해당한 거나 마찬가지죠. 저도 모르게 목격자가 됐고 그 탓에 살해당했으니까. 사사키 구니오가 쓸데없는 짓을 하지 않았다면 아내는 지금도 살아 있다는 말이잖아요. 절대 용서 못 합니다."

부엌에서 도마에 얹은 채소를 리듬 있게 탁탁 써는 소리가 들린다. 아무도 없는 세 평짜리 방의 툇마루에 고인의 영혼을 맞이하기 위한 쇼료다나가 마련되어 있다. 네모난 받침대에 줄로 만든 돗자리를 깔고 그 위에 위패, 법요 도구, 꽃, 물, 쇼료우마, 경단, 접시에 담은 배와 포도 등의 과일과 여름 채소를 올린 후 받침대 네 귀퉁이에 세운 가느다란 청죽에 꽈리를 매단 금줄을 빙그르르 둘러친다.

쇼료다나 맞은편에 있는 나지막한 찻장 위에 영정 사진이 걸려 있다. 축제 때 입는 핫피 차림으로 웃고 있는 남자 사진 아래 자막이 나온다.

구보 다다시 씨.

아내 나오에가 깊숙한 그릇에 담아 온 공물을 양손으로 조심스레 쇼료다나에 올려놓는다.

"이건 미즈노코라고 해요. 씻은 쌀에 깍둑썰기 한 가지와 오이를 버무려서 이렇게 연잎에다 담아요. 여기 시집왔을 때 시어머니께 배웠는데, 시어머니가 돌아가시고 나서는 매년 여름 제가 하죠. 아아, 저 큰 그릇의 경단은 마을 아이들이 만들어줬어요. 남편은 주민 자치회 일을 하면서 축제 때 아이들의 신여메기를 주관했거든요. 돌아오면 기뻐할 거예요."

해질녘, 나오에가 구보 인쇄 새시 문 앞에 쪼그리고 앉아 맞이불◆을 피운다. 하얀색 노타이셔츠와 검정색 치마를 입은 나오에는 쪼그리고 앉아 질그릇에서 흔들리는 불길을 가만히 바라보고 있다. 맞이불을 보고 근처 상점 사람들이 나오에에게 다가온다. 앞치마를 두른 두부 가게 여자가 카메라에 대고 가볍게 인사하고 나서 나오에의 등에 손을 얹는다.

"바깥양반, 돌아올 거야."

하얀 덧옷을 입은 정육점 주인도 역시 카메라에 대고 고개를 숙이고 나서 나오에한테 말을 건다.

"녀석은 덜렁이잖아. 잘못해서 남의 집에 가지 않도록 나오에 씨가 맞이불을 잘 피워줘야지."

"모두의 도움을 받아 이렇게 장사를 계속하는 걸 보면 남편도 깜짝 놀랄 거예요."

그렇게 말한 나오에는 손으로 눈가에 맺힌 눈물을 훔쳐내고 웃는 얼굴로 두 사람을 올려다보았다.

"바겐세일 전단지도 잘 만들어드릴게요."

◆ 오본 때 고인의 영혼을 맞이하기 위해 피우는 불.

창문을 활짝 연 구보 인쇄의 객실에서 근처 사람들과 나오에가 연회를 열고 있다. 여자들이 직접 만들어 온 요리 위로 병맥주가 손에서 손으로 오간다. 세 평과 두 평짜리 방 사이의 장지문을 빼내어 마련한 객실에서 남녀노소가 흥겹게 술을 마시는 모습을 카메라가 떨어진 곳에서 망창 너머로 찍고 있다. 이따금 클로즈업되는 화면 속에서 나오에는 술을 마셔 발그레해진 얼굴로 여자들과 즐겁게 이야기를 나누고 있다.

검은 화면에 하얀색 글자가 나타난다.

질문. 만약 시게토 슈지 씨의 증언이 진실이라면.

이른 아침 다마가와 강둑 돌계단에 나오에가 개를 데리고 앉아 있다.

아직 해가 완전히 뜨지 않은 강가에서 채도가 낮은 여름풀이 바람에 흔들리고 있다. 나오에는 어제와 같은 옷을 입은 채 옅은 화장이 지워지고 술기운도 싹 가신 모습으로 수면을 바라보고 있다.

"'만약'으로는 아무 소용도 없잖아……."

나오에는 마치 남편과 나란히 앉아 있기라도 한 듯한 말투로 중얼거렸다.

"……진실을 알고 싶어요. 왜 이런 일을 당해야 했는지 남편도 저도 정말로 진실을 알고 싶다고요."

창밖에 온통 논이 펼쳐져 있다. 한여름 햇살 아래 초록색 벼가 은색으로 빛을 튕겨내고 있다. 논 사이 길에 사람이고 차고 움직이는 그림자 하나 없는 한낮, 이따금 논을 건너오는 바람이 창가의 하얀 레이스 커튼을 흔든다. 창문 옆의 작은 캐비닛 위에 놓인 사진틀 속에서 청보라색 기모노를 단정히 차려입은 노부인이 미소 짓고 있다. 그 아래에 자막이 나온다.

이마이 기요코 씨.

"이 부근에서는 오본이 지나면 논 색깔이 대번에 변한다고 합니다. 벼가 영글어서 금색이 된대요."

기요코의 남편 이마이 사다오가 휠체어에 앉아 창밖을 바라보고 있다. 다른 사람을 만날 때는 옷매무새를 바로 하도록 교육받은 1920년대 출생자답게 휠체어에 앉은 사다오는 삼베로 지은 쪽빛 지지미◆ 기모노 차림에 하카타오리◆◆로 만든 띠를

◆ 바탕에 잔주름이 잡히게 짠 옷감.

◆◆ 하카타 특산품인 두꺼운 견직물.

단단히 매고 수염도 깔끔하게 깎았다.

사다오가 도치기에 있는 이 유료 요양 시설에 들어온 지 석 달이 지났다고 한다. 아들 부부와 딸이 선택한 사다오의 마지막 거처는 세 평쯤 되는 방에 텔레비전과 캐비닛, 소형 냉장고, 침대, 붙박이장, 작은 세면대와 화장실이 딸려 있어 욕실이 없는 염가 비즈니스호텔과 비슷하다.

"목욕은 간병인이 도와주니까 불편하지 않습니다. 늙은이 혼자 생활하기엔 이걸로 충분하죠."

도쿄에서 태어나고 자란 사다오는 이곳에 친구가 한 명도 없다. 하지만 친구 중 절반은 이미 저세상에 갔으므로 얼마 지나지 않아 거기서 만날 수 있을 것이라며 사다오는 웃었다.

"기요코가 갔으니 그쪽은 시끌벅적하겠죠. 아내는 옛날부터 말괄량이였거든요. 하지만 워낙 남을 잘 돌봐줘서 제 친구는 대부분 아내한테 찍소리도 못 합니다."

사다오는 그렇게 말하고 온화한 눈길을 캐비닛 위 사진으로 돌렸다.

"니본 법요는 안 할 겁니다. 아들은 외국에 살고, 딸도 도쿄를 떠났으니까요. 아이들을 번거롭게 하는 건 기요코도 좋아하지 않겠죠. 제 장례식과 법요도 치를 필요 없다고 말해두었습니다."

사다오는 하루의 대부분을 이 방에서 혼자 보낸다. 하지만 지루하지는 않다고 한다. 언젠가 읽으려고 사둔 책이 붙박이장에 가득 들어 있고, 요양 시설에서 받아보는 것과는 별개로 신문과 잡지 몇 종류를 개인적으로 정기 구독한다고 한다.

"활자를 눈으로 좇고만 있어도 하루가 다 지나갑니다."

식당에서 사다오가 저녁을 먹고 있다. 오본 연휴에는 집으로 돌아가는 사람들이 많으므로 식당 의자 대부분이 비어 있다. 등을 쭉 편 사다오는 플라스틱 밥그릇을 가슴 높이로 들고 천천히 젓가락을 움직인다. 드문드문 앉아 있는 노인들은 서로 이야기도 나누지 않아 여름 해질녘의 조용한 식당에는 조리장에서 냄비를 씻는 소리만이 울려 퍼진다. 사다오는 연녹색 쟁반 위의 일인분 식사를 시간을 들여 깨끗하게 비웠다.

검은 화면에 하얀색 글자가 나타났다.

질문. 만약 시게토 슈지 씨의 증언이 진실이라면.

창밖의 칠흑 같은 어둠에서 논에 사는 개구리 울음소리가 들려온다. 창가의 휠체어에 앉은 사다오는 눈을 들어 카메라를 바라보았다.

"기요코는 살아 있었다면 반드시 아이들을 위해 샘플이 어디 있는지 증언했을 겁니다. 아내는 잘못된 일을 싫어하거든요. 만약 모리무라와 미야지마가 살인 교사 혐의로 기소된다면 무슨 일이 있어도 반드시 법정에 가서 공판을 방청할 생각입니다."

힘있는 말투로 사다오는 그렇게 대답했다.

"그리고 만에 하나……."

거기까지 말하고 갑자기 말이 끊겼다. 주름진 뺨이 희미하게 떨렸다.

몇 초 후 사다오는 다시 또렷한 말투로 말했다.

"만에 하나 시게토 군이 있다고 주장하는 동영상이 발견되면 언젠가 제 두 눈으로 보고 싶네요. 다시 한번 살아서 움직이는 기요코를 보고 싶습니다."

화면이 어두워지며 사다오의 얼굴이 천천히 사라진다.

어둠과 정적이 흐르는 가운데 하얀색으로 도리야마의 이름과 협력해준 제작진들의 이름이 나타났다가 사라진다.

슈지는 개찰구로 이어지는 계단을 올라가며 역 앞 광장에 가는 것은 상당히 오랜만이라고 생각했다. 원래 쉬는 날이 아니면 전철을 탈 기회가 없지만, 현재 생활하는 원룸에서는 근처의 시바사키 역이 더 가깝기 때문에 가끔 도심에 나갈 때도 그쪽을 이용하게 되었다.

"면허 딴다고 그랬지? 운전면허 학원은 어디 다녀?" 소마가 물었다.

"지금은 학원 다닐 돈도 시간도 없어서요. 그냥 시험 쳐서 한 방에 붙을 건데요."

"초심자가 한 번에 붙기는 하늘의 별 따기나 마찬가지인데." 야리미즈가 대꾸했다.

"옛날에 매립지 같은 데서 아는 사람 차를 몰면서 자주 놀았거든요. 일단 운전은 할 줄 알아요."

"야, 슈지." 즉시 소마의 목소리가 날카로워졌다. "알지?"

"알아요. 도로에 나가는 건 면허를 따고 나서."

슈지는 계단을 두 단씩 뛰어올라 개찰구를 빠져나갔다.

나카사코와 헤어져 병원 현관을 나섰을 때, 야리미즈가 "진다이지 역 앞 광장에 안 가볼래?"라고 말을 꺼냈다. 소마가 "그럴까?"라고 대답했고 슈지도 "그러죠"라고 동의했다.

개찰구를 빠져나와 광장에 들어서자 시원한 바람이 뺨을 어루만졌다.

슈지는 천천히 광장 한가운데로 향했다.

눈앞에서 물이 푸른 하늘을 향해 힘차게 쫙 솟구쳐 올랐다. 물방울이 햇빛을 받고 구슬처럼 반짝이며 튀었다. 유모차를 미는 가족과 학생들이 분수 물소리가 기분 좋게 울려 퍼지는 광장을 여유롭게 오가고 있었다. 나무에는 푸른 잎이 우거져 광장을 감치듯이 나무 그늘이 펼쳐졌고, 빵 부스러기를 뿌리는 노인 주변에는 비둘기가 모여들었다.

상쾌한 시월의 휴일, 진다이지 역 앞 광장에 예전의 처참한 사건을 떠오르게 만드는 것은 무엇 하나 없었다.

야리미즈가 분수 옆에 말없이 애도의 꽃다발을 내려놓았다. 그가 백합, 리시안사스, 덴드로븀 계열의 난초를 직접 골라서 만들어달라고 한 흰색 계열의 조화였다.

애도의 꽃에 분수 물의 그림자가 옅게 드리워졌다.

바로 옆을 롤러 슈즈를 신은 여자아이들이 달려갔다. 여자아이들은 머리카락을 팔랑대며 장난을 치다가 벚나무 주변에서 술래잡기를 시작했다. 아이들의 머리 위, 나무와 물이 수놓은 광장 하늘을 직박구리의 울음소리가 가로질렀다.

"여기 없어진다며?"

야리미즈가 그렇게 말하며 분수를 둘러싼 돌의자 중 하나에 앉았다.

"응." 소마도 돌의자에 앉아 광장을 둘러보았다. "건널목의 정체를 해소하려고 역을 지하화해. 그에 맞추어 역 앞 광장도 없애고 버스 로터리를 만들어."

슈지는 야리미즈 옆에 앉았다.

"개찰구 옆에 완성된 이미지를 그린 간판이 있었어요. 무슨 근미래 세계 같던데요."

"그 그림대로라면 벚나무도 베어내겠군."

그렇게 말하며 야리미즈는 벚나무가 아니라 포석에 뻗은 자기 그림자를 바라보았다.

솟구쳐 오른 물이 바람에 휘날려 투명한 깃발처럼 시월 하늘에 나부꼈다.

멀리서 또 직박구리 울음소리가 들렸다.

소마가 불쑥 말을 꺼냈다.

"이제 곧 꽃을 바칠 곳도 없어지겠네."

슈지는 잠자코 고개를 끄덕였다.

그 말을 끝으로 더이상 아무도 입을 열지 않았다.

흰색의 조화가 바람을 맞고 희미하게 흔들렸다.

그 흰색을 보자 슈지는 무고한 네 사람이 떠올랐다.

그날 여기서 아무 죄도 없는 네 사람이 죽었다.

죽인 남자의 대역도 죽었다. 그리고 죽인 남자도 죽었다.

우리는 모든 것을 뒤집어엎는 데 실패했다.

슈지와 소마 그리고 야리미즈는 아무 말도 없이 반시간쯤 역 앞 광장을 바라보았다. 그리고 역 반대편의 중화요리점에서 밥을 먹고 헤어졌다. 그래도 살아남은 사람은 살아가지 않으면 안 된다.

오전 5시 10분.

잠에서 깬 슈지는 평소와 마찬가지로 알람이 울리기 전에 자명종을 껐다. 침대를 빠져나와 진청색 커튼을 걷고 창문을 열었다. 밖은 아직 어둑어둑했다. 슈지는 깊이 숨을 들이마셨다 내쉬었다 하면서 피부에 닿는 새벽 공기에 의식을 집중했다. 싸늘하니 차가운 공기는 어제보다 조금 무거웠지만 비가 뿌릴 정도는 아니었다. 슈지는 콘크리트가 얼마나 말랐을지 헤아려 보며 주전자에 물을 담아 가스레인지 불에 올리고 식빵을 오븐 토스터에 집어넣었다. 그리고 식빵이 구워지는 사이에 옷을 갈아입고 세수를 한 후 인스턴트커피를 탔다.

슈지는 이사하여 방세가 오른 후부터 아침은 집에서 먹기로 했다. 작년부터 사람들이 하나둘씩 니치에이 건설을 그만두는 바람에 일은 힘들어졌는데 급료는 하강 곡선을 그리고 있었다. 지금은 회사가 망하지 않기만을 빌면서 몇 사람 몫의 일을 하는 수밖에 없다. 예전의 상해 사건이 공개적으로 거론되었으니 실직해도 새 직장을 찾기는 쉽지 않을 테니까. 돈은 만일을 대비해 가능한 한 아껴둘 필요가 있다. 게다가 다음달 아렌의 생일에는 아렌을 근사한 레스토랑에 데려가고 싶었다. 수프가 조그만 컵에 나오지 않고 평평한 수프 접시에 나오는 가게, 될 수 있으면 수프 접시 아래에 쓸데없는 접시 하나가 더 달려 있는 가게가 좋다.

사실 텔레비전과 잡지에서 그 상해 사건이 보도되었을 때 슈지는 아렌이 더는 만나주지 않을 줄 알았다. 미용실에 흔히 놓아두는 종류의 주간지에는 슈지와 친구들이 공갈이나 다름없는 짓을 해서 우려낸 돈을 두고 다투다가 한 명을 실명시켰다고 나와 있었기 때문이다. 하지만 이사를 마친 일요일, 아렌은 슈지가 메일로 알려준 주소를 보고 느닷없이 찾아왔다. 슈지의 새 휴대전화와 색깔이 똑같은 진청색 커튼을 끌어안고. 슈지는 아렌에게 상해 사건의 우여곡절을 숨김없이 털어놓았다. 다음주 일요일, 아렌은 요헤이 어머니의 식당에서 슈지와 요헤이랑 함께 왁자지껄 떠들며 오므라이스를 먹었다.

오븐토스터가 땡, 하고 울리자 슈지는 냉장고에서 우유와 특가로 산 스키피 땅콩버터를 꺼냈다. 문을 닫자 아렌이 주고 간 운동화 모양 자석으로 붙여놓은 명함 한 장이 눈에 들어왔다.

야리미즈 나나오…….

직함이 없는 수상한 명함도 그렇고, 활자와는 무관한 듯하지만 아는 편집자가 물어다 준다는 일도 그렇고, 야리미즈가 어떻게 생계를 꾸려나가는지 약간 걱정이 되었다. 무사히 면허를 따면 스테이크 하우스에서 한턱내겠다고 했을 정도니까 경제적으로 궁핍하지는 않은 모양이지만 자신이 면허를 따기를 이상하게 기대하고 있는 듯하여 조금 찜찜하기도 했다.

슈지는 서둘러 토스트를 먹어치우고 그릇을 씻은 후 작업용 안전화를 신었다.

오전 5시 45분.

슈지는 집을 나서서 새 열쇠로 문을 잠그고 계단을 뛰어서 내려갔다. 이제 막 날이 샌 동네에는 아직 가로등이 켜져 있었다.

슈지는 완공된 로열 빌라 앞에 멈춰 섰다. 세련된 반원형 공동 현관에는 입주자 모집 깃발이 걸려 있었고, 몇몇 창문에는 커튼이 달려 있었다. 그날 아침 마자키가 있던 곳에 생긴 자전거 주차장의 투명한 폴리카보네이트 지붕 아래에 새 자전거 몇 대가 나란히 서 있었다.

슈지는 아무도 없어 고요한 자전거 주차장을 바라보았다.

고맙다, 얘야.

당신을 만난 게 그날 아침 한 번뿐이라니 어쩐지 기분이 이상해.

난 살아남기 위해 어느덧 필사적으로 당신 뒤를 쫓고 있었어.

그래서 당신을 좀 알지.

당신이 취해서 부른 노래, 유타에게 사준 자전거, 당신이 나만 할 때 스기타와 자전거를 타고 올라간 아주 높은 언덕을 알아.

그리고 당신이 나카사코 씨와 마지막으로 만난 날 밤에 본 선로 동결 방지용 임시 열차도.

눈이 내리는 날 한밤중에 선로가 얼지 않도록 달리는 열차.

모든 역을 통과해 그저 달리기 위해서만 달리는 열차.

그걸 쫓아서 달려간 당신 기분을 어쩐지 알 것 같아.

눈부실 만큼 환한 빛을 발하며 무인 열차가 눈이 내리는 언덕을 올라가.

그 열차는 우리가 아직 본 적이 없는 곳으로 갈 거라고 했다며. 나카사코 씨가 가르쳐줬어.

당신은 내가 어릴 적부터 알고 있는 남자를 닮았어.

여섯 살인가 일곱 살 때 처음으로 본 그 이상한 남자를.

분명 대부분의 사람들은 머리가 어떻게 된 것 아니냐고 하겠지만, 난 그날 아침 여기서 샘플을 옮기던 당신과 마주쳐서 다행이다 싶어.

당신을 찾아내지도, 모든 걸 뒤집어엎지도 못했지만.

아무도 없는 자전거 주차장에 희미한 아침 햇살이 비치자 아스팔트에 바퀴살 그림자가 드리워졌다.

슈지는 그날 아침 여기에 있던 마자키를 가슴에 새겼다.

그리고 발걸음을 돌려 큰길 방향으로 걸어갔다.

커다란 구름이 앞쪽의 옅은 옥색 하늘을 흘러갔다.

샛길은 그늘졌다가 다시 밝아졌다.

멜트페이스증후군에 걸린 아이들은 이제야 겨우 마자키가 이 세상에서 보고 싶어 한 현실의 출발선에 선 참이다.

눈이 내리던 밤에 마자키가 쫓아간 열차가 향한 곳, 플로리다키스는 아직 아무도 보지 못했다.

옮긴이 | **김은모**

경북대학교 행정학과를 졸업했다. 일본어를 공부하던 도중에 일본 미스터리의 깊은 바다에 빠져들어 헤어나지 못하고 있다. 아직 국내에 소개되지 않은 다양한 작가의 작품을 소개하고자 노력하고 있다. 옮긴 작품으로 누쿠이 도쿠로의 『나를 닮은 사람』, 『프리즘』, 『미소 짓는 사람』, 기타야마 다케쿠니의 『인어공주』, 마리 유키코의 『여자 친구』를 비롯하여 우타노 쇼고의 '밀실살인게임' 시리즈, 미쓰다 신조의 '작가' 시리즈, 『애꾸눈 소녀』, 『모즈가 울부짖는 밤』, 『달과 게』 등이 있다.

범죄자 (하)

1판 1쇄 2018년 3월 28일
1판 3쇄 2019년 3월 21일

지은이 오타 아이 | **옮긴이** 김은모 | **펴낸이** 염현숙

책임편집 지혜림 | **편집** 임지호 이송 | **독자모니터** 윤현진
표지디자인 이혜경 | **본문디자인** 이정민
저작권 한문숙 김지영 | **마케팅** 정민호 정진아 함유지 김혜연 박지영 김수현
홍보 김희숙 김상만 이천희
제작 강신은 김동욱 임현식 | **제작처** 한영문화사

펴낸곳 (주)문학동네
출판등록 1993년 10월 22일 제406-2003-000045호
임프린트 엘릭시르

주소 10881 경기도 파주시 회동길 210
문의 031-955-1901(편집) 031-955-8896(마케팅) 031-955-8855(팩스)
전자우편 editor@elmys.co.kr | **홈페이지** www.elmys.co.kr

ISBN 978-89-546-5051-9 04830
978-89-546-5049-6(SET)

엘릭시르는 출판그룹 문학동네의 임프린트입니다.